AF151650

LORI MOORE

Was Mörder nicht wissen ...

Hightech-Mörderjagd

novum ⬩ pro

Dieses Buch ist auch als
e-book
erhältlich.

www.novumverlag.com

Bibliografische Information
der Deutschen Nationalbibliothek:

Die Deutsche Nationalbibliothek
verzeichnet diese Publikation in
der Deutschen Nationalbibliografie.
Detaillierte bibliografische Daten
sind im Internet über
http://www.d-nb.de abrufbar.

Alle Rechte der Verbreitung,
auch durch Film, Funk und Fernsehen,
fotomechanische Wiedergabe,
Tonträger, elektronische Datenträger
und auszugsweisen Nachdruck,
sind vorbehalten.

© 2022 novum Verlag

ISBN 978-3-99131-089-1
Lektorat: Melanie Dutzler
Umschlagfotos: Aniram,
Photowitch | Dreamstime.com
Umschlaggestaltung, Layout & Satz:
novum Verlag
Autorenfoto: Lori Moore

Gedruckt in der Europäischen Union
auf umweltfreundlichem, chlor- und
säurefrei gebleichtem Papier.

www.novumverlag.com

BAND 1
Sieben Kriminalfälle für Kommissar Norwin Moon

Krimi-Serie
An die Realität angelehnt.
Frei nach wahren Begebenheiten.
Kriminelles Verhalten kommt massenhaft
in allen sozialen Schichten vor.
Es sind reale Verbrechen, die verfremdet wurden.

Widmung

Dieses Buch ist meiner lieben Frau Thea Zander gewidmet. Dank ihrem großen Verständnis und ihrer Unterstützung hatte ich den Freiraum und konnte mich voll auf meine Ermittlungen und das Schreiben dieses Buches konzentrieren.

Warnung

Haftungsausschuss – Mordfälle können verstörend wirken

Dieses Buch beschreibt Gewaltszenen und Sexhandlungen. Es sind Passagen dargestellt, die für Kinder und Jugendliche nicht geeignet sind. Dies betrifft möglicherweise auch Erwachsene.

Bei diesem Werk handelt es sich um Kriminalromane. Die dargestellten Personen sind frei erfunden. Etwaige Ähnlichkeiten oder eine Namensgleichheit mit real existierenden Menschen wären rein zufällig. Alle beschriebenen Handlungen sind zwar an die Realität angelehnt, beziehen sich aber nicht auf konkrete Begebenheiten. Auch hier wären alle Ähnlichkeiten rein zufällig.

Eine Haftung für Zuwiderhandlungen wird seitens des Autors, der Redaktion und des Verlags ausdrücklich ausgeschlossen.

Bei bestimmten Begriffen, die sich auf Personengruppen beziehen und für die nur die männliche Form gewählt wurde, ist dies nicht geschlechtsspezifisch gemeint, sondern geschieht ausschließlich aus Gründen der besseren Lesbarkeit.

Inhaltsverzeichnis

Zunahme schwerer Gewalttaten

Seit Jahrhunderten befasst sich die Menschheit mit der Faszination des Bösen, des Düsteren, des Unverstellbaren, des knallharten, blutigen Mordens. Es sind Verbrechen und Grausamkeiten, die wir uns gar nicht vorstellen können. Es sind Gräueltaten, welche die Menschen in Schrecken und Fassungslosigkeit versetzen. Was läuft bei diesen Bestien schief? Weshalb empfinden diese Kreaturen kein Mitgefühl, keine Reue, keine Schuld? Den Forschern auf der Suche nach dem Bösen ist bekannt, dass sich die Gehirne von Schwerstverbrechern im Hirnscan in wichtigen Punkten von denen normaler Menschen unterscheiden. Bestimmte Hirnareale sind bei diesen Monstern nicht aktiv.

Falls Sie die Erwartung haben, dass der Mensch aus der Geschichte lerne, dann irren Sie sich. Wenn der Mensch diese Fähigkeit hätte, würden skrupellose Lügner nicht an die Macht kommen. Es gäbe auch keine brutalen, knallharten Mordfälle. Gewisse Menschen sind einfach schlecht, sie haben keine Skrupel oder Gewissensbisse, sie sind bösartig, kriminell, rücksichtslos und schrecken vor nichts zurück. Ihnen ist das Leid, welches sie anderen Menschen antun, völlig egal. Solche Leute haben nicht das Wohl der Menschen im Visier, sondern nur ihr eigenes. Und dennoch schenken die Leute ihnen immer wieder ihr Vertrauen.

Anscheinend ist der Mensch nicht in der Lage, die nötige Distanz zu seinen Gefühlen einzunehmen. Seine Emotionen kontrollieren ihn und sind deshalb seine direkte Realität.

„Geschichten von Verbrechern" sind etwas Abstraktes, sie haben in unseren Sinnesempfindungen keine Aussicht auf Erfolg: „Was ja viele denken: Mir passiert so etwas nicht, aber der doch nicht, das kann ich nicht glauben, der war doch immer so nett und so freundlich."

Das sind beliebte Fehlgedanken.

Die Behörden sind beunruhigt über die Zunahme schwerer Straftaten. Die Wirklichkeit in der Kriminalstatistik entspricht nicht der Realität. Erfasst ist nur die polizeilich registrierte (Hellfeld-) Kriminalität. Das Dunkelfeld der Kriminalität ist nicht ersichtlich.

Das Beispiel der Clan-Kriminalität ist bekannt. Seit Jahrzehnten hat die Politik nicht hingeschaut, auch nicht, als schon längst von „No-Go-Areas" die Rede war. In vielen Großstädten Deutschlands ist die Clan-Bruderschaft zu einem echten Problem geworden. Es gibt Hinweise, dass diese ihre kriminellen Geschäfte auch in ländliche Gegenden verlagert haben. Der Staat kooperiert mit verfassungsfeindlichen Verbänden. Und der politische Islam wird stark und hoffähig gemacht. Die Politiker in Deutschland verniedlichen und unterschätzen dessen Gefährlichkeit. Den Beamten gelingt es, Parksünder und Steuersünder schnell zu ahnden. Aber bei Straftaten und Körperverletzungen sind sie dazu nicht fähig. Jugendlichen Gewalttätern, die zwei Jahre auf ein Urteil oder länger warten – davon gibt es viele –, diesen ebnet der Staat den Weg zu einer kriminellen Karriere. Gegenüber Straftätern muss die Devise lauten: null Toleranz! Die Schönredner im Parlament haben solche Probleme noch nie gelöst, sie haben diese nur noch verfestigt.

Die Anzahl der Straftaten soll insgesamt gesunken sein. Das wäre erfreulich, wenn da nicht der erweiterte Blick wäre.

Deutschland Kriminalitätslage

- In 4.512 Fällen wurde mit einer Schusswaffe geschossen (2019).
- 5.310.000 (5.3 Millionen) Straftaten wurden im Jahr 2020 polizeilich erfasst.
- 766.262 Rohheitsdelikte und Straftaten gegen die persönliche Freiheit.
- 3.289 Straftaten gegen das Leben (Fälle die polizeilich erfasst wurden).
- 504.142 Straftaten (2020) in der Metropole Berlin, sie ist somit die gefährlichste Stadt Deutschlands (davor war es Frankfurt am Main).

Es ist festzustellen, dass die Schwerstkriminalität zugenommen hat. Dazu zählen Delikte wie Mord, Totschlag, Vergewaltigung und ganz schlimm der sexuelle Missbrauch von Kindern. Die politisch motivierte Kriminalität von Gewalttaten hat innerhalb der letzten Monate stark zugenommen. Wir stellen fest: In unserer Gesellschaft hat sich die Bereitschaft zur Gewalt gesteigert. In Ländern, die überproportional von planloser Migration betroffen sind, steigt die Kriminalität. In Deutschland ist das anscheinend anders. Eigentumsdelikte werden kaum noch untersucht und fast nicht aufgeklärt.

Beispiel Drogenhandel
Rotterdam ist einer der grössten Umschlagplätze für Drogen in Europa. Schnell erreichbar auf der Achse Hannover – Berlin.

4200 Kilogramm Kokain (2021) wurden von Drogenfahndern beschlagnahmt, mit einem Strassenverkaufswert von rund 300 Millionen Euro.

930 Killogramm Kokain wurde in gebrauchtem Frittierfett gefunden und weitere 530 Killogramm Kokain (2021).

In Berlin ist der Drogenhandel quasi legalisiert. Wiederholungstäter werden statistisch nur einmal erfasst. Bei einer Doppelstaatsbürgerschaft wird der Täter in der Statistik als Deutscher erfasst.

Die Menschen möchten wissen, was in Zukunft, in dem Land, in welchem sie leben, anders läuft!

Lori Moore

Prolog

Jeder zweite Mord bleibt unentdeckt!

In Deutschland liegt nach offizieller Statistik die polizeiliche Aufklärungsquote bei Mord weit über 90 Prozent. Das tönt gut, aber in den Leichenkellern der Rechtsmedizinischen Institute werden ganz andere Listen geführt. Nach einer Studie der Universität Münster bleibt jeder zweite Mord unentdeckt.

Das heißt, von den rund 11.000 Toten, bei denen in Deutschland Jahr für Jahr fälschlicherweise eine natürliche Todesursache diagnostiziert wird, sind rund 1.200 Opfer von Tötungsdelikten. Bei den anderen Todesfällen handelt es sich um Unfälle, Suizide und ärztliche Kunstfehler,

Ein Mörder muss sich rein rechnerisch nicht zu viele Gedanken machen. Selbst bei ungeschicktem Vorgehen ist die Chance groß, dass das Verbrechen unentdeckt bleibt.

Wie ist so etwas möglich?

Durch privat finanzierte Obduktionen, durch überraschende Geständnisse der Täter, landen immer wieder Mordopfer auf dem Seziertisch, die laut ihrem Totenschein auf natürliche Weise gestorben sind. Und dann wird festgestellt, dass es kein natürlicher Tod war.

Wer ist da Mittäter?

Ein herbeigerufener Arzt stellt die Weichen bei der Leichenschau. Er alleine entscheidet, wie er das amtliche Dokument (Formular) ausfüllt. Er setzt ein Kreuz auf den Totenschein bei: Todesart – natürlich – gewaltsam – unklar.

Ein Mann stirbt an einem frischen Herzinfarkt, Todesart natürlich. Vor ein paar Tagen war er wegen Luftnot und Brustschmerzen bei einem Arzt. Da wurde geprüft, ob der Mediziner bei der Diagnose einen Fehler gemacht hat. Da gibt es einen Verdacht auf einen ärztlichen Kunstfehler.

Alle approbierten Mediziner sind dazu verpflichtet, bei jedem Sterbefall und für jede verstorbene Person einen Totenschein auszustellen. Nur wenn eine äußere Leichenschau erfolgt ist und der Totenschein ausgestellt wurde, kann das Standesamt die Sterbeurkunde ausstellen. Danach kann der Bestatter die Beerdigung durchführen.

Gewaltverbrechen
Bei Tötungsdelikten können die Spuren sehr winzig sein: eine Stichwunde, die sich wieder geschlossen hat, kleine mikroskopische Spuren einer Injektionsnadel, eine Unterblutung der Haut als Folge von Erstickung, Giftmorde oder Tötungen durch inszeniertes Ertrinken in der Badewanne.

Es gibt perfekte Mordmethoden.
Eine ist die, dass es keine Leiche gibt. Ist die Person tot, woran könnte sie gestorben sein?
Oft wird der leichenschauende Arzt getäuscht.
Wie kann man einen Arzt täuschen?
Die Familie sitzt zusammen, da kommt der herbeigerufene Arzt. Eine richtige vorschriftsgemäße Leichenschau wird nicht durchgeführt. Da genügt oft der Eindruck, der Verstorbene sei herzkrank gewesen. Rein äußerlich ist nichts auffällig, obwohl Gewalt gegen den Hals vorliegt. Da wird der Hemdkragen bis ganz oben zugeknöpft und der Fall wird nicht der Polizei gemeldet. Der Arzt will ja, dass die Familie des Verstorbenen weiterhin zu ihm in die Praxis kommt. Haben Hausärzte eine enge Beziehung zur Familie, dann fehlt die nötige Distanz.
Oft besteht die Leichenschau aus Gründen der Pietät nur aus einem schnellen Blick statt einer gründlichen Untersuchung. Die meisten Morde geschehen im nahen Umfeld des Verstorbenen. Auch bei einer äußeren Leichenschau müsste der Arzt beim Toten die Kleider abziehen und in alle Löcher schauen. Nur etwa ein Viertel der herbeigerufenen Mediziner gibt an, den Toten für die Leichenschau (äußere Untersuchung) vollständig entkleidet zu haben.
Wie ist es bei Alters- und Pflegeheimen?

Was Mörder nicht wissen …

… einen Mörder nicht zu entdecken, ist in Alters- und Pflegeheimen am wahrscheinlichsten. Die nehmen es mit der Dosierung von Beruhigungsmittel nicht so genau, weil die Pfleger überlastet sind. Dies passiert ohne Absicht, es wird aufgrund des personellen Notstandes oft eine zu hohe Dosis verabreicht. Das wäre kein Mord, sondern Körperverletzung mit Todesfolge. Es wurde festgestellt (Studie mit über 9.000 Verstorbenen), dass die Hälfte der Todesfälle Pflegeheimen zugeordnet werden konnten. Sie hatten ein Dekubitus-Druckgeschwür. Das ist ein typisches Merkmal, wenn Patienten lange auf einer Stelle liegen, das heißt, sie wurden nicht bewegt. Jedes Einzelschicksal müsste abgeklärt werden. Es ist reiner Zufall, wenn in Alten- und Pflegheimen Tötungsverbrechen entdeckt werden.

Das liegt daran, dass die Leichenschauen in Deutschland qualitativ schlecht sind. Das kann sich nur ändern, wenn es mehr Obduktionen gibt. Die finden nicht statt, weil von der Politik zu wenig finanzielle Mittel zur Verfügung gestellt werden. Es bräuchte professionelle Leichenbeschauer. Die Ermittlungsverfahren würden sich dann verdoppeln. Justizminister, die Bundesärztekammer und der Bund der Kriminalbeamten bemängeln die deutschen Zustände. Generalstaatsanwälte weisen seit Jahrzehnten auf Missstände bei der Leichenschau hin.

Kein Politiker will, dass dann die Statistik die doppelte Anzahl Tötungsdelikte vorweist. Das wäre beunruhigend für die Gesellschaft.

Welcher Arzt möchte nachts die Polizei und den Notfalldienst ins Haus holen und den Angehörigen eine Autopsie nahelegen? Die Ärzte attestieren auf dem Totenschein „Herzversagen". Das ist dann eher eine Verlegenheitsdiagnose, die sich auf die Todesursachenstatistik verheerend auswirkt. Die Leiche wird beerdigt oder kremiert und damit auch die Wahrheit der Todesart.

Es gibt Polizeibeamte, die einen Arzt bremsen. Ein Ermittlungsverfahren bedeutet eine Menge Arbeit: Spurensicherung, Zeugenbefragungen, Nachforschungen, Schreiben ausführlicher Berichte. (kriminalpolizei.de/jeder-zweite-mord-bleibt-unentdeckt)

Was viele Mörder nicht wissen ...,

dass bei einer Einäscherung jeder Leichnam ein zweites Mal begutachtet wird. Dabei werden oft in letzter Sekunde Straftaten entdeckt. Deutschland hat eine der höchsten Exhumierungsraten der Welt. Es gibt immer wieder nachträglich berechtigte Zweifel bezüglich der Todesart.

Da zeigt sich, dass diese Statistiken wertlos sind, sie erfassen die wahren Umstände nicht. Die Kriminalitätsrate würde sich nicht erhöhen, die gibt es ja schon, sondern nur die Entdeckungsrate der Tötungsdelikte.

Was viele Mörder nicht wissen ...,

sie haben das Recht, zu schweigen und zu lügen. Niemand muss sich selbst belasten. Deshalb darf man als beschuldigte Person grundsätzlich lügen, dass sich die Balken biegen – und zwar in jedem Stadium eines Verfahrens, also bei der Polizei, bei der Staatsanwaltschaft und vor Gericht.

Man darf keine andere Person in ihrer Ehre verletzen oder gar bewusst einer Straftat beschuldigen, die sie nicht begangen hat. Geschichten zu erfinden, ist nicht empfehlenswert. Die Strafverfolger haben raffinierte Fragetechniken, so dass man sich früher oder später in Widersprüche verstrickt. Einfacher ist es, die Aussage konsequent zu verweigern. Die taktische Überlegung dieser Art bespricht man am besten mit dem Anwalt (Strafverteidiger) ab. Der Anwalt kann bei der Einvernahme schon dabei sein.

Was Mörder nicht wissen ...

(Moon, 1. Fall)

Killer haben einen Tunnelblick. Sie sehen am Ende des Tunnels nicht, dass ein Schnellzug in Form einer geballten Ladung der gesetzgebenden und rechtsprechenden Gewalt, der Judikative, der Macht des Staates auf sie zurast. Das Gesetz schreibt den Richtern vor, was falsch und was richtig ist (Rechtsprechung).

Der erste Eindruck

„Ja, was ist?", unwillig, unfreundlich antwortet Kommissar Norwin Moon aus seinem Büro im Polizeirevier Schwanbüll.

„Einsatz Leitstelle, wir melden eine tote Person in einem Mehrfamilienhaus im ersten Stock."

„Wurde schon jemand aufgeboten?"

„Ja. Die Forensiker der Kriminaltechnik und die Rechtsmedizinerin Linda Medi sind bereits unterwegs."

„Wir übernehmen den Fall."

„Danke", hört er noch und knallt den Hörer auf die Gabel. Auf ihrem Polizeirevier gibt es immer noch diese alten Telefonapparate. Scheußlich. In diesem Punkt sind die Mordermittler nicht auf dem gleichen Stand wie die Forensiker in den Instituten der Rechtsmedizin.

Aber Hallo Herr Kommissar! Die Antwort war schon freundlicher. Er muss aufpassen, dass Moon keine negative Bewertung von seinen Kollegen der Einsatzleitstelle erhält. Natürlich interessiert es niemanden, wenn er die ganz Nacht durchgearbeitet hat, todmüde im Sessel hängt und dann kommt noch ein Mordfall rein. Sein Kriminalassistent Nils Light wundert sich über den Gefühlsausbruch seines Vorgesetzten.

Moon ruft: „Es gibt einen Einsatz." Auch im Umgang mit seinem neuen und jungen Kollegen sollte er verdammt aufpassen. Light war nur eine kurze Zeit auf Streife im Einsatz. Niemand außer der Polizeidirektion weiß, weshalb er so schnell hoch befördert wurde. Es wird vermutet, dass sein Vater zu denen da ganz oben sehr gute Beziehungen hat. Jetzt ist er im Polizeirevier Schwanbüll bei der Mordabteilung als Kriminalassistent im Einsatz. Mordermittlung und das Zusammenspiel mit der Rechtsmedizin sind Neuland für ihn. Kommissar Norwin Moon wird seinen Kollegen auf diese Ermittlungsreise mitnehmen. Light wird so die Arbeit der Mordermittler von allen Seiten kennenlernen. Dann fahren sie los Richtung Ostsee in einen Vorort einer größeren Stadt. Während der Fahrt reden sie über den Beruf eines Kommissars und auch über dessen emotionale Seite.

„Ja, ich weiß, das war ein wenig forsch. Unser Beruf ist sehr spannend und abwechslungsreich, er ist absolut nichts für schwache Nerven."

„Ich bin nur erschrocken über deinen Tonfall."

„Bin jetzt etwas mehr als 22 Stunden im Einsatz und schon haben wir einen neuen Mordfall. Ich weiß, wir tragen viel zur Klärung von Straftaten und Mordfällen bei."

„Ist das immer so intensiv?"

„Nein. Aber heute muss ich mich aufpeppen. Vergiss nicht, die meiste Zeit unserer Arbeitszeit verbringen wir im Labor und untersuchen Beweismittel von Tatorten. Unser Beruf ist beliebt und sehr umkämpft. Bei diesem Mordfall werde ich dich in alle Bereiche mitnehmen, damit du die wichtigste Arbeit unserer Kriminaltechnik kennen lernst."

Mit Aufpeppen meint Norwin Moon, mit Tabletten seinen Wachzustand zu verbessern. Er nimmt diese Tabletten heimlich, niemand soll merken, dass er schlapp, einfach nur müde ist. Die Chemie gibt ihm so die Kraft, die er für diesen Job braucht. Sie bringt ihn in einen dynamischen Zustand. Eines Tages wird sich diese Tablettensucht bitter rächen. Das ist wie Dynamit, welches irgendwann explodiert.

Am Tatort begrüßen sie ihre Kollegen, die bereits im Einsatz sind. Das sind Forensiker der Kriminaltechnik und die Rechtsmedizinerin Linda Medi. Die Spurensicherung ist bereits am Tatort in der Wohnung, sie läuft auf Hochtouren. Hier hat kein Unfall stattgefunden, sondern ein Mord. Moon und Light ziehen Schutzanzug, Mundschutz und Füßlinge an. Es ist Vorschrift, damit die Ermittler am Tatort keine Spuren verfälschen oder zerstören. Für Kriminalassistent Nils Light ist dies ein wichtiger Fall, weil er auf die harte Tour mit der direkten Arbeit der Mordermittler konfrontiert wird. Ein Ermittler gibt Anweisung: „Achtet darauf, wo Ihr durchlauft, wir dürfen keine Spur kaputt machen." Die Spurensuche nach Beweismitteln beginnt. Sie betreten die Wohnung. Moon sticht sofort die Blutspur im Eingangsbereich ins Auge. Dann sehen sie, dass die Leiche in Rückenlage liegt. Was ist da passiert? Die Forensiker halten sich bei einer Tatortermittlung an einen festen Ablauf. Für Moon ist der erste Eindruck bedeutungsvoll. Der Tatort wird nie mehr so unberührt und authentisch sein wie jetzt.

Die Tatortszenerie wird vom 3D-Spezialisten eingescannt.
Mit der Kamera erfasst der Kriminalist jedes noch so kleine Detail. Gezielt und konzentriert gehen alle den Spuren nach. Systematisch durchsuchen sie die Wohnung und markieren alle Beweise mit Nummernschildern. Ein Forensiker sagt zu Norwin und Nils: „Seht Ihr hier, eine ganze Schuhspur und ein Teil von einem Schuhabsatz."
Moon meint zum Ermittler: „Hast du schon einen Verdacht, was geschehen ist, wie der Mord passiert sein könnte?"
„Ja, der Schuhabdruck, Spur Nr. 5, zeigt, dass jemand hier hineingelaufen ist, in diese Spurrichtung. Spurenbild Nr. 8 führt zum Lavabo. Und Nr. 10 ist die Blutspur an der Wand."
„Was ist mit dem Schlafzimmer?"
„Da haben wir Flecken am Boden und am Bett gefunden. Das könnte Sperma sein! Und in der Küche ist ein Küchenmesser, Spur Nr. 15."
Moon und Light betrachten den Tatort genauer. Aus allen Perspektiven werden Fotos gemacht. Es darf nichts verschoben werden, die angetroffene ursprüngliche Tatortsituation muss bildlich festgehalten werden. Jetzt kommt Hightech zum Einsatz. Die ganze Tatortszenerie wird vom 3D-Spezialisten ge-

scannt. Es ist ein Lehrstück für die Mordermittler Moon und Light. Bei den Kriminalisten der Forensik ist dieser Ablauf bei Tötungsdelikten Standard. Der Forensiker kann mit dem 3D-Modell die ganze Tatortsituation vor Ort detailgetreu erfassen. Das Ziel und der Vorteil dieser Methode sind eine dreidimensionale Erfassung und Dokumentierung des Tatortes. Norwin zu Nils:

„Jetzt siehst du, wie der gesamte Tatort fotografiert, gefilmt und gescannt wird. Von diesem riesigen Aufwand ist in den TV-Krimis nichts zu sehen."

Dann beobachten sie, wie der Forensiker die gescannten Aufnahmen direkt anschaut. Er will sicher sein, dass nichts fehlt oder etwas übersehen wurde.

Der Boden wird mit Crime Light abgesucht. Es ist eine unsichtbare Welt, die sichtbar gemacht wird, vor allem die Fußspuren. Wenn man das nicht selber erleben kann, dann glaubt man es nicht. Es ist der absolute Wahnsinn, was alles auf dem Boden liegt, ohne dass wir es mit bloßem Auge sehen können. Dieses Gerät ist der Alptraum aller Hausfrauen. Alle Schmutzpartikel und Spuren werden klar sichtbar. Für die Ermittler ist nicht nur der Fußabdruck interessant, sondern auch die Schrittlänge.

„Nils, siehst du diesen Abdruck hier? Der könnte von Socken sein", sagt ein Forensiker zu Nils und zeigt auf die eine Fußspur. Er ist gerade dabei, mit einer Gelatinefolie einen Negativabdruck von der Fußspur am Boden zu erfassen.

Im Badezimmer sichern die Ermittler ein Smartphon. Das ist ein extrem wichtiges Beweismittel. Darauf ist fast das ganze Leben der toten Frau gespeichert. Alle arbeiten sehr konzentriert, ihnen ist bewusst, dass die ersten Stunden oft entscheidend sind, um einen Mordfall lösen zu können. Für einen Mordermittler gibt es nichts Schlimmeres, als wenn ein Fall jahrelang ungelöst bleibt.

„Was kommt jetzt?", will Nils wissen.

Norwin erklärt es ihm: „Bei diesem Mordfall sind wir noch ganz am Anfang der Ermittlungen. Der Mann dort", er zeigt auf einen Forensiker, „der geht auf Spurensuche mit seinem Schmauchspurenkoffer. Bei jeder Schussabgabe entstehen durch das Mündungsfeuer kleinste Rückstände, die rund um die Waffe durch die Luft fliegen."

„Wie geht das?" Moon lässt die Frage unbeantwortet. Sie sehen, wie der Kriminalist mit einem befeuchteten Löschblatt kleinste Partikel sicherstellen kann. Schmauchspuren geben Erkenntnisse, wer mit der Waffe in Berührung gekommen ist. Moon und Light sehen genau hin, was der Forensiker macht. Dieser schaut den jungen Kommissar an und erklärt ihm:

„Falls das Opfer Schmauchspuren an der Hand hat, könnte das auf einen Suizid hinweisen."

Er drückt das Löschblatt ca. eine Minute auf die Handflächen. Norwin sieht sofort, dass hier ein Suizid unwahrscheinlich ist, weil die Tatwaffe fehlt. Die Ermittler suchen Projektil und Hülse. Für den Waffenspezialist sind dies zwei unerlässliche Beweismittel für die Rekonstruktion der Tat. Der Kriminalist findet tatsächlich in der Wand ein Einschussloch. Bevor dieses näher untersucht werden kann, wird das Einschussloch systematisch fotografiert, damit die Schusslaufbahn und die Position, aus der der Mörder den Schuss abgegeben hat, ermittelt und berechnet werden können. Erst jetzt kann das Loch angeschaut und ermittlungstechnisch bearbeitet werden. Sie finden das Projektil direkt bei der Wand in der Badewanne. Da keine weiteren Schussabgaben ersichtlich sind, ist der Waffenspezialist mit seiner Arbeit am Tatort fertig. Was fehlt, sind die Patronenhülse und die Waffe.

Rechtsmedizinerin Linda Medi betritt den Raum und untersucht die Leiche. Sie misst die Raumtemperatur. Das ist ein wichtiger Faktor, um den Todeszeitpunkt zu schätzen. Sie notiert 21,5 °, um 17:30 Uhr.

„Fällt dir etwas auf Nils?", spricht er leise. „Nein."

„Mir fällt auf, wie eng die Kriminaltechnik und die Rechtsmedizinerin zusammenarbeiten. Sie informieren sich laufend über jedes Detail, sichern gemeinsam die Spuren."

Es ist tatsächlich so, dass die kleinste Spur reicht, um ein DNA-Profil zu erstellen. Sollte das Opfer sich verteidigt haben, so könnten sich Hautspuren von Täter oder Täterin unter den

Fingernägeln befinden. Die Rechtsmedizinerin sammelt DNA-Material an der Leiche. Sie untersucht den Halsbereich, falls das Opfer gewürgt wurde. Das Opfer hat eine große Wunde am Kopf. Sie ist verklebt, verkrustet, wie es aussieht, ist die Verletzung nicht vom Aufprall auf den Boden.

Am Einschussloch in der Brust sind Ringspuren zu sehen. Das Loch hat eine braunschwärzliche Verfärbung. Die Leiche am Boden wird auf die Seite gedreht und die Kleider werden ausgezogen. Linda Medi betrachtet die Stelle am Rücken, wo das Projektil rausgekommen ist. Sie erklärt Moon und Light: „Ich will feststellen, ob die Frau durch den Schuss gestorben ist oder durch die Wunde am Kopf. Es könnten ja zwei Täter für die zwei Wunden verantwortlich sein."

Diese Feststellung wird später noch wichtig sein.

Ein Ermittler findet im Bad am Boden die Hülse. Der Waffenexperte wird diese im Labor genau unter die Lupe nehmen. Es ist eine 9 mm Luga. Das Schlafzimmer wird mit Crime Light auf mögliche Spermaspuren durchleuchtet. Es ist eindeutig, da der Bestandteil von Sperma fluoresziert, man sieht das, es leuchtet im Crime Light. Drei Spuren sehen sie, die mit der Nr. 14 versehen werden. Moon sieht das, er richtet die Frage an Linda: „War es eine Vergewaltigung oder wurde sie bei einem Seitensprung erwischt?"

„Ich bin noch nicht so weit für eine genauere Beurteilung."

Sie testet, ob es definitiv die Körperflüssigkeit ist. Fällt der Test positiv aus, gibt es eine Reaktion. Das ist jetzt der Fall. Es erfolgt der DNA-Abrieb, sie erhofft sich, möglichst viel Sperma zu erwischen. Mit einem Wattestäbchen wird mit Druck der Spermabereich abgerieben, damit genügend Material für den Test vorliegt. Wie andere Körperflüssigkeiten wie Blut oder Speichel ist Sperma ein guter DNA-Träger.

Das gibt wieder viel Arbeit im DNA-Labor. Bei einem Tötungsdelikt wie diesem kommen viele hundert Spuren zusammen, die in tagelanger Arbeit ausgewertet werden. Praktisch kann jeder Gegenstand, jede Körperflüssigkeit eine DNA-Spur liefern. Die klassischen Lieferanten sind Blut, Sperma, Speichel.

Im Rechtsmedizinischen Institut führen Genetiker 80 Prozent ihrer Analysen mit Spuren von Berührungen durch, den sogenannten Kontaktspuren.

Nils: „Ist da jede Spur brauchbar?"

„Nein, leider nicht. Bei den vielen Spuren kann von einem guten Profil bis zu einem unbrauchbaren alles dabei sein", beschreibt ihm Linda.

Aber die Analysen mit den neuen Hightech-Geräten werden immer sensitiver. Heute kann man mit wenig Zellen, ca. 10 bis 20, schon ein DNA-Profil erstellen.

Wie ist das möglich?

Jede menschliche Zelle enthält im Zellkern das gesamte Erbgut verteilt auf Chromosomen. Die eine Hälfte stammt von der Mutter, die andere vom Vater. Die Forensiker interessieren die Stellen, die am meisten variieren, sie liegen außerhalb der Gene und werden eins zu eins verglichen.

Linda merkt, dass der junge Kommissar mit dieser Materie überfordert ist. Einfach erklärt: „Der Trick dabei ist, dass zuerst die DNA millionenfach vervielfältigt wird, diese Menge erlaubt dann auch bei einer winzigen Spur eine Analyse. Am Tatort gibt es tausende solcher Kontaktspuren. Das Weinglas und die Weinflasche haben mehrere Personen berührt und das Messer könnte auch noch eine andere Person benutzt haben. Für die Genetiker bedeutet das sehr viel Arbeit. Das Resultat ist dann unbrauchbar, wenn viele einzelne kleine DNA-Spritzer dabei sind." Am Tatort konnten fast alle Spuren gesichert werden.

Die Arbeit der Ermittler beginnt nochmals von vorne.

Die Fingerabdrücke sind an der Reihe, sie sind eine der tragenden Ermittlungssäulen in der Forensik. Norwin und Nils betrachten genau, wie der Forensiker mit feinem Aluminiumpulver die Fingerabdrücke sichtbar macht. Mit einem Pinsel streicht er über die Fingerprints an einem Glas, welches am Tatort auf dem Tisch war.

Sind diese vom Opfer oder vom Täter?

Auch diese Abdrücke werden mit einer Folie gesichert – die Folie muss gut angedrückt werden. Das ist eine sehr heikle Aufgabe, man muss sich vorstellen, jeder saubere Abdruck kann nachher verglichen werden. Wird dieser einmal zu stark verwischt, dann ist die Spur für immer verloren. Die Spuren, die am Tatort gesichert werden, hat man für die Beweisführung. Danach hat man keine Chance mehr, noch irgendwelche Abdrücke nehmen zu können. Es ist besser, zu viele zu sichern als zu wenige. Das ist ein Riesenaufwand, als Forensiker sitzt man stundenlang an dieser Arbeit, sogar Tage.

Moon und Light helfen, die Gegenstände für das Labor zur Untersuchung einzupacken. Es ist nicht erkennbar, ob sich auf dem Messer eine Spur befindet. Auf der Weinflasche klebt Blut und Haare, dies ist mit bloßem Auge erkennbar. Moon vermutet, dass dies etwas mit der Kopfwunde des Opfers zu tun haben könnte.

Nach über zwölf Stunden konnten die wichtigsten Spuren gesichert werden. Die Tage der Tatortermittler sind lang und streng. Es gibt Tatortbilder, die lassen einen Ermittler nicht mehr los. Die müssen gedanklich weit hinten im Kopf abgelegt werden. Wenn ein Ermittler diese Bilder „gedanklich" jeden Tag hervorholt, dann ist er für diese Arbeit nicht geeignet.

Nils sagt zu Norwin: „Haben diese Mordfälle dich als Menschen verändert?"

Er überlegt lange: „Ich denke, mich haben sie abgestumpft, auch gefühlsmäßig."

Es weiß nicht, wie sein Umfeld, seine Freunde darüber denken. Die Bilder an einem Tatort können belastend wirken.

Die Kriminalisten konzentrieren sich nochmals auf die Beweismittel, ob sie wirklich alles erfassen konnten. Diese Frau ist vermutlich erschossen worden, was fehlt, ist die Tatwaffe. Neugierig sind sie auf die Auswertung von Beweismittel 4, dem Smartphone. Können die Forensiker die Handy-Daten noch abrufen, von außen sieht es beschädigt aus. Die Mordermittler dürfen jetzt die weißen Schutzanzüge ausziehen. Moon und Light sind für den übernächsten Morgen früh aufgeboten worden, um sich im Rechtsmedizinischen Institut einzufinden und bei der Obduktion dabei zu sein, wenn die Leiche untersucht wird.

Auch im Rechtsmedizinischen Institut müssen sie Schutzkleider anziehen. Dann folgt der Morgenrapport, ein Forensiker informiert: „Im Scheitelbereich rechts sind die Haare mit Blut verkrustet, was darunter ist, kann im Moment nicht gesagt werden. Besteht hier ein Zusammenhang mit dem Messer oder war es stumpfe Gewalt mit einer der Flaschen? Die Schusswunde und Suizid sind ein Thema, da müssen wir den endgültigen Beweis abwarten. Es wurde keine Waffe vor Ort gefunden. Wir haben festgestellt, dass das Opfer 11 bis 14 Stunden vor unserem Eintreffen am Tatort gestorben ist."

Die Leiche wurde inzwischen gesäubert und kommt in das dreidimensionale Röntgengerät. Dieses Gerät ermöglicht den Blick ins Innere und liefert Informationen zur Todesursache. Das Opfer wird nun Zentimeter um Zentimeter in Tranchen gescannt. Das 3D-Gerät hilft den Medizinern, die Daten am Computer 1:1 zu rekonstruieren, das ist Hightech in der Forensik. Es dauert, bis das Einscannen abgeschlossen ist.

Die beiden Kriminalisten, die Rechtsmedizinerin Linda Medi und ein Kollege gehen in den Kühlraum und öffnen ein Kühlfach, in welchem ein Toter im Leichensack eingepackt liegt. Linda schaut kurz die Etiketten an mit der Beschriftung, Datum und Name an, denn später folgt eine klassische Obduktion. Norwin fragt die Gerichtsmedizinerin: „Macht dir dieser Gestank nichts aus?"

„Angenehm ist es sicher nicht, es ist ein Teil unserer Arbeit, man gewöhnt sich daran."

„Ist das nicht zu eintönig?"

„Nein, wir beschäftigen uns nicht nur mit Toten."

Hinter der nächsten Türe erfahren sie, wie wahr diese Aussage ist. Im Nebenraum wird ein Leichnam von Assistenten der Gerichtsmedizin schön hergerichtet und aufgebahrt. Die Angehörigen haben von außen Zugang zu diesem Abschiedsraum. Für sie ist der tatsächliche Tod meistens eine schreckliche Angelegenheit. Obwohl der Tod nicht immer überraschend und plötzlich eintritt, befinden sich viele Angehörige bei der Besichtigung in einem Schockzustand. Die Gerichtsmediziner zeigen viel Empathie. Sie erleben die ganze Bandbreite der menschlichen Emotionen. Angehörige, die ihre Kinder identifizieren müssen, Geschwister, die sich schon jahrelang nicht mehr gesehen haben, unter denen es vor langer Zeit Streit gab (das wird dann eher nüchtern, kühl, erledigt). Die Gemütsbewegungen der Zurückgebliebenen gehen ab und zu auch einem erfahrenen Gerichtsmediziner unter die Haut. Manchmal ist so eine Situation sehr taff. Die Gerichtsmedizinerin sagt ganz cool: „Es ist die Vielseitigkeit, die mich begeistert."

Kriminaltechnischer Dienst

Das Spurensicherungsteam ist in diesen Mordfall ganz vertieft. Auch im Labor müssen die Kommissare Moon und Light wegen der Hygiene den Schutzanzug, Mundschutz und Gummihandschuhe anziehen. Die zu untersuchenden Spuren dürfen auf keinen Fall kontaminiert werden. Das Messer vom Tatort wird untersucht. Auf den ersten Blick haben die Ermittler keine Spuren gesehen, aber das heißt noch nichts! Es braucht nur ein paar Zellen oder Hautschuppen, die genügen für ein DNA-Profil. Beim Messer ist nicht erkennbar, ob damit zugestochen wurde. Man sieht kein Blut. Es gibt kleine dunkle Spuren an der Messerspitze.

Moon ist voll dabei: „Wir müssen Klarheit haben, wer das Messer in der Hand hatte." Der Forensiker verkneift sich ein Lächeln. Er macht den Test mit destilliertem Wasser. Ist es Blut, reagiert der Teststreifen schnell. Es ist Blut. Nach jedem Test müssen neue Gummihandschuhe angezogen werden. Damit sich das Blut für die DNA-Probe gut vom Messer löst, wird die Spitze mit einem Wattestäbchen und destilliertem Wasser betupft. Der Forensiker hofft, dass die Auswertung sie weiterbringt.

Ein wichtiges Beweisstück ist das Handy. Hier ist die Chance groß, eine gute DNA zu erhalten. Es werden Abstriche am Home Button gemacht.

Die Weinflasche vom Tisch und ein Glas könnten gute Beweismittel sein. Es ist anzunehmen, dass daraus nicht nur getrunken wurde. An der Flasche sind Blut und Haare sichtbar. Das Opfer hat eine Kopfwunde. Der Verdacht liegt nahe, dass die Tote mit der Flasche geschlagen wurde. Ob der Schlag tödlich war und wie es passierte, das wird jetzt weiter geklärt.

Das Labor verfügt über ein modernes Gerät für ein spezielles Verfahren, mit dem Fingerabdrücke sichtbar werden. Die Beweismittel Weinflasche, Messer und Glas werden in diese Maschine gelegt. Der Forensiker sagt zu Moon: „Mit diesem Gerät wird Sekundenkleberleim eingespritzt, der verdampft wird. Das Geniale daran ist, dass die Leimpartikel in der Luft an den vielen Fingerabdrücken haften bleiben." Norwin meint: „Bin gespannt, was da zum Vorschein kommt." Nach einer Stunde haben sich die Partikel abgesetzt und sie können das Ergebnis betrachten. Die Kommissare Moon und Light staunen. Irritiert fragt Moon: „Die Weinflasche sieht total verstaubt aus!" „Das sind alles Fingerabdrücke, die mit dieser modernen Technik sichtbar gemacht werden. Das bedeutet für uns viel Arbeit", gibt ihm der Techniker zur Antwort.

Nebenan im Fotolabor werden die guten Abdrücke fotografiert, erklärt der Forensiker. Der „genetische Fingerabdruck" erfordert von den Kriminaltechnikern viel Gespür. Für die Ermittlung sollte ein Fingerabdruck so groß wie möglich sein. Das ist eine Wissenschaft für sich. Die Kommissare fragen sich, ob sie das in diesem Mordfall weiterbringt? Von den vielen Fingerprints werden für den DNA-Abgleich Vergleichsabdrücke erstellt, um so zu erkennen, welche vom Opfer sind und welche anderen Personen zugeteilt werden können. Das ist reine Routinearbeit bei einem Mordfall. Die vorliegenden Abdrücke werden durch die Fingerabdruck-Datenbank laufen gelassen. Es dauert recht lange, bis die Meldung kommt: kein Treffer. Nils versucht es mit Humor: „Das wäre doch super, wenn wie in den TV-Krimis nach ein paar Sekunden ein Treffer vorliegen würde."

In der realen Mordermittlung passiert das praktisch nie.

Linda bleibt im Institut der Rechtsmedizin, die beiden Ermittler verabschieden sich und fahren retour in ihr Polizeirevier. Dort besprechen und analysieren sie den aktuellen Stand in diesem Mordfall.

„Kling", tönt es auf dem PC, Moon erhält eine E-Mail mit einer wichtigen Information aus dem DNA-Labor. Es gibt Übereinstimmungen mit einer Person A und Person B und dem Opfer. Diese Nachricht muss er zweimal lesen. Rechtsmedizinerin Linda Medi hat am Anfang der Mordermittlung gesagt, die Spuren könnten auf einen Seitensprung hindeuten. Ob ihre Vorhersage zutrifft, müssen die Ermittler herausfinden.

Norwin studiert die Handlung und den möglichen Ablauf. Er versucht, einen „roten Faden" zu finden, was irgendwie nicht gelingen will.

Was war für die Frau tödlich?

War es der Schlag auf den Kopf oder die Schussverletzung?

Die Blutspur auf dem Messer könnte dahin führen, dass sich das Opfer wehren wollte und deshalb den Täter verletzte, somit müsste Blut an der Messerspitze und vielleicht auch am Fingerabdruck erkennbar sein.

Der Täter könnte Person A sein. Wer ist er/sie, was wissen wir darüber?

Dann eine weitere E-Mail vom Forensiker: Wieder kein Treffer in der DNA-Datenbank! Die Täter sind meistens im unmittelbaren Umfeld der Opfer zu finden. Ist B oder A der Mörder? Ist einer der beiden der Freund vom Opfer?

Hat der Unbekannte sie in flagranti erwischt und getötet?

Hat es einen Streit gegeben, der eskalierte, und der Täter ist geflohen – aber wohin? So ein Tötungsdelikt bedeutet, einen Berg von Fragen abzuarbeiten, und dazu braucht es viel Zeit.

Moon und Light erstellen eine Zusammenfassung der vorliegenden Beweismittel.

Beweismittel mit DNA-Spuren	Beweis	Corine L. Opfer	Person A	Person B
Smartphone	Nr. 4	X		
Blutspur Schuhabdruck Boden, Teppich	Nr. 5	X	X	
Weinglas	Nr. 6		X	X
Weinflasche	Nr. 7	X	X	X
Blutspuren Badezimmer	Nr. 8	X		
Zigarettenstummel	Nr. 9	X	X	
Blutspur an der Wand	Nr. 10			
Patronenhülse vom Boden (Laboratory Imaging)	Nr. 11			
Spermaspuren	Nr. 13			X
3 Spermaspuren im Schlafzimmer	Nr. 14			X
Blut am Küchenmesser	Nr. 15	X	X	
Projektil 9 mm Luger (BallScan) Gefunden in der Badewanne	Nr. 17	X		
Pistole SIG P220 Kaliber 9 mm Gefunden im Gebüsch vor dem Haus	Nr. 18		X	
Schmauchspuren am Türrahmen	Nr. 19			
CT dreidimensionales Röntgengerät	-	X		

„Wir fahren morgen nochmals ins Institut der Rechtsmedizin, dort erhalten wir weitere Hinweise", sagt Norwin. Ein paar Minuten später meldet sich die Rechtsmedizinerin Linda Medi: „Morgen Nachmittag wird das Opfer obduziert."
„Wir sind dann im Institut und treffen uns dort. Danke für die Info."
„Nils, du bist morgen bei der Leichenschau mit dabei. Wir fahren zusammen."

Institut Rechtsmedizin Radiologie
Schon früh am Morgen fahren Kommissar Norwin Moon und Nils Light in die Rechtsmedizin. Ein Rechtsmediziner betrachtet die Ermittlungen aus einer ganz anderen Perspektive und erklärt: „Auf diesem Schichtröntgenbildquerschnitt dieser 3D-Röntgenaufnahmen ist auf der linken Seite die Kopfwunde gut erkennbar und man sieht auch einen Riss in der Schädeldecke."

Norwin fragt: „Ist diese Verletzung durch einen Sturz oder durch einen Gegenstand wie die Weinflasche entstanden? Kann man an so einem Schlag sterben?"

„Diese Frage können wir noch nicht beantworten."

„Im Brustbereich ist es wegen des weichen Gewebes schwieriger. Spuren des Schusses auf dem Bildschirm zu sehen, ist nicht einfach. Auf dem Bildschirm seht Ihr viel Grau, das ist Flüssigkeit, könnte Blut sein vom Herzen her. Es ist auffallend, dass beim Einschussloch wenig Blut war. Das wäre die Erklärung, wohin das ganze Blut geflossen ist. Der Blutverlust nach innen ist sicher ein Thema. Wir werden zur Erstellung von DNA-Profilen histologische Untersuchungen der Gewebeschnittteile und toxikologische Untersuchungen von Körperflüssigkeiten oder Organen durchführen lassen."

Woran ist das Opfer gestorben?

War es der Schlag auf den Kopf oder der große Blutverlust vom Schuss? Diese Frage ist noch nicht beantwortet.

Forensische Medizin – Klinische Obduktion/Autopsie

Die äußere Besichtigung der Leiche wurde am Tatort in der Wohnung der Toten durchgeführt. Jetzt erfolgt die innere Leichenschau, die zur Feststellung der Todesursache und zur Rekonstruktion des Sterbevorgangs durchgeführt wird. Obduktionen werden von Patologinnen/Pathologen und Rechtsmedizinerinnen/Rechtsmediziner durchgeführt.

Die Kommissare sind für 13:00 Uhr mit Linda Medi verabredet, um bei der Obduktion der toten Frau anwesend zu sein. Sie fahren mit dem Lift in die unteren Stockwerke, wo die Leichen gelagert werden und die rechtsmedizinischen Untersuchungen (Sektionen) stattfinden. Zwei Assistenten, die Rechtsmedizinerin und die Kommissare Moon und Light sind anwesend. Die Toten werden immer nach demselben Schema geöffnet. Je nach Bundesland schneiden Gerichtsmediziner die Männer Y-förmig auf und die Frauen U-förmig. Wegen des Totenhemdes werden unterschiedliche Schnitte gemacht. Angehörige können so Abschied nehmen, ohne die Schnitte zu sehen. Wenn der Bestatter den Rechtsmediziner anruft und ihn darum bittet, dann werden diese Schnitte so gemacht. Die Ausnahme ist in Berlin, dort werden Leichen fast nicht mehr aufgebahrt.

Die Organe werden eines nach dem anderen entnommen. Je nach Leichnam ist dies oftmals eine berufliche Herausforderung. Leichen, die lange Zeit irgendwo gelegen haben, sind am ekligsten. Im Sommer gibt es viele Fäulnisleichen, wenn die Maden in der Leiche rumkrabbeln, die Fliegen herumschwirren, dann spüren das die Medizinerin mit allen Sinnen. Es stinkt unangenehm. Diesen Gestank nehmen Norwin und Nils anschließend mit nach Hause. Dieser bleibt in den Haaren und in der Wäsche so zu sagen als Andenken an diese Sektion hängen.

Für die Medizinerin ist das heute einfach eine Leiche. Sie untersucht die Organe mit allen Flüssigkeiten akribisch. Es riecht gegoren, die Hirngefäße sind sehr fein. Jedes Detail wird festgehalten. Es begeistert sie, dass man sieht, was mit einem Körper passieren kann und was die physikalischen Kräfte wie Wasser und Feuer, mit einem Körper machen können. Bei Unfällen oder Verbrechen kann das schnell gehen. Wie dünn ein Schädelknochen ist, wie fragil der Brustkorb, das ist einfach spannend. Linda Medi erkennt sehr schnell, woran eine Person gestorben ist. Sie betrachtet die Augenbindehäute. Sind dort punktförmige Einblutungen, kann das ein Hinweis auf Ersticken sein. Wenn sie keine Totenflecken sieht, dann weiß sie, dass das Opfer wahrscheinlich verblutet ist.

Es ist mehr, als nur das Herz des Toten in der Hand zu halten. Sie denkt dabei an die Angehörigen und daran, dass sie denen in die Augen schauen und sagen kann: „Die Verstorbene musste nicht leiden."

Es kommen dann Fragen wie: „Hatte sie Schmerzen?"

„Nein, es ging ganz schnell, sie war bewusstlos, hat gar nichts mehr mitgekriegt."

Das hilft den Menschen, es bedeutet der Gerichtsmedizinerin auch viel, dass sie jemanden trösten konnte. Wie kostbar das Leben ist, zeigt der Tod dieser Frau, Tag für Tag erlebt sie das.

In diesem Moment ist Linda glücklich. Es ist die Erfahrung, einfach nur am Leben zu sein, in diesem Moment hier zu sein. Das ist unglaublich.

Für die Angehörigen ist es hart. Sie leben in der Realität und müssen damit umgehen. Es ist schmerzhaft, mitzuerleben, wenn ein Familienmitglied verstorben ist. Schlimm wird es dann, wenn man auf ein Foto blickt und den liebsten Menschen sieht. Dann wird die Erkenntnis vermittelt, wie fragil das Leben ist. Sind wir tot, dann sind wir weg. Fotos sind alles, was von uns bleibt. Wie kann außer mit Fotos der Beweis erbracht werden, dass wir existierten? In diesem Moment ist vielen Menschen ihre Sterblichkeit bewusst. Natürlich hoffen sie alle, noch lange leben zu können. Das Leben geht weiter.

„Gibt es Fälle, bei welchen ein Rechtsmediziner an seine Grenzen und Vorstellungskraft kommt?", will Nils unbedingt von Linda wissen!

„Ja, die gibt es. Ein Kollege der Rechtmedizin hat mir erzählt, wie Eltern ihr Kind jahrelang in einem dunklen Zimmer gefangen gehalten haben, ohne Essen, ohne Spielzeug. Die Knochen des Mädchens hatten kein Wachstum und es war total unterernährt. Er erzählte, wie er bei der Obduktion Mörtel in ihrem Magen gefunden hat. Sie hatte das vor lauter Hunger aus der Wand gekratzt."

Nils wird langsam blass im Gesicht.

„Er erzählte auch vom Fall eines sechsjährigen Jungen. Der wurde von Hunden gejagt, niemand konnte ihm helfen. Die Hunde wurden eingeschläfert. Der Rechtsmediziner musste die beiden obduzieren, ob diese durch Kokain oder Anabolika scharf gemacht wurden. Aus dem Magen eines der Hunde hatte er das komplette Gesicht des kleinen Kindes geholt. Die Hunde waren für die Jagd trainiert. Sie hatten eine extrem starke Muskulatur."

„Konnte der Mediziner noch weiter obduzieren?"

„Wenn er das nicht könnte, würde das seine Professionalität einschränken, das betrifft auch meine Arbeit. Wir können es uns nicht leisten, betroffen zu sein."

Ganz benommen von dieser Erkenntnis und den Informationen, verlassen Norwin und Nils diesen Ort und verabschieden sich von Linda und den Assistenten. Morgen sind sie mit dem Waffenspezialist verabredet.

Forensische Ballistik
Die Kriminaltechniker haben in der Nähe des Tatortes die Wiese abgesucht und die mutmaßliche Tatwaffe gefunden. Die Waffe wurde eingepackt und an die Kriminaltechnik zur Untersuchung gegeben. Sie werden vom Kriminaltechniker empfangen. Beide müssen Mundschutz und Gummihandschuhe anziehen. Es ist höchste Vorsicht geboten, die Waffe könnte noch geladen sein. Der Forensiker packt die Waffe vorsichtig aus. Moon hat mit ihm bei der Tatortuntersuchung in der Wohnung die Hülse gefunden. Das Projektil lag in der Badewanne und sie konnten Schmauchspuren sichern. An seinem Arbeitsplatz im Labor erklärt der Experte: „Als erste Handlung werden mögliche Spuren gesichert. Am geriffelten Griff sind Fingerabdrücke kaum zu finden, aber vielleicht eine DNA vom Täter. Die Pistole ist eine SIG P220."

Dann gehen sie zu dritt nach unten in den Schiesskeller. Dort wird beurteilt, ob die Waffe geladen ist oder nicht bzw. ob noch eine Kugel im Lauf ist. Hier unten müssen alle wegen des Schmauchs beim Schießen einen Arbeitskittel anziehen, Kopfhörer und Brille aufsetzen. Der Waffenexperte erklärt sein Vorgehen: „Ich nehme jetzt das Magazin heraus. Seht Ihr, es sind noch zwei Patronen darin, die Waffe war mit einer weiteren Patrone geladen. Wie leicht hätte sich auf dem Transport sein Schuss lösen können. Das war gefährlich."

„Und wie!", bestätigt Norwin.

„Die Waffe werde ich jetzt beschießen."

Nils: „Was heißt das genau?"

„Ich werde einen kontrollierten Schuss im Waffenkanal abgeben, damit wir ein Projektil und eine Hülse von dieser Pistole haben." Der Schuss wird in einer extra hergestellten Schusskanal-Holzbox abgefeuert. Das Projektil wird in diesem Schusskanal festsitzen, dann wird es für den Vergleich herausgenommen. Dann erzählt er gleich von einem Vorfall: „Vor kurzem hat ein Polizist durch unvorsichtiges Hantieren mit der Waffe einen Schuss ausgelöst. Bei einer Handfeuerwaffe muss zuerst das Magazin entfernt und anschließend ein Entladen durchgeführt werden. Es könnte sich noch eine Patrone im Patronenlager befinden. Bei einer Waffentragebewilligung wird das gelernt. Aus Versehen drückte der Polizist ab und ein Schuss löste sich. Er war zum Glück alleine in der Kabine. Er ist unverletzt, muss sich aber mit Verdacht auf ein Gehörproblem ärztlich untersuchen lassen.

Der Waffenexperte ruft: „Achtung Schuss."

Der Schusskanal besteht aus einzelnen Kammern. Dazwischen ist ein Blatt Papier, damit man erkennt, wie weit das Projektil durchgedrungen ist und es so schnell finden kann. Der Schusstest ist ein sehr wichtiges Beweismittel. Jede Waffe hinterlässt unverkennbare Spuren an der Hülse und dem Projektil. Und sie hat ihr eigenes Individualmerkmal, das kommt vom Zündstift her, dann vom Lauf. Es ist somit ein ‚Fingerabdruck' der Pistole. Nach dem Schusstest folgt ein sehr vorsichtiges Entladen der

Waffe. Arbeitskittel, Kopfhörer und Brille können sie wieder ausziehen, jetzt geht es wieder ins Labor nach oben. Der Forensiker untersucht dort die Schmauchspur. An der Hand wurde vom Opfer eine Probe genommen. Auf diese Probe wird eine Chemikalie gesprayt, die nicht reagieren sollte. Es passiert nichts, keine chemische Reaktion. Das beweist, dass die tote Frau nicht geschossen hat. Die Probe von der Badezimmertüre zeigt eine farbliche Reaktion auf den Schmauch. Am Türblatt hat sich Schmauch festgesetzt, man sieht dies als kleine Punkte. Daraus kann abgeleitet werden, dass der Schuss bei der Türe im Bad abgefeuert wurde. Es muss noch abgeklärt werden, ob wirklich mit dieser Pistole geschossen wurde. Hülse und Projektil werden mit dem BallScan (Laboratory Imaging) vergrößert und die Individualmerkmale damit verglichen. Der Techniker zeigt den beiden die Vergrößerung: „Seht Ihr hier die verschiedenen Linien? Auf dem linken Bildschirm seht Ihr die Hülse vom Tatort und auf dem rechten die vom Schiesskeller." Die Bilder werden richtig positioniert, dann erkennen sie, dass beide gleich sind und von derselben Waffe abgeschossen worden sind. Es wird nach weiteren Abstimmungsmerkmalen gesucht. Für die Beweisführung vor Gericht ist es von Vorteil, wenn es mehrere gibt.

Moon kommt zu folgender Schlussfolgerung: „Das Opfer hat die Waffe nicht selber abgefeuert, es hat an den Händen keine Schmauchspuren. Der Mörder hat in der Umgebung der Türe den Schuss abgegeben, dort gibt es Schmauchspuren. Weiter steht fest, dass die Hülsen dieser Waffe übereinstimmend und von dieser abgefeuert worden sind."

„Ja, das ist so. Ich werde das in meinem Bericht festhalten und Ihnen diesen zusenden", bestätigt der Waffenexperte. Norwin und Nils bedanken sich: „Wir müssen jetzt zum Physiker von der Rechtsmedizin. Wo finden wir sein Labor?"

„Einen Stock höher, dort ist es angeschrieben."

Physiker Rechtsmedizin
Die Weinflasche vom Tatort ist noch ein wichtiger Teil. Reichte ein Schlag für tödliche Verletzungen? Sie begrüßen den Phy-

siker der Rechtsmedizin. Auch bei diesem Test werden Kittel, Schutzbrille und Handschuhe angezogen. Er geht der Frage nach, welche Schlagkraft mit so einer Flasche erreicht werden kann.

Norwin hat das so noch nie gesehen: „Für den Test habe ich einen kopfähnlichen Gegenstand hergestellt, auf welchen die Flasche geschlagen wird."

„Wie machen Sie das?"

„Auf den Kopf trage ich eine dünne Schicht Plasticine auf, die das dünne Gewebe am Schädel simuliert."

Nils kann das fast nicht glauben: „Das funktioniert so?"

„Jawohl. Der (Kopf-) Gegenstand hat physikalisch dieselbe Widerstandskraft wie ein echter Kopf. Wir gehen davon aus, dass die Flasche viel robuster ist, als man glaubt. In TV-Filmen sind die Flaschen aus Zucker, da ist man gewohnt, dass diese einfach und leicht in Brüche gehen. In der Praxis ist dies nicht der Fall."

Die Ermittler stehen sehr nahe am Testgerät und sind gespannt, was da passiert. Der Rechtsmediziner lässt eine Flasche auf den nachgebildeten Kopf sausen. Fast wie bei einer Schiffstaufe, nur bei diesem Test bleibt die Flasche ganz. Eine Verletzung am Kopf wäre wahrscheinlich und vermutlich ein Schädelbruch. Der Physiker hat die Bilder vom CT gesehen und sagt: „Es wurde ein Bruch am Kopf wurde festgestellt und auch, dass innerhalb des Schädels Blutungen aufgetreten sind. Es ist anzunehmen, dass der Schlag mit der Flasche auf den Kopf nicht zum Tod geführt hat."

Moon resümiert: „Somit können wir davon ausgehen, dass die Verletzung am Herzen durch den Schuss als Todesursache sehr wahrscheinlich ist. Die Kugel ist durch den Körper hindurch und hinten rausgetreten. Die endgültige Antwort wird uns die Rechtsmedizin geben."

Im Polizeirevier besprechen die Ermittler den Mordfall. In diesem Verbrechen werden wichtige Mosaiksteine zusammengefügt, damit der Tatvorgang geklärt werden kann. Die Ermittler haben die Beweise, dass die Pistole die Tatwaffe ist. Auch die Schmauchspuren wurden dieser Waffe zugeordnet. Was noch fehlt, sind die Namen der DNA-Spuren der Vergleichsproben.

Norwin sagt zu Nils: „Wir müssen der Spur nachgehen, wie die Fingerabdrücke von Person B auf die Weinflasche am Boden kommen? Wurde die Frau tatsächlich kaltblütig erschossen? Ist sie auf den Mörder losgegangen und ein Schuss hat sich in einer Kurzschlusshandlung gelöst?"

Moon ruft den Techniker an, welcher die Tatortszenerie erstellt hat: „Ja, ja, gut, das würde passen, dann bis morgen."

Vermessungs-Ingenieur Rechtsmedizin

Moon und Light sind im Technikerraum und hoffen, dass die Rechtsmedizin ihnen weiterhelfen kann. Die Tatortermittlung wurde eingescannt, das Computermodell ist anatomisch bewegbar.

„Wir arbeiten hier mit der modernsten Technik", erklärt der Ingenieur. „Das heißt?", fordert Moon den Mann heraus. „Die dargestellten Personen haben genau die Proportionen der toten Frau. Diese Daten wurden vom CT und vom äußeren Scan erfasst. Jedes Detail ist ersichtlich, die Verletzungen, die Oberfläche der Haut und ihr Skelett."

„Somit sind die Verstorbenen alle etwa gleich?"

„Nein, auf keinen Fall. Bei jedem Toten werden die Daten individuell angepasst, dadurch lässt sich der Schussverlauf im Bild feststellen, die Ein- und Ausschusslöcher sind beim Opfer gut sichtbar. Erinnern Sie sich, bereits am Tatort wurde virtuell das Gleiche gemacht. Das Einschussloch im Duschvorhang und das am Schwamm beim Badwannenrand müssen stimmen, wenn die roten Linien in der virtuellen Nachbildung erstellt werden."

Norwin ist beeindruckt und sagt anerkennend: „Für den Staatsanwalt sind solche Nachbildungen des Tatvorganges bei Mord von großer Bedeutung."

Der Radiotechnologe beschreibt die Zukunft: „Wir entwickeln moderne und digitale Technologien, die auf der Jagd nach Killern eingesetzt werden. Anhand der DNA können wir Haut-, Augen- und Haarfarbe, Herkunft und Alter bestimmen. Diese Technik darf noch nicht offiziell eingesetzt werden. Das wird im Parlament mit einer entsprechenden Gesetzesgrundlage verabschiedet. Auf jeden Fall können wir mit dieser Methode ungeklärte Mordfälle lösen."

„Was kann man sonst noch damit machen?", fragt Moon interessiert.

„Der neue Fingerabdruck ist die Stimme eines Mörders."

„Wirklich! Das ist den Mördern sicher nicht bekannt!"

„Wir können den virtuellen Tatort danach zugänglicher machen als den echten. Wir arbeiten mit Laser statt mit dem Maßband. Roboter kommen anstelle von Rechtsmedizinern zum Einsatz. Mit unserer neuen Technologie entlarven wir fast jeden Mörder. Die haben keine Chance mehr, uns zu entkommen. Das zeigt sich in der Statistik in der sehr hohen Aufklärungsquote (über 90 Prozent)."

Rundgang in der Radiologietechnik

„Bevor wir die Ergebnisse des Mordfalles anschauen, zeigen wir Euch unsere Hightech-Anlage."

Sie gehen in einen Raum im Keller. Dort hängt an der Decke ein Roboterarm. Direkt darunter stehen ein Computertomograph und zusätzlich ein Scanner, welcher mit mehreren Kameras bestückt ist. Mit diesem Gerät können die Mediziner eine Autopsie ohne einen Schnitt vornehmen. Der technische Fortschritt ist so weit, dass damit eine Leiche obduziert wird, ohne sie zu beschädigen. Es dauert ein paar Sekunden, dann liefert das Gerät ein dreidimensionales Abbild der Leiche. Die scharfen Aufnahmen geben Aufschluss zu der Todesursache. Bei Verbrechen liefert das Gerät auch den Tathergang und die Waffe.

„Sehr beeindruckend, jetzt müssen einige Mörder zittern, denn die wissen nicht, was die heutige Technik in der Mordermittlung leisten kann! Das betrifft auch alle alten Mordfälle, da laufen noch viele Mörder frei herum", bestätigt Moon und reibt sich genüsslich die Hände.

Der Mediziner: „Die Spezialkameras bilden nicht nur die Oberfläche ab, wie wir das von Fotoapparaten kennen. Mit diesem Gerät gehen wir tief unter die Haut."

„Wie weit geht das?"

„Mit der richtigen Kameraeinstellung werden Verletzungen unter der Haut sichtbar, die man von außen nicht erkennt. Auch Spuren von fremden Körperflüssigkeiten am Körper werden sichtbar, das ist bei Sexualverbrechen wichtig."

Moon macht eine Anmerkung: „Das ist wirklich wichtig, weil diese Verbrechen enorm gestiegen sind. Die Zahl der polizeilich erfassten Fälle von Vergewaltigung und sexueller Nötigung und sexuellem Übergriff mit besonders schweren Fällen, einschließlich Todesfolge, ist gestiegen. Von den Sexualstraftaten werden leider nur 5 % bis 8 % angezeigt. Im Durchschnitt jede dritte Frau wird Opfer einer Gewalttat, einer Vergewaltigung oder eines Angriffs. Deshalb finde ich diese Technik sehr gut."

Virgin Reality – digitale Forensik
Voller Stolz erklärt der Ingenieur den beiden Kommissaren seine neuste Technik in der Mordermittlung:

„Sie erleben jetzt einen Blick in die Zukunft, mit Virgin Reality. Mit der 3D-Brille gehen wir zurück an den Tatort."

Moon wird eine Brille in der Größe einer Skibrille aufgesetzt. Er kann den Tatort abrufen und hat das Gefühl, als wäre er mitten im Tatort. Das ist eine unglaubliche Dimension in der Tatortermittlung. Virtuell lassen sich die verschiedenen Tatortmöglichkeiten abrufen und einstellen. Das ist ein ausgezeichnetes Hilfsmitte für die Ermittler, den Staatsanwalt, die Richter und auch die Befrager der Täterschaft.

Mit Virgin Reality kommt man virtuell nochmals in den Tatort hinein, die Erinnerungen werden verstärkt und das hilft dem Gedächtnis auf die Sprünge. Norwin zieht die Brille ab, reicht sie Nils: „Genial, das ist Zukunft in der Mordermittlung."

Der Techniker meint: „Mit diesem Gerät werden die kleinsten Verletzungen an den Knochen abgebildet. Bei der Schussabgabe können wir die Richtung, den Winkel, mit dem das Projektil abgefeuert wurde, bestimmen, was im vorliegenden Mordfall wichtig ist."

Wir sind jetzt in der digitalen Forensik.

Moon und Light besprechen mit dem Techniker, was noch fehlt. „Wir brauchen die beiden Namen von Person A und B." Das Smartphone vom Tatort hat dem Opfer gehört. Die Forensiker durften erst auf diese Daten zugreifen, nachdem der Staatsanwalt den offiziellen Auftrag dazu erteilte. Bei Tötungsdelikten oder Kapitalverbrechen ist dies enorm wichtig. Der Digital-Forensiker knackt die Sperrung vom Handy. Wie er das macht, bleibt sein Geheimnis. Dank einer speziellen Software kann er jedes kleine Detail herauslesen.

Auf dem Bildschirm werden Anrufnummern, Chats, hunderte von Bildern sichtbar. Eine gigantische Datenflut steht den Kommissaren zur Verfügung. Es ist verrückt, was da alles nachträglich erkennbar gemacht werden kann. Ein Handy ist effektiv ein digitales Tagebuch aus dem Privatleben eines Menschen. Dank dieses Tagebuchs haben die Ermittler zwei Namen samt Telefonnummern herausgefunden. Der eine verdächtige Mann A heißt Aabid P., der zweite Mann B Chris W. Diese beiden Personen gelten ab sofort als verdächtig. Von den beiden Verdächtigen lassen die Ermittler Schuhe abholen. Sie erstellen einen Abdruck und wollen wissen, ob einer auf die blutige Schuhspur vom Tatort passt.

Mit der DNA finden die Forensiker Blut auf dem Messer. Bei einem der Verdächtigen gibt es Spuren am Hals des Opfers und DNA auf der Tatwaffe. Alle Beweismittel und DNA-Spuren haben den mutmaßlichen Täter überführt. Trotz modernster Hightech-Geräte auf der Jagd nach Mördern müssen Fingerabdrücke und DNA-Proben von Ermittlern weiterhin am Tatort gesichert werden. Die werden dann im Bereich der Forensischen Genetik untersucht.

Moon und Light lassen Aabid P. (Mann A) zur Befragung auf das Polizeirevier bringen. „Wir haben erdrückende Beweis, dass Sie die Tote getötet haben. Was sagen Sie dazu?"

„Ich war das nicht", versucht er, einzuwenden, aber es klingt nicht überzeugend. „Wir zeigen Ihnen jetzt Beweismittel, welche gegen Sie vorliegen." Sie zeigen ihm die Auswertung der verschiedenen DNA-Spuren. Moon bringt den Verdächtigen so weit, dass er die Tat gesteht.

„Es ist besser, Sie kooperieren mit uns."

Light holt Kaffee, damit Aabid P. in entspannter Atmosphäre reden kann.

„Es ist zum Streit gekommen, ich konnte es nicht ertragen, dass meine ehemalige Freundin mit mir Schluss gemacht hat. Als ich bei ihr war, musste sie kurz auf die Toilette und in dieser Zeit habe ich ihr Handy angeschaut. Dort habe ich Fotos von ihr mit einem anderen Mann gesehen, da bin ich durchgedreht."

„Was genau ist dann passiert?"

„Es gab ein Gerangel. In blinder Wut habe ich sie am Hals gepackt, gewürgt und mit dem Kopf an die Türrahmenkante geschlagen."

„Weiter."

„Im Kampf habe ich ihr die Weinflasche auf den Kopf geschlagen."

„Da fehlt noch was!"

„Ich bin wütend in die Tiefgarage zu meinem Auto gerannt. Im Handschuhfach hatte ich eine Pistole. Bin dann in voller Wut zurück in die Wohnung gegangen. Sie stand blutend im Badezimmer. Von der Badezimmertüre aus habe ich auf sie geschossen und habe dann fluchtartig die Wohnung verlassen."

Er erzählt das so, als wäre das ein ganz normale Sache. Moon und Light erlebten die andere Seite, wie dank des Einsatzes der Kriminaltechniker am Tatort Beweise sichergestellt werden konnten, die zur Aufklärung dieses Mordfalles führten. Nur dank dieser Beweiskette mit den vielen Forensikern im Labor konnte Aabid P. des Mordes überführt werden. Aabid P. war total verstört, weil er sich nicht vorstellen konnte, was Mordermittler alles herausfinden und wissen.

Moon hat eine Aufgabe für Light: „Kannst du Chris W. (Mann B) zur Befragung aufbieten und abholen? Es gibt da ein paar Fragen." Am späteren Nachmittag können sie Chris W. befragen. Er ist total entsetzt, nachdem ihm mitgeteilt wurde, dass Corine L. verstorben ist, ermordet wurde.

Norwin beginnt direkt mit der Befragung: „Wo waren Sie in der Tatnacht?"

Weinerlich antwortet er: „Wieso fragen Sie mich das? Ich habe Sie nicht umgebracht."

„Wir haben Ihre DNA auf der Weinflasche und auf dem Glas gefunden. Für uns sind Sie ein Verdächtiger im Mordfall Corine L.!"

Chris W. realisiert, dass er die Wahrheit sagen muss. „Corine L. und ich sind befreundet. An diesem Vorabend hatten wir Sex zusammen. Wir haben noch Wein getrunken, so gegen 23:00 Uhr bin ich nach Hause gefahren."

„Können Sie das beweisen?"

„Ja, kann ich."

Kommissar Moon klärt das ab und es kann einwandfrei nachgewiesen werden, dass Chris W. zur Tatzeit und in der Nacht nicht in der Wohnung war. Seine Eltern bestätigen dies auf dem Polizeirevier und die Handy-Ortung zeigt, dass er an seinem Wohnort war.

Aabid P. wird in Gewahrsam genommen und des Mordes angeklagt. Die Mordermittler erstellen ihre Protokolle und Beweismittel zuhanden der Staatsanwaltschaft.

Da es sich nicht um einen Indizienprozess handelt, sondern um eine Anklage mit erdrückenden Beweismitteln, ist die Anwesenheit (Zeugenaussage) an der Gerichtsverhandlung durch die Kommissare Norwin Moon und Nils Light nicht erforderlich.

Chronik des Verbrechens

Aabid P. hatte immer mal wieder Eifersuchtsanfälle. Die Polizei musste mehrmals ausrücken und schlichten. Dies war sicher ein Grund, weshalb das Opfer Corine L. die Beziehung aufgelöst hatte. Am Tage des Mordes gab es eine Eskalation. Der Angeklagte Aabid P. hat auf dem Handy von Corine L. Fotos eines anderen Mannes gesehen. Vor blindwütiger Eifersucht rastete er aus. Er würgte sie, schlug sie mit dem Kopf gegen den Türrahmen. Dann nahm er die Weinflasche und schlug ihr diese auf den Kopf. Anschließend holte er aus seinem Auto eine Pistole. In diesem Moment hat er beschlossen, das Opfer eiskalt zu erschießen. Er ging zurück in die Wohnung und erschoss sie. Auf leisen „Sneaker"-Sohlen lief er schnellen Schrittes die Treppen runter und wieder hinauf. Im Mehrfamilienhaus hat ihn niemand gesehen und gehört. Der Tod kam auf leisen Sohlen. Ein eiskalter skrupelloser Mörder. Eine verwerfliche Auslöschung eines Menschenlebens.

Gerichtsverhandlung (Hauptverfahren)

Um 08:45 Uhr werden die Türen zum Gerichtsgebäude geöffnet. 09:00 Uhr Verhandlungsbeginn.

Es geht um den Straftatbestand des Mordes. Aabid P., der mutmaßliche Mörder, wird mit Fußfesseln in den Gerichtssaal geführt. Er trägt Jeanshose, Kurzarmhemd und schwarze Turnschuhe.

Der Verteidiger setzt sich sofort in Szene Strafverteidiger: „Ich verlange, dass die Verhandlung verschoben wird."

Richter: „Das Gericht stützt sich auf die Einschätzung des gewählten Gutachters."

Strafverteidiger: „Ich bin damit nicht einverstanden."

Richter: „Begründung?"

Strafverteidiger: „Ich begründe dies damit, dass meinem Mandanten mehrere Ärzte psychotische Störungen attestiert haben. Der Beschuldigte leidet unter einer Borderline-Persönlichkeitsstörung. Stimmung und Emotionen sind durch Impulsivität und Instabilität in zwischenmenschlichen Beziehungen charakterisiert. Der Angeklagte leidet unter massiven Ängsten vor dem Alleinsein und instabilen Beziehungen. Der vom Gericht gewählte Gutachter ist anderer Ansicht, damit bin ich als Strafverteidiger nicht einverstanden."

Der Generalstaatsanwalt fordert, diesen Antrag anzuweisen mit der Begründung: „Am Gutachten gibt es keine Mängel. Auch mit Störungen kann man voll schuldfähig sein", begründet er.

Der mutmaßliche Mörder wird befragt

Der Richter entscheidet, dass der Antrag des Verteidigers später behandelt wird. Der Beschuldigte Aabid P., der seine Ex-Freundin getötet hat, wird befragt.

Anwalt: „Die Tat wird nicht bestritten, doch der Tatbestand des Mordes wird zurückgewiesen."

Richter zum Angeklagten: „Was sagen Sie dazu?"

Der Angeklagte bestreitet, dass es Mord war.

Aabid P.: „Ich habe aus Notwehr gehandelt."

Richter: „Deshalb sind Sie zu Ihrem Auto gegangen, haben die Pistole geholt und Ihre ehemalige Freundin brutal hingerichtet!"

Die Strategie des Strafverteidigers ist klar. Im Strafgesetzbuch wird Mord wie folgt beschrieben:

„Handelt der Täter besonders skrupellos, sind namentlich sein Beweggrund, der Zweck der Tat oder die Art der Ausführung besonders verwerflich, so ist die Strafe lebenslängliche Freiheitsstrafe oder Freiheitsstrafe nicht unter zehn Jahren. Deshalb plädiert der Verteidiger auf Notwehr.

Wegen seiner Mutter und der Tat ist er traumatisiert.

Richter: „Sie sagten, Sie selber fühlen sich von der Tat traumatisiert. Sie sagen auch, dass Sie die Tat nicht behandelt haben möchten, weil Sie sich damit nicht befassen möchten. Was sagen Sie dazu?"

„Darüber zu sprechen, fällt mir schwer. Ich kann mich auch nicht mehr richtig daran erinnern", sagt der mutmaßliche Mörder. Er erwähnt: „Meine Mutter hat mich einmal sehr gekränkt. Dadurch ist es für mich schwierig, aus mir herauszukommen und über meine Gefühle zu reden."

Der Täter spricht das Thema mit der Mutter immer wieder an. Hat ihn der Verteidiger darauf getrimmt?

Richter: „Weshalb haben Sie Ihre Ex-Freundin getötet?"

Aabid P.: „Was ich getan habe, war mir nicht bewusst. Gibt es Menschen, die jemanden gerne töten?"

Jetzt will er seine Tat verniedlichen: „Manchmal passieren solche Sachen. Das kann jedem Menschen passieren."

Richter: „In der Vernehmung haben Sie gesagt, dass Sie legitimiert seien, eine Bestrafung vorzunehmen. Sie hätten das Recht, Ihre Ex-Partnerin zu töten, weil sie untreu war! Sie wäre fremdgegangen. Wir haben Sie dazu befragt, ob Sie konkrete Beweise hätten. Damals sagten Sie Nein."

Der Verteidiger macht auf Mitleid

Er stellt dem mutmaßlichen Killer, seinem Mandanten, die Frage: „Wie ist es Ihnen vor der Tat gegangen?"

Aabid P. antwortet: „Zwei Monate vor der Tat habe ich versucht, mir das Leben zu nehmen."

„Womit?"

„Ich hatte in suizidaler Absicht eine Überdosis Drogen eingenommen."

Der Richter: „Sie sagen, dass das Ganze rassistisch sei. Weshalb?"

„Weil niemand nachgeforscht hat, wie das Leben meiner Ex-Freundin war. Man hat nur meine Person ins Visier genommen, das finde ich rassistisch." Der Richter geht auf diese Aussage nicht ein. Er will nicht über die Tote reden.

Aabid P., der Mordverdächtige, meint: „Ich möchte nicht über das Fremdgehen reden. Sie ist tot, nachträglich sollte man nicht böse Sachen nachsagen."

Richter Antoine G. belehrt ihn: „Wir sind hier vor Gericht und müssen auch unangenehme Sachen ansprechen."

„Ich habe tatsächlich vermutet, dass sie fremdgegangen ist. Das löste bei mir eine Paranoia aus."

Der Richter sagt zum Angeklagten: „Wer ist schuld am Tod der Frau?"

Bei dieser Frage muss der Mörder überlegen: „Einfach so kann man das nicht sagen. Ich bin Opfer, sie ist Opfer. Ich bin am Leben, sie lebt nicht mehr."

Ein taktloses Lächeln des Angeklagten: „Das ganze Leben liegt in Gottes Hand, so auch diese Tat", äußert sich der Angeklagte. Die Richter schauen sich an, kneifen erbost die Lippen zusammen. So ein deplatziertes Lächeln und diese Aussage mitten in einer folgenschweren Verhandlung.

Ende der Befragung

Der Beschuldigte gibt immer wieder an, die Tat nicht geplant zu haben. Der Glaube, das Fremdgehen und seine Eifersucht wurden besprochen.

Der Psychiater wird befragt

Befragt wird der Gutachter, der den Beschuldigten im Auftrag untersucht hat. Dem Täter wird volle Schuldfähigkeit zur Tatzeit attestiert. Er äußert sich klar: „Für mich ist beim Angeklagten kein ausgeprägtes Symptom erkennbar, das auf solch eine Krankheit hinweist. Das Beziehungsverhalten bei Aabid P. und die vorhandenen Gefühlsschwankungen sind ‚mager'. Es handelt sich um kein schwerwiegendes psychiatrisches Krankheitsbild." Die Aussagen des Doktors werden vom Strafverteidiger bezweifelt.

„Welche psychischen Funktionen waren bei Aabid P. während der Tatzeit beeinträchtigt?", will der Richter wissen.

„Es hat eine Anpassungsstörung vorgelegen, die war mittelstark, und eine leichte Depression. Der Angeklagte war zur Tatzeit alkoholisiert. Es wurde laut Akten rund ein Promille gemessen."

Der Psychiater äußert sich weiter: „Es gab bei Aabid P. keine Krankheitssymptome. Er hatte bezüglich der Wahrnehmung oder der Urteilsfähigkeit keine Beeinträchtigungen. Er hat unter der Trennung gelitten. Es war eine normale psychologische Belastung. Wegen seiner Eifersucht und der von ihm wahrgenommenen Kränkung durch seine Ex-Freundin fühlte er Kränkung, Eifersucht und Rache."

An den Gutachter gerichtet sagt er: „Könnte es sein, dass die von Ihnen erwähnten leichten Erscheinungen zu einer schweren psychischen Störung führten?"

Der Psychiater antwortet: „Dafür habe ich keine Anhaltspunkte gesehen. Mit den belasteten Umständen hat Aabid P. schon vor der Tat leben müssen. Zur Tatzeit gab es nichts, was dann qualitativ abgehoben hätte."

Abklärung der Sozialprognose/Legalprognose

Die Risikobeurteilung einer straffälligen Person wird mittels Legalprognose, einer kriminologischen, psychiatrischen und psychologischen Bewertung erstellt. Es geht um die Fähigkeit und Motivation, zu einer späteren Zeit Regeln und Gesetze einzuhalten.

„Wie hoch schätzen Sie die Rückfallgefahr?", will der Richter wissen.

Der Psychiatriearzt sagt: „Für weitere Delikte schätze ich diese als mittel ein. Ich lese aus dem Bericht eines Kollegen vor. Im Gespräch mit dem Angeklagten hat sich folgendes Motiv herauskristallisiert: ‚Dem Täter war es lieber, seine Frau zu töten, als sie zu verlieren‘."

Pause, die Verhandlung wird nach einer Stunde fortgeführt.

Es gibt unterschiedliche Ansichten

Richter: „Es gibt Ärzte, die dem Angeklagten eine Borderline-Störung bescheinigen – Sie aber nicht?"

Der Psychiater geht auf Angriff: „In der Medizin ist das normal. Die Ärzte haben ein Interesse, eine Störung zu finden. Es geht darum, dass sie einen therapeutischen Dialog beginnen können. Wir Psychiater haben ein anderes Interesse. Wir durchleuchten sämtliche Bereiche ohne Erwartungen, wir suchen nicht gezielt nach Spezifischem. Wir gehen von einer Nullhypothese aus. Dies führt logischerweise zu unterschiedlichen Diagnosen."

Das ist „Zunder" für den Strafverteidiger. Richter und Verteidiger streiten. Zwischen dem Verteidiger und einem Richter ist dicke Luft. Sobald ein Austausch zwischen diesen beiden Juristen stattfindet, wird gestritten. Der Disput endet damit, dass der Anwalt dem Gutachter Fragen stellen kann.

Der Jurist bezweifelt generell das Vorgehen des Gutachters. Er hebt einen 300-seitigen Bericht in die Höhe und zeigt damit auf den Psychologen und den Richter: „In diesem Bericht, ausgestellt von einer anerkannten Klinik, wird attestiert, dass der Angeklagte eine Borderline-Störung hat. Die Ärzte dort kommen zu einem anderen Entschluss. Da erlaube ich mir die Frage: Sind diese Ärzte dort Kurpfuscher?"

Gelassen gibt der Gutachter zur Antwort: „Diese Anamnese ist aufgrund der damals getätigten Aussagen des Patienten ein Urteil der dortigen Ärzte."

Der Streit zwischen Richter, Gutachter und Anwalt ist inzwischen laut geworden. Der Strafverteidiger wird immer wilder. Er wird vom Richter ermahnt. Er motzt retour, dass dies bei diesen Aussagen des Psychologen schwierig sei.

Aabid P., der Angeklagte, sitzt ruhig, ganz ruhig, er genießt diese Situation.

Vom Gutachter möchte der Strafverteidiger wissen, ob er sich mit den Familienangehörigen des Beschuldigten unterhalten habe. Der Richter schmettert diese Frag ab. Der Anwalt versucht es noch damit, dass er ein Obergutachten erstellen lassen will. Der Richter entgegnet darauf: „Das Gutachten des Psychologen ist vollständig und ausführlich. Dieser Antrag wird abgewiesen. Das Beweismittelverfahren ist hiermit abgeschlossen."

Das Plädoyer des Anwaltes beginnt damit, dass er der Meinung ist, dass das Gericht und der Psychologe darauf beharren, den Angeklagten Aabid P. als voll urteilsfähig einzustufen, obwohl andere Ärzte zu einer anderen Einschätzung kommen.

„Hier sitzt ein Mann, der schwerwiegende psychische Probleme hat. Ich finde es daher unzulässig, den Beschuldigten als ‚eiskalten brutalen Typen' darzustellen. Dass die Beziehung mit einer Trennung enden würde, war vorhersehbar. Der Angeklagte streitet die Tat nicht ab. Die Umstände sprechen nicht für einen Mord, mehr für einen ausgearteten Beziehungskonflikt. Der Tathergang ist grausam, aber in keiner Weise ‚nicht nachvollziehbar.'"

Jetzt redet sich der Strafverteidiger in Rage: „Stellen Sie sich vor, ich würde als Anwalt ein Gutachten von mehreren hundert Seiten einfach ignorieren. Das psychologische Gutachten ist nicht nachvollziehbar."

Der Staatsanwalt geht richtig zur Sache.

Man merkt, dass ihm fast der Kragen platzt: „Diese Tat musste nicht lange im Voraus geplant gewesen sein. Spätestens, als der Angeklagte die Pistole im Auto holte, war ihm klar, dass er diese Tötung durchziehen wird. Er hat seine Tat, seine Tötungsabsichten Schritt für Schritt durchgezogen. Es ist keine Handlung im Affekt, die hat es nicht gegeben. Die wehrlose Frau, seine Ex-Freundin, hat er mit aller Gewalt mit dem Kopf an den Türrahmen geschlagen. Das reichte ihm nicht. Er nahm eine Weinflasche und schlug ihr rücksichtslos auf den Kopf. Er wusste nicht, ob sein Opfer tot war oder noch lebte. Er ging in die Garage und holte aus seinem Auto die Pistole. Damit schoss er kaltblütig und aus nächster Nähe in die Brust. Das war ein eiskalter Mord."

Er holt tief Luft, dann spricht er weiter: „Diese Kriterien sprechen für die Hinterhältigkeit des Angeklagten. Er hat den Mord aus niedrigen und besonders verwerflichen Beweggründen ausgeführt. Die Mordmerkmale sind erfüllt. Ein Schuldspruch wegen vorsätzlicher Tötung würde diesem Verbrechen nicht gerecht werden."

Er fügt noch an: „Der Angeklagte hat Militärdienst geleistet. Mit einer Bordeline-Erkrankung hätte er keinen Dienst leisten können."

Der Staatsanwalt fordert das Gericht auf, den Angeklagten wegen vorsätzlicher Tötung zu 16 Jahren Haft zu verurteilen.

Replik (Gegenrede) des Verteidigers
Während einer Hauptverhandlung kann auf ein Plädoyer immer geantwortet werden. Das heißt, es kann nochmals von der Gegenpartei Stellung genommen werden. Der Verteidiger versuchte, nochmals auf den Alkohol hinzuweisen.

Replik Staatsanwalt
Er betonte, dass wegen einer schwierigen Paarbeziehung, hier war ja die Beziehung getrennt, jemand nicht einfach schuldunfähig wird.

Ende der Gerichtsverhandlung
Das Gericht kommt zum Ende und schließt die Verhandlung. In zwei Tagen findet die Urteilsverkündung statt.

Das Gerichtsurteil
Das Obergericht hat eine Freiheitsstrafe gegen den Syrer Aabid P. für 16 Jahre festgelegt. Der syrische Vorname Aabid hat eine tiefe religiöse Bedeutung, nämlich „der Beter". Im Gefängnis hat er genügend Zeit dafür.

Die Kommissare Moon und Light sind zufrieden, dass sie mit modernster Hightech-Methode den kaltblütigen Mörder erfolgreich jagen konnten. Er wurde seiner Strafe zugeführt und so konnte ein wenig Gerechtigkeit hergestellt werden. Der Mörder Aabid P. hatte den Tunnelblick. Die geballte Ladung der gesetzgebenden und rechtsprechenden Gewalt hat ihn voll erwischt. Mörder wissen eben nicht alles.

Was Mörder nicht wissen ...
sind die Geheimnisse der Hightech-Methoden in Mordermittlungen und die der forensischen Rechtsmedizin. Mit den neusten „Waffen der Wissenschaft" lassen sich kleinste Spuren analysieren und einer DNA zuführen, auch wenn eine Mordtat Jahrzehnte zurück liegt.

Aktuelles Beispiel von einem anderen Mordfall: Was der Mörder nicht wusste ...
dass der Fitness-Tracker der Smartwatch ihn überführte. Die Uhr lieferte den Beweis, wann das Herz der ermordeten jungen Ehefrau aufhörte zu schlagen. Mit diesem Gerät, welches sie als Armbanduhr getragen hat, überwachten Sensoren und Mikroprozessoren ihre unterschiedlichen Aktivitäten. Das Gerät protokollierte und zeigte die Bewegungen auf, welche die ermordete Ehefrau machte respektive wann es keine mehr gab. Die Forensiker konnten anhand der biometrischen Daten den genauen Todeszeitpunkt feststellen und dadurch ihren Ehemann als Mörder überführen. Der Mörder hat gestanden, seine Ehefrau getötet zu haben. Als seine Frau mit Ehescheidung drohte, „drehte er völlig durch und erstickte sie mit einem Kissen". Er konnte es nicht ertragen, dass seine Tochter ohne ihn aufwachsen müsste.

„Rich Man"

(Moon, 2. Fall)

Spritztour

„Ich treffe mich mit Yann", sagt Ben zu seiner Mutter. „Du weißt, ich sehe es nicht gern, wenn du mit Yann, diesem Auto-Poser, unterwegs bist. Das ist ein Angeber, er will mit seinem aufgedonnerten Schlitten um jeden Preis auffallen." „Jetzt sieh das nicht so eng", ruft Ben zurück und geht nach draußen. Es dauert gar nicht lange, man kann es hören, Yann donnert heran.

„Hi Yann, schöner Wagen. Ist das ein anderes Modell?"

„Nein, habe ihn nur getunt und umgebaut."

„Sieht super aus!"

„Hat auch zehn Riesen extra gekostet."

„Das ist viel Geld."

„Hast du Lust auf einen kleinen Ausflug?"

„Wohin?"

„Fangfrischen Fisch in Wendtorf für meine Eltern holen. Dort ist ein kleines Restaurant. Bist du dabei?"

„Ja, aber nur, wenn du leise vom Hof fährst."

„Logo, steig ein."

„Du kennst den Fischkutter sicher, an den Stegen ist der Fischereianleger."

„Ja, die Fische dort sind wirklich fangfrisch."

Von Dänischenhagen geht die Fahrt runter nach Kiel, dann nach Wendtorf. Außerhalb der Ortschaft lässt Yann den Motor krachen, das gibt ein geiles Gefühl. Wenn er mit seinem aufgemotzten Boliden rumfährt, kann er imponieren, er zieht die Blicke von Menschen auf sich, die er gar nicht kennt. Die Auto-Poser treffen sich mit Auto-Fans, diskutieren, wenn es regnet, chillen sie irgendwo, rauchen und erzählen, wie sie den Lack auf Hochglanz polieren, wie sie die Felgen vergolden und wie sie es schaffen, dass der Motor recht laut tönen kann.

Es ist eine Art von Phallusgehabe, ein ,Balzritual'. Ein werbendes Vorspiel, um jungen Frauen und Männern zu imponieren. Das Handy meldet sich: „Yann, wer da?"

„Ah du. Ja. Gut, aber nur kurz."

Ben konnte nicht hören, um was es ging.

„Ich muss noch Benzin nachfüllen, wir halten an der Tankstelle weiter unten." Nach dem Tanken fährt Yann nach hinten auf den großen Parkplatz. Er hält an, steigt aus: „Bin in drei Minuten zurück, ein Kollege hat ein Paket für mich."

Dieser sogenannte Kollege wartet in einem Auto, er hat ihn vor ein paar Minuten angerufen: „Klappt wunderbar", sagt Yann lächelnd.

„Ist alles im Paket, wie besprochen." Er nimmt das Paket, bedankt sich: „Bis zum nächsten Mal."

Das kleine Paket, das wie ein Buch aussieht, legt er auf die Rücksitzbank, dann fährt er weiter. Bei der Promenade in Wendtorf parkieren sie, laufen zur Pommes Bude. Dort bestellen sie ,Fish and Chips' mit einer Cola, setzen sich an einen Tisch, genießen den göttlichen Moment.

„Und, wie gefällt dir mein Wagen?"

„Ist ne geile Karre."

„Aber woher hast du die Mäuse dafür?"

„Ich arbeite auch abends."

„Aha, verdient man da viel?"

„Wenn man will, ja, erzähl ich dir später. Komm wir holen uns den Fisch vom Kutter."

Nachdem Yann Dorsch ab Kutter gekauft hat, fahren sie wieder zurück. Irgendwie muss Ben zeigen, dass er auch was hat, keinen aufgedonnerten Wagen, aber dafür darf er das Boot von seinem Vater benutzen.

„Was meinst du, wollen wir einen Ausflug machen mit unserer Yacht? Wir könnten ja Elfi und Ann mitnehmen?"

„Ja, super Idee."

„Ich ruf dich an", er steigt aus und verabschiedet sich von Yann.

Feurige Gedanken

„Hallo Elfi, schön, dass du gekommen bist", mit einem Lächeln öffnet Ben die Türe: „Komm rein."

Wie immer begrüßt sie auch die Eltern mit zaghafter Stimme, dann verschwinden beide nach oben in sein Zimmer.

„Ich hoffe, dass meine Eltern wegfahren, damit wir alleine sein können und freie Wildbahn haben."

Er sagt ihr nicht, dass er sowas von stockgeil ist und er sie sofort rammeln möchte.

„Warum meinst du?"

„Dann sind wir für uns alleine."

Er spricht nicht gerne über sein sexuelles Bedürfnis, da ist er einfach gehemmt. Auch nicht darüber, dass er sie mal so richtig hemmungslos nehmen möchte, am liebsten täglich. Das sind richtig feurige Gedanken eines Teenagers. Er sieht sich nicht als romantischer Typ. Er ist ratlos, wie Elfi zum Thema Sex steht. Kürzlich erzählte er ihr vom Film „Fifty Shades of Grey", aber sie ist nicht darauf eingegangen. Er weiß nicht, auf was Elfi sexuell steht. Schnell wechselt er das Thema:

„Wie war dein Tag heute?"

„Oh, der Betriebscomputer ist ausgefallen, da war was los. Ich konnte keine Rechnungen ausdrucken und wir mussten die Belege wie früher von Hand erstellen." Seine Freundin Elfi arbeitet als Bürokauffrau in einer Markengarage.

„Das ist ärgerlich. Weiß man, woran das liegt?"

„Noch nicht, der PC-Mensch arbeitete noch am Programm, als ich gegangen bin."

„Kannst du dich erinnern, dass ich dir davon erzählt habe, dass mein Vater eine Motoryacht gekauft hat? Und vor zwei Jahren habe ich den Sportküstenschifferschein (SKS) absolviert. Dieser gilt in den Küstengewässern aller Meere unter Berücksichtigung des 3 bis 12 Seemeilen Abstandes von der Küste aus berechnet."

„Ja, du hast davon erzählt."

Er kommt ins Schwärmen:

„Die Yacht hat eine weiß-blaue Farbe, sie eignet sich für Angel- und Cruiser-Touren. Wir haben Platz für sechs bis acht Personen und sein Anlegeplatz ist im Sporthafen Kiel."

„Ben, Elfi," ruft die Mutter.

„Was ist?"

„Ihr könnt kommen, wir grillen und essen im Garten."

So ein Mist, Ben wollte seine Freundin noch fragen, ob sie zu viert eine Bootstour unternehmen möchte – sie beide und Yann mit seiner Freundin Ann.

„Jaaah, wir kommen."

Zu Elfi flüstert er: „Shit, da müssen wir durch."

„Ist gut so, ich freue mich auf einen grillierten Maiskolben", sagte sie. Ben denkt an Sex und sie an grillierten Maiskolben. Was interessiert mich dein gelber Maiskolben, ich bin geladen, merkst du das nicht, denkt er. Der Abend verlief angenehmen und schön, aber nicht so, wie sich Ben das vorgestellt hatte. Der konservative Zeitgeist seiner Eltern geht ihm manchmal auf den Wecker. Es sind liebe altmodische Eltern. Sie wählen seit 20 Jahren dieselbe Partei und wundern sich, dass sich politisch nichts verändert. Der deutsche Bürger ist ja stolz, dass sein Land die höchste Steuerlast hat. Anders kann man nicht erklären, weshalb die Leute nicht auf die Straße gehen und dagegen – friedlich – protestieren oder eine andere Partei wählen.

Vulgäres Früchtchen

Wie kann ein einfacher Mitarbeiter der örtlichen Bank sich so ein teures Hobby leisten? Autos aufmotzen und die Motoren frisieren kostet ein kleines Vermögen. Viele seiner Arbeitskollegen fragen sich, woher Yann das Geld hat. Seine Freundin Ann wohnt in der Hafenstadt. Sie ist eine hübsche, unterernährte, junge Frau. Superschlanke Figur, träumt von einer Karriere als Model. Sie hat es faustdick hinter den Ohren, in ihrem Umfeld sagen sie oft zu ihr:

„Na, du kleines vulgäres Früchtchen."

Ob das die richtige Freundin ist für Yann? Heute Abend ist er bei Ann, sie genießen den Abend auf dem kleinen Balkon bei einem Bier und Aperol Spritz.

Die Stummschaltung von Yanns Natel meldet sich: „Hallo Ben."

„Melde mich, weil …", sagt Ben, dann unterbricht ihn Yann: „Ich bin bei Ann, was ist der Grund deines Anrufes?"

„Gut, habt Ihr Lust, am Tag der Deutschen Einheit, mit mir und Elfi eine Bootstour zu unternehmen? Auf dem Sonnendeck gibt es genug Platz zum Liegen, Angeln und Sonnenbaden."

„Moment, ich frage Ann." Yann dreht sich um: „Hast du Lust, am 3. Oktober eine Bootstour zu unternehmen? Ben hat uns eingeladen." „Du weißt, ich mache FKK beim Sonnenbaden, sag ihm das."

„Hey Ben, ist es okay, wenn wir FKK machen?"

„Klar, ist doch nichts dabei, keiner sieht uns."

„Wir freuen uns, wo ist das Boot?"

„Wir treffen uns auf dem Parkplatz beim Olympiahafen Schilksee um 08.00 Uhr. Nimm dein Angelzeug mit."

„Mache ich, super, danke."

3. Oktober

Ben und Elfi sind früher auf dem Boot. Sie verstauen ihr Gepäck, checken das Boot und schauen, ob alles in Ordnung ist und ob genügend Treibstoff im Tank ist. Pünktlich treffen Yann und Ann auf dem Parkplatz ein. Es sind nur ein paar Meter, Ben holt sie von dort ab. Als Überraschung hat Yann eine Männer-Handtasche XXL mitgenommen. In dieser stylischen Geschenkbox sind 12 Flaschen Bier, alles ausgewählte Bierchen aus deutschen Privatbrauereien. Seine Freundin Ann bringt zwei Salate mit als Beilage, wenn sie den gefangenen Fisch grillen.

„Danke, das können wir heute sicher brauchen. Ich zeige Euch die Yacht, damit Ihr Bescheid wisst, wo was ist und aus Gründen der Sicherheit auch wo Schwimmwesten sind."

„Ja, gerne."

Ben fühlt sich jetzt als Schiffskapitän. Er zeigt voller Stolz seine Welt: „Hier befinden wir uns in der Flying Bridge mit Motoreninstrumenten, die offene Kommandozentrale, von wo ich das Boot bei schönem Wetter wie heute lenke. Hier in der Vorderkajüte das große bequeme Doppelbett. Mit Kleiderschrank, div. Stauräumen, Toilette, elektrischem WC. Yann und Ann, das ist Euer Ruheraum. Hier sind Salon und Pantry: eine U-Sitzecke mit versenkbarem Tisch, umwandelbar in eine Doppelkoje, kleiner Küche, Kühlschrank und Geschirr. Im Deckssalon und Cockpit sind U-Sofa, Fahrstand mit komplettem Motoren-Instrumentenbrett. Da bin ich bei schlechtem Wetter. In der Achterkajüte gibt es ein großes Doppelbett, WC, Dusche, Kleiderschrank, usw. Das hier ist unser Ruheraum."

Ben ist in seinem Element, er holt Luft, um weiter zu sprechen: „Yann, jetzt zeige ich dir zwei kräftige Motoren, du hast in deinem Auto nur einen. Haha" Er öffnet die Motorenabdeckung: „Sieht's du, es gibt zwei völlig getrennte Volvo-Motoren." Yann ist platt.

„Wir fahren gleich los. Ich zeige dir einen Seiltrick, welchen ich bei der Prüfung zum Bootsführerschein lernen musste."

„Angeber."

„Wenn wir anlegen, dann ist selten eine „Kairatte" dort, die das Seil über einen Poller steckt. Das sind senkrecht im Boden befestigte Pfähle. Ich zeige dir während der Fahrt den Knoten. Kannst du die Festmacherleinen loswerfen?"

„Na klar."

„Wir sind bereit und stechen in See," ruft Ben.

„Wohin fahren wir?", möchte Elfi wissen.

„Bis auf Höhe Ostseebad Damp. Im Yachthafen gibt es ein Bistro. Wir ankern auf dieser Höhe, bevor wir dann in den Hafen fahren."

Und schon verlässt die wunderschöne Yacht den Hafen in die offene Ostsee. Sie alle hoffen auf einen schönen Feiertag und einen großen Fang. Es sieht gut aus, der strahlend blaue Himmel und die beiden hübschen jungen Frauen on Board. Das törnt die psychische Energie zur sexueller Luststeigerung an.

„Was sind das für Geräte?", will Yann wissen. „Das brauche ich für die Standortbestimmung. Mit der Navigation checke ich die Einhaltung der geplanten Route." „Spannend", muss Yann anerkennend sagen. „Heute ist die See ruhig, kein starker Wind, das ist gut, damit wir schön am Küstenufer entlang cruisen können." Nach angenehm ruhiger Fahrt sind sie auf Höhe des Seebades angekommen, Ben setzt den Anker. Bis zum Ufer sind es etwa 800 Meter.

Libido

Ben und Elfi sind vorne am Bug. Als Verantwortlicher für das Schiff muss er die beste Sitzposition einnehmen. Es freut ihn auch, dass er die zwei Fischerruten seines Vaters benutzen darf. Diese semiprofessionellen Angelruten erhöhte die Chance auf einen großen Fangerfolg. Sie machen es sich bequem. Yann und Ann sitzen am Achtern, wie es in der Seemannssprache heißt. Er setzt seine Angelrute zusammen, nimmt einen großen Köder an den Haken und macht einen gekonnten weiten Wurf in die Ostsee.

Beide Frauen sind freizügig bekleidet. Oben ohne und mit einem Badehöschen, das eher nach Tanga aussieht, so lassen sie sich von der Sonne verwöhnen. Beide wollen nahtlos braun werden. Ben und Yann müssten eigentlich die Frauen mit Sonnencreme einreiben. So feinfühlig eincremen, dass die Mädels einen feuchten Tanga kriegen, der Rest ist Liebe pur. Die beiden sexy Girls wissen genau, was sie wollen. Vielleicht haben sie sich vorher abgesprochen, ohne den Jungs etwas zu sagen. Auf jeden Fall sind sie listig und spielen gekonnt mit ihren Reizen! Können die beiden bei diesen Aussichten noch fischen? Haben die Burschen die Frauen mitgenommen für „fuck on deck?" Oder sind es einfach nur brave Jungs?

Seit über einer Stunde dümpeln sie bei Windstille im Wasser, kein Fisch hat angebissen. Die Mädels „sind sicher heiß" vom Sonnenbaden. Yann ruft nach vorne zu Ben: „Wir sollten was trinken?" „Gute Idee, kommst du mit einem Bier rüber."

Normalerweise trinkt Ben ein kleines Flens (Flensburger Brauerei), aber heute probiert er eine andere Biersorte. Yann gibt jedem ein Bier aus der Männer-Handtasche XXL.

„Petri Heil", prosten sie sich zu. Die traditionelle Grußformel der Fischer und Angler besteht aus dem lateinischen Namen Petrus und dem Wunsch „Heil!". Die beiden Freunde wünschen sich den großen Fangerfolg – aber in Gedanken einen Erfolg bei den Freundinnen. Die Sonne brennt, der Alkohol baut Hemmungen ab. „Ann, soll ich von dir mit diesem schönen Hintergrund ein paar Fotos knipsen? Das gibt tolle Bilder für die Model-Agentur." „Ja, gute Idee."

Yann steht in engen Badehöschen da, Ann im Tanga, oben ohne. Da explodieren die Gedanken und die Fantasie für schönen Sex auf dem Deck. Er dirigiert Ann zu verschiedenen Foto-Stellungen. Sie sieht, wie sein bestes Stück größer und grösser wird, als würden die Shorts platzen. Das erregt sie, sie kann sich nicht gut konzentrieren. Von vorne sieht Ben, wie Ann verschiedene Positionen einnimmt und Yann mit dem Handy Fotos macht. Das motiviert auch Ben, er ruft: „Gute Idee, das gibt tolle Schnappschüsse." „Ich mache Bilder für eine Agentur", ruft Yann.

Es geht nicht lange, da knipst auch Ben Fotos von Elfi. Auf einem Schiffsdeck, blauer Himmel, Sonne, Ostsee, das gibt zauberhafte Erinnerungsbilder.

Seit ein paar Stunden brennt die Sonne auf ihre Köpfe. Sie müssen unbedingt genügend Flüssigkeit trinken und in den Schatten gehen. „Elfi, möchtest du einen Kaffee in der Kombüse?" „Oh ja." Die Sitzecke dort ist sehr gemütlich, sie ist mit Sitzpolster ausgestattet. So ganz nebenbei fummelt er an seiner Freundin rum, seine Finger gleiten in ihren Tai Slip und massieren zart die weiche Scheide, welche langsam feucht wird. Und wie, es wird richtig schön flutschig. Sie erregt zu ihm: „Uhhh, deine Finger sind kalt."

Für Ben heißt das, dass tut gut. Zeigt sich jetzt so der eiskalte Verführer? Ist er mit ihr auf See gefahren, damit er ihr Tattoo und Intimpiercing sehen und riechen kann? Oder will er einfach eine schnelle Nummer abziehen? In seinem Kopf drehen sich heftige Gedanken. Elfi spürt seine sexuelle Erregung. Der aufgerichtete Penis in der Hose wird immer größer, steifer wie eine richtige Holzlatte. Dass dieses Stück im erigierten Zustand auch schmerzen kann, vergisst er vor lauter Lust. Seine Schöpferkraft dreht sich jetzt um Oralsex. Der Blow Job steht bei ihm zuoberst auf der Liste für seine sexuelle Vorliebe. Er erinnert sich an seine frühere Freundin. Die wusste dekadent gesagt, wie eine gute Fellatio ihn weich machen konnte. Einen ‚blasen' klingt vulgär, ist es aber nicht. Am Blow Job liebt er das Saugen, Streicheln und Lecken. Und wenn sie seinen Penis oral stimuliert, mit der Zunge seine Eichel umspielt, dann explodiert er. Seine Gedanken holen ihn zurück. Er hat mit Elfi nie darüber geredet. Er kann darüber nicht weiterdenken. Ben nimmt sie zärtlich an der Hand, sie gehen von der Kombüse in ihre Achterkajüte, schließen die Türe und legen sich auf das weiche Doppelbett.

Elfie öffnet seine Hose, greift mit der Hand seinen erigierten Penis und führt ihn ein in ihren intimsten Bereich. Ben wird zum feurigen Liebhaber. Er jagt sein Ding in sie rein, fein und kräftig. Vielleicht gelingt es ihm, den sehr kleinen Teil der Klitoris zu reizen. Dort laufen ungefähr 8.000 sensorische Nervenenden zusammen wie in der Eichel des Penis. In der Anatomie der weiblichen Geschlechtsteile kennt Ben sich nicht aus. Woher sollte er wissen, dass die Dichte der Rezeptoren bei einer Frau 50-mal höher ist, sodass ihre Klitoris extrem empfindsam ist. Das Organ der Frau reicht tief in den Unterleib hinein. Bei Erregung werden die Schwellkörper und Klitorisschenkel hart. Eine durchschnittliche Penislänge misst etwa 9 Zentimeter, eine Durchschnittsklitoris misst auf beiden Seiten etwa 11 Zentimeter. Selbst Mediziner kennen die wahre Größe der Klitoris nicht.

Trotz seiner glühenden Lust ist er ein zarter Liebhaber. Vor lauter Begierde schreit Elfi, dazu macht sie laute stöhnende Geräusche. Sicher will sie mit ihrem Stöhnen das männliche Ego streicheln. Es soll Ben suggerieren, dass er ein guter Liebhaber ist. Bei geöffneter Luke hätten das sicher die Badegäste am Strand hören können. Beide haben vergessen, dass sie auf dem Boot nicht alleine sind.

„Ann, hast du den Schrei gehört?", fragt Yann. „Du, da muss was sein, schauen wir nach", sagt Ann fürsorglich. Leise gehen sie ins untere Deck und schauen nach. Die Geräusche sind eindeutig. Ben und Elfi treiben es kunterbunt. Yann zieht Ann in die ihnen zugewiesene vordere Kajüte. Sie setzen sich auf das große Doppelbett.

„Ich rauche noch einen", flüstert er zu Ann und zündet sich genüsslich einen Joint an. „Kiffen ist für die Gesundheit", sagt er ganz lässig, dabei verdreht er die Augen, zieht drei kräftige Züge rein und reicht die selbstgedrehte ‚Gesunde' Ann. Aus reiner Neugier nimmt sie auch ein paar Züge davon, dann lehnen sie sich zurück. Yann ist als kleiner Drogendealer bekannt. Damit finanziert er sein Hobby als Autoposer. Er kennt die Wirkung von Cannabis und kann sie gut einschätzen, Ann dagegen nicht. Das beste Vorspiel beginnt mit Küssen. Verträumt liegen sie da, dann plötzlich ziehen sie ihre Kleider aus und ein Kuss-Marathon beginnt. In diesem leicht bekifften Zustand vergessen sie die Zeit und knutschen richtig intensiv. Das ist der Weg zu heißem Sex. Sie treiben es feurig, bumsen auf See. Yann bevorzugt den Coitus a Tergo – den Geschlechtsverkehr von hinten, auch Hündchenstellung genannt. Das deutet auf einen wilden Charakter hin. Er packt sie von hinten. Vermutlich hat er ein Problem mit Nähe und Romantik in einer Beziehung oder das Gras macht ihn high und er schwebt auf einer anderen Ebene.

Den Gestank der Haschischzigarette wird Ben noch länger riechen, das könnte mächtig Ärger geben mit seinen Eltern. Es ist ein verräterischer und bekannter Geruch, so mild-süßlich. Aktivkohlemattenbeutel helfen gegen diesen Geruch. Selbst ein Gramm Hanf riecht so stark, dass man dies ohne Problem aus einer Tasche riechen kann. Wird Marihuana in einem Aktivkohlebeutel verpackt, riecht man das nur noch, wenn man seine Nase direkt an den Beutel hält. Nach längerer Zeit stehen sie auf und gehen auf Deck. Dort sind Ben und Elfi. Alle tun so, als ob nichts gewesen wäre, jeder hat ein Lächeln im Gesicht. „Bier, habt Ihr Lust auf eine Runde?", ruft Ben. „Jaaaa." Ben lichtet den Anker und fährt langsam in den Yachthafen ein. In der Nähe beim Hafenmeister kann er anlegen.

Tag des Schreckens

Im Yachthafen-Bistro trinken sie Kaffee und essen Fischbrötchen mit einer ordentlichen Portion Zwiebeln. „Wir sollten langsam an die Rückfahrt denken", sagt Ben.

Er zieht den Anker hoch und schon geht es wieder zurück nach Kiel. Wie ein Ölgötze steht Ben da, steif und stumm, er beobachtet das Wasser. Etwas bewegt sich, es glänzt, schaukelt leicht hin und her. „Elfi, sieh mal, da ist was." „Wo? Ich sehe nichts."

„Richtung Steuerbord, da, ziemlich weit weg."

„Das glänzt. Was kann das sein?"

Ben ruft: „Yann, Ann, schaut mal, kommt her. Was ist?"

„Da vorne, leicht Steuerbord, dort schwimmt etwas, es bewegt sich und glänzt."

„Ja, ich sehe das auch."

Ann: „Was könnte das sein?"

„Keine Ahnung, fahren wir hin, dann sehen wir es."

Langsam tuckert der Cruiser zu dem glänzenden Etwas, es glänzt, blendet in der Sonne. Yann: „Das ist doch ein toter Fisch."

Ben: „Dafür ist es zu groß, schaut aus wie ein Rechteck." Sie kommen dem Gegenstand näher: „Das könnte eine Blechkiste oder ein Koffer sein." „Sieht nach Koffer aus. Was kann da drin sein?"

Elfi spontan: „Da sind Kleider drin. Der Koffer könnte von einem Fährschiff runtergefallen sein, das in Kiel anlegte." Sie kommen dem glänzenden Gegenstand näher. Sie sehen, dass es ein Alukoffer ist, der wie ein Paket mit einem Seil verschnürt ist. Die Reling ist hoch und mit bloßen Händen schaffen sie es nicht, den mit Seetang behangenen Koffer zu bergen. Ben holt zwei mehrstufige arretierbare Teleskop-Bootshaken, die er bis 2 Meter ausziehen kann. Zusammen heben sie den schweren Alukoffer hoch und legen ihn auf den Boden.

„Wollen wir den öffnen?" Ben erinnert sich an seine Ausbildung, sagt ganz ehrfürchtig: „Eigentlich müssten wir diesen Fund der Polizei melden!"

„Die fahren doch nicht wegen eines gefundenen Koffers los", sagt Yann. „Glaube ich auch nicht. Ich hole mein Anglermesser, öffne den Koffer, dann wissen wir Bescheid."

Die Spannung steigt. Durch das langsame Dahintuckern waren alle verträumt, sind jetzt aber hellwach. Sie wollen wissen, was in diesem Koffer ist.

„Ich schneide die Seile durch, du kannst den Koffer öffnen." Yann will es wissen, er will den beiden Frauen imponieren. Er weiß nicht, was ihn erwartet: „Hm, du machst mich neugierig, schneid endlich durch."

Ben beginnt seitlich mit dem Schneiden, wo die Schlösser sind. Es ist Hochspannung, was ist da drin? Ungeschickt werkelt er am Kofferschloss herum, als wolle er es extra in die Länge ziehen. Wie vorhin beim Sex den Höhepunkt hinauszögern. „Mach endlich."

„Es geht nicht mit dem Messer. In der Kombüse haben wir ein Multi-Tool von Leatherman, das hole ich."

Während Ben das Superwerkzeug holt, versucht Yann es mit dem Anglermesser, muss aber einsehen, dass es damit wirklich nicht geht. Mit dem Tool in der Hand kommt Ben zurück, spricht ein Zitat aus Schillers Gedicht „Das Lied von der Glocke", dabei grinst er: „Wo rohe Kräfte sinnlos walten, da kann kein Knopf die Hose halten. Wenn du lieber Koffer nicht willig bist, so brauche ich Gewalt."

„Mach keine Sprüche, mach das verdammte Ding endlich auf", sagt Yann ungeduldig. Die beiden Frauen sind ruhig, sie trauen der Sache nicht. Aber das Kofferschloss lässt sich nur mit starker Gewalteinwirkung knacken. Ein starkes „Peng" ertönt, wie wenn man ein Flens öffnet, das Bier mit dem Bügelverschluss. Seit 1888 gehört das ‚Plop' zum guten Ton. Es bietet eine einzigartige Frische, die den legendären Flens Genuss auch mit den Ohren erlebbar macht.

Endlich kann Ben den Koffer öffnen. Was jetzt folgt, ist nichts für schwache Nerven. Alle vier schauen wie hypnotisiert auf das Irgendetwas, das in einer grünen Plane eingepackt ist. Die Gedanken kreisen, was ist da drin?

Yann, der Ungeduldige, hebt mit der linken Hand eine Ecke der Plane hoch, mit der anderen Hand greift er hinein. Er zieht etwas Nasses, Fleischiges heraus. Seine Augen vergrößern sich vor Schreck. Völlig entsetzt sieht er, was er da eben rausgezogen hat. Diesen gruseligen, widerlich stinkenden Fund lässt er blitzschnell fallen. Er und die zwei Frauen springen hoch. Yann schreit: „Neeein."

Ben zeigt wahre Größe, er ist der ruhigere Typ und meint trocken: „Du hast eine Hand mit Unterarm herausgezogen." Cool bückt er sich, drückt die menschlichen Extremitäten wieder in Plane zurück und macht den Kofferdeckel zu. Alle vier gucken verängstigt, als wollen sie sagen: Was soll das? Sie sind perplex, stehen schockiert da, bringen keinen Ton heraus. Nach ein paar Minuten sagt Ben zu den Girls: „Beruhigt Euch, wir haben nichts getan, nur etwas gefunden. Ich rufe die Wasserschutzpolizei."

Er geht ins Steuerhaus, greift das Funkgerät, gibt einen Funkruf ab. Alle vier sind innerlich aufgewühlt. Sie müssen sich bewegen, zur Ablenkung packen sie ihre Utensilien wieder ein, räumen das Schiff auf. Den Bleichgesichtern sieht man an, der heutige Tag war kein guter Tag für ‚Petri Heil'. Schnell ist die Wasserschutzpolizei zur Stelle, sie legen an der Backbordseite an. Es sind erfahrene Beamte, die ein geschultes Auge haben und sofort erkennen, dass die jungen Leute nichts mit der Kofferleiche zu tun haben.

Ein Polizist sagt mit beruhigender Stimme: „Wer ist der Schiffsführer?" Ben zeigt dem Beamten seine Ausweise und erklärt, wie sie den Koffer gefunden und geöffnet haben. „Kann ich die Ausweise der anderen auch sehen?" Er schaut die Papiere an, notiert die Namen und gibt diese per Funk durch. Reine Routine, wie er höflich sagt. „Wie, ja, bitte den Namen nochmals, ok." Dann wendet er sich an Ben und Yann.

„Ich möchte die Kajüten sehen", sagt er und sie gehen nach unten, kontrollieren die Räume. Der zweite Polizist macht Fotos vom Koffer und vom Schiffsdeck. Im Zimmer von Ben findet er nichts Verdächtiges, aber in der Kajüte von Yann: „Das riecht hier so komisch. Haben Sie was geraucht?" Er schaut dabei Yann an, dieser spricht leise: „Ja, ich habe einen Joint geraucht, wirklich nur einen." Ben guckt Yann wie vom Blitz getroffen fassungslos an. Der Beamte von der Wasserschutzpolizei sagt: „Wir nehmen Sie mit aufs Revier. Wir haben ein paar Fragen an Sie."

Der Beamte legt Yann Handschellen an und hilft ihm beim Umsteigen auf das Schnellboot der Polizei. Dann heben sie den Koffer auf das Polizeiboot. Bevor sie losfahren und sich verabschieden, sagt der eine: „Melden Sie sich bei uns auf dem Polizeirevier, damit wir diesen Vorfall protokollieren können."

„Ja, machen wir, ich rufe meinen Vater an, dann legen wir los Richtung Olympiahafen Schilksee."

Jetzt sind sie nur noch zu dritt und müssen diesen schrecklichen Vorfall mit der Kofferleiche und mit ihrem Freund Yann erst mal verdauen.

Ben bricht nach einigen Minuten das Schweigen:

„Habt Ihr gesehen, dass die Hand mit dem Arm komplett vom Körper abgetrennt war?"

„Ja, als Yann die Plane öffnete, habe ich einen Teil des Kopfes gesehen, der mit Klebeband umwickelt war", lispelt Elfi. Sie friert und zittert. Man muss nicht Arzt sein, um zu sehen, dass alle einen Schock erlitten haben. Sie sind traumatisiert, seelisch verletzt, sie sind jung und nicht so abgebrüht, dass sie das einfach mal so wegstecken. Und dann kommt noch die Geschichte mit dem ‚Joint on Bord'. Das muss Ben irgendwie seinen Eltern erklären. Er steuert die Yacht an ihren Anlegeplatz und sichert das Boot. Sie verschließen die Kabine und gehen mit ihren Taschen zum Parkplatz.

Dort wartet Bens Vater. Ohne viele Worte zu verlieren, fahren sie aufs Polizeirevier. Die drei werden durch die Polizei befragt und müssen das Aussageprotokoll unterschreiben.

„Wo ist Yann?", fragt Ann den Beamten. „Der wird von uns noch vernommen."

Eine Beamtin der Polizei kümmert sich um die jungen Leute, speziell die beiden Frauen. Dieses kaltblütige Verbrechen wird die Freunde noch viele Jahre begleiten. Sie werden ihr Leben lang in Erinnerung haben, dass Yann von der Polizei mitgenommen wurde. Es ist sicher mehr als nur wegen des einen

Joints. Wissenschaftler der kanadischen Universität Montreal haben herausgefunden, dass Leute, die regelmäßig Cannabis rauchen, fast dreimal häufiger in eine gewalttätige Straftat verwickelt sind. Es ist nicht so, wie viele glauben, dass Kiffer träge und verträumt rumhängen.

Altenholz, Strande und Dänischenhagen, wie der Kieler Speckgürtel genannt wird, ist den Drogenfahndern bestens bekannt. Ben und Yann wohnen in Altenholz. Bei Verkehrskontrollen werden inzwischen mehr Fahrten unter Betäubungsmitteln als unter Alkohol festgestellt. Die Zahl der Rauschgiftdelikte ist angestiegen. Eigentlich wollten die Freunde an diesem herrlichen Feiertag nur eine Bootstour unternehmen und einen „intimen" Tag mit ihren Freundinnen erleben.

Tatort

Die Polizei der Küstenwache fährt mit ihrem Schnellboot bis zur Anlegestelle, dort können sie gut anlegen und sind von neugierigen Blicken der Fußgänger geschützt. Forensiker der Kriminaltechnik übernehmen den Koffer mit der Leiche. Rund um den Koffer wird der Platz mit Sichtschutz und Flatterband der Polizei abgesperrt. Die Küstenwache fährt retour an ihren Anlegeplatz, welcher in der Nähe ist.

Linda Medi, die Rechtsmedizinerin, ist auf Wasser- und Kofferleichen spezialisiert. Linda war gerade im Institut für Rechtsmedizin. Sie wurde aufgeboten und war schnell vor Ort. Sofort beginnt sie mit der Untersuchung. Es geht darum, wichtige Beweismittel sicherzustellen und zu dokumentieren. Die Leiche wurde sicher mit dem Ziel der Beseitigung und der Vertuschung einer Straftat in dem Koffer ins Wasser geworfen. Ab sofort ist dieser Ort am Uferrand ein Tatort, es werden Fotos vom Koffer gemacht. Medi sagt zu den Beamten der Wasserschutzpolizei: „Gibt es irgendwelche Sachen, die noch gefunden wurden?"

„Nein, es wurde nur dieser Koffer aus dem Wasser gefischt."

Nicht selten werden Kleidungsstücke oder Taschen angeschwommen und gefunden, die einen Bezug zur Kofferleiche haben könnten. Linda spricht in ihr Diktiergerät: „Es ist ein voluminöser Hartschalenkoffer, Farbe Silber, mit Handgriff und beschädigtem Zahlenschloss. An den Seilen wurden zwei Gewichte befestigt, um den Koffer zu beschweren, Ende."

„Ich bin mit der Außenansicht fertig. Der Koffer darf nicht wieder geöffnet werden, denn jeder Kontakt mit der Luft würde den Zustand der Leiche verschlechtern. Sie können den Koffer in die Rechtsmedizin bringen", befiehlt sie ihren Kollegen.

Kofferleiche

Nach dem Fund der Leiche eröffnet die Staatsanwaltschaft ein Ermittlungsverfahren wegen Freiheitsberaubung und Mord. Das Polizeirevier Schwanbüll erhält den Auftrag zur Eröffnung der Mordkommission. Damit beginnen die Ermittlungen zum Mordfall offiziell. Polizeihauptkommissar Norwin Moon ist deren Leiter. Er berichtet und kommuniziert mit der Staatsanwaltschaft, diese leitetet die Mordermittlungen. Norwin und Nils sind auf die Sach- und Tatort-Beweismittel-Erhebung, d. h. auf die Spurensicherung, spezialisiert.

Die Kriminalpolizei in Deutschland ist grundsätzlich mit der Verfolgung von Straftaten und deren Verhütung beschäftigt. Meistens ist sie in Zivilkleidung im Einsatz. Norwin legt los: „Wir fahren in die Gerichtsmedizin. Nils, du fährst mit mir." Zusammen fahren sie los und treffen dort Linda und den zweiten Arzt, da in Deutschland zwei Ärzte bei einer Obduktion dabei sein müssen.

Linda öffnet den Koffer. Vorsichtig faltet sie die grüne Plastikplane auseinander, dann sehen sie die Kofferleiche. Der Tote liegt in Embryonalhaltung, der Kopf und die Gliedmaßen des Leichnams sind mit Klebeband umwickelt. Man erkennt, dass der Körper regelrecht in den Koffer hineingepresst und so entsorgt wurde. Das gesamte Gesicht wurde mit Malerkreppband eingewickelt, vom Halsansatz bis zum oberen Ende des Kopfes. Auf den ersten Blick sieht es aus wie die Bandagen einer Mumie. Zu dritt heben sie den Leichnam aus dem Koffer, legen ihn ohne Plane auf den aus Edelstahl bestehenden Wasch- und Seziertisch. Es ist nicht zu übersehen, dass dem Toten der linke Arm abgetrennt wurde. Der Schnitt wurde mit einem scharfen Gegenstand ausgeführt. So eine Armdurchtrennung ist nur mit einem Schlachtermesser, einem scharfen Beil, einem Schwert oder einer Säge möglich. Die Arm- und Knochendurchtrennung verlief gerade, ohne Splitter, so perfekt, als wäre dies in gefrorenem Zustand passiert. Es ist ein aalglatter Schnitt, sieht aus, wie wenn man beim Metzger Knochen kauft, um damit eine feine Bratensauce zu kochen.

Norwin sagt: „Da war ein Fachmann am Werk. Im Schulterbereich sieht man mehrere Einstiche." Dies ist gut sichtbar, da der Tote ein T-Shirt trägt. Der Assistenzarzt zieht dem Toten alle Kleider aus, damit dieser umfassend untersucht werden kann.

Linda Medi, die Rechtsmedizinerin, beginnt mit der äußeren Leichenschau, sie spricht in ihr Aufnahmegerät:

„Es handelt sich um „nicht-natürliche" Einflüsse von außen, die den Körper beschädigt haben. Die Schadensart von außen, die zum Todeseintritt führte, kann nicht festgestellt werden. Alter geschätzt 32 bis 36 Jahre, Gewicht 67 Kilo, Größe 169, Person südländischer Herkunft, schwarze Haare, kurz und lockig, keine auffälligen Narben oder Tätowierungen sichtbar. Im rechten oberen Schulterbereich befinden sich fünf Einstiche, vermutlich mit einem spitzen Gegenstand herbeigeführt. Weiter auffällig ist, dass der Tote einen epilierten Oberkörper, gezupfte Augenbrauen und weiße gepflegte Zähne hat."

Moon und Light sehen anhand der modischen Kleidung, dass der Tote kein Außenseiter der Gesellschaft war. Norwin sagt zu Nils: „Lass uns den Koffer untersuchen, ob sich nicht noch irgendwas darin befindet, das zur Identifizierung beitragen könnte."

Der Koffer ist absolut leer, nichts ist in den Seitentaschen. „Da haben wir ein großes Problem, nichts ist da, womit wir die Leiche identifizieren können. Kein Ausweis, keine Bankkarte, kein Mobiltelefon, kein Schmuck mit Initialen."

Nils durchsucht die Jackeninnentasche des Toten: „Da ist was, ich habe einen Schlüssel gefunden." „Da gar nichts aufzufinden ist, denke ich, das könnte Absicht gewesen sein, um die Identität des Mannes zu verschleiern. Was meinst du?" „Sieht danach aus."

Ziel und Zweck jeder Leichenschau ist, anhand der Feststellungen Antworten auf offene Fragen zu erhalten. Die Rechtsmedizinerin untersucht den Leichnam weiter auf äußere Verletzungen. Sie sucht nach Hinweisen, Merkmalen, die eine Identifizierung ermöglichen.

Wertvolle Indizien sind verschwunden, weil die Leiche zu lange dem Wasser ausgesetzt war, dies betrifft auch die Stichwunden im Schulterbereich.

Linda stoppt ihr Diktiergerät: „Das Erste, was hier mit dieser Leiche geschieht, nachdem sie eine längere Zeit im Wasser gelegen hat, ist der Verlust der Epidermis, der äußeren Zellschicht der Oberhaut. Die Epidermis löst sich ab, als würde man einen Handschuh abstreifen. Leider gehen damit die Kapillarleisten verloren, es gibt keine Fingerabdrücke mehr. Siehst du das?"

Die Kommissare gehen näher zum Toten hin: „Ja, richtig. Wenn ich den Leichnam so anschaue, fällt mir auf, dass der Tote inklusive Schambereich und Achsel komplett enthaart ist."

Die Gerichtsmedizinerin sagt: „Und er ist beschnitten."

Linda schaut kurz auf, erblickt bei Norwin ein verkniffenes Lächeln: „Was lachst du?"

„Ich weiß nicht, ob ich dir das sagen soll!"

„Bin vieles gewohnt, erzähl."

„Ich habe mich schon immer gefragt, ob die Aussage stimmt, dass beschnittene Männer im Bett wirklich die besseren Liebhaber sind?"

„Haha", muss Linda schallend lachen: „Und habt Ihr was herausgefunden?" „Ja. In Dänemark wurde zu diesem Thema eine Studie durchgeführt. Die Umfrage ergab, dass beschnittene Männer dreimal so häufig unter Orgasmus Schwierigkeiten litten wie nicht beschnittene Männer." „Wurde auch herausgefunden weshalb?"

„Ja. Durch die Beschneidung nimmt die Sensibilität der Eichel ab, dies hat zur Folge, dass beschnittene Männer schwerer erregbar sind."

„Gibt es auch Resonanz von Frauen?", will Linda wissen.

„Einige Frauen, die mit beschnittenen und unbeschnittenen

Männer sexuelle Erfahrung hatten, haben sich dahingehend geäußert, dass Männer ohne Vorhaut länger Sex haben können, weil sie angeblich unempfindlicher sind für die Stimulation. Dies konnte aber nicht nachgewiesen werden." „Sehr speziell diese Studie!"

Norwin meint: „Trotzdem liegen beschnittene Männer in der Beliebtheitsskale vorne. Wurde bei der Beschneidung sehr viel (Vor-)Haut entfernt, kann die Penetration beim Sex für beide unangenehm sein."

„Weshalb?", will Linda wissen.

„Normalerweise mindert das Gleiten des Penis in seiner Schafthaut die Reibung, das fällt beim beschnittenen Mann weg. Die Befeuchtung der Scheide kann das nicht immer ausgleichen, somit sind bei vielen beschnittenen Männern Gleitmittel nötig."

Jetzt hat Norwin wieder das Lächeln aufgesetzt, weil er etwas Medizinisches berichten konnte, was Linda nicht genau wusste. Vielleicht wusste sie es aber doch!

Linda sucht weiter nach Verletzungen, sie beginnt damit im Gesicht, spricht in ihr Gerät: „Ich entferne jetzt das Klebeband vom Gesicht. Was auffällt, ist der Blutandrang, das Gesicht ist zyanotisch, komplett blau angelaufen. Diese Zyanose ist ein klares Anzeichen für exogenes Ersticken. Hier hat eine deliktische Begehungsweise stattgefunden."

Nils: „Wenn ich das richtig verstanden habe, dann hat das Opfer noch gelebt, als das Gesicht mit Klebeband umwickelt wurde."

Sie nickt ihm zu: „Hier am Körper sind Stichverletzungen sichtbar, im rechten oberen Schulterbereich. Was auffallend ist, ist, dass sich alle Stichverletzungen dicht beieinander befinden."

„Was können wir daraus schließen?"

„Das Opfer muss bewusstlos gewesen sein, es lag am Boden. Es konnte sich nicht wehren. Hätte es die Stiche mit einem spitzen Gegenstand abwehren können, so wären diese Verletzungen nicht so nahe zusammen. Die Verletzungen wären großflächiger gewesen. Es hat somit keinen Kampf gegeben."

Norwin erwidert: „Was bedeuten die Hämatome auf den Armen und auf dem Rücken?"

„Diese Verletzungen sind dem Opfer vor seinem Tode zugefügt worden. An Toten bilden sich keine solche Hämatome aus. Die blauen Flecken sind unterschiedlich groß und tief. Der eiskalte, bestialische Mord wurde vermutlich mit einem Schlachtermesser durchgeführt und mittels Bandage wurde ein schrecklicher Erstickungstod herbeigeführt." Schlachtermesser werden für den professionellen Einsatz in Metzgereien gebraucht, sie sind enorm scharf und belastbar. Das Merkmal ist ein großer ergonomischer Griff, damit liegt das Messer fest und sicher in der Hand.

Kommissar Moon stellt mit dieser Erkenntnis die Hypothese auf, welche keine endgültige Aussage zulässt: „Ob die Stichverletzungen oder das Klebeband zum Tode geführt haben, muss untersucht werden. Vermutlich wurde auf verschiedene Arten zugeschlagen oder von mehreren Personen und mit verschiedenen Gegenständen. Die Verletzungen waren sehr unterschiedlich, dies lässt diese Vermutung zu."

Norwin und Nils verabschieden sich von Linda: „Danke, gib uns Bescheid über die Resultate." Sie fahren zurück ins Polizeirevier.

CT- und MRT-Diagnostik
Die Kofferleiche wird zur CT gebracht. Computertomographiearbeitet im Gegensatz zur MRT-Diagnostik mit Röntgenstrahlen. Die Magnetresonanztomographie oder auch Kernspintomographie funktioniert über ein Magnetfeld. Dabei werden aus verschiedenen Richtungen Schnittbilder gemacht. Die Bilder zeigen keine Einschusslöcher, keine Projektile, sichtbar sind fünf Verletzungen einer Stichwaffe. Um die genaue Todesursache festzustellen, geht es weiter mit der inneren Obduktion.

Linda beginnt: „Die Zersetzung des Gehirns ist so weit fortgeschritten, dass neurologische Verletzungen wie Gehirnerschütterungen oder Ödeme (Einlagerungen von Flüssigkeit im Gewebe) nicht mehr feststellbar sind. Was aber nicht heißen muss, dass es keine Gehirnerschütterung gegeben hat. Ich betrachte jetzt die Lunge genauer. Ihr Zustand bestätigt die Erstickungstheorie. Es lässt sich kein Anzeichen von Ertrinken feststellen, keine traumatischen Verletzungen."

Die Rechtsmedizinerin ruft Norwin an. Sie informiert ihn über den aktuellen Stand der Untersuchung: „Die innere Autopsie, die CT- und MRT-Untersuchungen haben das Resultat ergeben, dass der Tod durch Ersticken eingetreten ist, verursacht durch die Verdeckung der Atemwege mit dem Klebeband, welches um das ganze Gesicht gewickelt war."

„Was ist mit den Stichverletzungen? Die Wundmerkmale zeigen die Einwirkung eines scharf schneidenden Instruments?" „Die Stichverletzungen haben kein lebenswichtiges Organ getroffen."

„Weißt du schon etwas über den Todeszeitpunkt?" „Aufgrund der fortgeschrittenen Verwesung können wir keinen genauen Todeszeitpunkt festlegen. Wahrscheinlich ist der Tod drei bis vier Wochen vor dem Fund der Leiche eingetreten. Die toxikologischen Gutachten zeigen keine Giftstoffe im Blut des Opfers an."

„Danke für die Mitteilung."

DNA-Datenbank der Polizei
Die erste Aufgabe ist immer die Identifizierung der Leiche. Die Ermittler hoffen, dass der unbekannte Mann im Koffer eine Strafakte hat, dann wäre seine DNA in der LKA-Datenbank hinterlegt. Forensiker der Gerichtsmedizin entnehmen der Leiche eine DNA-Probe. Im Labor wird diese mit Millionen von Profilen verglichen. Leider ohne Erfolg, es gibt keine Übereinstimmung. Durch die Zeit im Wasser sind die Fingerabdrücke unkenntlich geworden.

Kommissar Moon bespricht dies mit dem Ermittlungsrichter: „Was sollen wir weiter tun?" „Es gibt eine Möglichkeit." „Die wäre?" „Ich ordne ein außergewöhnliches Verfahren an. Wir lassen die Hände des Opfers rekonstruieren." Der Ermittlungsrichter sieht diese Möglichkeit.

Als Strafrichter des Gerichts nach der deutschen Strafprozessordnung/StPO kann er das veranlassen.

Norwin meint: „Gut, ich kontaktiere den Spezialisten der Forensischen Molekularbiologie und hoffe, dass er ein verwertbares DNA-Profil herstellen kann."

Es dauert Tage und verlangt sorgfältige Arbeit. Die Forensiker können endlich ein belastbares Ergebnis vorweisen. Es gelang den Technikern, die Fingerabdrücke des Opfers zu rekonstruieren und in der DNA-Datenbank abzugleichen. Das Telefon klingelt: „Schwanbüll, Moon." Ein Forensiker von der Kriminaltechnik: „Es gibt leider keinen Treffer. Die Fingerabdrücke des Toten sind nicht registriert. Ermittlungstechnisch heißt das, der Unbekannte aus dem Koffer ist strafrechtlich nicht in Erscheinung getreten und ist somit kein Verbrecher." „Ist das ganz sicher?" „Ja."

„Mist." Norwin knallt den Hörer auf die Gabel. Welch großer Frust. Den Ermittlern ist soeben klar geworden, dass die Identifizierung ausgesprochen schwierig wird. Die Chance wird mit jeder Woche kleiner. Norwin und Nils richten nun die Aufmerksamkeit auf den einzigen Hinweis, welchen sie bei der Leiche gefunden haben.

„Wir haben nur einen kleinen möglichen Hinweis zur Identifizierung, es könnte eine Spur sein."

Nils: „Was für eine Spur?" „Erinnere dich, als du den Schlüssel in der Jackentasche gefunden hast. Es ist ein Flachschlüssel mit Kopierschutz der Marke M., welche ihren Sitz in Nordrhein-Westfalen hat."

„Kaum zu glauben, das wäre ja von Anfang an spannend gewesen, der konkrete Hinweis zur möglichen Identifikation befand sich in der Jackentasche des Leichnams." „Ja, es handelt sich um einen Sicherheitsschlüssel, so einen kann man bei einem Schlosser oder Schlüsselservice nicht einfach nachmachen lassen." Norwin wird euphorisch: „Das könnte eine heiße Spur sein, ich will diesen verdammten Schlüssel ‚zum Reden' bringen."

„So heiße Spuren hatten wir doch schon!", kommt es trocken aus Nils heraus. „Wie willst du das machen?" „Es ist kompliziert und einfach, weil damit eine Türe geöffnet werden kann. Schwierig, weil die Ermittler zuerst das Schloss finden müssen. Wenn sie die Türe finden, kommen sie in den privaten Bereich von einer oder mehreren Personen. So können die Kriminalisten herausfinden, wer der Tote ist."

Norwin spricht zum Team: „Ich kontaktiere den Schlüsselhersteller, jemand von Euch soll in der Forensik nachfragen, ob es da weitere Erkenntnisse gibt."

Schlüssel KUBA safe

Norwin hat sein Mordermittlungsteam um weitere Kriminalisten aufgestockt.

„Guten Tag, Moon von der Polizei, ich brauche Informationen über den Schlüsseltyp KUBA safe." Der Geschäftsführer der Firma erwidert: „Dieses Modell mit der angegebenen Seriennummer wird seit ein paar Jahren nicht mehr hergestellt." „Von welcher Stückzahl reden wird da?" „Es wurden über tausend Türschlösser hergestellt. Und Schlösser mit Ihrer Erkennungsnummer sind mehrere hundert Stück im Einsatz." „Wie komme ich an die Adressen?"

„Sie erhalten die Adressliste der Betriebe, welche diesen Typ bestellt haben. Es sind Unternehmen, die landesweit verstreut sind." Norwin gibt ihm seine E-Mail und bedankt sich für die Zusammenarbeit. Gegen Abend erhält er die Liste der Unternehmen, welche diesen Schlosstyp bestellt haben. Moon verteilt die Listen mit dem Auftrag: „Wir haben die verdammte Pflicht, dass Ihr jeder noch so kleinen Spur nachgeht. Lasst Euch von den Schlüssel-Unternehmen nicht einfach abwimmeln. Verlangt nach Unterlagen, wo Schlüssel und deren Nummern notiert sind. Klärt ab, wie sie das handhaben, wenn jemand einen Sicherheitsschlüssel nachmachen oder ein neues Schloss montieren lässt. Nutzt alle Hilfsmittel, Internet, E-Mail, Telefon, sobald ein Schlüssel aufgrund der Seriennummer passen könnte, geht bei den Händlern vorbei. Viel Erfolg."

Die Nachforschungen sind äußerst zeitraubend und umständlich. Viele sind nicht erreichbar, rufen nicht zurück, haben keine Ahnung, wo die Unterlagen sind, usw. Nicht jeder Schlüsseldienst ist von so einer Nachforschung begeistert. Die Suchliste wurde alphabetisch abgespeichert und wird nach Postleitzahl abgearbeitet.

Es gibt einen Ort, der in der Reihenfolge weit hinten zu finden ist. Nach tagelangem erfolglosen Ermitteln kann man kaum glauben, dass eine Spur gefunden wurde. Endlich, nach dem 228-ten Kontakt finden die Ermittler einen Schlüsseldienst, welcher das gesuchte Schloss bei sich hat. Das alte ausgebaute Schloss kann er nicht weiter nutzen, da noch Schlüssel fehlen.

Moon hat den Geschäftsführer am Telefon und laut Seriennummer könnte es passen. Er vereinbart einen Termin und zwei Tage später fahren die beiden Kriminalisten Norwin und Nils dorthin. Es ist eine ‚Schlosserei' in St. Pauli, nahe der Reeperbahn, unweit der Davidwache. Der Inhaber ist sehr hilfsbereit. „Hallo, ich bin Moon und das ist Light, wir haben telefoniert wegen des Schlosses." „Ja richtig, ich habe nochmals nachgeschaut und das Schloss auf die Seite gelegt." „Da sind wir froh", äußert sich Norwin anerkennend. In einer seiner vielen Schubladen liegt das gesuchte Schloss.

„Hier habe ich das Schloss, welches zum Schlüssel passen sollte." „Wie kommen Sie zu diesem Türschloss?" „Vor längerer Zeit musste ich ein neues einbauen, dies hier ist das ausgebaute, mit nur drei Schlüsseln, es fehlen zwei Schlüssel, respektive einen haben Sie, somit fehlt nur noch ein Schlüssel. Unsere Schlösser werden immer mit fünf Originalschlüssel geliefert." „Seit über 10 Monaten suchen wir dieses passende Schloss," erwidert Moon.

Die beiden Ermittler sind erleichtert, jetzt erhält das Team eine Motivation. „Können Sie mir die Adresse geben." „Ja, klar."

„Erinnern Sie sich an den Auftraggeber?" „Ja, ich kann mich sehr gut erinnern." „Weshalb?"

„Es war eine attraktive Frau, die im Auftrage des Eigentümers ein neues Schloss installieren ließ. In der Wohnung wurde die Küche erneuert." „Was hat das mit einem neuen Schloss zu tun?" „Angeblich haben Handwerker einen oder zwei Schlüssel verloren und sie traute diesen nicht." „Haben Sie die Adresse?" „Ja, am Vogt-Groth-Weg, zwischen Osdorf und Klein Flottbek, wurde das neue Schloss eingebaut, in einer großen Wohnung."

„Können Sie mir den Namen der Frau und das Datum sagen?"

„Vor über einem Jahr wurde das neue Schloss zum Einbau in Auftrag gegeben, lautend auf den Wohnungsinhaber mit Namen Mehdi." „Wir möchten jetzt die Wohnung besichtigen, geht das?" „Kann ich einrichten."

Dann fahren sie los. Der Mann vom Schlüsselservice fährt mit seinem kleinen Lieferwagen. Sie läuten, klopfen mehrmals an der Haustüre, aber niemand öffnet. Es gibt keinen Ersatzschlüssel für das neu eingebaute Türschloss.

Der Mann vom Schlüsseldienst muss das Schloss aufbohren und danach ein anderes einbauen. Sie öffnen die Türe einen Spalt: „Hallo, ist da jemand? Hier ist die Polizei." Niemand meldet sich. Sie gehen in die Wohnung hinein. Mit angezogenen Gummihandschuhen durchsuchen die Mordermittler systematisch die Wohnung. Sie brauchen dringend DNA-Spuren und weitere Beweismittel.

Der Geschäftsführer vom Schlüsseldienst geht zu Joe: „Hier sind die Schlüssel für das Ersatzschloss, welches ich eingebaut habe. Ich brauche noch Ihre Unterschrift für den Arbeitsrapport." Er unterschreibt und nimmt die Schlüssel: „Besten Dank für Ihren Einsatz, Sie haben uns sehr geholfen. Die Rechnung senden Sie einfach an diese Adresse auf der Visitenkarte."

Norwin sagt zu Nils: „Wir nehmen alles mit, was von Bedeutung sein könnte. Eine Zahnbürste für das Labor zur DNA-Ermittlung, Unterlagen und eine Fotokopie eines Ausweises." „Gut so."

„Schau mal, der Mann, der hier wohnt, ist Nordafrikaner, marokkanischer Abstammung und laut Ausweiskopie ist sein Name Mehdi N." „Alles mitnehmen, was uns hilft, den Fall zu klären."

Die Wohnungstüre wird mit einem polizeilichen Siegel versehen. Das bedeutet, dass die Untersuchung noch nicht abgeschlossen ist. Theoretisch könnten für den Tatbestand relevante Erkenntnisse in der unveränderten Wohnung gefunden werden. Es könnte eine weitere ermittlungstechnische Durchsuchung stattfinden. Der Siegel bedeutet, dass es sich um einen gesperrten Bereich handelt. Wer das amtliche Siegel zerstört, macht sich strafbar.

Moon klingelt an der Nachbarswohnung. Ein Mann öffnet die Türe einen Spaltbreit: „Guten Tag, wir sind von der Polizei und mussten die Wohnung nebenan versiegeln. Falls jemand in die Wohnung will und Sie sehen oder bemerken etwas, rufen Sie bitte an. Besten Dank." Er gibt dem Mann seine Visitenkarte. Danach fahren die Mordermittler mit den Beweismitteln zurück in ihr Revier. Die Beweismittel dienen der Sachaufklärung für den Strafprozess, wenn es zur Anklage kommt. Das Gericht hat alle Beweismittel in die richterliche Beweiswürdigung einzubeziehen. Damit das ordnungsgemäß ablaufen kann, werden alle mitgenommenen Beweismittel sortiert, nummeriert und zur weiteren Abklärung den zuständigen Forensikern zugestellt. Der Kommissar vergleicht die Fotokopie, welche er in der Wohnung gefunden hat, mit dem Bild der gefundenen Kofferleiche. Eine gewisse Ähnlichkeit mit dem Toten aus dem Koffer kann er erkennen.

„Rich Man"

Es dauert weitere Wochen, dann wird es Gewissheit, die DNA-Probe der Zahnbürste und der Blutprobe wurden verglichen. Das Ergebnis ist eindeutig, es ist die gleiche DNA.

Jetzt können die Mordermittler dank des Schlüssels und der wissenschaftlichen Beweise sicher sein, dass es sich bei dem Toten, welcher vor über 18 Monaten im Hafenbecken respektive auf See Höhe Ostseebad Damp gefunden wurde, um Mehdi handeln. Mit der Identifikation von Mehdi und den neuen Beweismitteln erhalten die Mordermittler die Möglichkeit, weitere Nachforschungen voranzutreiben.

Wer kennt oder hat den 62-jährigen Marokkaner zuletzt gesehen? Wie kam die Leiche im Aluminiumkoffer in die Ostsee? Aus der Sicht von Norwin ist klar, dass das Opfer die Mordermittler „wie von Hand geführt" zum Täter bringt. Kriminalisten können ein Opfer zum „Sprechen" führen, indem sie sein Leben akribisch auf seine Geheimnisse untersuchen. Da kommen Rätsel und Heimlichkeiten zum Vorschein, welche auch die engsten Angehörigen nicht kennen. Auf diesem Wege finden Ermittler meistens die Wahrheit.

Das Team der Mordkommission aus Schwanbüll beginnt, die Nachbarschaft zu befragen. Es wird eine vor Ort Befragung durchgeführt. Die Beamten haben viele Adressen in der Wohnung von Mehdi gefunden. Von diesen Adressen wird jede einzelne Person kontaktiert und persönlich befragt. Eine Frau, die im Erdgeschoss wohnt, sagt: „Er wirkte irgendwie rätselhaft, war immer sehr höflich, so betrachtet zu höflich. Er nahm oft seine Freundin mit nach Hause. So ein aufgedonnertes Ding, vermutlich ein Model, so wie diese jungen Damen in Modezeitschriften. So sah die aus."

Ein anderer Mieter ergänzt: „Oft war auch ein Mann zu Besuch, ein aalglatter Typ. Mehdi habe ich schon lange nicht mehr gesehen. Er war viel im Trainingsanzug unterwegs zum Joggen, im Botanischen Garten oder an der Elbchaussee. Manchmal wirkte er auf mich abweisend, sehr kühl, um nicht zu sagen, eiskalt."

Die Beamten resümieren, Mehdi war keine durchschnittliche Person, er wollte aber, dass sie ihn als normalen Bürger wahrnehmen. Die Ermittler konzentrieren sich nun auf das Berufsleben von Mehdi.

Alle Unterlagen werden genau durchleuchtet. Sie bringen in Erfahrung, dass Mehdi als Chauffeur für einen Edelmassagesalon angestellt war. Mit einer noblen Limousine und einem privaten Chauffeur bietet dieses Etablissement den perfekten Service für zahlungskräftige Kunden wie Freier oder Puffbesucher.

Wenn Ermittler sich in einen Mordfall „festgebissen" haben, dann lassen sie nicht mehr locker. Das ist hier der Fall.

Norwin musste sich bei seinen Ermittlungen schon viele verwegene Schauergeschichten anhören, aber hier will er einfach alles wissen. Er schickt seine Kriminalisten los, sie sollen vor Ort den Edel-Puff überwachen. Sie sollen auch die Nachbarn und das Umfeld befragen, Finanzamt, Bankkonten, Bankberater vor Ort interviewen. Nach mehreren Wochen haben die Mordermittler einiges an Informationen zusammen. Mehdi war Inhaber und Chef eines Edel-Salons. Sein Bordell brachte ihm bei gutem Geschäftsgang an vielen Tagen 3.000 Euro ein, in einigen Monaten manchmal bis zu 30.000 Euro.

Auf einer Bank erhält Norwin Auskunft über die Kontodaten von Mehdi. Er ist sehr erstaunt ob dieser großen Summen, die da geflossen sind. Zum Zeitpunkt des Todes hatte Mehdi ein Barvermögen von über 1,5 Millionen Euro, verteilt auf verschiedene Banken. Um es auf den Punkt zu bringen, Mehdi war ein sehr erfolgreicher Zuhälter auf hohem Dienstleistung-Niveau. Dieser sogenannte „Rich man" war vermögend und wohnte unauffällig in einer einfachen Wohnung.

Zuhälter wurde verpfiffen

Die Kriminalbeamten vom Polizeirevier Schwanbüll können nun ihre Ermittlungen im Rotlichtmilieu neu ausrichten. Sie wenden sich an das Dezernat für Milieudelikte (LKA). Moon und Light treffen sich mit Kriminalhauptkommissar Knut. Sie erklären ihm die aktuelle Lage der Mordermittlung und bitten ihn um Unterstützung.

„Ich kennen einen Polizisten, welcher das Rotlichtmilieu betreut und diesen toten Mehdi sicher gut gekannt hat. Er patrouilliert vor Ort, den kann ich per Funk aufrufen und zurückbeordern."

Nach einer Stunde erscheint der Beamte. Knut erklärt ihm die Situation. Norwin und Nils erhalten die Möglichkeit, den Polizisten S. zu befragen.

„Kennen Sie Mehdi?" Polizist S. antwortet: „Er ist einer meiner wichtigsten Informanten." „Hat jemand aus dem Milieu mit ihm abgerechnet?"

„Er war ein engagierter Informant, unterstützte uns bei der Verfolgung der Zuhälterei und bei unseren Ermittlungen. Mehdi ging sogar so weit, dass er in vielen Prostitutionssalons den Freier spielte und uns so wichtige Informationen liefern konnte. Dafür ließen wir ihn mit seinem Edel-Puff in Ruhe. Sein als Edel-Massagesalon beschriftetes Lokal ist nicht direkt im Kiez, sondern in einer Nebenstraße, nicht sehr weit weg von der Reeperbahn."

Zusammen besprechen sie die Protokolle und Unterlagen, dabei stellt Norwin Moon Polizist S. unangenehme Fragen. Das kann auch für einen Ermittler gefährlich werden. Aus den vorliegenden Dokumenten erfährt Norwin, dass Mehdi einen ortsbekannten Zuhälter an die Polizei verraten hat. Im Kiez gibt es das ungeschriebene Gesetz, dass Vereinbarungen unter Zuhältern eingehalten werden müssen, ansonsten üben diese Rache. Bei Verrätern ist so eine Abrechnung besonders brutal.

Könnte hier der „Schlüssel" zu diesem Mordfall liegen? Der von Mehdi denunzierte Zuhälter wurde angeklagt und musste ins Gefängnis. Sein Strafmaß der gewerbsmäßigen Förderung der Prostitution im Sinne des § 181a Absatz 1 Stob, wurde auf drei Jahre und acht Monate festgelegt. Moon ermittelt weiter. Er findet einen wichtigen Punkt. Der Zuhälter hat seine Strafe verbüßt! Er ist seit zwei Jahren in Freiheit, das heißt, vor der Ermordung von Mehdi. Könnte es sein, dass der freigelassene Zuhälter Rache genommen hat und Mehdi tötete? Hat Mehdi jemanden zu Fall gebracht, der einflussreich war, der Macht besaß, der aus dem Milieu war?

Polizist S. ist der Meinung: „Falls Mehdi bedroht oder unter Druck gesetzt worden wäre, so hätten wir davon erfahren. Ich hatte ein sehr gutes, enges Verhältnis zu ihm. In diesem Zuhältermilieu in St. Pauli werden offene Rechnungen professionell beglichen. Eine Leiche lässt man nicht einfach so im See verschwinden. Die Zuhältergrößen vom Kiez regeln das nach Art der Mafia durch Auftragsmord, fingierte Arbeitsunfälle, Horror-Drogen wie Fentanyl, die noch gefährlicher ist als Heroin, da es als feines Pulver mit fataler Wirkung leicht unter andere Drogen gemischt werden kann."

„Da bin ich mir nicht so sicher!"

„Wie meinen Sie das?", fragt Polizist S. zurück.

„Es gibt eine mysteriöse Mordserie vom Oberuckersee, ist ein paar Jahre her. Damals soll dort der Berliner Zuhälter C. fünf Leichen abgeworfen haben. Angeblich waren das alles Konkurrenten aus dem Rotlichtmilieu. Laut Zeugenaussage waren die Leichen regelrecht hingerichtet, in Plastikplane eingewickelt, mit Gewichten beschwert und im See versenkt worden." „Davon weiß ich nichts."

„Zurück zu unserem Fall, wie kommt der Tote von der Sündenmeile in die Ostsee?", möchte Norwin gerne wissen. Polizist S, antwortet: „Nee, das passt nicht zur Reeperbahn. Ein Mordfall würde dem Geschäft schaden. Zuhälter regeln das anders, diskret, im Normalfall ohne große Aufmerksamkeit. Besucher, die das Amüsierviertel aufsuchen, wollen sich vergnügen. Da wäre so eine Tötung für alle Beteiligten eine schlechte Sache."

„Gibt es sonst noch was, einen Hinweis oder ein Merkmal?"

Polizist S. erwidert: „Nein, ich kann nur sagen, dass es ein vorbildliches Etablissement ist. Es gibt keine Drogen dort, Alkohol nur im vernünftigen Rahmen. Die Prostituierten verwenden Kondome, um sich und die sexgeilen Freier zu schützen. Die Damen sind sehr feinfühlig, sie besprechen mit ihren Kunden, was sie sich wünschen, was diese sich vorstellen, was das Glückserlebnis kostet, was im Service inbegriffen ist und was nicht. Meistens sind dies Wünsche, welche Freundinnen oder Ehefrauen ablehnen. So gibt es keine Missverständnisse und keinen Ärger. Es ist eine Geschäftsbeziehung und die Frauen sind Dienstleisterinnen. Die Kunden werden respektvoll und menschlich behandelt, das ist vermutlich sein Erfolgsrezept."

Norwin und Nils bedanken sich bei Polizist S. für die Informationen. Während der Fahrt ins Polizeirevier gehen sie in Gedanken die Aussagen nochmals durch. Der hat am Schluss richtig geschwärmt von dieser Zusammenarbeit mit Mehdi. Das Etablissement hat er in den höchsten Tönen gelobt. Da müssen sie noch weiter nachforschen.

Im Büro angelangt sind sie der Meinung, dass es keine Abrechnung unter Zuhältern war. Auch diese „heikle" Befragung bringt sie nicht weiter. Norwin schaut sich die Bankauszüge nochmals an. Mit den vorliegenden Daten ist er nicht zufrieden, es fehlen Angaben, wer wieviel und wann genau einbezahlt hat. Er will detaillierte Bankauszüge über die Transaktionen der letzten 24 Monate. Vielleicht ergibt sich daraus eine neue Spur.

Erneut gehen die Kommissare zu den verschiedenen Banken, auf welchen Mehdi sein Geld verteilt hatte. Die Hauptbankverbindung nimmt sich Moon persönlich vor. Hinter den Tresen steht eine Schlafmütze, die ihren Allerwertesten erst in Bewegung setzt, als Norwin ihm den Ausweis zeigt.

Der Angestellt ruft im Bankensystem die Kontonummern auf, druckt die einzelnen Bewegungen der letzten zwei Jahr aus. Auf diesen Belegen sind Absender und Bankverbindungen der Einzahlungen klar ersichtlich.

„Kann ich mir diesen Berg Unterlagen in einem Zimmer ansehen?"

„Gerne", antwortet er und begleitet den Kommissar in einen Besprechungsraum. Dort kann Norwin in aller Ruhe die ausgedruckten Papiere sichten und Notizen machen.

Er schaut sich jede Kontobewegung an. Mehdi muss irgendwo noch leben! Seine Mieten, seine Rechnungen, alles wird von verschiedenen Bankkonti bezahlt. Das ist doch rätselhaft? Das erklärt, weshalb Mehdi nicht vermisst wurde, weil alle Rechnungen bezahlt werden. Viele Zahlungen werden mittels eines Basislastschriftmandats bezahlt. Es gibt einen Verdacht. Der Tote ist nachweislich Mehdi, also muss irgendjemand Zugang zu seinen Daten haben und die Unterschrift nachahmen. Eine Person fälscht die Unterschrift, erledigt seine Zahlungen, stellt Checks aus und alle glauben, der Mann lebt. Moon nimmt die Kontobelege mit in sein Büro. Dort beschließen die Ermittler, das Edel-Puff von Mehdi unter die Lupe zu nehmen.

Das Edel-Puff wird durchsucht

Die Polizisten haben die schriftliche Anordnung zur Durchsuchung der Geschäftsräume von Mehdi erhalten. Sie werden von einem Mann begrüßt, der sich als Hamas vorstellt: „Was führt Sie zu uns?"

„Ich bin Moon, das ist Light. Wir sind von der Polizei, hier ist die richterliche Anordnung. Wir ermitteln wegen des Eigentümers dieses Etablissements. Wann haben Sie ihn zum letzten Mal gesehen?"

„Das ist schon eine lange Zeit her, so weit ich weiß, ist er in seinem Haus in Casablanca."

Die Edelnutte Alina schleicht aus einem Nebenzimmer leichtbekleidet hinzu: „Guten Tag die Herren, haben Sie besondere

Wünsche?" Ohne darauf zu antworten, zeigt Norwin ihr die Durchsuchungspapiere: „Wir sind wegen Herrn Mehdi hier. Wann haben Sie ihn das letzte Mal gesehen?" Alina erwidert: „Der kommt hier selten vorbei."

„Geht es etwas konkreter, wann genau?" „Das muss einige Monate her sein. Wir führen das Geschäft, er ist nicht mehr aktiv tätig."

„Wir müssen Ihnen mitteilen, dass Herr Mehdi tot ist. Wir befragen sein Umfeld, deshalb sind wir hier, wir werden uns jetzt in den Räumen umsehen und mögliche Beweismittel mitnehmen."

Es ist erschreckend, dass keinen der beiden die Nachricht vom Tode des Inhabers berührt. Die sind eiskalt. Keiner von beiden vermisst Mehdi. Die sind so abgebrüht, fragen nicht mal nach ihm. Dieses Verhalten macht beide sehr verdächtig. Vermutlich haben sie Erfahrungen im Umgang mit der Polizei, es wurde ihnen geraten, Ruhe zu bewahren und auf jeden Fall zu schweigen.

Hamas fragt scheinheilig wie ein Unschuldslamm: „Sind Sie sicher? Er kann doch gar nicht hier sein! Das wüssten wir ja."

„Ja, wir sind uns sicher, wir haben seinen Leichnam gefunden, mehr dürfen wir momentan dazu nicht sagen. Wo ist sein Büro hier, was genau sind Ihre Aufgaben?" „Ich bin der Hausmeister, zuständig für die Räumlichkeiten. Gerne zeige ich Ihnen diese."

Diesem die „Unschuld vom Lande" spielenden Zuhälter könnte Norwin eine in sein rundes, immer grinsendes Gesicht hauen. Sie besichtigen die einzelnen Arbeitszimmer, die einen aphrodisierenden Duft verströmen. Es ist der erregende Duft von teurem Designer-Parfüm und Zigarren, der in der Luft schwebt. Ein Wirkstoff, der die Libido belebt. Damit soll das sexuelle Verlangen und das Lustempfinden der Bordellbesucher gesteigert werden. Zwei Zimmer riechen stark nach Javel, dem Flecken-Reinigungswasser. Dieses kommt aus Paris und wird seit 1792 als Bleichmittel eingesetzt.

Im Korridor hinten steht ein Putzwagen, vollgepackt mit Küchenpapier, Putzmitteln und Tüchern. Der Javel-Duft könnte von der Zimmerreinigung herkommen. Momentan sind keine Freier anzutreffen. Es gibt vier Zimmer, die sind nach Musikern und Komponisten der Wiener Klassik benannt sind. Die offenen Türen geben den Blick auf große Kingsize-Betten frei. Im Zimmer selber ist alles indirekt beleuchtet: Betten, Polstersessel, Spiegel, Plattenboden mit Teppich, offene Dusche, Jacuzzi, Kondome und Kosmetiktücher.

Selbst die Kommissare müssen neidisch erkennen, dass das sehr edel und gepflegt daherkommt. Violettes, blaues oder rötliches Licht zaubert eine angenehme Atmosphäre mit einer schönen Ausstattung, so richtig romantisch, verspielt. Es fehlt nur noch eine veredelte Dame und im Hintergrund ertönt die Musik And The Walz Goes On, dirigiert von André Rieu. (Unser Walzer lebt weiter, geschrieben von Sir Anthony Hopkins.) Dieser Walzer ist unglaublich gefühlsvoll, für Liebende ein Genuss.

Hamas meint großspurig, als müsste er den Mordermittlern den Nutten-Service verkaufen: „Wer eines dieser fünf Zimmer bucht, zahlt für die Stunde Einzelservice 1000 Euro. In dieser Leistung inbegriffen sind Massage, Geschlechtsverkehr, Oralsex, Dusche und Whirlpool. Unsere Edel-Salon ist geöffnet von 19 bis 4 Uhr.“

Norwin meint lässig, als ob er das marokkanische Gesäusel nicht gehört hätte: „Was ist das für eine Türe am Ende des Korridors?“ „Das ist der Ausgang zum Lift, der ist für unsere Klientel, die den Hintereingang wünscht und nicht gesehen werden möchte. Von dort gelangen sie direkt zur Tiefgarage.“

„Woher kommen die Prostituierten?“ „Die Frauen sind aus dem Ostblock, für sie gibt es eine kleine Wohneinheit zum Schminken, eine Kochnische, ein Zimmer, um sich auszuruhen und um Kleider zu wechseln.“

Norwin bleibt stehen, er liest die Hausordnung an der Korridorwand in verschiedenen Sprachen. „Nach drei Monate gehen die Damen wieder in ihr Heimatland zurück.“

Hamas zeigt sich redselig: „Werbung für unser Geschäft müssen wir nicht machen, die Freier kommen immer wieder. Wir haben genügend junge Sexarbeiterinnen, die sich bei uns melden. Ich bin Chauffeur, Türvorsteher, Hausmeister und organisiere das Housekeeping, die Reinigung aller Räume, der Wäsche, usw.“

Nils wendet sich an Alina: „Und Sie?" „Ich betreue den Empfangsbereich, dort zahlen die Freier im Voraus für die Dienste der Frauen. Weiter erledige ich das Administrative, bearbeite die Reservationen, mache die Abrechnung der Einnahmen, schreibe E-Mails, kümmere mich um die Frauen. Ich schaue auch, dass die Damen der Behörde gemeldet sind, sie alle haben den „Hurenausweis" und gewisse heikle Kunden bediene ich persönlich."
Die Ermittler durchsuchen das Büro von Alina, nehmen als Beweismittel Dokumente mit. Alles, was sie mitnehmen, wird auf einer Liste nummeriert aufgeführt. Eine Kopie davon erhält Alina. Dann verabschieden sie sich. Während der Fahrt sagt Norwin anerkennend: „Ein eindrücklich gepflegtes Etablissement."

Ziegen auf Arganbäumen

Die persönlichen Daten von Mehdi konnte Norwin ausfindig machen. In welchem Dorf er geboren wurde, in welchem Umfeld er aufgewachsen ist. Mehdi ist in einem Vorort von Casablanca geboren. Die Landwirtschaft ist dort für viele der wichtigste Arbeitgeber. Das Gebiet wirkt trocken, aber es gibt keinen Wassermangel. Unter Plastikplanen wachsen Tomaten, Kürbisse, Auberginen. Die vielen Schafherden werden von Hirten von einem Tal ins nächste getrieben. Sogar Ziegen grasen auf Arganbäumen in Marokko. Die Argannuss ist des Rätsels Lösung. Der Hunger treibt Ziegen hinauf auf die Bäume zur Frucht des Baumes. Das bittere Fruchtfleisch ist für Menschen ungenießbar. Es ist ein Phänomen, zu beobachten: Ziegen, die auf den Ästen von Bäumen stehen. Es ist nicht nur eine, sondern mehrere stehen auch ganz oben in der Krone.
Die Arganbäume sind selten. Sie wachsen in der wüstenähnlichen Region im Südwesten Marokkos (ca. 8000 Quadratkilometer gross). Ein Baum kann bis zehn Meter hoch werden. Seine breite Krone ist sehr auffällig, kann sie doch bis zu 20 Meter haben. Die Arganie ist sehr robust, kann bis 50 °C sehr gut ertragen. Die langen Wurzeln reichen bis zu 30 Meter tief ins Erdreich, zapfen dort das Grundwasser an. Es gibt Tausende von Arganbäumen. Aus den Argannüssen, den Samen dieser Bäume,

wird ein edles und teures Öl hergestellt, welches sich Europäer und Amerikaner gerne in die Haare schmieren. Der Arganbaum liefert das flüssige Gold Marokkos. Arganwälder sehen wild und buschartig aus. Auch heute noch hat jeder Baum einen Eigentümer. Diese achten strikt darauf, dass kein Fremder die erntereifen Früchte einsammelt. In dieser Region hat Mehdi seine Kindheit verbracht. Viele seiner damaligen Kollegen verbrachten damals ihre freien Stunden Haschisch rauchend. Sie lehnten sich schweigend an Hauswände oder saßen auf einer Bank, schauten den Autos nach, dabei vergeudeten sie so ihre Lebenszeit. Sie hatten den Traum, nach „Europa" zu gehen. Dort, wo hübsche Frauen sind, gute Arbeit und viel Geld fließt.

Mehdi war sich damals bewusst, dass die Bilder, welche sie im marokkanischen TV zeigten, nur die schöne Seite des Lebens in Europa waren. Aber das stimmte so nicht. Es gibt in Europa eine große Armut. Mehdi kam nach Deutschland und verwirklichte seinen Traum.

Die Unterschrift

Im Revier bearbeiten die Beamten die einzelnen Unterlagen. Bei den Schreiben und Checkkopien gibt es ein Merkmal – sie sind alle von Mehdi unterschrieben. Die meisten Papiere datieren nach dem Auffinden der Leiche von Mehdi.

Nils fragt: „Ist die fragliche Unterschrift echt oder gefälscht? Und stammt diese von einer bestimmten Person oder kann diese von der Urheberschaft ausgeschlossen werden? Das müssen wir wissen. Wir lassen eine forensische Handschriftenuntersuchung erstellen."

Nach zwei Monaten werden die Mordermittler informiert, dass alle Unterschriften von Alina stammten, auch die auf den Zahlungsaufträgen der Bank und den Checks. Das ist ein dickes Ding. Moon muss abklären, weshalb Alina sich nach dem Tode von Mehdi um dessen private und finanzielle Angelegenheiten kümmert? Er ist überzeugt, dass Alina und Hamas das Verschwinden des Zuhälters Mehdi damit geheim halten wollten. Das sind reine Vermutungen. Indizien reichen normalerweise für eine Mordanklage nicht aus. Ein Indiz wie die Fälschung der Unterschrift könnte höchstens ein Hinweis sein, dass die beiden etwas mit dem Tode von Mehdi zu tun haben könnten. Es fehlen jedoch konkrete Beweise.

Norwin lässt Hamas und Alina durch den Ermittlungsrichter zu einer Befragung vorladen. Beide müssen den Termin wahrnehmen und erscheinen. Die Kommissare wollen ihren Verdacht klären. Sie haben die Beweise für die gefälschten Unterschriften und weitere Spuren in der Wohnung gesichert. Reicht das für eine Anklage?

Sie wollen geklärt haben, weshalb ein neues Türschloss eingesetzt wurde. Norwin und Nils befragen die beiden im Polizeirevier. Es handelt sich um eine formelle Befragung zur Beweisaufnahme, über den Sachverhalt betreffend den gefälschten Unterschriften und weiteren Spuren.

Psychologie der Mordermittler
Moon und Light sind darin geschult, die Psychologie und die Körpersprache bei formellen Befragungen richtig zu deuten. Verbrecher können sich gut verstellen. Blickkontakt ist bei Vernehmungen von großer Bedeutung. Im Gespräch verraten die Augen sehr viel. Wenn jemand als Beispiel eine japanische Kampfsportart ausübt, dann schaut er dem Gegner immer in die Augen. Nur dort erkennt er Reflexe eines Angriffs oder einer Abwehr und kann so blitzschnell reagieren. Bei den Kommissaren spielt die Körpersprache eine zentrale Rolle. Stimmt die Körpersprache nicht überein mit dem gesprochenen Wort, dann orientiert er sich an der Haltung des Befragten.

„Nein, ich war nie dort!", sagt der mögliche Täter, zieht die Mundwinkel nach unten und schaut auf den Boden. Da liegt es auf der Hand, dass diese Aussage nicht stimmt. Er lügt also. Dann spricht noch das Bauchgefühl und das ist nichts anderes als alle mit Mördern und Kriminellen gemachten Erfahrungen. Auf diese Erfahrung greift Norwin zurück, er befragt auch seine Kollegen, welche im Nebenraum das Gespräch mitverfolgen, was sie dazu meinen.

Brutale Mörder, die Lust haben, Ermittlern Lügen aufzutischen, schauen den Polizisten genüsslich in die Augen. Sie sind gespannt darauf, ob ihre Lügen gut ankommen. Auch bei der Polizei oder im Gefängnis ist der erste Eindruck bei einer Befragung wichtig. Er wirkt auf das Gefühlsleben, auf das Emotionale, ohne dass ein Wort gesprochen wird. Es ist später schwierig, den ersten Eindruck zu verändern. Oft hört man einen Ermittler sagen: „Ich glaube, der weiß von nichts, der ist unschuldig." Er sagt dies auf sein Bauchgefühl hin ohne Beweismittel.

Nonverbale Kommunikation: Bei Befragungen sieht man an der Körpersprache, wie Männer zuerst durch ihre Körperhaltung versuchen, mehr Raum einzunehmen. Frauen halten den Kopf öfters schief, nach unten oder seitlich gesenkt. In Haft genommene Männer mustern die Beamten öfters von Kopf bis Fuß – sie checken die Rangordnung. Ermittler haben aus taktischen Gründen auch gelernt, dass sie mit Dominanz nicht viel erreichen. Sie setzen deshalb vermehrt die Arme im Gespräch ein, das wirkt als Verstärker ihrer Aussage.

Ein Beispiel aus der Politik: Eine bekannte Politikerin faltet ihre Hände oft zu einer Raute, ein einstudiertes Markenzeichen, das als M-Raute bekannt ist. Es ist ein Zeichen der Macht. Es gibt dazu verschiedene Interpretationen. Die Person geht bei Problemen auf Tauchstation. Da passt die Raute gut dazu, auch ihre öffentliche Aussage: „Ich weiß es, halte mich aber zurück."

Rein mathematisch betrachtet, stellt dieses Zeichen ein Drachenviereck (Papierdrachen steigen) dar, da Zeigefinger und Daumen nicht gleich lang sind. S. M. ist ein anerkannter Pantomime und Spezialist in der nonverbalen Kommunikation. Das Hamburger Abendblatt befragte ihn zu dieser Haltung mit einer Raute: „Es ist ein Symbol wie der Bug eines Eisbrechers. Angriffe oder Einwände werden so abgeleitet. Für Kritik und andere Meinungen ist diese Person nicht empfänglich. Sie geht ihren Weg."

Früher stand diese Person mit herunterhängenden Armen da. Mit dieser M-Raute erscheint sie attraktiver. Aber bei der Raute-Haltung fehlt die Kraft, anpacken zu können. Passt auch, da sie das erste Kind einer evangelischen Theologenfamilie ist

(Hamburger Stadtteil Eimsbüttel). Theologen falten die Hände vermutlich öfters als Durchschnittsbürger. Die Körpersprache spricht immer mit. Ermittler sind gefordert, die richtigen Signale zu interpretieren. Sie müssen einen Mord aufklären und da ist jede noch so kleine Spur oder Aussage wichtig.

Lügner wollen sich nicht gerne festlegen. Sie benutzen oft ‚man' anstelle von Personalpronomen wie ‚ich' oder ‚du'. Jeder behilft sich hin und wieder mit einer kleinen Notlüge. Werden aber größere Lügen konstruiert, muss man sich überlegen, ob es sich das wirklich lohnt. Viele Mörder erzählen bei der Befragung unglaubliche Geschichten, sie lügen wie gedruckt. Und bei jedem weiteren Gespräch erzählen sie eine andere Version. Das ist die denkbar dümmste Variante für eine anstehende Gerichtsverhandlung. Die Kommissare können mit Köderfragen nachhaken. In den ersten fünf Sekunden kann viel aus der Reaktion abgelesen werden. In Gewahrsam genommene Personen, die lügen, verhalten sich meistens komisch oder ungewohnt. Lügner wechseln kurz die Blickrichtung, schauen nach links und rechts, sie versuchen, den Augenkontakt mit dem Kommissar zu vermeiden. Lügner tun sich schwer damit, ihnen ins Gesicht zu lügen, sie verzetteln sich daher in Ausflüchte. Wer ehrlich antwortet, der macht das meistens spontan, direkt.

Face Reader

Im Gesicht einer Person kann Norwin viel über deren Persönlichkeit und Gefühlszustand herauslesen. Immer, wenn der Kommissar in einer Befragung ist, „analysiert" er das Gesicht des mutmaßlichen Täters, er scannt es gedanklich ein. Der griechische Gelehrte Aristoteles hat damals schon niedergeschrieben, was er beim Menschen aus seinem Äußeren und seinen Gesichtszügen ableitet. Es ist eine der ältesten Diagnoseformen.

Mordermittler Norwin Moon hat in der Polizei Akademie gelernt, auf was bei Mimik und Gestik bei Menschen geachtet wird, speziell bei Verhaftungen und den anschließenden Befragungen. Für ihn hat Gesichtslesen eine große Aussagekraft. Viele seiner Kollegen verdammen dies, sie sagen, das sei esoterisch angehauchter Hokuspokus. Für Moon ist Gesichtslesen selbstverständlich, er betrachtet dies immer im Kontext zum möglichen Tathergang. Er kann in einem Gesicht lesen wie in einem „Buch". Es gibt ihm auch Rückschlüsse auf die seelische Verfassung der Person, die befragt wird.

Im Gesicht zeigt sich der gesamte menschliche Organismus. Die Persönlichkeitsmerkmale und die psychische Gefühlslage sich darin erkennbar. Augen und Mund können sich schnell verändern, deshalb bilden sie den jeweiligen Ist-Zustand sehr gut ab.

Befragung 1: Alina

Norwin nimmt sich zuerst Alina vor: „Wir müssen Sie über Ihre Rechte belehren. Sie gelten als Tatverdächtige im Mordfall Mehdi. Sie haben die Aussagefreiheit und das Recht, einen Verteidiger zu verlangen. Sind Sie einverstanden, dass wir die Befragung aufzeichnen? Alles, was Sie jetzt sagen, kann vor Gericht gegen Sie verwendet werden. Haben Sie das verstanden?"

Alina: „Ja, ich habe verstanden, Sie können das Gespräch aufzeichnen." Nils schaltet das Gerät ein: „Was wissen Sie über den Tod von Mehdi?" „Nichts, ich wusste nicht, dass er tot ist. Es ist für uns normal, dass Mehdi über einen längeren Zeitraum nicht erscheint. Er wohnt dann in seinem Haus in Casablanca, deshalb mache ich mir keine Gedanken darüber."

„Woher wissen Sie, dass er in Casablanca war?"

„Als er bei uns im Salon war, habe ich ihm gesagt, dass wir ein neues Schloss einbauen werden."

„Wie sind Sie zu diesem Job in diesem Edelbordell gekommen?"

„Ich war in einem anderen Massagesalon angestellt, nicht im Kiez. Mehdi war damals Kunde von mir. Und vor ein paar Jahren hat er mich gefragt, ob ich nicht Lust auf etwas Neues hätte und in seinem Salon arbeiten möchte. Ich war neugierig, sagte ja. Seitdem bin ich da. Über die Jahre hinweg habe ich mir eine treue Kundschaft aufgebaut."

Norwin fragt weiter: „Wie war Ihr Verhältnis zu Mehdi?"

„Wir hatten ein gutes Verhältnis, waren auch sexuell zusammen. Er hat mir seinen Wohnungsschlüssel gegeben. Ich war viel bei ihm."

„Wer leitet das Geschäft?" „Unsere Zusammenarbeit ging so weit, dass er mir die Geschäftsleitung übertragen hat. Seitdem ist er ab und zu vorbeigekommen. Wir haben eine geschäftliche Partnerschaft, ohne Emotionen."

Nils fragt: „Weshalb wurde ein neues Türschloss in der Wohnung von Mehdi eingebaut?" „Das war eine reine Vorsichtsmaßnahme. Wir ließen die Küche renovieren, es gingen viele Arbeiter ein und aus. Einer hat den Wohnungsschlüssel verloren. Zeitweise wurde die Wohnung von den Handwerkern gar nicht abgeschlossen, wie wir im Nachhinein erfahren mussten, deshalb habe ich beschlossen, ein neues Schloss einzubauen." „Wie erklären Sie, dass das just nach dem Tode von Mehdi war?"

„Ich weiß nur, dass wir ihm vor seiner Abreise nach Casablanca gesagt haben, dass wir aus Sicherheitsgründen ein neues Schloss einbauen. Er erwähnte noch, dass er dann auf der Rückreise bei uns im Salon vorbeikommt, um den neuen Schlüssel abzuholen. Mehr weiß ich nicht."

Moon fragt direkt: „Haben Sie Mehdi getötet?"

„Nein, wie können Sie nur so etwas fragen! Ich habe damit nichts zu tun. Vor zwei Jahren waren ich und Hamas über ein Wochenende in Casablanca. Dort haben wir Mehdi in seinem Haus besucht, an der Boulevard Straße, direkt am Meer. Wir hatten ein größeres Problem. Ein Polizist kam ins Geschäft. Er verlangte von uns Schutzgeld, ansonsten würde er den Laden auffliegen lassen. Er verlangte auch Gratis-Sex. Seither bezahlen wir Schutzgelder von 2.000 Euro monatlich. Und wir bezahlen monatlich den zehnfachen Betrag an Mehdi, alles aus den Einnahmen des Salons. Beim Gespräch in Casablanca haben wir dies mit Mehdi besprochen. Die Beträge sind für uns zu hoch, sie sind existenzbedrohend, deshalb mussten wir mit ihm darüber reden. Danach sind wir zurückgeflogen."

„Wir haben Beweise. Wie erklären Sie, dass Sie nach dem Tode von Mehdi alle Rechnungen und Checks in seinem Namen unterzeichnet haben? Das nennen wir Urkundenfälschung."

Alina wirkt jetzt nicht mehr so selbstsicher, sie überlegt ein paar Sekunden: „Er hat mich beauftragt, dass ich seine Rechnungen unterschreibe und zur Zahlung freigebe. Wir hatten vergessen, eine Kontovollmacht mit Unterschriftsprobe bei der Bank zu hinterlegen."

„Das kann schon sein, aber doch nicht das Fälschen seiner Unterschrift." „Doch, so war es."

„Wir glauben Ihnen nicht. Nochmals, haben Sie oder Hamas Mehdi getötet?"

„Nein, nie, ganz sicher nicht."

„Wir protokollieren Ihre Aussage, unterzeichnen Sie diese. Sie sind für uns eine Verdächtige, verlassen Sie Hamburg nicht, Sie können gehen."

Befragung 1: Hamas

Die beiden Kommissare gehen an ihre Arbeitsplätze, genehmigen sich bitteren Automatenkaffee, dann machen sie sich auf in Befragungsraum Nr. 2. Hamas wartet dort.

Diesmal beginnt Nils: „Wir müssen Sie über Ihre Rechte belehren. Sie gelten als Tatverdächtiger im Mordfall Mehdi. Sie haben die Aussagefreiheit und das Recht, einen Verteidiger zu konsultieren. Sind Sie einverstanden, dass wir die Befragung aufzeichnen? Alles, was Sie jetzt sagen, kann vor Gericht gegen Sie verwendet werden. Haben Sie das verstanden?" „Ja, weshalb wollen Sie das Gespräch aufzeichnen?"

Nils beantwortet die Frage nicht, er stellt das Tonband an: „Sie sind hier, weil Sie als Tatverdächtiger gelten." „Ja, ich weiß nicht, was das mit mir zu tun hat?"

„Das wollen wir klären. Was wissen Sie über den Tod von Mehdi?" „Nichts, für mich lebt er in Marokko in seinem Haus oder hier in Hamburg."

„War es nicht verdächtig, dass Mehdi sich nie mehr gemeldet hat?"

„Für mich nein, ich habe ihn nicht vermisst."

Hamas hat eiskalte Augen, die Nils ohne irgendeine Regung anblicken. Die Kommissare wissen, dass er lügt.

„Andere Frage: Wie sind Sie zu dieser Tätigkeit gekommen?"

„Ich habe hier in St. Pauli in einem Bordell als Hausmeister gearbeitet, war „Mädchen" für vieles. Mehdi war damals in unserem Etablissement ein und ausgegangen. Eines Tages fragte er mich, ob ich nicht bei ihm arbeiten möchte, er suchte noch einen guten Allrounder mit technischem Verständnis."

„Wie nahe standen Sie Mehdi?"

„Wir waren wie Brüder, wir verstanden uns sehr gut."

„Wir haben Alina, Ihre Geschäftspartnerin, befragt, dabei sagte Sie einiges über Sie aus. Sie gab uns auch wichtige Hinweise."

„Die weiß doch eh nicht mehr als ich, also was soll das?"

„Haben Sie Mehdi getötet?"

„Nein, sicher nicht, er war ja mein Arbeitgeber und Freund."

Nils erwidert: „Hören Sie auf zu lügen. Wie Sie wissen, sind Sie ein Verdächtiger im Mordfall Mehdi. Wir haben Beweise, dass Polizist S. von Ihnen beiden regelmäßig Geld erhält. Was sagen Sie dazu?"

„Davon weiß ich nichts." „Wir haben Beweismittel. Alle Zahlungen sind mit der gefälschten Unterschrift von Alina ausgelöst worden. Es ist an der Zeit, dass auch Sie uns die Wahrheit sagen."

„Polizist S. hat uns seit längerer Zeit bedroht, wie es organisierten Clans auf dem Kiez tun. Er kam eines Tages in unseren Salon und sagte zu uns: „Hört mal, entweder Ihr bezahlt mir Schutzgeld oder ich lasse den ganzen Laden auffliegen und durch meine Kollegen kurz und klein schlagen."

Hamas fährt leicht genervt fort: „Ich sagte, nein, das tun wir nicht, du musst uns doch beschützen, du bist Polizist, was soll das? Er sagte dann: Denk daran, in Essen wurde die Einrichtung eines Cafés mit Dachlatten kurz und klein geschlagen. Auf diese Drohung hin weigerten wir uns, irgendwelche Zahlungen zu leisten. Einige Tage später bekamen wir die Quittung dafür. Kunden von uns meldeten, dass bei ihren Nobelkarossen Reifen zerstochen wurden."

„Und dann?" „Eine Woche später kam Polizist S. wieder. Er setzte uns gewaltig unter Druck. Wir hatten Angst. Uns blieb nichts anderes übrig, als Schutzgeld zu bezahlen. Er versprach, dass er regelmäßig vorbeikommen wird, nach uns schaut und Gratis-Sex will."

Nils sagt zu Hamas: „Das erklärt die Sache mit Polizist S. Was ist mit dem Mord an Mehdi?"

„Davon weiß ich nichts, glauben Sie mir, ich habe nichts damit zu tun." „Wir protokollieren Ihre Aussage, unterzeichnen Sie, dann können Sie gehen. Sie gelten als Verdächtiger, verlassen Sie den Rayon Hamburg nicht." Nachdem Hamas das Protokoll unterschrieben hat, begleitet Norwin ihn bis zum Ausgang.

„Top Secret"

Die Ermittler hatten auf ein Geständnis von Alina oder Hamas gehofft, aber Fehlanzeige. Als Beweismittel für eine Mordanklage reichen die Gesprächsprotokolle und die gefälschten Unterschriften nicht aus. Alle sind sich einig, dass sie den beiden kein Wort glauben können. So reagieren eiskalte Mörder. Alina und Hamas zeigten keine Reue, kein Mitleid, nichts, sie antworteten ohne irgendwelche Gefühlsregung. Das ist nicht normal, wenn man einen Geschäftspartner, seinen besten Freund verliert.

Kommissar Moon sucht drei Ermittler aus seinem Team und bestellt diese zu sich ins Büro. Es handelt sich hier um eine „Top Secret"-Aktion. Nils ist auch involviert. Norwin erklärt den Grund ihrer Mission:

„Die beiden Tatverdächtigen und der Schlüssel haben uns in den Ermittlungen nicht weitergebracht. Ich erinnere mich, Kriminal-Hauptkommissar Knut hat mich Polizist S. vorgestellt. Dieser brüstete sich damit, dass er den Ermordeten gut kannte. Er äußerte sich dahingehend, dass der Kiez für ihn fast wie seine zweite Heimat wäre. Bei dieser Aussage hatte ich ein ungutes Gefühl, konnte es aber nicht zuordnen. Alina und Hamas haben für Polizist S. sehr gefährliche Gefälligkeitsdienste geleistet. Diese Verbindung möchte ich ausloten."

Ein Ermittler meint: „Du weißt schon, dass so etwas sehr gefährlich ist!"

Moon erwidert: „Ja. Das ist ein außergewöhnlicher Fall, da müssen wir mit verdeckten Ermittlern arbeiten."

„Weshalb?", fragt Kriminalassistent Nils Light.

„Alle Untersuchungsbemühungen blieben erfolglos, dies ist eines der letzten Mittel."

Nils fragt: „Gibt das nicht Probleme mit so einer heimlichen Maßnahme?"

Norwin erwidert: „Nein, es gibt oft verdecke Ermittlungen im Drogen- oder im Rotlichtmilieu."

Light: „Ich dachte, dies sei nur möglich, wenn es um vorsätzliche Tötung geht."

„Nein, nicht nur. Das Ganze muss vom Zwangsmaßnahmengericht genehmigt werden. Bis jetzt haben wir nur Indizien, wir brauchen belastende Beweise."

Light: „Wir müssen auch beweisen, dass die verdeckten Maßnahmen verhältnismäßig durchgeführt werden."

Ein Ermittler fragt: „Wie gehen wir vor?"

Moon erwidert: „Die Telefone werden abgehört und Wanzen werden im Fahrzeug oder in der Wohnung verteilt."

So laufen verdeckte Ermittlungen ab.

„Ihr drei bekommt diesen Sonderauftrag unter strengster Geheimhaltung, damit Ihr diese Arbeit absolut inkognito ausführen könnt. Ab sofort sind Eure Arbeitsplätze in einem anderen Gebäude."

Gefährliche Ermittlung

Für einen Polizeibeamten ist es sehr anspruchsvoll, wenn es darum geht, einen Dienstkollegen zu beschatten. Als Resultat könnte herauskommen, dass keine Beweise vorliegen. Das würde diesem Polizisten schaden. So etwas ist das Allerletzte, was sich Sonderermittler wünschen. Norwin gibt deswegen jedem Ermittler seinen genauen Auftrag.

Zu Ermittler A sagt er: „Du musst Polizist S. beschatten, Sicherheit und absolute Diskretion haben höchste Priorität. Hole die Einsatzpläne von Polizist S., in drei Wochen treffen wir uns wieder."

Zu Ermittler B sagt er: „Du musst die finanziellen Verhältnisse von Polizist S. durchchecken, rückwirkend auf zwei Jahre. Überprüfe seinen Lebensstil, sein Haus, Auto, seine Familie, Freunde, usw. Du kennst die Stelle, von welcher du die Bankkontonummer, auf welche er monatlich seinen Lohn überweisen lässt, bekommst. Viel Erfolg."

Und zu Ermittler C sagt er: „Du musst die Edelnutten im Massage-Salon oder gewisse Strichdamen aus der Umgebung befragen, wie die heutigen Inhaber ihre Damen behandeln. Frage nach, was sich verändert hat, seit Mehdi nicht mehr im Geschäft ist."

Ermittler B. fährt zur Bank, auf welcher Polizist S. sein Lohnkonto hat. Am Schalter zeigt er seinen Ausweis: „Ich möchte mit dem Chef sprechen."

Der Schalterbeamte freundlich: „Selbstverständlich, Moment bitte." Er geht nach hinten in die Büroräume, kommt mit einem älteren Banker namens Ulf zurück: „Was kann ich für Sie tun?"

Der Ermittler zeigt ihm seinen Ausweis: „Haben Sie ein Besprechungszimmer, damit wir diskret reden können?"

„Ja, bitte mir nach."

„Wir haben von einem Ihrer Bankkunden Daten und bräuchten alle Transaktionen und Bankbewegungen rückwirkend auf zwei Jahre, aber wirklich detailliert."

Banker Ulf erwidert: „Sie haben Glück, unser IT-Fachmann ist im Hause, ich kann Ihnen die Daten liefern. Es sind aber interne Kopien von unserem Bankensystem. Das dauert eine Weile, normalerweise würde so etwas einige Tage dauern, aber dank des IT-Manns haben wir schnellen Datenzugriff. Ich lasse Ihnen Kaffee bringen."

Nach zwei Stunden taucht der Banker wieder auf, in der Hand ein dickes Bündel von Kopien aller Bankbewegungen.

„Das sieht nach viel Datenmaterial aus, das gibt Arbeit, sehr gut, vielen Dank dafür."

Er fährt retour in sein Sonderermittler-Büro. Dort sichtet er die vielen Transaktionen auf den Bankkopien von Polizist S. Das ist der Hammer. Im gehobenen Dienst verdient Polizist S. netto 2.360 Euro pro Monat. Diese Lohnzahlung erfolgt regelmäßig, ist nichts Außergewöhnliches. Was aber sofort Beachtung findet, sind regelmäßige Zahlungseingänge von 2.000 Euro. Auf der Jahresendabrechnung der Bank sieht er, dass sich über 40.000 Euro angehäuft haben. Das ist eine Menge Geld. Einbezahlt von einem gewissen Mehdi mit dem Zahlungsvermerk: Dienstleistungen Haus & Service.

Zwischenbericht
Nach drei Wochen treffen sich Norwin und Nils mit den drei Sonderermittlern in ihrem geheimen Büro zur Besprechung der Ermittlungen und der Ausgangslage.

Moon sagt zu A: „Du hast Polizist S. beschattet. Was hast du beobachtet?" „Ich habe ein Ermittlungs-Tagebuch erstellt mit Zeitplan und konnte feststellen, dass sich Polizist S. hauptsächlich mit den Belangen des Etablissements von Herrn Mehdi beschäftigt. Er hat sehr viel Zeit im Massage-Salon verbracht. Nach meiner Einschätzung ist das auch für einen Kriminalisten aus dem Dezernat für Milieudelikte zu oft und zu viel des Guten an persönlicher Betreuung."

„Ist dir sonst noch was aufgefallen?"

„Nur so viel, dass er sich bei seiner polizeilichen Arbeit in verschiedenen Bordellen aufgehalten hatte, zeitweise in Begleitung eines weiteren Polizisten. Seine Ansprechpartner waren bekannte Zuhälter, sogenannte Kiez-Größen. Und in seiner Einsatzplanung hat er nicht alle besuchten Bordelle aufgelistet."

„Kennst du die Namen dieser Bordellbetreiber? Wenn ja, erstelle mir eine Liste." „Ja, es sind bekannte Zuhälter, die auf vornehm, auf seriösen Geschäftsmann machen." „Gute Arbeit, wir besprechen später, wie wir mit Polizist S. weiter vorgehen."

Ermittler B berichtet: „Ich konnte an zusätzlichen Einnahmequellen von Polizist S. herankommen. Habe ermittelt, dass er neben der Polizeiarbeit noch für weitere Tätigkeiten fürstlich entlohnt wird. Herr Mehdi hat Zahlungen geleistet, mit einer Nummer und einem Text, mit dem Vermerk: Dienstleistungen Haus & Service. Das haben wir schriftlich, jetzt wird es gefährlich für uns."

Moon antwortet: „Ich fasse zusammen: Wir haben Beweise, die vermutlich für eine Anklage vor Gericht reichen. Polizist S. ist ein krimineller und korrupter Beamter, der mit bekannten Kiez-Größen zusammenarbeitet, so quasi eine Gang bildet und sie unterstützt. Und wir wissen, dass regelmäßig Schmiergeld-Zahlungen auf sein Bankkonto fließen. Das gibt einen größeren Skandal. Das wird im Polizeipräsidium mächtig Staub aufwirbeln. Wir müssen herausfinden, ob er dieses Geld braucht, um seinen Lebensstil zu finanzieren oder ob er Schulden hat?"

Ermittler C berichtet: „Ich konnte mein Fahrzeug beim Hamburg Parkering abstellen und von dort aus starten. Bin dann hochgelaufen bis zum Hans–Albers–Platz. Dort habe ich eine ca. 30-jährige Frau angesprochen. Die kannte den Edel-Puff von Mehdi und auch die heutigen Nachfolger. Sie selber war mal Sexdienstleisterin. ,Wissen Sie, das war auf höchstem Niveau', sagte sie voller Freude.

„Was heißt das?", wollte ich wissen.

Sie sagte zu mir: ,Mehdi war ein Perfektionist'.

„In was?".

„Er zeigte kein Mitgefühl, wenn es darum ging, seine Edel-Damen auszuwählen."

Ermittler C nicht gerade einfühlsam: „Nute bleibt Nute."

„Nein. Die Damen die er persönlich aussuchte, wurden für Escort-Dienstleistungen gebucht oder für eines der vier Klassik-Zimmer."

„Gab es Kriterien?" „Ja, sie mussten mindestens 170 Zentimeter groß sein und sich auf Englisch unterhalten können."

„Und das reichte?"

„Nein. Mehdi inspizierte jede Dame einzeln. Er untersuchte Auge, Haare, Zähne. Und sie mussten sich ausziehen, sich mit den Händen zu ihren Füssen bücken. Einige erzählten, dass er sie dann direkt von hinten vögelte. Sie mussten ja sexuelle Wünsche ihrer Kunden erfüllen. Er war sozusagen der Vorkoster. Diejenigen, welche sich zierten, konnten zusammenpacken und gehen. Die Frauen, die für den Escort-Service ausgewählt wurden, die durften sogar Schönheitsoperationen vornehmen lassen. Mehdis Inspiration war, nur Top-Edel-Damen zu vermitteln. Dieser Edel-Service wurde neben dem normalen Tagesgeschäft abgewickelt. Das ging komplett diskret und geheim. Der Tagespreis lag bei über 5000 Euro oder USD je nach Kunde." Ermittler C: „Das ist happig." „Es waren wirklich edle Frauen mit Stil. Einige von ihnen konnten reich heiraten." „Gibt es eine Liste dieser Kunden?" „Nein, das ist ein streng gehütetes Geheimnis." „Was war mit den Puffs in der Nähe?" „Die waren neidisch, sie sahen die vornehmen Herren in ihren noblen Carrossen vorfahren. Die Konkurrenten nannten ihn den „marokkanischen Ziegenfi..." Dies in Anlehnung an die auf Arganbäume kletternden Ziegen. Die Ziegen ernähren sich von den Blättern und knabbern das Äußere der Nüsse ab.

Norwin möchte wissen: „Und wie läuft das Geschäft mit Hamas und Alina?" „Hamas und Alina konnten die Edel-Damen nicht halten. Er ist brutal und wirkte so, als könnte man ihm stundenlang auf den Zwölfer hauen. Er hat auch nicht verstanden, dass die Leute für guten Sex und feines Essen viel Geld bezahlen." Wie recht die Frau hat, denkt Ermittler C. Sie erzählte weiter: „Eine Freundin von ihr hatte vor einiger Zeit berichtet, dass der Umgang dort mit den Prostituierten brutal sei. Nach außen wird das Bild des edlen Ritters vermittelt, nach innen sind Hamas und Alina des „Teufels General". Den Frauen dort wird viel Gewalt und Schmerz zugefügt. Sie mussten Hamas ihre Pässe abgeben. Sie sagte auch, dass einige geschlagen, gequält und ausgebeutet wurden. Ich denke, dass Hamas früher eine brutale Tätigkeit ausgeübt hatte. Auf den ersten Blick sieht Hamas smart aus, aber für die Prostituierten verkörpert er die Hölle. Den könnten wir wegen Zuhälterei und Menschenhandel anklagen. Wir bräuchten nur die Aussagen einer seiner Bordelldame."

„Das war eine geballte Ladung an Informationen, die müssen wir sichten", sagt Norwin anerkennend. Er bedankte sich beim Team: „Alle drei, sehr gut gemacht. Wir ermitteln weiter. Es gilt immer noch strengste Geheimhaltung."

Die Ermittlungen der Mordkommission laufen weiter. Kommissar Moon bespricht die aktuelle Ermittlungsarbeit mit Nils. Aufgrund der vorliegenden Beweislage sind sie sich einig, dass beide in den Mordfall verwickelt sind. Enttäuschend ist, dass nach über zwei Jahren noch keine konkreten Beweismittel vorliegen, um die beiden anklagen zu können.

Norwin tut sich schwer damit, er muss Kriminalhauptkommissar Knut anrufen, um mit ihm die Angelegenheit betreffend Polizist S. zu besprechen. Als Chef vom Dezernat Milieudelikte LKA wird ihn das sicher hart treffen.

Zögerlich greift er zum Telefon: „Hi Knut, ich habe da eine ganz heiße Sache. Das muss ich mit dir persönlich besprechen."

Moon packt die Bankkontoauszüge von Polizist S. ein, nimmt die protokollierten, unterzeichneten Aussagen von Alina und Hamas mit und fährt los, alleine, ohne Nils.

Dezernat für Milieudelikte

Norwin kennt Knut von gemeinsamen Ausbildungen für Spezial- und Sonderermittlungen. „Ich muss es dir leider sagen: Wir haben konkrete Beweise und Aussagen, dass Polizist S. Schutzgelder verlangt und mit Zuhältern zusammenarbeitet."

Knut erwidert: „Wie bitte, erzähl nicht solche Sachen, das in meinem Dezernat, das kann ich nicht gebrauchen."

„Du weißt, es ist unsere verdammte Pflicht, bei einem Verdacht auch in diese Richtung zu ermitteln."

Der Tonfall ist nicht mehr so freundlich: „Falls wirklich etwas vorliegen würde, dann müsste ich umgehend die Staatsanwaltschaft und das Dezernat für Interne Ermittlungen informieren, beide sind der Innenbehörde unterstellt, welche gegen Beamtenvergehen ermitteln."

„Ich weiß, das ist sehr unangenehm für dich, aber du musst da was machen. Es ist krass, was da abläuft. Wir liefern dir die Beweise hier und jetzt. Bei unseren Ermittlungen im Mordfall Mehdi sind wir auf diese große Korruption gestoßen. Polizist S. ist käuflich, verlangt Schutzgelder. Er arbeitet mit den Zuhältern vom Kiez zusammen. Wir haben ihn daraufhin beschattet und ermittelt, dass er sich hauptsächlich bei seiner Polizeiarbeit mit den wichtigsten Bordellbetreibern regelmäßig trifft." „Ich kann das nicht glauben. Er hatte mein volles Vertrauen." „Es ist so. Ich übergebe dir die von uns erstellten Rapporte und die Bankbelege, welche Polizist S. stark belasten. Einbezahlt vom Eigentümer des Edel-Bordells. Alleine die beglaubigten Kontodaten und die protokollierten Aussagen von Alina und Hamas reichen für eine Anklage und Verurteilung des Polizisten S." „Ich werde deine Rapporte mit unseren Tagesrapporten vergleichen. Du wirst von mir hören." Sie verabschieden sich, jeder geht in Gedanken seinen weiteren Nachforschungen nach. Norwin ist mit dem Erreichten nicht zufrieden. Schließlich haben sie den oder die Mörder von Mehdi immer noch nicht überführt. Er Flucht leise vor sich hin.

Polizist S. fliegt auf
Drei Wochen später telefoniert Knut und informiert Norwin: „Ich habe die Unterlagen persönlich geprüft und mit Polizist S. ein Gespräch geführt. Er hat einiges zugegeben. Aufgrund dessen habe ich eine sofortige Suspendierung erwirkt. Die Staatsanwaltschaft und das Dezernat für Interne Ermittlungen, welches der Innenbehörde unterstellt ist und gegen Beamtenvergehen ermittelt, haben Anklage erhoben. Es war heftig. Sie haben den Polizisten in Untersuchungshaft genommen und ihm die Anklageschrift zugestellt. Die Tatvorwürfe, das Gesetz, gegen das verstoßen wurde, und die Beweismittel sind in der Anklageschrift detailliert aufgelistet und dem zuständigen Gericht zugestellt worden. Das Gericht leitet die Anklagepapiere weiter an den Beschuldigten und prüfte, dass die Anklageschrift schlüssig formuliert wurde. Die Beweise und Vorwürfe sind so happig, dass das Hauptverfahren eröffnet und ein Termin für die Hauptverhandlung festgelegt wird. Polizist S. gilt jetzt als Angeklagter. Dem mutmaßlich kriminellen Polizeibeamten wird vorgeworfen:
- Bestechlichkeit und Bestechung,
- bandenmäßige Zusammenarbeit mit Zuhältern,
- Urkundenfälschung,

- Amtsanmaßung,
- versuchte Körperverletzung und Bedrohung."

„Das ist eine Menge, war aber nicht unser Ziel.", sagt Norwin zu Knut, er bedankt sich und legt den Hörer auf.

Knut muss nun sein Team und den Staatsanwalt informieren: Das, was sich Polizist S. geleistet hat, ist ungeheuerlich. Offenbar hat er sich zum Handlanger der Zuhälter gemacht, dabei enorm viel Schutzgeld kassiert. Er war sich seiner Sache so sicher. Er ließ die Zahlungen auf seine Hausbank überweisen und hat dazu das Konto seiner Frau ausgewählt. Die Fahnder haben auch ein fremdes Konto gefunden, da die Nummer ja auf dem Überweisungsantrag steht.

Der Oberstaatsanwalt informiert, dass der ehemalige Polizist S. bei einer Verurteilung mit einer mehrjährigen Freiheitsstrafe rechnen muss. Hinzu kommt ein polizeiinternes Disziplinarverfahren, damit ist seine Polizeikarriere sicher zu Ende.

Norwin sagt traurig: „Wir wollten einen Mordfall lösen und haben einen Polizeibeamten auffliegen lassen. Das ist für uns deprimierend. Wir müssen weitersuchen, ob es eine brauchbare Spur gibt. Geht und sichtet alle Unterlagen noch einmal durch."

Zweiter Besuch im Edel-Puff

Moon kann in seinem Büro sehr konzentriert arbeiten und nachdenken. Nils kommt rein, sie suchen nach einer weiteren Möglichkeit. Norwin erklärt eine mögliche Spur: „Die Edel-Nutte Alina hat doch ausgesagt, dass sie mit Hamas nach Casablanca geflogen sei. Dort hätten sie beide Mehdi getroffen und wären zwei Tage später wieder zurückgeflogen. Weißt du was? Es ist schon lange her, aber wir teilen uns auf, gehen zu den Fluggesellschaften und recherchieren, ob die beiden tatsächlich geflogen sind. In der Buchhaltung von Alina könnte eventuell der Rechnungsbeleg mit Angaben der Airline und den Flugzeiten vorliegen."

Norwin ergänzt: „Ich habe herausgefunden, dass folgende Fluglinien nach Casablanca Airport Mohamed V. fliegen: Air

France, Alitalia, Turkish Airline, Royal Air Maroc und andere kleinere Fluggesellschaften."

Nils: „Guter Ansatz, wir fahren zu den beiden."

Als sie im Edel-Puff auftauchen, verzieht Alina das Gesicht. Sie sind nicht willkommen, deshalb lassen sie die Begrüßungsfloskeln: „Wir müssen Sie sprechen." „Es sind Gäste hier, bitte diskret, gehen wir in mein Büro."

„Wir brauchen die Buchhaltungsunterlagen rückwirkend auf drei Jahre, speziell die Belege für Auslagen. Hier ist der richterliche Durchsuchungsbeschluss der Staatsanwaltschaft."

„Für was?" „Wir suchen Beweismittel im Todesfall Mehdi." Sie wirkt verdattert, beeilt sich, die Aktenordner herauszurücken. Es sind sieben Ordner, welche sie den Kommissaren auf den Tisch legt. Die Suche nach Belegen der Fluggesellschaft beginnt. Es dauert, aber sie finden tatsächlich Zahlungsbelege der Fluggesellschaft Air France für Hin- und Rückflug, lautend auf die Namen Alina und Hamas. Es ist das Zeitfenster, in welchem Mehdi ermordet worden ist. Sie nehmen die Belege mit, verabschieden sich und fahren direkt zum Flughafen Hamburg, Fuhlsbüttel, Parkhaus P4. Die Air France-Maschinen werden im Terminal 1 abgefertigt. Sie wenden sich im Flughafengebäude an das Desk für Auskünfte, dort verlangen sie den diensthabenden Chef. Nachdem beide ihre Ausweise zeigen, fragt die Dame höflich:

„Was kann ich für Sie tun?"

„Wir benötigen dringend Angaben über den Flug zu diesen Belegen. Sicher haben Sie die Passagierliste vom Rückflug. Wir möchten wissen, ob ein gewisser Herr Mehdi an diesem Tage mit einer Maschine von Casablanca nach Hamburg geflogen ist. Und wir bitten auch um die Abklärung der beiden Personen, welche hier auf den Rechnungskopien aufgeführt sind. Die Flugdaten sind vorliegend."

Die Ground-Hostess erwidert: „Ich erstelle ein Nachforschungsblatt. Sie werden von uns benachrichtigt. Das dauert, da wir eine große Menge von Daten und Flüge haben. Vom Desk hier am Schalter haben wir nur Zugriff auf aktuellen Abflugdaten der Passagiere." Sie bedanken sich und fahren retour.

Zwei Wochen vergehen, da erhält Norwin einen Anruf der Air France: „Wir haben die Liste gefunden, alle drei Personen sind aus Casablanca über Paris nach Hamburg geflogen, aber nicht mit derselben Maschine." „Sehr gut, können Sie mir die Liste zusenden."

Es dauert nicht lange und auf seinem PC ertönt das Signal für den Eingang einer E-Mail. Moon druckt die Liste aus und geht in den Raum, in welchem das Mordermittlungsteam arbeitet.

„Hört mal, wir haben Beweise, dass Alina, Hamas und Mehdi am selben Tage nicht mit dem gleichen Flug von Casablanca zurück nach Hamburg geflogen sind. Jetzt müssen wir ermittlungstechnisch richtig vorgehen, damit wir ein Geständnis erhalten."

Endlich haben sie Beweise, die vor Gericht standhalten könnten und womit mit einer Verurteilung der mutmaßlichen Mörder gerechnet werden kann. Sie besprechen den Fall mit dem Staatsanwalt, damit dieser beim Richter wegen des dringenden Tatverdachts des Mordes oder Totschlages an Mehdi N. einen Untersuchungshaftbefehl ausstellen kann. In zwei Polizeiwagen fahren sie zu viert zum Massage-Salon.

Dort angekommen gehen zwei Polizisten direkt auf Hamas zu, die anderen beiden auf Alina: „Wir nehmen Sie beide in Gewahrsam, Sie gelten als „mutmaßlicher Täter" im Mordfall Mehdi. Müssen Sie jemanden informieren wegen Ihres Salons? Sie haben fünf Minuten Zeit, wir bleiben bei Ihnen."

Alina ruft ihren Anwalt an. Eine Mitarbeiterin wird sich um das Edel-Puff kümmern. Mit einem Klick legen die Mordermittler beiden Handschellen an und fahren zum Untersuchungsgefängnis.

Befragung 2: Hamas
Die Ermittler lassen Hamas zur Befragung aus der Zelle holen und in einen Interview Room bringen. Norwin und Nils sind geschult im Umgang mit Lügen bei polizeilichen Befragungen. Mit Köderfragen können sie gezielt nachhaken. An der Reaktion erkennen sie innert ein paar Sekunden, ob faustdick gelogen oder die Wahrheit gesagt wurde. Während des Gesprächs beobachten beide die Körpersprache, welche nonverbale Hinweise liefert.

Norwin beginnt: „Das letzte Mal, als wir sie befragten, haben Sie uns angelogen. Wir haben Beweise, dass Sie und Alina nach Casablanca geflogen sind. Sie haben Mehdi in seinem Haus getroffen und sind zwei Tage später mit einer Air France-Maschine wieder zurück nach Hamburg geflogen,. Wir wissen auch, dass Mehdi am selben Tag in einem anderen Flugzeug zurückflog und er sie beide im Massage-Salon aufsuchte. Wir wollen jetzt von Ihnen eine ehrliche Aussage erhalten, haben Sie Mehdi getötet?"

Hamas ist erschrocken über die Festnahme und die Beweislast, die vorliegt. Er kann den Ermittlern nicht in die Augen schauen. Sein Blick ist auf den Boden gerichtet.

Er spricht langsam: „Ja, das stimmt. Spät am Abend, nachdem der letzte Freier gegangen ist, kam Mehdi zu uns in den Salon. Wir kamen sofort ins Gespräch wegen der monatlichen Zahlungen und der Abgaben an ihn. Es gab einen heftigen Disput. Er beharrte auf seinen hohen Betrag, schließlich sei es immer noch sein Geschäft. Es gab eine Rangelei. Alina ging auf ihn zu, wollte ihn irgendwie am Kragen packen, da knallte Mehdi ihr eine ins Gesicht. Ich schritt ein, wollte ihm auch eine Backpfeife verpassen. Er trat zurück, stolperte und fiel rücklings auf den Boden. Er schlug mit dem Hinterkopf an der Barthekenkante auf, dann ist er direkt auf den Boden geknallt. Er ist umgefallen, ohne dass ich ihn berührt habe."

Norwin fragt: „Was haben Sie dann gemacht?"

„Alina war wie von Sinnen, als sie das Blut am Boden sah, wurde sie hysterisch. Ich musste sie beruhigen."

„Warum haben Sie nicht die Polizei oder den Notarzt gerufen, das wäre doch naheliegend gewesen?"

„Wir dachten, er wäre tot. Dann holten wir Klebeband, umwickelten den Kopf, dann seine Hände und Füße. Alina hatte ihren Reisekoffer im Büro. Wir leerten diesen, packten ihn in den Koffer. Vorher wickelten wir ihn in eine Plastikplane. Wir wussten nicht, wo wir den Koffer ablegen konnten. Ich kannte einen Ort an der Ostsee, von wo wir ungesehen den Koffer im Meer versenken konnten. Wir dachten, das wäre weit genug entfernt. Da käme niemand auf die Idee, dass er in Hamburg lebte."

Verdammt nochmals, er erzählt das, wie wenn er ein Brot kaufen würde, ohne Regung, ohne Reue, das war doch ein eiskalter Mord der üblen Sorte. Hamas spricht ohne Blickkontakt zu den Ermittlern: „Mit dem Auto von Alina fuhren wir an die Ostsee, nach Fehmarn, dort bis zum Parkplatz am Molenkopf. Die restlichen Meter liefen wir bei Dunkelheit und warfen den Koffer in die offene See. In diesem Bereich ist der Fährverkehr. Dort ist die See tief und es entstehen Wellen durch die großen Schiffe. Wir hofften dadurch, dass der Koffer die Leiche durch die Strömung weiter nach draußen abtreibt, versinkt und ewig dort liegen bleibt. Danach fuhren wir zurück in unseren Salon. Wir säuberten den Boden vor der Empfangstheke, um die Blutspuren wegzuwischen."

Norwin stellt die Fangfrage: „Was meinen Sie, mit welchem Strafmaß müssen Sie rechnen?"

„Ich habe ihn nur geschubst, er ist unglücklich hingefallen. Es müsste eine milde Strafe sein. Alles andere wäre nicht gerecht."

„Ihre Aussage wird protokolliert, Sie unterschreiben das, wir nehmen eine Speichelprobe für die DNA-Analyse und Fingerabdrücke."

Danach wird Hamas in die Zelle zurückgeführt.

Moon geht zu den Kollegen im Büro: „Nach über zweieinhalb Jahren Ermittlungstätigkeit haben wir endlich ein Geständnis. Jetzt holen wir uns Alina."

Die Polizisten sind die ganze Nacht am Arbeiten, trinken zuerst mal Kaffee und würgen ein paar Sandwiches runter, damit sie gestärkt in die Befragung gehen können. Norwin erklärt seinen Kollegen die Fangfrage: „Da Hamas eine geringe Strafe für richtig hält, hat er nur bestätigt, dass er sich aus seiner Situation herausreden will. Hätte er eine strenge Strafe oder die Höchststrafe gefordert, so wäre er vermutlich nur teilweise schuldig. Das ist eine reine psychologische Fangfrage gewesen."

Befragung 2: Alina

Alina wird in den Interviewraum gebracht. Norwin und Nils befragen sie. „Sie wurden von uns schon mal befragt, Sie haben gelogen. Wir haben Beweise und die protokollierte Aussage von Hamas. Er hat ausgesagt, dass Sie für den Tod von Mehdi verantwortlich sind. Sie beide waren in Casablanca, haben dort Mehdi getroffen. Zwei Tage später sind Sie mit Hamas zurückgeflogen, Mehdi in einer anderen Maschine. Was sagen Sie dazu? Wir wollen von Ihnen jetzt eine ehrliche Antwort!"

Alina erwidert: „Ich habe mit dem Mord nichts zu tun. Hamas hat Mehdi getötet. Ich habe ihm nur geholfen, den Toten zu entsorgen."

Nils: „Sie haben mehrfach gelogen, wir glauben Ihnen deshalb nicht. Haben Sie Mehdi getötet?"

„Nein." „Bleiben Sie bei dieser Aussage?" „Ja."

Nils nutzt dieselbe Fangfrage: „Da Sie Ihrer Meinung nach mit dem Mord nichts zu tun haben, was meinen Sie, mit welchem Strafmaß müssten Sie rechnen?" „Da ich Mehdi nicht umgebracht habe, denke ich eine milde Strafe wegen Beihilfe zur Entsorgung der Leiche."

Nils Light: „Interessant. Keiner von Euch beiden will es gewesen sein." Alina antwortet erregt: „Es war so, wie ich es sage."

Norwin erwidert: „Hören Sie gut zu. Wir wissen, dass Sie zusammen mit Hamas dem Toten den Unterarm bestialisch abgeschnitten haben. Es gibt fünf tiefe Stichwunden an der rechten Schulter. Wenn Sie jetzt reden, könnten wir dies vor Gericht als positiv verwenden. Dies hätte eventuell Auswirkungen auf das Strafmaß. Sie werden wegen Mordes angeklagt, die Beweise sind erdrückend. Hamas hat eine Aussage gemacht."

Alina: „Nein, nein, das ist doch ein marokkanisches Asshole, ich glaube das nicht. Jetzt rede ich. Ja, wir hatten mit Mehdi Streit. Bei uns an der Empfangstheke gibt es einen schweren Messingständer für Kerzen, mit diesem hat Hamas Mehdi niedergeschlagen. Er fiel auf den Boden und blieb regungslos liegen. Ich wäre zu klein gewesen, um ihm diesen schweren Leuchter auf den Kopf zu schlagen. Hamas holte aus der Küche ein großes

Schlachtermesser. Er hat Erfahrung im Schlachten von Tieren. In Marokko war er als Schlachter in einer Fleischfabrik angestellt, bevor er nach Deutschland kam. Den Oberarm hat er mit dem großen Messer durchgetrennt und hat dabei noch mehrmals in die Schulter eingestochen. Ich weiß nicht, weshalb er das tat. Ich wollte Mehdi noch helfen, aber das ging gar nicht."

Alina unterbricht für ein paar Sekunden, dann spricht sie weiter: „Hamas war blutgierig, mörderisch wütend, sein Gesichtsausdruck wurde zur bestialischen Fratze, vor diesem hässlichen Gesichtsausdruck hatte ich Angst. Vermutlich wollte er ihn mit dem Messer zerhacken, mit dem Gedanken, dass Mehdi dann besser in den Koffer hineinpasst. Es war abscheulich. Ich war blockiert, als ich das viele Blut sah, dann ging ich in den Nebenraum. Das war nicht vorgesehen. Hamas hat Mehdi den Kopf mit Klebeband eingewickelt. Dann hat er mich gerufen, ich sollte ihm helfen, den leblosen Körper in die Plane einzuwickeln. Mit viel Kraftaufwand drückten wir Mehdi in den Koffer, umwickelten diesen mit Seilen. Dann sind wir mit dem Auto an die Ostsee gefahren und entsorgten ihn dort."

Nils sagt: „Wir nehmen von Ihnen eine Speichelprobe für die DNA-Analyse, Fingerabdrücke, unterschreiben Sie das Protokoll, dann werden Sie in Ihre Zelle gebracht."

Die Speichelproben werden ins Labor der Forensiker überbracht. Dort werden die Fingerabdrücke so weit vorbereitet, dass diese in der Datenbank der Polizei abgefragt werden können.

Tatortbesichtigung

Auf Anordnung der Staatsanwaltschaft gehen die Kriminalisten Moon und Light und ein Richter mit Alina und Hamas an den Tatort, an welchem das abscheuliche Verbrechen geschah. Es wird ein Augenschein vorgenommen. Die beiden müssen den Tatablauf nochmals aus ihrer Sicht beschreiben und zeigen, wie es sich damals zugetragen hat, als sie Mehdi bestialisch ermordeten. Die Rechtsmedizinerin hat festgestellt, dass Mehdi noch flach atmete, als die beiden vermeintlichen Mörder Mehdi das Klebeband um das Gesicht wickelten.

Hamas stellt das Ganze als Unfall dar, es war ja nur ein leichter Schubser. An den Schlag mit dem Kerzenständer will er sich nicht mehr erinnern können, auch nicht, wie sein Fingerabdruck dorthin kam. Die Frage des Richters, weshalb er dem Opfer den Arm abgetrennt und ihn mit Messerstichen gequält hat, konnte oder wollte er nicht beantworten. Zu dieser Scheußlichkeit braucht es viel Kraft und nur ein Fachmann kann den Schnitt so gerade hinkriegen. Von der Anklage wurde ein Foto gezeigt. Das Bild zeigte den abgetrennten Arm. Das hat ausgesehen wie ein durchgesägtes Markbein, ein perfekter Schnitt. Das Foto erinnert an Fegus Hendersons berühmtes Buch „From Nose to Tail". Es beschreibt ein Handselected Beef Markbein Rezept und soll eine kulinarische Wucht sein. Natürlich ist das Markbein von einem Rind und nicht von einem Menschen.

Alina zeigt ihre Version, sie schiebt alles auf Hamas. Sie will nur geholfen haben, den Toten in den Koffer zu packen. Sie sagt auch, dass die Ohrfeige nur ein leichter Schlag war, auf jeden Fall war es kein Grund, Mehdi zu töten. Damit, dass er dann mit einem Metzgermesser bearbeitet wurde, hat sie wirklich nichts zu tun.

Beide sagten aus, dass sie den Toten gemeinsam in der Ostsee versenkt haben, retour fuhren und in ihrem Edel-Salon den Tatort reinigten. Die Mordermittler, der Staatsanwalt und die Richter wissen, dass beide lügen. Sie wollen sich gegenseitig die Schuld zuschieben. Die Beamten machen nochmals Fotos vom angeblichen Tatort. Danach werden Alina und Hamas wieder in ihre Zellen zurückgebracht.

Ein wenig Gerechtigkeit

Es vergehen weitere Wochen, bis Norwin die Laborberichte der DNA-Analyse erhält. Diese sind ein Volltreffer. Inzwischen sind alle Beweismittel nummeriert, dokumentiert und bei der Staatsanwaltschaft eingereicht. Der Haftgrund liegt vor, der Ermittlungsrichter verkündet den Hafterlass und dessen Vollzug. Hamas und Alina werden befragt, ob sie bestimmte Medikamente benötigen, ob sie suizidgefährdet sind und die Familie informiert werden müsste. Die Polizisten überführen die Inhaftierten ins Untersuchungsgefängnis. Bei Mord ist eine Untersuchungshaft unumgänglich, dort bleiben sie bis zur Gerichtsverhandlung. Während der Gerichtsverhandlung äußerte sich Hamas nicht zur Mordtat, er sagte berechnend kühl: „Ich muss mich nicht selbst belasten."

Alina ist sich bewusst geworden, dass sie für viele Jahre eingesperrt sein wird. Sie beantwortet alle Fragen mit leiser Stimme, ohne Regung, sie zeigt kein Mitgefühl, keine Reue. Wäre die Leiche im Koffer nicht zum Vorschein gekommen, so hätte dieser Mord vermutlich das perfekte Verbrechen sein können. Niemand hat Mehdi vermisst. Er hatte keine Kontakte zu seiner Familie, er hatte keine Frau, die er lieben konnte, keine wirklichen Freunde. In seinem Leben gab es nur bezahlten Sex und das Geld. Der Zuhälter Mehdi lebte nicht. Aufgrund der Beweismittel und der scheußlichen Tat verurteilte das Gericht beide zu einer Gefängnisstrafe.

Alina wurde zu 14 Jahre Gefängnis verurteilt. Sie hatte den Kopf von Mehdi mit Klebeband eingewickelt, daran ist er laut Gerichtsmedizin grausam verreckt und erstickt, sie war auch beteiligt bei der Beseitigung der Leiche.

Hamas erhält eine lebenslange Haftstrafe. Durch den Schlag mit dem Kerzenständer hat er den Sturz von Mehdi verursacht. Als Mehdi am Boden lag, war er bewusstlos, aber nicht tot. Hamas hatte die kaltblütige Brutalität, die Barbarei in sich, um dem am Boden liegenden Opfer mordgierig den Arm durchzutrennen und ihn mit Messerstichen zu foltern.

Alina und Hamas zeigten bei der Urteilsverkündung keine Regung, sie wirkten wie immer eiskalt. Keine Emotion war in ihren Gesichtern zu erkennen, keine Reue. Beide müssen sich später noch in einem weiteren Prozess gegen Polizist S. verantworten. Sie leisteten Schutzgeldzahlungen und unterstützten eine kriminelle Organisation. Zum Prozessauftakt wurden die drei (Undercover-) Ermittler einvernommen.

Dank der aufwändigen und unermüdlichen Ermittlungsarbeit von Norwin Moon und Nils Light vom Polizeirevier Schwanbüll und der Zusammenarbeit mit Linda Medi konnten die Mörder nach über vierjähriger Ermittlungszeit der Gerechtigkeit zugeführt werden. Norwin konnte den Türschlüssel zum „Reden" bringen.

„In diesem Mordfall sind selbst die erfahrenen Kriminalbeamten an die Grenzen des menschlich Erträglichen gestoßen und weit darüber hinaus. Es gibt nichts, was Menschen sich untereinander nicht antun können."

Was die Mörder nicht wussten ...,
war die Tatsache, dass die Kofferleiche nicht einfach in der offenen See verschwindet. Mehdi und Alina hofften, dass im Bereich des Fährverkehrs die Kofferleiche verschwindet und nie mehr zum Vorschein kommt. Sie hätten aber damit rechnen müssen, dass der Koffer irgendwann wieder auftaucht. Die Wassertemperatur spielt dabei eine Rolle, sobald bei der Leichenfäulnis Gase entstehen, die genügend Auftrieb geben und so die Wasserleiche nach oben auftaucht. Hätte das Wasser weniger als 5 Grad, können Leichen lange Zeit auf dem Grund bleiben, manchmal tauchen sie gar nicht wieder hoch. Im Wasser verlangsamt sich der Fäulnisprozess etwa um die Hälft im Vergleich zum Land. Eine Leiche kann über Monate auf dem Grund in kaltem Wasser bleiben.

Hinterhältiger Mörder

(Moon, 3. Fall)

„Fürchte nicht den Feind, der dich angreift,
fürchte den falschen Freund, der dich umarmt."

„Summertime Blues"
Seit ein paar Wochen geht Levin T. in ein Restaurant, in welchem eine bildhübsche Serviererin arbeitet. Er setzt sich immer so hin, dass er sie bei der Arbeit beobachten kann.
„Was darf es sein?"
„Eine Cola, ein Eingeklemmtes mit Schinken." Dabei sieht er in ihre funkelnden Augen. Nein, zuerst auf ihre großen Brüste. Er liebt große „Bälle". Irgendwann hat sie den Mut, ihn zu fragen: „Bist du aus der Gegend?" „Nein, ich arbeite in der Autowerkstatt da hinten." „Weshalb fragst du?" „Nur so, weil du seit einigen Wochen regelmäßig hier bist."
Levin nutzt die Chance, sie hat ihn ja angesprochen. „Hast du heute Abend was vor?" „Nein." „Lust auf einen Drink?" „Ja, aber nicht hier."
„Ich kenne ein Country Lokal, ein paar Kilometer von hier. Wann hast du Zeit?" „Ab 18:00 Uhr." „Ich hole dich vor dem Lokal ab. Freue mich." „Ich auch, bis dann."
Er bezahlt, sie schaut ihm noch lange nach, wie er das Restaurant verlässt. Ihre Gedanken kreisen um den Typ. Mit seinem Chevrolet Aveo fährt er vor das Restaurant. Pünktlichkeit, so viel hat Levin gelernt, ist wichtig beim ersten Date, um Eindruck zu schinden. Die Country Bar ist ein tolles Lokal. Beim Eintreten läuft man rechts an einer Bartheke vorbei. Auf der linken Seite ist ein langes Regal.
Auf diesem sind Cowboy-Stiefel ausgestellt, die man anprobieren und kaufen kann. Hinten in der Ecke spiel eine Rock-and-Roll Combo, typische Lieder aus den 50er Jahren. Ganz tol-

ler Sound, den die drei Jungs da hinlegen. Gitarre, Kontrabass, Schlagzeug und Gesang. Sie legen einen fetzigen Sound hin. „Summertime Blues" (Original von Eddie Cochran, 1958). Sie reden und trinken bis spät in den Abend hinein. Heute stimmt einfach alles.

„Ich fahr dich nach Hause", sagt Levin in bestimmtem Ton, der keine Widerrede zulässt. „Ja, das ist lieb." Vor dem Haus spüren beide eine gegenseitige Zuneigung. Levin hat eine Idee: „Am nächsten Montag habe ich frei, wollen wir zum Wittensee fahren, es gibt dort eine Badestelle." „Das würde passen, ich arbeite erst wieder ab Mittwoch." „Gegen 14.00 h?" „Gut."

„Buschverkehr"
Ein Spaziergang rund um den See ist etwas für die Seele. Der Ort bietet ein Naturerlebnis, weit weg von Lärm und Hektik. Und der kleine See liegt gut versteckt, man sieht ihn nicht von der Straße aus. Es ist eine wunderschöne Gegend, man kann hier in Ruhe entspannen. Unter der Woche kann man sich in die Büsche verziehen, in der freien Natur ungestört so ganz „erdig" vögeln.

Tara hat eine große Decke mitgenommen und breitet diese aus. Sie hat einen Picknickkorb, ein paar Sandwiches und Getränke dabei. Beide ziehen sich bis auf die ihre Unterhosen aus, lassen sich von der Sonne verwöhnen. Es gibt einen kleinen Sandstrand, der Blick auf den See ist paradiesisch.

Ab und zu trifft man hier auf Einheimische, es sind selten viele Leute hier, außer zur Sommerzeit. Der Wittensee ist ideal für Boote. Aufgrund der schwierigen Uferbedingungen kann man gut im Ruderboot angeln. Der nördliche Bereich ist ein Hotspot für Hecht und Barsche. Zwischen Klein und Groß Wittensee sind die Ufer steil abfallend. Wenn Levin so daliegt, die Sonne auf seinen nackten Oberkörper brennt, denkt er nur an eine Sache: Sex. Wie lange muss ich warten, bis Tara mich vernascht oder soll ich zuerst anfangen?

Wenn Tara neben ihm auf der Decke liegt, gegen den Himmel schaut, denkt sie an Liebe und an Sex. Nicht nur Männer denken viel an „Buschverkehr", nein, auch Frauen. Levin hat sich schon öfters hierher verzogen und Sex pur genossen. Andere würden sagen, das war ein Quickie, eine schnelle Nummer und trotzdem oder gerade deswegen eine volle Ladung Lust. Seine Gedanken sind weit weg, nur nicht bei Tara, die mit ihrem Wunderweib-Körper da liegt. Es ist wie beim Stafettenlauf beim Training im Fußballclub. Wir geben unserer Gruppe einen Stab, der von Läufer zu Läufer weitergegeben muss. So fühlt sich Levin, wenn er mit hübschen Frauen hierherkommt. Verschiedene Frauen kommen in sein Leben, sie greifen nach seinem Stab und die nächste greift wieder danach. So wechseln die Frauen die Stäbe. Wie in einer Gruppe beim Stafettenlauf.

Wieder mal spontan, wild, richtig animalisch genommen werden, davon träumt Tara. Kein Vorspiel, keine Zeit, keine Romantik – so richtig heißen Sex haben, das bringt nur der Quickie. Quick and dirty sind ihre Gedanken. Sie möchte, dass er an ihren feinen Slip geht. Und mit seinem Riesen-Dings tief in sie eindringt, dann möchte sie gerne „Wildkatze" spielen, aber das geht nicht, sie sind vielleicht gar nicht alleine hier draußen.

Levin ist einfach richtig geil, angetörnt, er möchte sie auf der Stelle vernaschen. „Levin, an was denkst du?", unsanft wird er aus seiner Träumerei herausgerissen. „Oh, nichts Besonderes. Ich habe gerade an meinen Betrieb gedacht." Das war eine kleine Notlüge. Er getraute sich nicht, ihr direkt zu sagen, dass er total erregt ist.

Tara dreht sich zu ihm, beginnt, ihn zu küssen und zu streicheln. Langsam greift sie unter seine Boxershorts. Ein Griff und sie hält etwas in der Hand. Ihr erster Gedanke: Was ist das? Ein Winzling von einem Penis. Sie ertastet etwas in der Größe ihres Mittelfingers. Tara ist einfühlsam, sie gibt sich Mühe, dass er nichts über ihre Gedanken merkt.

Wenn sie mit ihren Freundinnen unterwegs ist, hat Tara oft betont, dass Länge, Form oder Größe für sie nicht so wichtig wären. Ein Boyfriend muss gepflegt und lieb sein. Wenn Levin flinke Finger hat, dann ist sie happy. Es spielt auch keine Rolle, ob sein Ding dick, schmal, kurz oder beschnitten ist. Levin nimmt sich Zeit, er streift ihr ganz langsam den Slip runter und streichelt sie an den erogenen Zonen. Ihr Verlangen steigert sich. Sie tut so, das sei sein Glied das normalste auf der Erde. Feucht, richtig nass und erregt ist sie. In diesem Zustand zeigt sie Bewunderung, sie startet ein kleines Verwöhnprogramm. Sie macht den Versuch eines kleinen Blowjobs. Das wird schwierig, weil das kleine Etwas ihr zwischen den Lippen rausrutscht. Dann dreht Levis diesen Versuch, er wird aktiv, setzt sich auf Tara. Drinnen in ihrer Scheide merkte sie nicht viel von seinem Penis.

Sie muss sich mit der Frage zurückhalten: Bist du schon drin? Dafür genießt sie seine Streicheinheiten an ihren Brüsten. Sein Stoßen spürt sie in ihren Hüften, seinen Zwerg spürt sie nicht. Ein leichtes Stöhnen signalisierte ihr, dass er gekommen ist. Was dann folgt, ist für Tara der Hammer, die sexuelle Erfüllung. Levin reizt sie mit seiner Zunge, mit seinen Fingern. Das ist einsame Spitze. Sie kommt wundervoll auf ihre Kosten. Das muss er auch spüren, wenn sie mehrere Orgasmen kurz hintereinander hat. Es sind heftige Erregungen, eine Klimax, ein Höhepunkt, der anfangs schwach ist und sich dann heftig meldet. Es gab mal einen Gitarren-Hero, der bearbeitet seine Seiten auf der Rock-E-Gitarre mit der Zunge. Er war einer der bedeutendsten und einflussreichsten Gitarristen. Taras Liebesengel ist auch so ein Zungenvirtuose, einfach himmlisch. Danach ist sie kurz in seinen Armen eingenickt. Sie träumt davon, dass sie sich schon lange nicht mehr so geborgen fühlte. Dass sein Penis nicht so groß ist, daran soll diese Beziehung nicht scheitern. Für Tara ist Levin ein sehr einfühlsamer, ein liebevoller sexy Liebesengel.

Am späteren Nachmittag packen sie alles in den Picknickkorb. Tara hat glänzende Augen, sie ist wie durch den Wind gedreht. Sie gehen weiter bis zum nahen Parkplatz, dann fährt Levin sie nach Hause.

„Wann sehe ich dich wieder?" „Ich melde mich." Und weg war er. Tara setzt sich in ihren Ohrensessel, schaut TV und träumt von einer schönen Welt mit Levin. Levin wohnt bei seinen Eltern, er verzieht sich in sein Zimmer und telefoniert mit seinem Freund Mats. Er muss ihm seine Beute, seine Errungenschaft mitteilen: „Hi Mats, wie geht's?"

„Langweilig, aber gut, wieso?" „Nur so. Ah, ich war mit meiner neuen Freundin am Wittensee." „Schon wieder eine andere?"

„Na, lass das, ich rufe an, weil ich dir sagen will, dass ich am Samstag bei der Fußballmannschaft aufgestellt werde."

„Gut, dann bin ich vor Ort, schaue mir das Spiel an." „Ja, wir können danach etwas trinken gehen." „Machen wir, bis dann."

Der kleine Unterschied

Mit einem Gedanken beschäftigt sich Tara: Weshalb ist der Winzling bei Levin so klein? Obwohl er für sie ein Liebesengel und Liebesvirtuose ist, geht sie dieser Frage nach. Sie telefoniert mit einer Schulfreundin, die gelernte Krankenschwester ist.

„Hallo Tina, ich wollte mich nur wieder mal melden, wie geht es dir?"

„Es geht, ich bin einfach nur müde, kraftlos. Aber das sind wir alle hier im Krankenhaus auf der Notfallstation."

„Das klingt nicht gut." „Ist es auch nicht, wir haben im Spital zu wenig Personal, dann sind viele in den Ferien oder krank, etwas ist immer."

„Weshalb ich dich anrufe, ich habe einen neuen Freund."

„Mal was ganz Neues! Hoffentlich hält es lange."

„Ja, diesmal sieht es gut aus. Wir lieben uns." „Das ist doch schön." „Vielleicht kannst du mir helfen, das zu erklären. Sein Penis ist sehr klein, für mich ist das ein Winzling. Hat so etwas einen Grund?"

„Als Krankenschwester sehe ich jeden Tag Penisse in allen Variationen. Bei Patienten müssen wir nach einer schweren Operation den Körper und auch das Glied waschen. Das ist für uns etwas völlig Normales. Es gehört zur täglichen Pflege."

„Das meinte ich nicht, sondern, wenn wir intim sind, dann ist sein Glied klein, wie mein Mittelfinger. Ist das eine Krankheit oder was?"

„In meiner Ausbildungszeit habe ich gelernt, dass das Geschlechtsmerkmal bei Männern eingeteilt wird in Blutpenis und Fleischpenis." „Was hat dann mein Freund für einen?"
„Äh, weiß ich nicht. Er ist extrem klein." „Da er klein ist, ist das ein Blutpenis, seine wahre Größe zeigt er bei einer Erektion, also wenn er „wächst", steif wird. Der Fleischpenis, der wird dann nicht viel grösser. Die meisten Männer haben einen Blutpenis. Im Vergleich zum Fleischpenis ist dieser kleiner."
„Und wie merke ich das?"
„Eben, wenn er stimuliert wird, strömt Blut in die Schwellkörper und er erreicht ein Vielfaches an seiner Größe, wie wenn er schlaff ist."
„Das wusste ich nicht. Was ist dann mit dem Fleischpenis?"
„Viele mögen den Fleischpenis, weil sie die natürliche Größe gerne sehen. Aber da fehlt das Überraschungsmoment, wenn der größer und fester wird."
„Weshalb gibt es diese beiden Varianten?" „Das hängt von den Genen ab. Die Muskelzellen machen den Unterschied. Als Beispiel in kühlen Wintertagen zieht sich der Blutpenis zusammen, er wird kleiner. Wird er sexuell gereizt, dann fließt Blut in den Penis und er wird größer." „Nina, danke für die Information, jetzt weiß ich, warum mein Freud so einen Kleinen hat."
„Gerne geschehen, mach dir keine Gedanken darüber. Du, vielleicht sehen wir uns wieder mal in der Stadt." „Ja, ruf einfach an."

Levin hat eine Tochter
Ein paar Tage später meldet sich Levins Handy.
Seine andere Freundin Amelia ruft an. Mit ihr hat Levin eine 3 Jahre alte Tochter. „Hallo Amelia, habe schon länger nichts mehr von dir gehört!"
„Das hat seinen Grund. Ich weiß, dass du noch eine andere Freundin hast. Bist du dir bewusst, dass wir zusammen eine Tochter haben und du eine Verantwortung gegenüber der Kleinen trägst?"

„Ja, mach keinen Stress, ich kann dir das erklären."

„Was gibt es da zu klären?" „Es ist alles ganz anders, als du denkst."

„Dir ist der Fußball zu Kopf gestiegen", sagt sie vorwurfsvoll.

„Ich wollte dich nur fragen: Hast du dir schon mal Gedanken gemacht, wie du uns finanziell unterstützen könntest?"

„Ja, mache ich täglich. Ich arbeite ja, aber wie dir bekannt ist, kriege ich nur 80 Prozent vom Lohn, weil ich wöchentlich an zwei Nachmittagen im Training bin."

Sie antwortet gereizt: „Lass den Fußball, dann kriegst du 100 Prozent Lohn." Amelia setzt Levin unter Druck. Das Weichei ist diesem nicht gewachsen. Er reagiert schroff:

„Ich bin auf der Suche, melde mich dann wieder." Er beendet das Gespräch abrupt. Solche Gespräche findet er störend. Es ist erstaunlich, wenn man sich so umhört, gibt es Frauen, die zwei oder drei Kinder haben und alle von einem anderen Mann. Ebenso gibt es viele Männer, die sind fleißig am Befruchten, aber sie wollen keine Verantwortung übernehmen. Das sind dann richtig feige Ratten. Das Wochenende naht, Levin freut sich auf seinen Einsatz als Fußballspieler.

Der Trainer setzt ihn vorerst mal auf die Ersatzbank: „Levin, ich werde dich in der zweiten Halbzeit einwechseln." Sein Freund Mats ist unter den Zuschauern, aber Levin kommt nicht zum Einsatz. Er ist deswegen sauer, er verabschiedet sich nach Spielende schnell. Danach geht er mit Mats in ein Burger-Restaurant. „Das war wohl heute nichts!", sagt Mats. Levin meint enttäuscht: „Ich bin echt verärgert darüber, muss mit dem Trainer reden."

Liebesglühn

In Levin glüht ein Konflikt! Wenn er mit Tara Sex hat, dann kommt er viel zu früh. Er möchte auch richtig bumsen können, wie seine Fußballkollegen dies am Stammtisch erzählen. Vom Torwart bis zum Stürmer, alle erzählen, wie gut sie ficken. Levin leidet darunter, es belastet ihn psychisch schwer. In seiner Psyche stimmt etwas nicht, was vermutlich mit Minderwertigkeitskomplex zu tun hat. Bei ihm gehen dunkle Gedanken einher. Es sind geisteskranke Gedanken.

Er offenbart sich Mats, seinem besten Freund: „Du hast ja Erfahrung mit Frauen." „Ja, kann man so sehen, warum?" „Wenn ich die Jungs im Fußballclub so höre, sind das alles die besten Liebhaber der Welt. Jeder kann so lange, wie er will, und so oft, jeder ist der Beste." „Wo liegt da dein Problem?" „Ich komme immer zu früh, habe dadurch viel zu wenig vom Sex. Kennst du da einen guten Tipp?"

Mats: „Damit habe ich mich noch nie befasst, wie lange ein Sexspiel dauern soll. Ich sehe nur, in den Softpornos können die Männer lange durchhalten. Es sieht immer danach aus, dass alle Frauen solche Männer wollen, die lange durchhalten können."

„Ja, so ist es, es belastet mich sehr."

Mats stellt Fragen wie wenn er Psychologe wäre: „Kommst du einfach so oder bestimmt dein Penis den Zeitpunkt?"

„Das dauert bei mir ganz kurz, dann komme ich. Ich weiß dann, dass ich den Frauen nicht genügen konnte. Sie sagen dann immer, dass ihnen das nichts ausmacht. Das glaube ich nicht."

„Mir hat ein älterer Bekannter gesagt: Wenn du willst, dass beide etwas von Sex haben, dann hol dir ein paar Stunden vorher einen runter. Und vergiss das Vorspiel nicht, lass es so richtig „schmusig" sein. Lass sie zappeln, warte mit dem Eindringen."

„Das soll helfen?"

„Ja, du brauchst dann länger, bis du wieder kommst."

„Irgendwie logisch. Hey Mats, das probiere ich aus. Dann kann ich sagen, dass ich es versucht habe."

Eine Woche später steht Levin unangemeldet vor der Haustüre von Tara. „Hallo Tara. Ich wollte nur mal schauen, wie es dir geht?"

Er konnte nicht sagen, dass er nur vorbeigekommen ist, um Liebe zu machen. „Komm rein, heute sind wir alleine."

Tara interpretiert das anders: Er ist extra zu ihr gekommen, weil er sie liebt. Sie holt Getränke, sie gehen in ihr Zimmer, dort sind zwei Sessel und ein kleiner Tisch.

„Deine Mutter kommt wirklich nicht?" „Nein, sie arbeitet, meine Schwester hat Schule."

Levin legt beide Arme um Tara, er küsst sie so, wie es Mats ihm gesagt hat. Er küsst sie nur mit seiner Zungenspitze. Das letzte Mal hat er ihr seine große Zunge in den Mundrachen gedrückt, als wollte er sie damit mundtot machen. Nein, jetzt spielt er den zärtlichen Liebhaber. Er züngelt immer noch, löst die Umarmung und zieht ihr langsam den Rock runter. Sie lächelt ihn dabei an. Er löst seinen Gürtel von der Hose und – flupp – stehen beide nur mit Slip und Boxershots bekleidet da. Mit der linken Hand drückt er ihren Po an sein Glied. Die rechte Hand fährt langsam über ihre Brüste. Ihre Nippel sind fest. Das ist ein Signal, dass sie langsam gereizt ist. Seine Hand gleitet runter zum Slip, mit zwei Finger gleitet er sehr vorsichtig über ihre Venus. Ohne Druck dringt er ein wenig in ihre Möse rein, sie ist nass, so richtig feucht. Das erregt ihn. Er hebt Tara auf ihr Bett. Das ist ein Moment, den beide so richtig genießen. Sie schmusen weiter, es gehört wirklich zum Sex wie ein Apèro zum Abendessen. Irgendwie hat Levin nicht mitgekriegt, dass sie ihren feinen Slip auszog. Sie liegt auf dem Rücken, zieht mit ihrer rechten Hand die Boxershorts von Levin runter. Das Küssen wird ein wenig stärker, sein kleiner Freund ist fest und tummelt sich vor der „Pforte der Lust" so langsam hin und her. Wie von alleine rutscht er in die Vagina rein.

Stopp: Levin erinnert sich an die Worte, einfach drinbleiben und nicht bewegen. Tara wird so richtig angetörnt. Er macht sie feurig, sein Glied ist drin, er lässt sie zappeln. Er streichelt wieder ihre Brüste, die sind sehr hart. Sie bewegt ihr Becken, steigert ihr Lust, irgendwie hat er ihren G-Punkt erreicht: Der liegt etwa vier Zentimeter vom Scheideneingang entfernt. Sie ist sexuell so erregt, sie explodiert, sie muss einen wunderbaren Orgasmus haben. Ihre Wangen glühen. Mit ihren Pobacken und dem Becken wippt sie solange weiter, bis Levin einen Samenerguss der Superlative erlebt.

„Tara, das müssen wir wieder so machen", flüstert er ihr ins Ohr. „Ja, du bist für mich ein Engel. Du warst sehr einfühlsam." Beide liegen flach auf dem Bett. Gegen Abend geht Levin. Als er sich verabschiedet, kommt die Mutter nach Hause, sie sagt noch: „Gehst du schon? irgendwie seht Ihr beide zerknittert aus."

Freudige Überraschung

Ein paar Wochen vergehen, da meldet sich Tara S., seine neue Freundin: „Levin, was machst du, warum hast du dich nicht mehr gemeldet?"

„Ich hatte es streng. Warum?"

„Habe eine freudige Nachricht für dich."

„Aha und welche?"

„Ich bin schwanger."

Totenstille. „Hallo, Levin, bist du noch da?"

„Nein, nein, das kann nicht sein", ruft er ins Telefon.

„Doch, doch, es ist so, ich freue mich. Du nicht auch?"

„Nein." „Was?"

„Ich wollte sagen, doch natürlich, ich auch." „Klingt nicht danach." „Tara, ich kommen morgen Nachmittag vorbei. Bist du dann zu Hause?"

„Gegen Abend, ja." „Gut, bis morgen."

Levin ist noch jung, es kann nicht sein, dass er schon wieder Vater werden soll. Er muss das mit Tara klären. Als Tara am nächsten Tag die Türe öffnet, bemerkt sie, dass Levin kühl und abweisend ist. Wo ist da die Liebe geblieben? Sie nickt mit dem Kopf: „Komm rein." Ohne Worte gehen sie direkt in ihr Zimmer.

„Stimmt es wirklich, du bist schwanger?"

„Ja, ich habe mich irgendwie verrechnet mit den Zyklustagen. Ich bin mir aber nicht sicher, wer der Vater ist?"

„Wir beide sind noch sehr jung. Was meinst du, wenn wir das Kind wegmachen?" „Das kann ich nicht machen. Nein, mein Glaube verbietet so etwas."

„Aber ich habe doch schon ein Kind. Was soll ich tun?"

„Ich wollte dich einfach informieren, vielleicht bist du ja nicht der Vater."

„Warum sagst du das?"

„Ich hatte kurz, bevor ich dich kennenlernte, einen anderen Mann kennen gelernt. Wir hatten Sex. Zeitlich wäre es möglich, dass er der Vater wäre. Ist eher unwahrscheinlich, genau weiß ich das nicht."

„Das ist für mich ein Schock, ich bin einfach noch zu jung für eine Familie." „Wir sind beide jung." Levin gibt ihr ein Küsschen und verabschiedet sich: „Ich melde mich."

Gerade in diesem Moment hätte Tara Zuspruch und Nähe von ihm gebraucht. Wie oft haben er und sie betont, wie lieb sie sich haben. Levin lässt Tara in dieser sehr schweren Stunde alleine in ihrem Zimmer zurück. Er hat sich vom Acker gemacht. So etwas nennt man Drecksack.

Norwin träumt

Kommissar Norwin Moon trifft man oft im Café neben dem Polizeirevier Schwanbüll. Mit einem doppelten Espresso und einem Glas Wasser kann er seinen Gedanken nachhängen. Als Mordermittler verfolgt er täglich Verbrecher. Norwin selber wird von etwas ganz anderem verfolgt, nachts beim Einschlafen hält ihn immer derselbe Traum wach. Er träumt davon, dass er sich in einem Raum befindet. Dort sucht er etwas, etwas, das ihm genommen wurde, er wird es niemals wiedererhalten.

Norwin hat eine Person verloren – seine Mutter – sie ist tot, seit er ein kleiner Junge war, und deshalb unauffindbar. In seinen Träumen, seiner Gedankenwelt sucht er sie, kann sie aber nicht finden. Er möchte gerne wissen, welche Bedeutung dieser hartnäckige Traum hat. Menschen waren schon immer an der Bedeutung ihrer Träume interessiert. Die Traumdeutung hat eine Jahrtausende alte Tradition. Alpträume wurden ernst genommen und als göttliche oder spirituelle Botschaften gedeutet. Es sind Wunscherfüllungen des Unterbewusstseins. Psychologisch betrachtet, ist die Mutter im Traum ein Symbol für das Weibliche. Vermutlich ist Norwin in seiner Kindheit durch die Mutter geprägt worden, deshalb steht sie für den seelischen Bereich seines Traumes.

Nach C. G. Jung, einem Schweizer Psychiater und Begründer der analytischen Psychologie, ist das Archetypische „die magische Autorität des Weiblichen". C. G. Jung prägte den Begriff „Mutterkomplex". Damit meint er, dass ein großer Teil der späteren Verhaltensweise des Kindes durch die Mutter und ihr Verhalten festgelegt wird, das auch für die Verhaltensweisen in einer späteren Beziehung bestimmend sein wird. Vielleicht liegt darin die Erklärung, weshalb Norwin immer wieder Single ist. Dass er in seinen Träumen seine Mutter sucht, liegt daran, dass er sie nie mehr gesehen hat. Es zeigt, dass er sie vermisst. In der Traumdeutung symbolisiert die Mutter Fürsorge. Es kann im Traum eine Warnung sein, sich von anderen nicht beeinflussen zu lassen. Es ist ein Omen für ein langes Leben des Träumenden. Psychologisch betrachtet liegt darin häufig unbewusst die Sehnsucht nach gefühlsmäßiger Harmonie. Träume mit dem Traumsymbol „Mutter" deuten auf eine ideenreiche Kraft hin und zeigen, dass der Träumende sich in einer kreativen Prozessphase befindet.

Die Bedienung holt ihn schroff aus seiner Traumwelt zurück: „Noch einen?" „Nein, danke, möchte gerne bezahlen." „Mit oder ohne Kassabeleg?" „Ohne." Er bezahlt: „Danke und schönen Abend."

Angelrute ohne Haken

Kaum ist Norwin am Morgen in seinem Büro angekommen, klingelt das Telefon. Die Landespolizei: „Moon Norwin!" „Ja, hier ist Rick."

„Hallo Rick! Was verschafft mir die Ehre?"

„Ja, ich habe was für dich." „Klingt nach Arbeit."

„Wir haben eine Wasserleiche gefunden." „Wo?"

„Zwischen Mitte Klein und Groß Wittensee. Kannst du die Mordermittlung mit deinem Team übernehmen?"

„Klar. Wer ist vor Ort?"

„Die von der Polizeistation sichern den Fundort." „Wir fahren in ein paar Minuten los. Ich werde Linda Medi von der Rechtsmedizin aufbieten." Norwin und Nils fahren in forschem Tempo bis zum Wittensee.

Moon denkt, dass die Tote eine der vermissten Frauen sein könnte. Solche Zufälle sind selten, er verwirft den Gedanken wieder. Schon von weitem sehen sie die vielen Lichter, das sieht gespenstisch aus. Sie begrüßen die Kollegen vor Ort.

Norwin setzt eine saure Mine auf, als er die laute Stimme des medienwirksamen Bürgermeisters hört. Wahlen stehen an, da kommen die Politiker aus ihren Löchern. Er hört nur, wie diese Fettwurst sagt: „Ich bin zuversichtlich, dass dieser schreckliche Mordfall von unserer Polizei schnell gelöst wird." Die Reporterin bedankt sich für das Interview. Norwin ist geladen, am liebsten hätte er ihm das Mikrophon um die Ohren gehauen. Nils bestätigt ihn in seinen Gedanken: „Es ist richtig, dass der Bürgermeister die Öffentlichkeit zu beruhigen versucht, aber den Menschen da draußen Hoffnung zu machen, dass der Fall schnell aufgeklärt wird, ist sehr unverantwortlich."

„Das ist ein Arsch, wenn es dann nicht schnell geht mit der Aufklärung, dann sind wir von der Polizei wieder mal die Deppen."

Er begrüßt die Kollegen: „Wie sieht es aus?" „Eine tote Frau lag im Wasser, wir haben sie an Land gezogen."

Linda war schneller eingetroffen als die Kommissare, sie ist bei der Leiche. Norwin: „Weiß man, wer sie ist?" „Nein."

Norwin sagt zu Nils: „Ruf in der Polizeistation an, frag den Kollegen, der die Vermisstenmeldungen entgegennimmt, ob nach einer jungen Frau gesucht wird." „Alles klar."

Die erste Aufgabe ist, die Identität der Frau zu klären. Mit großen Scheinwerfern wird die gespenstische Szene ausgeleuchtet. Zur Stromerzeugung nutzen sie ein spezielles Fahrzeug, welches mit einem Generator ausgerüstet ist. Der Tatort wird dadurch taghell erleuchtet, aber der Lärm des Kompressors macht ein Gespräch fast unmöglich. Die Kriminalisten verfügen über ein großes Equipment-Fahrzeug, welches die wichtigsten Hilfsmittel und Werkzeuge mitführt. Die Fahnder wissen nie, was sie vor Ort erwartet.

Linda bemerkt: „Sie liegt schon länger hier." Sie bückt sich über die Tote, zeigt auf den Rücken: „Hier ist eine Einschusswunde am Rücken. Das lässt den Schluss zu, dass die Tote nicht ertrunken ist oder ins Wasser stürzte. Das sieht auch nicht nach Selbstmord aus, das war Mord."

Medi sagt in strengem Tonfall: „Könnt Ihr die Tote umdrehen."
Zwei Beamte drehen den toten aufgeblähten Körper um. „Sie
war schwanger." Die Kriminalisten können gut erkennen, dass
die tote Frau vermutlich ein Kind erwartete. Selbst die hartgesot-
tenen und erprobten Mordermittler sind betroffen, wie so etwas
geschehen konnte. Wie kann jemand eine schwangere Frau töten? Das ist ein schweres und abscheuliches Verbrechen. Welche
hundsdreckige miese Kreatur tut sowas? Das ist kein Mensch, das
ist ein Monster. Ein widernatürliches, schreckliches Ungeheu-
er. „Ich könnte platzen vor Wut, heute bin ich nicht gut drauf",
murmelt Norwin vor sich hin.

Der aufgebotene Kollege von der Vermisstenabteilung ist eingetroffen. Moon fragt ihn wirsch: „Und?"

Der Kriminalist von der Vermisstenabteilung zeigt Norwin
und Nils das Foto: „Die Mutter hat mir dieses Foto gegeben.
Man sieht deutlich, dass die Kleidung zur Beschreibung passt.
Die Tote trägt die auffälligen schwarzen Schuhe, wir sehen das
auf dem Protokoll hier. Es ist Tara S.". Sie schauen das Vermiss-
tenfoto an: „Hübsche Frau", sagt Nils.

Norwin: „Wir müssen einen DNA-Test machen. So wie ich
das sehe, hat sie die Sachen an, die sie seit dem Tag ihres Verschwindens getragen hat."

Nachdem die Kriminalisten Fotos vom Tatort gemacht haben, wird die Leiche von der Rechtsmedizin freigegen. Die Ermittler packen die Tote in einen Leichensack und tragen diesen
zum Leichenwagen der Polizei. Die Tote wird von den Beamten in das Institut für Rechtsmedizin gefahren.

Moon sagt zu den Kollegen, die das Ufer absuchen: „Habt
Ihr schon etwas gefunden?" „Nein, wir durchforschen jetzt das
Ufer, aber man sieht nicht so viel."

„Gut, ich schaue nach offensichtlichen Spuren, Patronenhülsen, Anzeichen eines Kampfes oder einer Waffe."

Der See liegt abgelegen, Beweismittel an so einem Ort zu suchen, ist sehr unangenehm. Da wachsen viele Bäume, Sträucher
und Schilf. Es ist nass, sumpfig, überall hohes Gras, außerdem
macht die Dunkelheit zu schaffen. Man konnte keine Anhalts-

punkte oder Beweismittel finden. Es gibt noch keine Hinweise, ob die Frau dort einfach abgelegt oder dort auch getötet wurde. Die Polizisten hoffen, dass der Mord dort passiert ist, wo die Leiche lag, sonst müsste es mehrere Tatorte geben: der Tatort, an dem der Mord effektiv stattgefunden hat, das Transportmittel und der Fundort am Wasser.

„Ich habe hier etwas", meldet ein Ermittler der Spurensicherung und zeigt auf eine Stelle im Gras. Norwin legt eine Nummer dorthin: „Mach ein Foto davon." Im schwachen Licht außerhalb der aufgestellten Beleuchtung sieht Nils etwas am Boden liegen, bückt sich und hebt einen Ast mit einer Angelschnur hoch: „Was ist das?" „Das sieht wie eine Angelrute aus."

Am Leichenfundort lag eine Angelrute. Dort, wo normalerweise der Angelhaken ist, war ein kleiner Ast angebracht.

„Könnten Kinder damit gespielt haben?"

Beide überlegen. Wenn es eine normale Angelrute wäre, die verloren oder kaputt ist, dann hätte das einen Sinn gemacht. Eine Angelrute mit einem Ast als Haken ist seltsam. Die Kommissare verabschieden sich, gehen weiter, sie wollen nicht viel Zeit am Tatort vergeuden.

„Wir werden der Familie Bescheid geben", sagt er zu Nils. Norwin hat einen starken Verdacht, er möchte diesen sofort klären. Er will herausfinden, wer die Tote gekannt hat, wer ihre Freunde waren und wer sie ermordet hat.

Sprechverbot
Die Familie der ermordeten Tara macht sich große Sorgen um ihre vermisste Tochter. Aus langjähriger Erfahrung weiß Moon, dass das Überbringen einer Todesnachricht für beide Seiten eine taffe Angelegenheit ist. Als erfahrener Kriminalist vermeidet er lange Floskeln, er spricht es klar und deutlich aus. Am Haus der Eltern angekommen klopft er an die Türe. Eine ältere Frau öffnet. An den Gesichtern der Polizisten merkt sie, dass keine gute Nachricht übermittelt wird. Da muss etwas passiert sein:

„Ja." „Sind Sie die Mutter von Tara?" „Ja, warum?" „Wir haben Ihre Tochter gefunden, sie ist tot." Totenstille, dann kriegt die Mutter unter der Haustür einen Weinkrampf und bricht zusammen. Aus dem Gang kommt eine junge Frau, sie geht zu ihrer Mutter, hilft ihr hoch und stützt sie. Nach einigen Minuten hat sie sich ein wenig erholt und fragt:

„Was ist passiert?" „Sie wurde von einem Angler im See gefunden."

Die Reaktion der Mutter erinnert Norwin immer an den Blick von damals, wie seine Großmutter, als er jung war, geschaut hatte beim Tode seiner Mutter. Es war derselbe Blick, dieser leidvolle Ausdruck in den Augen und im Gesicht. Er wendet sich an beide:

„Es tut mir sehr leid. Unser Beileid. Wir müssen Ihnen ein paar Fragen stellen. Dürfen wir reinkommen? Es wäre gut, wenn Sie ein paar Hinweise geben können, die uns zum Mörder führen."

„Erzählen Sie mir von Tara. Hatte sie Probleme?"

Die Mutter erwidert: „Nein, sie war sehr verantwortungsbewusst, sie arbeitete im Restaurant. Sie war im vierten Monat schwanger, aber sie hätte es auch als Mutter alleine geschafft."

Es wurde klar, dass Tara und ihre Mutter eng verbunden waren. „Als Tara erfuhr, dass sie schwanger war, sagte sie zu mir, sie werde sich gut um das Baby kümmern. Tara wäre sicher die beste Mutter der Welt gewesen. Sie war einfach ein sehr liebevoller Mensch. Immer herzlich zu ihren Freunden und zu uns als Familie, so wäre sie auch als Mutter gewesen."

Norwin fragt: „Wer ist der Vater?"

„Ihr Freund, Levin T. Er ist schon lange in Tara verliebt. Er war herzlich mit Tara und sehr freundlich zu uns."

„Tara hatte ihn geliebt, er ist ein gutaussehender junger Mann, ein toller Fußballspieler. Seine sportliche Zukunft sah vielversprechend aus, einige Clubs waren an ihm interessiert."

Moon fragt: „Wann haben Sie Ihre Tochter das letzte Mal gesehen?"

„Vor vier Tagen hatte Levin sie abgeholt. Sie wollten zu Taras älterer Schwester fahren. Tara kam nicht wieder, ich habe mir Sorgen gemacht und die Polizei alarmiert."

„Hatte sie Ärger mit jemandem? Wer wollte ihr etwas antun?"

Zögernd sagte sie: „Sie hatte keine Feinde. Doch vor ein paar Wochen ist ihr etwas Schreckliches zugestoßen."

„Was ist passiert?" „Sie wurde vergewaltigt." „Wie bitte?".

Der Mutter kullern Tränen runter: „Ja, sie wurde missbraucht. Es war sehr schlimm. Tara und ihr Freund Levin wurden von Unbekannten entführt und geschlagen. Sie wurde sexuell misshandelt. Sie sagte, sie habe gehört, wie sie Levin geschlagen hätten, dann griffen sie Tara an. Ich wollte die Polizei holen. Sie sagte: ‚Nein, auf keinen Fall, das darfst du nicht'. Ich konnte sie ja nicht zwingen. Sie hatte Angst, die Männer würden sich an ihr rächen."

Die beiden Beamten spüren, dass sich die Mutter große Vorwürfe macht: „Ich musste Tara versprechen, dass ich nicht zur Polizei gehe und keinem davon erzähle. Deshalb habe ich geschwiegen."

Der Kommissar: „Es tut mir leid. Wir gehen stark davon aus, dass die Tote Tara ist, ich will hundertprozentig sicher sein und brauche etwas, an dem wir ihre DNA finden."

Egal, wie überzeugt ein Mordermittler ist, es braucht einen offiziellen Befund, um wen es sich bei der Leiche handelt. Ein DNA-Test ist der sicherste Weg dazu.

Die Schwester fragt: „Geht die Zahnbürste?" „Ja."

„Zahnbürste und Haarbürste", ruft Norwin hinterher. Die Schwester bringt beides. Der Ermittler packt Zahn- und Haarbürste in einen Papierbeutel für die Forensiker.

„Besten Dank und bitte melden Sie sich, falls Sie was hören."

In der Polizeistation angekommen, bringt Norwin die Utensilien als Beweismittel in die Forensik zur Untersuchung der DNA-Analyse. Nach einigen Wochen zeigt das Ergebnis des DNA-Abgleichs, dass Tara die Tote ist.

Liebesengel Levin

Für die Mordkommission Schwanbüll wird dies ein kniffliger Fall. Norwin und Nils wollen Taras Freund Levin befragen. Er war bei der Vergewaltigung dabei, wie dies die Mutter erzählt. Bevor sie Levin befragen, fahren sie in die Rechtsmedizin, dort wollen sie mit Medi, der Rechtsmedizinerin, sprechen, wie weit diese mit der Autopsie ist.

„Gutes Timing, ich bin fast fertig mit der Obduktion."

Norwin geht direkt zur Sache: „Wurde sie vergewaltigt?"

„Ich vermute nicht." „Und die Totenflecken?", will er wissen.

„Sie ist wohl im See gestorben."

Totenflecken entstehen, wenn das Blut in den Gefäßen wegen der Schwerkraft nach unten sinkt. Entstehen die Flecken woanders, dann weiß man, dass die Leiche bewegt worden ist.

Moon sagt an Linda gerichtet: „Das spricht dafür, dass die Tote vor Ort, am See, ermordet wurde. Wir haben das Umfeld abgesucht, es gab keine Spuren, dass die Leiche dorthin gebracht wurde."

Medi sagt: „Die Leiche hat drei Schusswunden, zwei waren eher oberflächlich, die dritte Kugel hat den Körper durchschlagen. Zuerst eine Rippe, dann wurde die Lunge getroffen, dieser Schuss war tödlich." Eine Kugel wurde sichergestellt, sie gibt diese Norwin in einem Beutel zur forensischen Untersuchung.

„Eindeutig Kaliber 40, aus einer Pistole."

Linda meint genüsslich zu den beiden: „Ihr könnt bleiben, es wird jetzt interessant." „Danke, wir haben genug gesehen."

Sie verabschieden sich und fahren zur Wohnung des Freundes von Tara. Der Mörder hat eine junge, hübsche Frau und ihr Kind getötet. Die Ermittler jagen einen eiskalten, rücksichtslosen, brutalen und knallharten Killer. Was muss das für ein gottverdammter Dreckskerl sein, der so etwas tut? Er will mit Levin reden, weil er Tara zuletzt lebend gesehen hat. An der Wohnung angekommen klopft er an die Türe. Ein junger Mann öffnet.

„Sind sie Levin T.?" „Ja."

„Wir müssen Ihnen mitteilen, dass wir die Leiche von Tara gefunden haben." Levin zeigt wenig Mitleid oder Überraschung. Heuchlerisch fragt er: „Wissen Sie, was passiert ist?"

„Nein, wir hoffen, Sie können uns helfen."

Er bittet die Kommissare in die Wohnung. „Das muss hart für Sie sein, tut mir leid. Erzählen Sie von ihr. Seit wann kannten sie Tara?"

Levin antwortet höflich: „Seit ein paar Monaten, wir waren immer wieder mal zusammen, aber nie richtig fest."

„Das heißt, es gab noch eine andere?"

„Ja, ich habe eine andere Freundin."

„Wie heißt sie?" „Amelia, wir haben ein Kind zusammen."

Jetzt staunt Norwin, so ein junger Kerl, fast wäre er wieder Vater geworden: „Sie wären dann zum zweiten Mal Vater geworden!"

„Ich freute mich auf das Kind, es wäre aber nicht einfach geworden."

Erstaunt fragt Norwin: „Sie haben sich gefreut?"

„Auf jeden Fall." Bei der Befragung spielt er seine Rolle gut, er ist jung, er tut so, als wäre er ein guter Vater geworden.

„Als Tara vergewaltigt wurde, waren Sie dabei?"

„Diesen Tag werde ich nie vergessen, das war der schlimmste meines Lebens. Ich habe Tara von zu Hause abgeholt, wir fuhren los. Irgendwann bogen wir auf einen Waldweg ein. Ich hielt an, wollte mit ihr über das Baby sprechen."

„Tara sagt zu mir: Welchen Namen sollen wir wählen?"

„Ich sagte spontan Harry. Sie war nicht begeistert." „Sind wir Engländer?", sagte sie. „Dann fragte ich: Gefällt dir der Name nicht?"

„Wie kommst du auf so einen Namen, sprichst ja kein Englisch."

„Was für einen willst dann du?, fragte ich sie."

Levin zündet ganz ruhig eine Zigarette an.

„Wie ging es weiter?"

„In diesem Moment wurden beide vorderen Autotüren aufgerissen. Zwei Typen bedrohten uns, befahlen uns, aus dem Auto zu steigen, sonst passiert etwas. Sie zerrten uns ein paar Meter vom Fahrzeug weg. Ein Kerl schlug mich zusammen, ich hörte, wie Tara schrie."

„Was haben Sie dann gesehen?" „Da es dunkel war und das Licht des Autos noch an war, sah ich verschwommen im Lichtkegel, dass sie Tara vergewaltigten. Und ich konnte ihr nicht helfen."

Norwin: „Haben Sie die Kerle gesehen, bevor sie verschwanden?"

„Ja, sie haben befohlen, dass ich Tara zurückfahren sollte. Und dass wir schweigen sollten, sonst würden sie uns töten."

„Sind Sie dann losgefahren?" „Ja, ich fuhr Tara zur Schwester, sie stieg aus, seitdem habe ich sie nicht mehr gesehen."

„Ist sie in die Wohnung gegangen?"

„Ich denke schon, genau weiß ich das nicht, weil ich ja weitergefahren bin." „Wo genau haben Sie Tara abgesetzt?"

„Vor der Wohnanlage, auf dem Parkfeld, mein Freund Mats hat uns dabei gesehen."

Die beiden Ermittler verabschieden sich. Bevor Norwin das Auto startet, bespricht er die Aussagen mit Nils. „Ein schreckliches Erlebnis, wir müssen nach einer Verbindung zwischen der Vergewaltigung und dem Mord suchen. Es passte einfach nicht, dass der Überfall und der Missbrauch ein unglücklicher Zufall sein können."

So etwas geschieht extrem selten. Die Ermittler glauben kein Wort von dem, was Levin gesagt hat. Die Geschichte wirkt erfunden, sehr ausgeheckt. Mörder sind meistens Lügner, das gehört zu ihrem Spiel, so ist es auch hier. Levin sagt nicht die Wahrheit, ihre Aufgabe ist es, das zu beweisen.

Video-Beweis

Am Tag danach gehen Norwin und Nils die Situation, welche Levis geschildert hat, nochmals durch. Nils ist der Meinung, dass das so nicht stimmen kann. „Weißt du was, du fährst an den Wittensee, um das Ufer nochmals abzusuchen. Ich fahre zur Wohnanlage, wo die Schwester wohnt."

Norwin parkt dort, wohin Levin, wie er erwähnte, Tara hingefahren hat. Direkt beim Parkplatz, im Erdgeschoss hat der Hausmeister eine kleine Werkstatt für seine Arbeit eingerichtet.

„Guten Tag, sind Sie der Hausmeister hier?"

Erschrocken schaut er auf: „Ja, warum?" „Moon Norwin", sagt er und hält dem verdutzten Mann seinen Ausweis hin. „Ich habe vor dem Wohnblock Überwachungskameras gesehen, könnten Sie mir die Bänder von Anfang Oktober geben?"

„Vielleicht." „Was heißt vielleicht?" „Die Geräte funktionieren nicht immer, ich checke das."

Norwin wartet in der Werkstatt und geht in Gedanken den geschilderten Mordfall nochmals durch. Die Mutter von Tara hatte beim Gespräch gesagt, dass Tara nie bei der Schwester angekommen ist. Somit sind die Bilder der Kameras für die Mordermittler sehr wichtig, um zu sehen und zu beweisen, ob Levin Tara wirklich vor dem Haus abgesetzt hat oder ob jemand sie entführt hat oder ob sie vom Wohnblock weggelaufen ist. Der Hausmeister kommt mit einigen Kassetten zurück:

„Sie haben Glück, die Kameras waren in Betrieb."

Vier Kassetten sind es. Moon bedankt sich, fährt in sein Polizeirevier nach Schwanbüll. Dort verfügen sie über einen TV mit eingebautem Recorder, mit welchem diese Videobänder abgespielt werden können. Norwin wartet, bis Nils zurück ist. Er kommt von der Suche nach Beweismittel vom Tatort retour, hat aber keine gefunden. Jetzt wollen sie feststellen, ob Levin die Wahrheit gesagt hat, das wollen sie jetzt wissen. Sie lassen die Videobänder laufen, schauen diese aufmerksam durch. Auf den Kassetten ist nichts erkennbar. Auf keinem Bild können sie Levin oder Tara sehen. Sie entdecken auch nichts Verdächtiges. Warum hat Levin gelogen? „Norwin, wir fahren zum Arbeitgeber von Mats. Ich will wissen, was sein Freund Mats weiß. Levin hat gesagt, dass sein Freund Mats gesehen hat, wie er Tara vor dem Wohnblock abgesetzt hat. Die Mutter sagte beim Gespräch, dass Mats in einem Baumarkt arbeite."

Mats, der Angsthase

Sie fahren zum einzigen Baumarkt, welchen es in dieser Gegend gibt. Sie melden sich beim Chef persönlich: „Guten Tag, ist Mats da?"

„Ja, um was geht es?" „Wir haben ein paar Fragen, können Sie ihn rufen?" „Wenn es sein muss." Er läuft nach hinten in den Lagerraum. Wenig später tritt Mats hinaus:

„Ja, Sie haben nach mir gefragt"

„Sind Sie Mats?" „Ja. Wo können wir ungestört reden?" „Dort hinten an der Seite. Ich informiere meinen Chef."

Moon beginnt: „Sie sind mit Levin T. befreundet?" „Ja, wir kennen uns, wir waren in derselben Schule."

„Ich will von Ihnen wissen, ob Sie gesehen haben, wie Ihr Freund Tara vor ihrem Wohnhaus abgesetzt hat? Ist das so?" Norwin ist ein erfahrener Ermittler, er spürt genau, dass Mats Gehirnzellen rundlaufen. Jetzt überlegt er, was er sagen soll. „Nein, ich habe ihn nicht gesehen, ich war auch nicht dort. Levin wollte, dass ich sage, falls jemand danach fragt, ich hätte sie beide gesehen. Er wollte mir nicht sagen, weshalb, das fand ich nicht gut."

Aha, Levin wollte Mats zum Lügen überreden. Jetzt wird es spannend. „Wie haben sich Levin und Tara verstanden?" „Ich weiß nur, dass Levin seine Freundin Amelia, mit der er ein Kind hat, liebt. Er hat mir gesagt, dass es aus ist. Amelia hat erfahren, dass er eine neue Freundin hat. Er hat mir auch gesagt, dass er auf Tara wütend war, weil seine Freundin mit ihm Schluss gemacht hat."

„Hat er sonst noch was gesagt?"

„Levin sagte zu mir, dass sie anscheinend von ihm schwanger ist und dass er das Baby nicht will. Er sagte, sie sollte es abtreiben."

„Das hat er zu Ihnen gesagt?" „Ja. Das kannst du nicht machen, das ist ihre Sache, habe ich gesagt. Levin sagte dann: Aber nicht mit mir. Ich sagte zu ihm: Was redest du da, was heißt das? Er reagierte aggressiv: Ich will, dass sie das Kind abtreibt."

„Mehr weiß ich nicht", fügt er noch an. Norwin bedankt sich für das offene Gespräch und verabschiedet sich. Sofort denkt er an die Vergewaltigung. Retour in Schwanbüll bespricht er dies nochmals mit Nils.

„Ich bin mir irgendwie sicher, dass Levin den Überfall auf Tara inszeniert hat, weil er vermutlich damit gerechnet hat, dass sie durch den Schock ihr Baby verlieren würde." „Da könnte was dran sein, ob das medizinisch funktionieren kann, weiß ich nicht."

Das ist genau wieder so ein Fall, in welchem sich beide Kommissare so richtig festkrallen. Es ist die Brutalität, mit welcher der Mord ausgeführt wurde. Das treibt sie an, den Fall zu lösen.

„Und wenn einer zu so einer Tat mit dem Überfall fähig war, dann würde er auch vor einem Mord nicht Halt machen," sagt Nils und fragt: „Was ist dein nächster Schritt?"

Norwin: „Wir fahren zu Levin. Ich will wissen, ober er alles geplant hat. Ich will ihn überführen, ihn persönlich einbuchten."

Fragetechnik

Sie fahren zu Levin vor das Haus. Dieser will gerade die Treppe hochsteigen. „Levin, kommen Sie, wir müssen reden, steigen Sie ein."

Widerwillig steigt er in das Fahrzeug. Sie fahren zur Polizeistation, führen Levin in den Interview Room. Es ist das Revier von Norwin und Nils, jetzt wird nach ihren Regeln gespielt. Obwohl die Ermittler im Gebäude Levin zwischen sich nehmen, läuft er aufrecht durch den Gang, als ob nichts wäre. Er fühlt sich sehr sicher, glaubt, alles unter Kontrolle zu haben. Nun hat er seinen Meister gefunden, den erfolgreichen Mordermittler, den er nicht manipulieren kann. Im Nebenraum sitzen zwei weitere Ermittler. Sie können die Befragung mitverfolgen und sich so ihre Meinung zu Aussage und Körpersprache bilden. Einer sagt zu seinem Kollegen:

„Norwin ist eine Klasse für sich, was Befragungen betrifft. Er kann sich stark in Verdächtige hineinversetzen."

Moon liest Levin seine Rechte vor, schaltet das Aufnahmegerät ein. Dann spricht er in strengem Tonfall: „Ihr Name." „Levin T."

„Wir haben alle Aufzeichnungen der verschiedenen Kameras angeschaut. Sie haben beim letzten Gespräch gesagt, dass Sie Tara bis vor die Wohnung ihrer Schwester gefahren hätten. Wir haben Videobänder der Überwachungskamera angeschaut. Auf dem Video sieht man Sie nicht, warum?"

Levin antwortet: „Machen Sie Witze?" „Nein. Sie sagten, Sie waren da, aber auf dem Video sieht man Sie nicht. Das heißt, das Video lügt?"

„Ich war da."

Der Kommissar weiß, dass er den Beweis erbringen muss, sonst erreicht er keine Anklage wegen Mordes an einer jungen Frau und ihrem ungeborenen Kind. Der Gerichtspräsident würde die Anklage nicht akzeptieren. Deshalb versucht er, Levin zu knacken, er will rauskriegen, bei welchem Thema er unsicher wird. Wo könnte er den Hebel ansetzen? Logisch, er hat zu weit gesucht. Jetzt hat er ein Thema, das Levin berührt, es ist sein Freundin Amelia. Mit der richtigen Frage will Norwin Levin zum Sprechen bringen.

„Sie haben eine hübsche Freundin. Ist das so?"

„Ja, ich liebe sie auch." „Sie haben auch eine junge hübsche Tochter." „Ja, die liebe ich auch."

Norwin wartet ein paar Sekunden: „Haben Sie schon nachgedacht?" „Über was?" „Sie werden alles verlieren, wenn Sie in Haft sind. Ihre liebe Freundin, Ihre liebe Tochter. Beide werden bald einen neuen Mann haben."

Das hat gesessen. Er schwankt, hoffentlich fällt er nicht vom Stuhl. Für Levin war das zu viel. Er wird bleich und beginnt leise zu weinen, dabei zittert er. Für Norwin ist der weitere Ablauf reine Routine, viele Verbrecher machen bei einer Befragung auf: „Ich weiß von nichts, habe nichts getan, bin unschuldig, bin Mamas Liebling."

Aber wenn Moon am richtigen Knopf der Fragetechnik dreht, dann werden die Halunken weich und beginnen zu erzählen.

„Lassen Sie Ihren Gedanken freien Lauf, erleichtern Sie Ihr Gewissen." „Ich brauche eine Zigarettenpause."

„Sie können sich eine anzünden und trotzdem reden."

Dann beginnt Levin zu reden: „Wir sind zu dritt an diesen See gefahren. In der Anglerbox habe ich eine Pistole gefunden. Ich hätte nie gedacht, dass die geladen war. Ich schwöre das. Die Pistole hatte ich in den Händen, da löste sich ein Schuss, ohne dass ich etwas gemacht habe."

Die Kriminalisten sind erleichtert, Levin hat zugegeben, dass er die Pistole in der Hand hatte, dass er damit Tara erschossen hat. Er beschreibt das Ganze, als wäre es ein unglücklicher Unfall gewesen.

„Weshalb haben Sie keine Hilfe angefordert?"

„Ich wollte die Polizei rufen, ich hatte Angst." „Was haben Sie dann mit der Pistole gemacht." „Weggeworfen."

„Wir brauchen die Waffe, wo ist sie?" „Im See."

Was der Mörder nicht weiß und was Norwin gezielt nicht anspricht, ist, dass die Leiche drei Schusswunden hat. Levin lügt, spricht von einem Schuss. Es ist eine unglaubwürdige, erbärmliche Geschichte. Moon wird abwarten, bis Levin das Protokoll unterschrieben hat. Dann wird er die Aussagen genau prüfen, aber erst nach der Unterschrift: „Wir behalten Sie noch eine Weile hier in Gewahrsam."

Er bespricht den nächsten Schritt mit Nils. Sie veranlassen, dass Taucher den See absuchen. Sie vermuten, dass sie dort die Pistole finden könnten. Sie fahren nochmals zum Tatort. Vor Ort instruiert Norwin die Taucher: „Wir suchen eine Waffe und zwei Patronenhülsen."

Nils ist der Meinung, dass das Gras in Ufernähe einfach zu hoch ist.

„Ruf die Gemeinde an, die sollen sofort das Gras schneiden." Light ruft die zuständige Stelle der Gemeinde an.

Die haben keinen Bock, dafür tausend Ausreden. Er wird energisch, erhöht den Tonfall:

„Hören Sie, ich brauche Ihre Leute jetzt und nicht morgen."

Irgendwie geht es dann doch, das Amt schickt einige Mitarbeiter, um das Gras rund um den Tatort am Ufer entlang zu mähen. Es dauert dann auch nur einige Minuten und Nils ruft: „Ich habe was." Er zeigt auf eine leere Patrone. „Nicht anfassen", ruft Norwin. Es war eine Patronenhülse Kaliber 40. Die andere wurde auch gefunden. Die Kommissare legen zu jeder Patrone eine Nummer, machen ein Foto und nehmen die Hülsen mit zur Untersuchung.

Ein guter Tag

Vom Ufer aus schauen die beiden Kommissare den Tauchern zu, wie sie langsam im See verschwinden. Es beschäftigt sie, was ist, wenn die Waffe nicht gefunden wird? Sie blicken angespannt auf das Wasser, etwa 30 Meter vom Ufer entfernt steigen Luftblasen auf, dann ein Kopf mit Taucherbrille. In der einen Hand hält der Taucher eine Pistole in die Höhe. Am Ufer angelangt stellen sie fest, dass die Waffe Kaliber 40 hat. Dies ist ein guter Tag für die Ermittler. Dann folgt ein Anruf aus seinem Büro. Der mutmaßliche Mörder Levin möchte Norwin sprechen. Vermutlich hat er realisiert, dass seine Lügengeschichte auseinanderfällt. Die beiden Ermittler fahren ins Polizeirevier. Sie beordern Levin in den Vernehmungsraum.

Moon: „Sagen Sie uns, was an dem Tag am See passiert ist? Und wie oft haben Sie geschossen?" „Einmal." „Wir haben die Patronenhülsen gefunden und die Leiche genau untersucht. Ich weiß, dass Sie lügen. Ich war bei der Autopsie dabei. Ich weiß, mit wie vielen Schüssen Tara getötet wurde. Wie oft haben Sie abgedrückt?" Levin: „Dreimal."

Die Ermittler kommen voran, die Geschichte ist für Levin ab hier vorbei. Man erschießt nicht einen Menschen aus Versehen mit drei Kugeln.

„Es geht jetzt um Ihr Leben, erzählen Sie uns die Wahrheit."

„Ich habe Tara abgeholt, um mit ihr angeln zu gehen."

„Wer war noch dabei?" „Mein Freund Mats." „Wie sind Sie an die Waffe gekommen?"

„Durch Mats." „Moment, wir kommen wieder."

Die Ermittler gehen hinaus und besprechen die Situation. Sie sind sich einig, dass die Anglergeschichte inszeniert war, um Tara zu töten. Sie sollte sich sicher fühlen. Beide warteten auf den Moment, um sie zu überrumpeln. Es war ein geplanter heimtückischer, hinterhältiger Mord. Levin wollte Tara und ihr ungeborenes Kind von Anfang an töten. Hier will er ein Spielchen spielen, so tun, als wäre alles ein bedauerlicher Unfall gewesen.

Norwin ist böse, er hat genug von dieser Lügengeschichte und die Nase voll von seinem Gejammer wegen Unfall und so. Er geht in den Raum, lässt Levin in seine Zelle zurückbringen. Jetzt will der Kommissar den Freund von Levin verhören.

„Hallo, spreche ich mit Mats T.?" „Ja." „Hier ist Moon Norwin, können wir uns in der Polizeistation sprechen?"

„Um was geht es?" „Ihr Freund Levin ist im Gefängnis. Sie müssen uns ein paar Fragen beantworten"

„Ich komme vorbei."

Die Ermittler wollen ihm wenig sagen. Mats soll seine Geschichte erzählen. Er will sicher klarstellen, dass er nicht der Mörder ist. Nils holt die Angelrute vom Tatort, stellt diese im Vernehmungsraum an die Wand. Als Mats in den Raum kommt, sieht er die Angelrute sofort. Die Ermittler beobachten seine Körpersprache, er wirkt wie ein Boxer, der angezählt ist. Sie ahnen, dass er jetzt reden wird. Er sitzt in der Falle, es gibt keinen Ausweg, um seine Haut zu retten. Norwin erklärt ihm seine Rechte, dann sagt er:

„Ist die Waffe von Ihnen?"

„Ja, ich habe sie Levin gegeben. Er hatte schon länger geplant, Tara und das Baby zu töten." „Ist das so?" „Ja, wir fuhren zum See, ich sollte so tun, als ob ich mit der Fischerrute angelte. Dabei bemerkte ich, dass ich gar keinen Angelhaken an der Schnur hatte, deshalb nahm ich einen Ast, habe diesen an die Angelschnur gebunden. Ich hörte einen Schuss, schaute rüber zu Tara, dann rannte ich los. Tara sprang ins Wasser, da schoss Levin noch zweimal."

Als die Ermittler das hörten, wurde ihnen bewusst, welch fürchterliche und unvorstellbare Angst Tara gehabt haben musste. Levin war der Vater ihres ungeborenen Kindes und sollte sich um sie kümmern. Mats fährt fort: „Ich selber war wie gelähmt, als Levin geschossen hatte. Tara wollte im Wasser fliehen, sie versank langsam und sagte noch: „Wir lieben uns doch, warum tust du das?" Dann schoss er noch zweimal."

In diesen letzten Sekunden ihres kurzen Lebens wurde Tara bewusst, dass sie ihn liebt, er sie mit drei Schüssen eiskalt abknallt, knallhart, einfach so tötet, ohne Mitgefühl. Ihre Augen und ihr Mund waren weit geöffnet. Ein Mensch in Todesangst, dann verschwand ihr Körper im See. Das Entsetzen im Gesicht von Tara wird Mats ein Leben lang verfolgen.

„Stehen Sie auf, wir nehmen Sie fest wegen Beihilfe zu Mord. Das ist verdammte Scheiße, was Sie da gemacht haben."

Mats Bekenntnis widerspricht Levins Aussage, es hätte sich um einen Unfall gehandelt. Sein protokolliertes Geständnis unterstützt die polizeilichen Untersuchungsergebnisse vom Tatort.

Mit den vorhandenen Beweismitteln konnte Levin und Mats wegen Mordes angeklagt werden.

Gerichtsurteil

Wie krank ist dieser Doppelmörder? Da sie nicht abtreiben wollte, hat er seine neue Freundin mit ihrem ungeborenen Kind knallhart erschossen. Wie kann man so erbarmungslos sein und vor Gericht dreckig und eiskalt lächeln und schweigen?

Levin T. wurde wegen Mordes an Tara S. und ihrem ungeborenen Kind zu lebenslanger Haft verurteilt.

Mats wurde wegen Totschlags zu 15 Jahren Haft verurteilt.

Die Männer, die Tara vergewaltigt haben, wurden strafrechtlich nicht verfolgt, weil es keinen Polizeibericht zu diesem Vorfall gib. Levin hat Taras Familie alles genommen, sie werden sie nie wiedersehen, niemals Zeit mit Taras Kind verbringen können. Levin schrieb vom Gefängnis aus ein paar Zeilen an die Mutter von Tara.

„Hallo von der anderen Seite. Es tut mir alles leid,
was ich getan habe. Ich habe Ihr Herz und meines gebrochen.
Ich denke jeden Tag an Tara und ich bereue das.
Vermutlich sterbe ich im Gefängnis, aber das spielt keine Rolle."

„Der Mensch muss vor bestimmten Menschen geschützt werden.
Verabschieden Sie sich von der Leichtigkeit des Seins
und dem unerbittlichen Glauben an das Gute im Menschen."

Was der Mörder nicht wusste …,

der Killer Levin spricht von einem Schuss, das ist eine erbärmliche Lüge. Es waren drei Schüsse und er beschreibt das Ganze, als wäre es ein unglücklicher Unfall gewesen. So konnte er überführt werden.

Tödlicher Glaube

(Moon, 4. Fall)

Krakow am See

Im paradiesischen Krakow am See bilden Seen und Flüsse ein einmaliges Naturschutzgebiet. Bewaldete Wanderwege und malerische Aussichtspunkte mit vielen Wasser- und Möwenvögeln bieten wunderbare Lebensräume. Der Krakower Obersee (Naturpark Nossentiner/Schwinzer Heide) grenzt an Moor- und Wiesenflächen. Dort findet man Schilf in moorigem und sumpfähnlichem Untergrund. Die Grünlandbereiche werden nicht mehr entwässert und so vernässen diese. Der See gehört zu den 100 saubersten Seen in Europa. Demensprechend klar ist das Wasser. Die erhöhte Luftfeuchtigkeit auf den Inseln führt zum Vorkommen naturnaher Hochwälder. Die Kleinstadt Krakow am See – nicht zu verwechseln mit Krakau Polen – liegt im Süden von Mecklenburg-Vorpommern im Landkreis Rostock und ist ein anerkannter Luftkurort. Für die Umgebung ist Krakow ein Grundzentrum.

Ein Traum geht in Erfüllung.
In der Nähe dieser malerischen Landschaft haben die Wolfs ein Traumhaus gekauft, ein Haus mit eigenem Bootssteg in Krakow am See.

Mutter Hanna, Vater Reinhard, Tochter Maria und Sohn Lukas genießen die absolute Ruhe und Abgeschiedenheit ihres Anwesens. Ein paar Schritte bis zum Steg und sie können mit dem Boot nach Krakow fahren zum Einkaufen. Sie betonen immer wieder, dass sie sich diesen Traum erfüllt haben und im Paradies leben.

Die 22-jährige Maria hat lange blonde Haare und schöne braune Rehaugen. Sie ist eine flotte Erscheinung, sieht umwerfend aus, ist lebenslustig und sehr selbstständig. Aufgrund ihres

Alters ist sie dabei, sich von der Familie abzunabeln. Sie will ihren eigenen Weg gehen. In der elterlichen Schreinerei erledigt sie Kundenanfragen und Bestellungen. Obwohl sie bei den Kunden beliebt ist, will sie etwas von der weiten Welt sehen. Sie sucht eine Anstellung im Bereich Marketing. Maria will nicht in dieser Gegend „versumpfen".

Sohn Lukas, 15 Jahre alt, ist aus einem anderen Holz geschnitzt. Er ist introvertiert, besinnlich, schüchtern, sehr ruhig. Er hilft in der Holzverarbeitung, weiß nicht, ob er eine kaufmännische oder handwerkliche Ausbildung machen soll. Maria ist für ihren Bruder mehr als nur die ältere Schwester. Sie zeigt ihm gerne die schönen Seiten des Lebens.

Vater Reinhard ist gelernter Schreinermeister. Er konnte die Zimmerei von seinen Eltern übernehmen. Das Unternehmen liegt ein paar Kilometer entfernt vom Wohnhaus der Wolffs, außerhalb von Krakow am See. Der Betrieb beschäftigt sechs Personen, sie haben viele Kundenaufträge. Reinhard überlegt, ob er noch einen weiteren Facharbeiter einstellen soll, einen, der sich mit computergesteuerten Holzverarbeitungsmaschinen auskennt.

Die Hexe Hanna, die Mutter, ist für die Betriebsbuchhaltung und die Fakturierung zuständig. Sie arbeitet halbtags, hält nebenbei das Haus in Schuss. Als anregende Gastgeberin lädt sie ausgewählte Freundinnen ein. An diesen Nachmittagen tauschen sie ihre Fachkenntnisse im spirituellen Bereich aus. Mit Hanna sind es sechs Frauen, zwei davon sind Lehrerinnen. Die flotte Runde trifft sich einmal im Monat zu Kaffee und Kuchen. Bei diesen Treffen wird immer ein Thema diskutiert. Die Themaauswahl ist sehr spannend: Hexen, Magier/Zauberer, Voodoo, Sternzeichen, Religionen und Geschichte, speziell Mittelalter.

Hanna ist die treibende Kraft. Mit viel Freude zeigt sie ihre selber hergestellten Kultobjekte wie Federnhauben, die als Kopfschmuck magischen Schutz bieten sollen, Steine, Kerzen, Puppen und ihre über zweihundert Bücher. Mit ihren schwarzen Haaren, dem dunklen Augenmakeup und den schwarzen Kleidern sieht sie immer aus wie eine Hexe. Wenn sie ihre Lippen mit glänzendem Lipstick und einem dekadenten Farbton hübsch macht, dann fehlt ihr nur noch der Besen. Mit ihrer Energie könnte sie als Hexe durch die Gegend fliegen. Hanna passt einfach nicht in diese Gegend.

Mai: Der „Traumfänger"

Im Mai wollen die Damen den Fragen nachgehen, was wirklich an Voodoo, Hexen, Religionen, Schamanen und furchteinflößenden Geistern dran ist. Gibt es sie wirklich?

Jede kann ihre Meinung einbringen. Für konspirative Zusammenkünfte ist das Haus der Familie Wolf perfekt. Es ist ein sehr schönes Landhaus mit großem Wintergarten und einer traumhaft angelegten Terrasse. Bei schönem Wetter sitzt die Runde auf der Veranda, bei schlechtem Wetter im Wintergarten.

Hanna eröffnet die Runde: „Beim letzten Treffen habe ich Euch versprochen, dass wir heute ein Amulett selber basteln. Ich stelle Euch die verschiedenen sogenannten Schutzsymbole vor. Jede von Euch kann ihr Zeichen selber wählen."

Mathilde sagt: „Ich habe Kekse mitgebracht, bitte greift zu."

Sophie meint: „Amulette öffnen geistig den Mächtigen der Finsternis die Türen zur Wirksamkeit, dies führt zu okkulten Bindungen. Ich selber trage auch satanischen Schmuck."

Leni hat etwas Interessantes zu sagen: „Einige meiner Bekannten sagten: „Lass mich in Ruh mit diesem Aberglauben". Man kann es nachlesen, mit der Aufarbeitung des 17. und18. Jahrhunderts übernahmen die Wissenschaften den Terminus der christlichen Lehre zwischen Recht- und Falschgläubigen. Das gilt für alle Anschauungen, die nicht mit rationalen Methoden begründbar sind. Diejenigen, die mich foppen wollten, meinten, das ist doch reiner „Hokuspokus", ein Täuschungsmanöver, Bluff, Trick."

Franzi schwärmt davon, wenn sie mit ihrem Mann auf Bernsteinsuche geht. „Wir lieben Bernstein. Das fossile Harz der Bernsteinkiefer wurde in der griechischen Mythologie als Tränen der Töchter des Sonnengottes Helios ausgelegt, die sie über den Tod ihres Bruders Phaeton vergossen. Die Gedankenverknüpfung der goldgelben Farbe mit der Sonne machte den Bernstein auch bei Plinius zum Amulett für gute Stimmung und gegen Melancholie und Wahnsinn. Der Bernstein lädt sich durch Reiben elektrostatisch auf. Er wurde deswegen allgemein als Zauberstein angesehen, er wird zur Vorbeugung gegen Übel und Gefahren getragen."

„Bei uns auf dem Landhof haben wir ein Hufeisen als Glücksbringer aufgehängt", spricht Mathilde und lächelt dabei. „Ja. Wir hatten eine längere Glaubensdiskussion darüber, wie das Hufeisen aufgehängt werden soll."

Hanna fragt: „Wie soll es sein?"

Mathilde antwortet: „Ich wusste ja nicht, dass es so viel Tamtam darum gibt. Hufeisen und Hufnägel sollen Glück bringen und Schaden abwenden. Die Begründung war, dass sie aus Eisen sind. Eisen galt wegen der Stärke und seiner magnetischen Eigenschaften als Mittel gegen Zauber. Dieses Metall ist von einer geheimnisvollen Aura umgeben. Beide findet man nicht einfach irgendwo. Sie sollen nur Glück bringen, wenn man sie zufällig findet."

Iris meint: „Also, wenn ich in einem Geschäft zufällig ein Hufeisen sehe, bringt das dann auch Glück?"

Mathilde erwidert souverän: „Wenn du daran glaubst."

Kurze Unterbrechung für den Getränkenachschub.

„Die Kultfrage ist, ob das Hufeisen Glück bringt, wenn es mit der Öffnung nach oben oder nach unten aufgehängt wird? In christlichen Häusern wird das Hufeisen mit der Öffnung nach rechts aufgehängt, so erscheint es wie ein C für Christus. In anderen Kulturen wird die Öffnung nach oben aufgehängt, damit das Glück nicht herausfällt. Dort, wo es nach unten aufgehängt wird, soll das Glück herausgleiten können. Jetzt zur Frage: Wir haben es mit der Öffnung nach oben aufgehängt."

Aberglaube ist keine krude Spinnerei, das heißt nicht, dass diese Anschauungen „wahr" sind, es bedeutet nur, dass abergläubische Menschen nicht verrückt sind. Sonst hätten diese Erkenntnisse, Beobachtungen und Erfahrungen nicht über Jahrhunderte hinweg ähnliche Glaubensrichtungen entwickeln können.

Iris: „Ich habe einen Halsanhänger mit einem Pentagramm. Die fünf Spitzen sind für Gerechtigkeit, Stärke, Klugheit, Fleiß und Mäßigung. Eine andere Bezeichnung für dieses mystische Zeichen eines Fünfecks ist Drudenfuß, eine Spitze weist zur Erde hin. Normalerweise steht es auf zwei Spitzen. Auf altgriechischen Münzen gilt es als Symbol des Geheimnisses, des Weltalls oder der Vollkommenheit. Die Bauern haben das Pentagramm an die Türen ihrer Viehställe genagelt, es soll die Hexen fernhalten. Das Pentagramm im Kreis dient als religiöses Hauptsymbol für schwarze Messen." Hanna sagt: „Wir machen eine Zigarettenpause, dann erarbeiten wir uns einen Traumfänger. Ich hole die Materialien, damit wir in zehn Minuten wieder starten können."

Die Damen bewegen sich, rauchen, diskutieren. Hanna, die „Hexerin", startet, das ist ihre Stunde: „Als Amulette basteln wir jetzt einen indianischen Traumfänger. Hier geht es darum, Albträume zu bekämpfen. Es ist so, dass ein Mensch, wenn er schläft, nicht mehr geschützt ist. Die Seele verlässt den Körper und geht in eine andere Welt über, um dort mit anderen Wesen zu kommunizieren. Wenn in dieser schutzlosen Zeit jemand den Schläfer beschimpft oder über ihn bewusst schlecht denkt, dann wirkt sich all das Negative auf denjenigen aus, der schläft.

Die Geister der Verärgerung, der Empörung kommen zum Menschen und greifen ihn an. Aus diesem Grund haben wir Albträume. Wir bekommen nicht genug Schlaf und fühlen uns schon am Morgen müde. Die Indianer und auch unsere Vorfahren hatten Amulette für jeden Anlass. Musste ein Mann in den Krieg ziehen, zum Beispiel, dann strickte seine Frau oder Mutter ein spezielles Schutzhemd, sprach dabei bestimmte Gebete. Diese Kleidungsstücke sollten den Krieger vor Verletzungen schützen und vor dem Tode bewahren. Amuletten und Talismane gibt es für unterschiedliche Lebenssituationen. Am besten macht man das mit seinen eigenen Händen, was wir jetzt tun werden. Damit das Amulett starke Kraft und Schutz hat, ist es ideal, dies am Ort der Macht herzustellen. Es ist kein Geheimnis, dass ich bei einem bekannten Schamane Lehrgänge absolviert habe und Euch davon einiges mitgeben kann."

Wenn Hanna spricht, hören die Damen sehr aufmerksam zu. Hanna ist eine Schamanin, eine Wissensträgerin, sie hat ein Medicus-Diplom erworben. „Ihr seid hier am richtigen Ort", bestärkt sie die Frauen.

Sophie sagt: „Ich freue mich darauf. Ein Traumfänger ist genau das, was ich mir schon lange erstellen wollte."

Unter Anleitung von Hanna konnten alle ihren Traumfänger herstellen und mit nach Hause nehmen. Die sechs Damen bedanken sich für die Materialen, welche Hanna zu Verfügung gestellt hat. Es war ein toller Nachmittag. Sie verabreden sich für den Monat Juni mit dem Thema Voodoo.

Auf der Suche nach der Wahrheit

Auch bei Hanna und Reinhard spielt das Leben den einen oder anderen Streich. Sie leben mit einer dämonischen Lüge – die Wahrheit bringt Unheil. Es passieren unerwartete Dinge. Ob bezüglich Finanzen, Krankheit oder etwas anderes, alles kann sich schlagartig ändern. Das kommt so überraschend, dass nie jemand so etwas geträumt hätte. Reinhard ist auf der Suche nach der Wahrheit. Er ist ein liebevoller Vater, dazu ein erfolgreicher Geschäftsmann. Er konnte sich ein stattliches Vermögen anhäufen.

Eines Tages erhält er eine Nachricht, die ihn völlig aus der Bahn wirft. Er ist am Boden zerstört. Wie kann das sein, dass seine beiden Kinder nicht von ihm gezeugt wurden? Reinhard will nicht wahrhaben, dass er mit einer großen Lüge lebt. Es ist für ihn erniedrigend und demütigend, zu merken, dass die Ehe mit Hanna nie so war, wie sie von ihm wahrgenommen wurde. In seiner Psyche begann sich etwas Tiefgreifendes zu verändern. Es gibt Tage, danach wird das Leben nicht mehr das gleiche sein wie vorher. Er will die Verräterin, seine Frau Hanna, für das, was sie ihm angetan hat, bezahlen lassen. In seinem Leben hat er als strenggläubiger Katholik sehr viel erlebt und erreicht. Aber Ehebruch über Jahre hinweg schreit nach Rache, wie es in der Bibel steht. Er kann sich gut erinnern. In einem Baumarkt lernten sie sich kennen. Sie heirateten, es wurden ihnen Tochter Maria, heute 22 Jahre alt, und Sohn Lukas, 15 Jahre alt, geschenkt. Vor ein paar Jahren entschlossen sich Hanna und Reinhard, getrennte Wege zu gehen. Eine Scheidung war für den streng gläubigen Reinhard keine Option.

Er liebte seine Familie, aber mit seiner Frau Hanna hatte er noch eine Rechnung offen. Auch wenn die Beziehung nicht mehr dieselbe war wie am Anfang, er bereute es nicht, sie geheiratet zu haben. Es gab einen zerstörerischen, emotionalen Moment, als Reinhard einen Arzttermin hatte. Er wusste ja nicht, was ihn erwartete. Es war ja nur ein Check-Up, sonst nichts. Der Arzt machte einige Tests.

Der Mediziner musste ihm die Diagnose einer angeborenen Stoffwechselerkrankung mitteilen. Reinhard hat eine zystische Fibrose, die nicht heilbar ist. Die Sekrete seiner Lunge, der Bauchspeicheldrüse und anderer Organe sind zähflüssiger als bei gesunden Menschen. Im Verlaufe der Erkrankung können die Organe immer schlechter arbeiten. Atemprobleme, Reizhusten und Verdauungsstörungen sind die Probleme. Das Atmen wird stetig schwerer und schwerer. Mit wenig Empathie sagte der Arzt ihm direkt, dass diese Erkrankung in der Regel tödlich endet. Als Reinhard danach gefragt wurde, ob jemand in der Familie diese oder andere Krankheiten hatten, musste er dem Arzt mitteilen, dass seine Schwester vor einigen Jahren an dieser Krankheit verstorben ist.

Die Wahrheit schmerzte, als der Arzt versuchte, Reinhard zu beruhigen, indem er ihm sagte, dass eine Vererbung an seine Kinder nicht möglich war. Er versuchte, ihn darüber aufzuklären, dass er mit seiner Frau bei der Familienplanung ein Problem hat, da Mukoviszidose unter anderem unfruchtbar macht. Das ist der Grund, dass eine Vererbung an seine Kinder nicht möglich war.

Er ist anscheinend nicht der leibliche Vater von Maria und Lukas. Diese Nachricht hat ihm den Boden unter den Füssen weggezogen. Wie konnte das sein?

Reinhard hoffte tief in seinem Herzen, dass alles ein Missverständnis war. „Herr Doktor, das kann doch nicht sein."

„Die Diagnose ist richtig", sagte der Arzt. „Aber ich habe doch zwei Kinder mit meiner Frau."

Da merkte der Mediziner, dass Reinhard nicht verstanden hat, dass seine Frau Hanna vermutlich fremdgegangen ist. Reinhard betonte fast bösartig: „Ihre Diagnose kann nicht stimmen."

Der Arzt war erstaunt und sprachlos, er konnte nur den Kopf schütteln. Es war ein sehr schwieriger Moment im Leben von Reinhard. Mit der Zeit begriff er, dass sein Einwand nur der Griff nach dem Strohhalm war und es absolut keinen Sinn macht, sich dagegen zu sträuben. Er muss der Wahrheit ins Gesicht schauen. „Ich muss mich kurz setzen." „Ich bringe Ihnen ein Glas Wasser."

Nach einigen Minuten verlässt Reinhard die Arztpraxis und fährt nach Hause. Auf der Rückfahrt blickte er zurück auf die letzten Jahre seines Lebens. Er musste erkennen, dass Maria und Lukas keine Ähnlichkeit mit ihm haben. Sein Herz ist gebrochen. Eine grenzenlose, entsetzliche Wut steigt in ihm hoch. Als er nach Hause kommt, sieht Hanna sofort, dass etwas mit ihm nicht stimmt. Er sieht niedergeschmettert aus, er blickt sie furchterregend, angsteinflößend an.

„Ist etwas passiert?" „Ich war beim Arzt und habe die Diagnose zystische Fibrose bekommen." „Was ist das?"

„Der Arzt erklärte mir, dass die Krankheit Mukoviszidose unfruchtbar macht. Er sagte auch, dass es in der Medizin noch nie einen Fall gegeben hat, bei welchem ein Mann mit dieser Krankheit Kinder zeugen konnte."

Hanna wurde aschfahl im Gesicht, sie sagte nur: „Das kann nicht sein, das glaube ich nicht." Leider bekam Reinhard nicht die Antwort, die er erwartete.

„Du musst mir eine Erklärung dafür geben." „Wieso? Die Kinder sind von dir." „Dann muss ich einen Vaterschaftstest machen lassen."

Es ist unverständlich, dass Hanna die Sache nicht mit Reinhard klärt. Sie verdrückt sich in ihr Hexenreich, Reinhard in sein TV-Zimmer. Nach zermürbenden Stunden spricht sie mit Reinhard: „Es wäre gut, wenn du uns zur Seite stehst, wenn ich es den Kindern erzähle." „Was willst du ihnen erzählen?" „Wenn du mich dazu nötigst, diesen Test zu machen, dann erzähle ich Maria und Lukas das, was ich will. Das wäre dann für dich vielleicht nicht so gut."

„Das ist eine Frechheit, das ist Erpressung."

149

Sie will ihn besänftigen: „Natürlich sind die Kinder von dir. Ist doch egal, was die Mediziner oder die Wissenschaft behaupten."

„Ich kann deine Haltung nicht verstehen."

Hanna ist in dieser Sache nicht kooperativ. Reinhard will die Zügel in die Hand nehmen, die Spielregeln ändern. Aber es kommt anders, als er sich das gedacht hat. Vor vielen Jahren, als Sohn Lukas noch nicht geboren war, hatte Reinhard schon einmal einen schlimmen Verdacht, dass seine Frau Hanna eine Beziehung mit einem anderen Mann haben könnte. Ein paar Jahre später musste er erkennen, dass Sohn Lukas physiognomisch, also rein äußerlich, keine Ähnlichkeit mit ihm hat. Seit dieser Zeit ist er wie von einem Dämon besessen, einer warnenden, mahnenden inneren Stimme, die ihm zum Verhängnis werden könnte. Für einen Menschen wie Reinhard, der seinen Glauben für sich und seine Umgebung extrem streng auslegt, kommt dies einer Katastrophe gleich. Er kämpft mit missionarischem Eifer für das Gebot der Keuschheit und tut dies auch immer wieder kund. Er hatte mehrmals mit seiner Frau Hanna darüber gesprochen. Sie hat ihm nie eine klare Antwort gegeben. Innerlich zerreißt diese Situation die Seele von Reinhard – es heißt ja: Hast du Seelenschmerz!

Die Jahre gehen dahin, er musste lernen, damit umzugehen und auch zu akzeptieren, dass Hanna gerne flirtet und ihm vermutlich untreu war und dass Tochter Maria und Sohn Lukas nicht von ihm gezeugt wurden. Da wird von einem extremen und gefährlichen Glaubensfanatiker viel abverlangt. Reinhard ist verbittert, sein Vertrauen gilt nur einer Person, seiner Tochter Maria.

Juni: Zauberkraft Voodoo

Heute gibt es Sekt zum Kuchen und Kaffee. Sekt für die gute Laune. Alle fünf Freundinnen sind gekommen, sie sind in guter Verfassung.

„Vielleicht ist Euch bekannt, dass wir meinem Mann zuliebe jeden Sonntag in die Kirche gehen, damit uns die Leute sehen und denken, wie fromm wir sind. Aber das ist nur Schein", sagt Hanna.

Leni meint: „Ha, das kennen wir. Wir sind aus der Kirche ausgetreten. Ich habe vorhin deine Bücherwand mit den vielen mystischen Bücher bewundert. Das mit dem Titel „Kraft des Weltalls" ist sicher interessant?"

Hanna erwidert: „Ja, das lieb ich. Weißt du, die Kraft des Weltalls, die Vorstellung, dass alles im Kosmos mit einer Energie versehen ist, durch die mit Magie Einfluss genommen werden kann, diese angebliche Kraft wird von Schamanen, Zauberer, Hexenmeistern und von vielen Scharlatan zelebriert. Das sind Leute, die vortäuschen, ein bestimmtes Wissen oder übersinnliche Fähigkeiten zu haben."

Sophie, ihre beste Freundin, sagt: „Ja, ja, viele glauben daran. Die Angst ist für furchtsame Menschen eine gute Basis für deren Empfangsbereitschaft schwarzer Magie. Menschen, die keine Furcht haben, würden diese Zauberkünstler nichts anhaben können."

Hanna meint: „Da hast du recht, trotzdem wird in der heutigen Zeit weiße Magie angeboten." „Kenne ich nicht. Was ist damit gemeint?", fragt Leni. „Das kennst du. Die arbeiten mit positiven Energien. Es gibt die schwarze Magie, die wird am Telefon, in TV, Radio und im Internet angeboten."

Mathilde erwidert: „Ich kenne nur die Wahrsagerinnen im TV. Jemand ruft an, stellt eine Lebensfrage und eine Frau oder ein Mann zieht eine Tarotkarte, welche als Wahrsagekarten verwendet wird."

Hanna fügt hinzu: „Das Angebot ist riesig, vieles wird auch in Büchern beschwört und angeboten. Es geht um Lebensberatung, Liebe, Beziehung, Hexen, die dir helfen, magische Rituale am Telefon, Liebeszauber, Partner-Rückführung, Lösen von Flüchen, Meditation, Räuchern oder Hausreinigung, Heilerin, Hypnose-Therapeut, usw. Ich habe hier alles in meiner Bibliothek. Falls jemand von Euch ein Buch zum Lesen möchte, kann er es gerne haben."

Iris meint: „Schrecklich, das ist ja unglaublich."

Die Hexe sagt: „Nehmt noch Käsekuchen, den hat Fränzi frisch gebacken."

Sophie sagt: „Hanna, das mit dem Voodoo erinnert mich an die Ferien vor zwei Jahren. Wir waren in der Dominikanischen Republik. Das Land grenzt direkt an Haiti. Uns wurde einiges gezeigt und erzählt über die tanzenden Voodoo-Priester. Das ist ein Pakt mit dem Teufel. Voodoo-Puppen werden im Internet angeboten, deren Ritual ist eine Religion vor allem von Menschen aus Westafrika, Haiti, ja, aus der ganzen Welt. Es ist sehr mysteriös und beängstigend, wenn du vor Ort bist und die Voodoo-Priester erlebst."

Hanna sagt: „Ich habe ein Buch, in dem beschrieben ist, dass es Millionen von Voodoo-Anhängern gibt. Voodoo-Gläubige sind von den verschiedenen Ritualen und Zaubersprüchen überzeugt, sie schwören darauf. Der psychologische Effekt wird durch Heilkräuter, Tänze und Zaubersprüche, Gesang, Kerzen, Steine, Bäume, Wasser und Feuer verstärkt. Ob Voodoo-Puppen oder ein Zauber-Ritual funktionieren, ist schwierig zu beweisen. Der Glaube kann bekanntlich vieles bewirken."

Fränzi unterbricht die Runde: „Leider muss ich gehen, muss zu Hause noch was kochen." Diese Unterbrechung nutzen alle, sie verabreden sich für die nächste Runde im Juli.

Reinhard vergöttert seine Tochter Maria

Schreinermeister Reinhard geht in seiner Arbeit auf. Sein Auftragsvolumen erlaubt es ihm, einen weiteren Facharbeiter zu suchen und einzustellen. Reinhard hat Dirk neu angestellt. Er ist IT-Fachmann für moderne Holzverarbeitungsmaschinen. Erfreulich ist auch, dass sich seine Frau Sophie gut mit Hanna versteht und inzwischen ihre beste Freundin ist. An Wochenendtagen treffen sie sich zum Grillieren, ab und zu gehen sie gemeinsam auswärts essen. Dirk hat sich in kurzer Zeit als Facharbeiter hochgearbeitet, er ist jetzt Stellvertreter von Reinhard. Er hat im Herzen von Reinhard auch einen Platz. Die beiden Männer fachsimpeln stundenlang über ihre Aufträge und Projekte. Das stört beide Frauen nicht, auch sie haben genügend Gesprächsstoff. Hanna erzählt Sophie, dass ihr Mann ein extrem streng gläubiger Katholik ist und dass sie sich in dieser Sache nicht verstehen und sich total auseinandergelebt haben. Reinhard hat eine enge Bindung zu seiner Tochter Maria. Sie ist für ihn sein Ein und Alles. Er vergöttert sie. Von Montag bis Freitag arbeiten alle sehr hart. Das Wochenende gehört der Familie und dem Kirchgang.

„Mad woman" – Hanna ist eine Verrückte

Reinhard ist sich bewusst, dass seine Frau Hanna einen Knall hat. Es stört ihn, dass sie ihre Haare kämmt wie eine Hexe. Sie sieht dadurch sehr düster aus. Er gibt sich die größte Mühe, die dunklen Geheimnisse seiner Frau verdeckt zu halten. Seinen Traum vom trauten Heim will er nicht zerstören, das ist ihm heilig. Dafür betet er jeden Tag zu Gott.

Der Pöstler im Dorf hat sich gewundert, weshalb Reinhard Post von einer Mission aus Deutschland erhält, dem Verein für die Wahrheit. Die Mitglieder sind kongruent zu Mission Kwasizabantu (Zulu für „Ort, wo Menschen geholfen wird").

Es sind Gläubige, die u. a. die aus den USA stammende Keuschheitsaktion „Wahre Liebe hat Geduld" in Deutschland und der Schweiz propagieren. Das Glaubensimperium wurde mit streng lutherischem Hintergrund gegründet. Sie zogen die Massen mit fragwürdigen Erweckungsritualen und angeblichen Wunderheilungen an. Der Erfolg erlaubte es ihnen, ihre Mission auf Deutschland, die Schweiz, andere europäische Staaten und Australien auszuweiten. Reinhard ist begeistert von der Idee, vom Verein für die Wahrheit. Diese Geisteshaltung deckt sich mit seiner auffälligen katholischen Ausrichtung. Für Strenggläubige wie Reinhard ist Sex vor der Heirat verwerflich. Das passt bei ihm nicht ins Bild des braven Gläubigen. Andere Religionen predigen, dass sie sich fleißig vermehren sollen. „Wahre Liebe kann warten", ist eine Botschaft aus einer anderen Welt. Wer richtig verliebt ist, der will nicht warten.

„Hexenhammer"

„Hallo Sophie, hast du Lust am Sonntagvormittag, auf den Antiquitätenmarkt mitzukommen?" „Wo?"

„Nach Krakow zum Antik-Flohmarkt?" „Ist der nicht sehr klein, der Markt?" „Ja, schon, dort gibt es unter den Antiquitäten viele alte jüdische Silberwaren." „Bin dabei."

„Ich hole dich um 9:00 Uhr ab. Nach dem Markt können wir essen gehen." „Gut, bis dann."

Am Sonntagmorgen fährt Hanna mit ihrem alten Fahrzeug los, sie holt Sophie ab. Hanna meint ganz begeistert: „Ich gehe gerne auf Antiquitätenmärkte und suche nach spirituellen Büchern."

Sophie sagt: „Ja, ich auch. Mich interessieren alte Bücher, du weißt, bei mir dreht sich alles um das Universum. Ich lese auch Mystery-Bücher von Erich von Däniken. Und dann noch die Wunder der psychischen Kraft des Universums. Solche Bücher kaufe ich." „Da haben wir eine Gemeinsamkeit."

Sophie fügt hinzu: „Ah, was ich noch sagen wollte, wir müssen aufpassen." „Weshalb?" „Antiquitäten, die älter als 1945 und aus Polen sind, unterliegen einer strengen Ausfuhrregelung." „Wusste ich nicht."

Sie schlendern den Markt entlang, der eher ein kleiner Flohmarkt ist. Bei einem älteren Herrn, der alte Bücher zum Verkauf anbietet, schnuppern sie in seiner Auswahl. Ein Titel hat es der Verrückten, der ‚Mad woman', angetan, „Der Hexenhammer". „Kennen Sie das Buch, ist es lesenswert?" „Nein, ich befasse mich nicht mit dem Zeug." „Was wollen Sie dafür?" „Es ist wie neu, geben Sie mir 40, dann gehört es Ihnen." „Ok." Sie ist eine typische Buchsammlerin. Sie weiß nur, dass es sich um ihr Lieblingsthema handelt, mehr ist ihr nicht bekannt. Aber das reicht für den Kauf. Es ist die „Bibel der Hexenverfolgung". Das Original schrieb Heinrich Kramer (1430–1505) mit Erstdruck 1487. Sie hat eine gut lesbare und wissenschaftlich verlässliche Version gekauft.

Sophie hat nichts gefunden. Sie entfernen sich langsam vom Markt, laufen zur Seepromenade zum Fischhus. Das liegt direkt am See, an einem Platz mit einem wunderschönen Außenbereich. An der Fischtheke bestellen sie geräucherten Fisch mit Beilage und Getränk.

Während sie essen, blättert Hanna im Buch. Sie ist beeindruckt vom Inhalt. Sie hat eine Idee. „Sophie, was meinst du,

wollen wir nicht bei der nächsten Damenrunde im Juli das Thema „Hexenjagd" nehmen? Jede erzählt etwas aus ihrem Fundus."
„Klingt dramatisch." „Weißt du was, ich rufe die anderen an und
gebe ihnen dieses Thema bekannt."
Sophie meint: „Und ich bringe eine Früchtetorte mit." „Das
machen wir." Sie schlendern zum Fahrzeug und fahren nach Hause.

Juli: „Hexenjagd"

Das Wetter ist schlecht, deshalb ist die Damenrunde im Wintergarten am großen ovalen Tisch: „Es ist schön, dass alle da sind
bei diesem Wetter. Wir freuen uns auf die Ausführungen zum
Thema Hexenverfolgung."

Iris meint: „Eigentlich habe ich mich vorher nicht so richtig
damit befasst, habe aber inzwischen im Schnelltempo einige Li-
teratur darüber gelesen."

Die „Verrückte" sagt: „Bevor wir starten, möchte ich etwas
los werden. Ich bin mir bewusst, dass hinter meinem Rücken
geredet wird. Das ist für mich in Ordnung. Es stimmt auch, dass
ich in meiner Garderobe nur schwarze Kleider habe. Ich fühle
mich darin wohl. Wenn andere sagen, ich sei eine Hexe, dann
bin ich halt eine."

Mathilde meint: „Du hast recht, wenn wir in der Geschichte
zurückblicken, dann begann das dunkelste Kapitel der europäischen Geschichte im Mittelalter. Hexen waren damals der „Vi-
rus des Bösen", es war die Zeit der Hexenverfolgung. Ich kann
mich gut erinnern, als mein Mann und ich ein Hexenmuseum
in einer Burg besuchten. Dort führte eine steile, enge Treppe
hinunter in einen düsteren Keller. Wir erhielten Einblick in die
dunklen Foltermethoden der damaligen Zeit, dem 17. Jahrhundert. Der Museumsführer zeigte uns die Folterinstrumente, mit
denen die „Hexen" gequält und gefoltert wurden. Die Zeugen
dieser Barbarei waren Streckbank, Folterstuhl, Bein- und Dau-
menschrauben, Foltereisen für Brandmarkierungen oder glühen-
de Eisen, um die Augen erblinden zu lassen. Es gab unzählige
Foltermethoden. Nach diesem grausamen Exkurs gab es einen
undefinierbaren Zaubertrank."

Leni ergänzt: „Man sagte damals, Hexen würden den Teufel verehren und nachts durch die Luft fliegen. Sie würden im Wald unheimliche Feste feiern, kleine Kinder fressen und jeden, der ihnen in die Quere kommt, mit Flüchen belegen."

Fränzi meint: „Das mit dem Fliegen müssen wir noch lernen." Die Runde schmunzelt, schenkt sich Kaffee ein und nimmt ein großes Stück Fruchtkuchen mit frischer Sahne.

„Nur kurz, vor zwei Wochen waren wir auf dem Trödel-Markt. Dort habe ich ein Wahnsinnsbuch gefunden und gekauft. Ich wusste davor gar nicht, dass es so einen Knaller gibt", sagt Hanna.

Iris fragt: „Von was sprichst du?" „Es geht um die „Bibel der Hexenverfolgung", das Original schrieb Heinrich Kramer." „Den Namen habe ich noch nie gehört." „Es ist brutal, knallhart beschrieben. Das Buch zählt zu den verhängnisvollsten Büchern der Weltliteratur. Es erbringt auch den Nachweis der Beispiele aus historisch dokumentierten Hexenverfolgungen. Es erleichtert den Zugang zu dieser unheilvollen und blutigen Epoche. Heinrich Kramer schrieb in seinem Buch, dass Tausende Menschen ihr Leben verloren."

Leni fragt nach: „Was hast du gesagt, es ist eines der verhängnisvollsten Bücher der Weltliteratur?" „Ja. Der Titel seiner Niederschrift ist: Der „Malleus Maleficarum/Der Hexenhammer" und es umfasst mehr als 850 Seiten."

„Hast du das Buch hier?" „Ja." „Würde gerne darin mal nachschauen, das klingt wahnsinnig spannend."

Hanna sagt: „Kann ich machen. Heinrich Kramer kannte keine Gnade. Er hatte es auf die Frauen abgesehen. Er beschrieb genau, wie Hexen und Hexer „entlarvt" werden: mit Folter. Die Verdächtigen wurden am ganzen Körper rasiert. Die Hexenjäger schnitten ihnen die Nägel bis aufs Fleisch. Sie quälten Frauen auf schlimmste Weise. Sobald diese vor Schmerzen bewusstlos wurden, sahen die Folterer dies als Beweis, sie nannten es den „Hexenschlaf"."

Sophie meint: „Das ist fürchterlich, mich friert es, wenn ich nur daran denke."

Mathilde sagt: „Von einem Hexenprozess habe ich mal irgendwo gelesen, ist schon länger her. Damals wurden auf die Schnelle Personen vor Gericht gestellt und angeklagt. Es gab Widerstand vom Bischof. Er war von der Rechtmäßigkeit der Prozesse nicht überzeugt. Die Angeklagten wurden von der Hexerei freigesprochen. Für Kramer war die gescheiterte Inquisition ein Grund, um seine Meinung und Bemühungen in der Verfolgung der Hexen auszuweiten. Er zog sich in Speyer in ein Kloster zurück."

Dort arbeitete er an seinem Werk, das ihn berühmt machte: „Hexenhammer" oder auf Latein „Malleus maleficarum".

Hanna hat viel Lesezeit mit diesem Buch verbracht: „Aus dem über achthundert Seiten langen Buch habe ich für Euch ein paar Punkte rausgeschrieben." „Wir sind gespannt, leg los", ruft Iris.

Hanna nimmt einen Schluck Wasser, dann legt sie los: „Bis 1523 wurden viele Klöster, Fürstenhäuser und Universitäten im christlichen Europa mit dem Buch „Hexenhammer" versehen."

Leni stellt eine Frage: „Konnten die Leute das lesen?" „Ja. Das Buch wurde in der Universalsprache Latein geschrieben. Sämtliche Gelehrten Europas und des Abendlandes waren dadurch in der Lage, es zu lesen."

Mathilde meint: „Wau, was für eine Leistung."

Hanna sagt: „Die Frage ist nur, in welche Richtung du das meinst?" „Ich meinte eine Sprache für ganz Europa." „Na ja, ich erzähl Euch jetzt das Leid dahinter. Also es war so", spricht Hanna weiter, „Irgendwann 1491 brüstete sich Kramer damit, dass mehr als zweihundert Hexen zur Stecke gebracht wurden. Die Hexen wurden in der Schweiz und im Süden von Deutschland verfolgt und ermordet."

Fränzi unterbricht: „Das ist der Hammer, schrecklich."

„Da hast du recht. Es geht ja noch weiter. 1499 wurden die Prozesse im Rheinland und in der Stadt Köln durchgeführt. Es ging weiter nach Norden, Osnabrück und Braunschweig. Dann weiter nach Westen in die Niederlande, auch in Südtirol, in der Lombardei und den Dolomiten wurden vermehrt Verurteilungen durchgeführt."

„Wann hat das dann ein Ende gefunden?", will Mathilde wissen. „Mit dem Tod von Heinrich Kramer 1505 folgte ein politischer Umschwung, eingeläutet von der Kurie, der päpstlichen Behörde. Bis zu diesem Zeitpunkt haben mehrere Tausend Menschen auf dem Scheiterhaufen den Tod gefunden. Denkt an die Bilder von den Hexenverbrennungen."

Leni fragt: „Hat es nicht Widerstand gegeben? Hatten die Kirchen damals so einen Einfluss gehabt?" „Viele Gelehrte waren damals der Meinung, dass Hexen nicht fliegen können und Zauberei unmöglich sei. Es gab Humanisten, die damals die Person Kramer als „blutgierigen Mönch" und „grausamer Heuchler" bezeichneten."

Iris fragt weiter: „Wie ging es dann weiter?"

Leni erwidert: „So gegen 1520 wurde der Neudruck des „Hexenhammers" eingestellt. Später stellten Spanien, Portugal und Italien die Hexenverfolgung unter Strafe. In Deutschland wurde der „Hexenhammer" bis 1669 weiter gedruckt."

„Das kann man fast nicht glauben", meint Leni.

Sophie sagt leise: „Also in der Geschichtsstunde meiner Schule habe ich von so etwas nie gehört!"

Hanna erzählt weiter: „In der Schweizer Stadt Luzern wurde das Wort „hexerye" zur Bestimmung der Praktiken eines damaligen Sektenmitgliedes erwähnt. Die katholische Kirche musste handeln, da anscheinend immer mehr Menschen der Magie verfallen waren. Am Konzil in Basel wurde der Hexenglaube neu definiert. Sie ermahnten die Inquisitoren, die damaligen Richter, sie sollten die Augen offenhalten und gegen diese Sekten vorgehen."

Iris sagt: „Aha, deshalb die Malereien in den Kirchen, die Hexenflüge darstellen." „Ja, und in den Tälern der Schweizer Alpen gibt es Verfolgungen von aufgewiegelten Bauern. Hexen wurden 1626 auch für die Wetterschäden zur Verantwortung gezogen. So wurden dann im Schnellverfahren einige Tausend Menschen getötet. 1626 bis 1635 fanden im Kurfürstentum Köln mehr als zweitausend Hinrichtungen statt." „Wann hat diese Barbarei aufgehört?", möchte Fränzi wissen.

Hanna ist informiert: „1782 wurde in der Schweiz die letzte Hexe hingerichtet. Danach wurde die Rechtsprechung reformiert. Ein dunkles Kapitel der europäischen Geschichte findet ein Ende. Man schätzt, dass bis zu 50.000 Menschen den Hexenverfolgungen zum Opfer gefallen sind, davon vermutlich 80 Prozent Frauen."

„Gewaltig und brutal", sagt Sophie nachdenklich.

„Ich möchte Euch von dieser schrecklichen Zeitperiode ablenken, es gibt noch Früchtekuchen, der muss weg."

Die Damen diskutieren lebhaft weiter. Die Zeit fliegt, sie müssen nach Hause gehen. „Das Thema für die nächste Runde ist der Judenberg von Krakow am See." „Das wird sicher wieder spannend", ruft Leni. Sie verabschieden sich. Alle wollen sich auf das nächste Thema gut vorbereiten.

Ungemach naht heran

Ein Unglück naht heran und wird das freundliche Zusammenleben schwer beschädigen. Ein düsteres Verbrechen wird die Region erschüttern. Reinhard hat alle Unterlagen für einen Kunden zusammengestellt. Dann fährt er los, um mit dem Kunden die letzten Montagedetails zu besprechen. Nachdem alle Punkte besprochen und geklärt sind, meldet sich der Durst. „Hast du Zeit auf ein Bier?", fragt Reinhard.

„Na klar, gerne doch. Fahren wir zum Italiener." Der Kunde nimmt einen großen Schluck und sagt dann: „Gut, dass wir alleine sind." „Weshalb?" „Es ist eine heikle Sache."

„Was ist heikel?" „Ist dir bekannt, dass dein Stellvertreter Dirk ein absoluter Casanova ist? Mir kommt er vor wie ein Frauenheld im Überkleid." „Hm, ich verstehe das nicht, was meinst du damit?" „Ich überlege mir dauernd, wie ich dir das sagen soll." „Bitte direkt." „Also, Dirk macht sich an eine meiner Angestellten ran, aber die will von diesem Vorstadtcasanova nichts wissen. Der merkt das nicht oder er ist sich seines Handelns nicht bewusst."

„Dickes Ding, das höre ich zum ersten Mal. Ich weiß, dass er auf Frauen anspricht, aber so etwas bei einem Kunden, das geht absolut nicht. Ist sonst noch etwas vorgefallen?"

„Meiner Angestellten ist er zu unheimlich, zu schleimig. Sie verzieht sich, wenn sie ihn sieht.“ „Oh, das klingt nicht gut.“ „Ich wollte dir das persönlich mitteilen.“ „Ich werde mit ihm Klartext reden. Sein Verhalten geht nicht, das ist tabu.“ „Diese Runde geht auf mich“, sagt Reinhard. Dann verabschieden sie sich. „Vielen Dank für dein Vertrauen, bis zum nächsten Mal.“ Reinhard fährt verärgert nach Hause.

Mürrisch begrüßt er seine Frau und erzählt ihr von dem Vorfall. Hanna ist genervt, sie gibt ihm streng und frech zur Antwort: „Du weißt es vielleicht nicht, Dirk ist vermutlich untreu und seine Frau Sophie ist schwanger.“

Reinhard verschluckt sich fast, ihm bleibt die Spucke weg. Sexualität außerhalb der Ehe ist die Einfallspforte des Satans in die göttliche Ordnung.

Er kocht vor Wucht: „Das Dreckschwein, der kann morgen was hören.“ Als streng gläubiger Mensch ist dies für ihn eine unerträgliche Situation, die er nicht akzeptieren kann. Mit so einem untreuen mistigen Kerl unter einem Dach zu arbeiten, nein, das geht nicht, schließlich bin ich immer noch der Chef. „Ich muss für meinen guten Ruf sorgen. Das werde ich tun“, sagt er verbittert zu Hanna. „Was hast du vor?“, fragt Hanna beängstigt? „Das erfährst du dann, wenn es soweit ist“. „Das ist nicht fair“, versucht sie, an seine Fairness zu appellieren.

„Sag du nichts von Fairness. Bis heute weiß ich immer noch nicht, wer der Vater deiner Kinder ist!“

Morgens um 7.00 Uhr ist die Welt bei Wolfs im Betrieb nicht mehr in Ordnung. Reinhard stellt Dirk auf dem Vorplatz zur Rede. „Dirk, ich muss mit dir reden und zwar jetzt.“ „Was ist, bist du schlecht gelaunt?“ „Hör zu, wenn das stimmt, was ich gestern gehört habe, dann bist du ein Saukerl.“

Reinhard ist sehr laut geworden. Die Mitarbeiter im Betrieb können das mithören. Just in diesem Moment fährt ein Kunde auf den Vorplatz. Er bricht das Gespräch ab: „Wir reden noch miteinander.“

Für den Moment ist der Streit unterbrochen. Ab diesem Zeitpunkt herrscht in der Schreinerei von Reinhard eine kriegsähnliche, streitgeladene Stimmung zwischen ihm und Dirk. Reinhard versucht, diesen Stress von seinen Kunden und seiner Familie fernzuhalten. Er sieht alt aus, hat sich irgendwie verändert. Eine gefährliche Aura geht von ihm aus. Er ist nicht mehr der liebe Reinhard. Die Leute um ihn herum müssen genau überlegen, was sie sagen und wie sie es ihm sagen, wenn sie eine Frage haben. Lieblingstochter Maria leidet unter dieser Situation, sie will ihren Vater glücklich sehen, dafür tut sie alles.

Lukas, der kleine Sohn, hat keine Chance, mit Maria mitzuhalten. Auch er liebt seine große Schwester und möchte auch gerne Papas Liebling sein. Um das zu erreichen, ist Lukas ein kleiner Spitzel geworden. Lukas ist nicht bekannt, dass es einen triftigen Grund dafür gibt, dass sein Vater Reinhard Prioritäten in der „Lieblingsskala" seiner beiden Kinder setzt.

Hinterhältige Absicht

Auch Maria hütet fatalerweise ein dunkles Geheimnis. An einem schönen Wochentag machte Hanna die Wäsche. Bei diesem schönen Wetter wollte sie diese draußen aufhängen und vom Wind trocknen lassen. Das gibt der Wäsche einen besonderen feinen Duft. Maria hatte ihre schmutzigen Kleider nicht in den dafür vorgesehenen Wäschekorb gelegt, was sie sonst immer tut. Rein gewohnheitsmäßig und neugierig schaute sie in Marias Zimmer nach, ob dort irgendwo schmutzige Wäsche rumlag. Sie fand welche direkt vor dem Bett am Boden. Im Nachhinein kann nicht mehr genau zurückverfolgt werden, ob Hanna danach gesucht hat oder ob es reine Absicht war. Auch Hanna ist sich dessen bewusst, dass man in persönliche Unterlagen nicht unbefugt reinschaut und rumschnüffelt. War es Neugier, war es Zufall?

Die „Verrückte" Hanna fand in der Kleiderkommode unter der sauberen Wäsche das Tagebuch ihrer Tochter Maria. Unter gewaschenen Kleidern sucht man normalerweise keine schmutzige Wäsche! Sie öffnete verbotenerweise das Tagebuch und las es. Die Lieblingstochter ihres Mannes hat darin genau beschrieben, dass sie verliebt war in den Freund ihrer Familie, in den Mitarbeiter Dirk. Auch Maria kannte die Familie, sie wusste, dass Dirk verheiratet war und er mit seiner Frau Sophie regelmäßig zum Grillen eingeladen wurde. In diesen persönlichen und intimen Aufzeichnungen stand auch, wie sie beide sich reizten, stimulierten, wie beide zum sexuellen Höhepunkt kamen und dann total umschlungen einschliefen. Hanna war fassungslos, ihre Tochter Maria hatte ein Verhältnis mit Dirk, dem Angestellten und Freund der Familie. Es ist auch nicht bekannt, ob Hanna beim Lesen dieser geheimen Niederschrift ein feuchtes Höschen gekriegt hat! Sicher ist, dass dies von Hanna hinterhältig und hinterfotzig war. Auch ihre Denkweise ist heuchlerisch. Sie selber ist vor vielen Jahren fremd gegangen. Sie hat Reinhard auf das Übelste betrogen. Jetzt, wo sie das von ihrer Tochter Maria gelesen hat, macht sie einen richtigen Zirkus daraus. Das ist teuflisch mit schwerwiegenden Folgen. Von welchem Pferd wurde sie da geritten?

Sie fährt in die Firma, erzählt ihrem Mann Reinhard detailgetreu, was sie gelesen hat. Hanna ist entschlossen, ja, darauf fixiert, Maria diese Luderhaftigkeit auszutreiben. The „Mad woman" hat ein paar Hilfsmittel zur Verfügung. Leider wird diese Denunzierung, dieser Verrat an der eigenen Tochter schlimme Folgen haben.

Den gläubigen Reinhard hat diese Nachricht stark getroffen. In seiner christlichen Moralvorstellung ist dies eine Todsünde. Biblisch gesehen ist damit das sechste Gebot, das Verbot des Ehebruchs, gebrochen worden. Den „hölzernen" Reinhard hat dies zutiefst aus dem Häuschen gebracht. Diese moralische Keule und der Glaubensdruck machen Reinhard innerlich kaputt. Er ist wie von Sinnen, dass sein „kleines" Mädchen Maria, welches inzwischen eine Frau geworden ist, so etwas macht. Seine Wut ist riesig, man sieht bei ihm das Blut in den Adern kochen, sein Kopf ist rot, glüht fast. Sein ganzer Zorn richtet sich gegen Dirk, seinen Freund und Stellvertreter seiner Firma. Reinhard stellt Dirk in der Werkshalle zur Rede: „Du, du gottverdammter Hurensohn, ich habe gehört, dass du ein Verhältnis mit meiner Tochter Maria hast. Ist das so?"

Dirk ist für den Moment schockiert, darauf war er nicht vorbereitet: „Es ist so, wir sind uns ..." Weiter kommt er nicht mit

Reden. Reinhard schreit laut: „Du bist sofort entlassen, pack deine Sachen, hau ab, bevor ich dich totschlage, lass dich nie mehr blicken. Den Lohn werde ich dir nicht ausbezahlen."

Zum Glück sieht Reinhard nicht das Beil in der Nähe liegen, sonst hätte er vermutlich zugeschlagen und Dirk totgemetzelt. Maria versucht, den eskalierten Streit einzudämmen – ohne Erfolg. Sie hat ihren Vater noch nie so brutal und wütend erlebt. Das klang so laut, als ob ein Bison in der Halle mit den Hufen auf den Boden stampft und gerade losstürmen wird. Das war nicht gut, es war unheimlich. Das Übel geht los, mit ihm nimmt das Drama seinen Lauf, der Wahnsinn beginnt. Damals, als Reinhard und Hanna die beiden kennen lernten, haben sie Dirk und Sophie ins Herz geschlossen. Sie waren sehr enge Freunde geworden. Dieser verheiratete Nichtsnutz, dieser Ehebrecher hat mit seiner unschuldigen Maria ein Verhältnis. Maria war sehr ungeschickt, dieses verbotene Verhältnis in ihrem Tagebuch festzuhalten. Sie musste doch damit rechnen, dass eines Tages irgendjemand das lesen würde. Sie hatte ein zu großes Vertrauen in ihre Familie, welches arglistig missbraucht wurde. Hanna hätte ja die Möglichkeit gehabt, das Tagebuch gar nicht zu lesen. Im Hause und im Betrieb der Familie Wolf herrscht ein eiskalter, hasserfüllter Zustand.

August: „Der Judenberg"

Hanna überdeckt die familiären Zwistigkeiten. Sie empfängt ihre Freundinnen wie immer zur vereinbarten Runde. „Hallo Ihr Lieben, die Zeit rennt dahin, schon sitzen wir wieder zusammen bei Kaffee und Kuchen. Einige haben mich angerufen, dass sie sich zum Thema Judenburg und dem damit verbundenen Mittelalter schlau gemacht haben." Iris meldet sich: „Ich habe Salzgebäck mitgebracht, bitte greift einfach zu." Die Ladys bedanken sich.

Hanna fragt: „Wer möchte beginnen?" „Ich", meldet sich Sophie. „Bitte."

„Mein Mann Dirk war die letzten Tage schlechter Laune, da habe ich vorgeschlagen, dass wir auf den Aussichtsturm auf dem Jörnberg steigen und anschließend unten am See fein essen gehen."

Sophie hat nicht erwähnt, dass ihr Mann Dirk den Job bei Reinhard verloren hat. Hanna und Sophie verhalten sich so, als wäre nichts gewesen.

Sie erzählt weiter: „Der Turm ist über einen kleinen Pfad leicht zu erreichen. Faszinierend ist, dass man auf der Aussichtsplattform sehr viel, sehr weit sehen kann. Das ist eine beeindruckende Rundumsicht. Ein Ausflug dorthin ist empfehlenswert. Kennt jemand von Euch den Turm?" „Nein." Keine der Frauen war jemals auf dem Turm.

„Wir sind dann runtergelaufen zum Restaurant „Am Jörnberg", haben dort sehr frischen Fisch und zartfeinen Schokoladenkuchen gegessen, das war eine himmlische Verführung. Von der Veranda aus genießt man den wunderschönen Ausblick auf den Binnensee."

„Ist das weit weg vom Turm?", will Fränzi wissen. „Nein, du kannst dort parkieren, bis zum Turm sind es ein paar Gehminuten." „Das ist ein guter Tipp für einen Ausflug"

„Die Geschichte geht weiter. Im Mittelalter diente der Ort Krakow als Tagungsstätte für die mecklenburgischen Landesfürsten. Heute erinnert nur noch der Name „Burgplatz" daran, dass damals in Krakow eine Burg war. Zwischen dem 13. und dem 16. Jahrhundert benannte die römisch-katholische Kirche den fingierten Missbrauch von Hostien als Hexerei. Die Juden bezichtigte man damals angeblich der Hostienschändung, sie wurden der Hexerei beschuldigt. Unter Folter wurden Geständnisse erpresst, diese waren dann Grund genug für eine Verurteilung mit dem Ziel der Hinrichtung. Die Hexen wurden auf dem Scheiterhaufen verbrannt. Ansässige Juden wurden gerädert und enteignet, obwohl sie ihre Unschuld beteuerten. In Krakow heißt der Hügel deshalb Judenberg („Jörnberg"), weil damals beheimatete Juden gerädert wurden."

Sophie nimmt einen Schluck Wasser, diese kurze Pause nutzt Iris: „Das ist ja unglaublich, eine dunkle Vergangenheit. Ich wusste gar nicht, dass es im Mittelalter in Krakow Juden gab. Das muss ja wirklich eine schreckliche Zeit gewesen sein."

Leni sagt: „Ja, es war so. Es war eine katastrophale Zeit. Im Namen des Teufels erfolgten die martialischen und kriegerischen Bestrafungen." „Was heißt kriegerische Bestrafungen?", wirft Fränzi in die Runde. „Es ging um die Bestrafung durch Rädern, eine der grausamsten Strafen überhaupt. Einem angeblichen Schuldigen hat man ein Geständnis unter Folter erpresst. Der Verurteilte wurde meistens nackt an Pflöcken liegend auf der Erde festgebunden. Unter die Beine, die Arme und den Oberkörper legten Folterknechte dreikantige Hölzer. Nach dem erpressten Urteil wurde eine Anzahl Schläge festgelegt. Das bedeutete damals, dass die menschenverachtenden Schergen dem Opfer alle Glieder und das Rückgrat zertrümmerten. Der Verurteilte erlebte bei vollem Bewusstsein jeden Schlag. Dann hackten die Vollstrecker den Kopf des Übeltäters ab, steckten diesen auf einen Pfahl oder auf die Radnabe. Der Körper wurde dann der Witterung und den Tieren überlassen. Als Strafverschärfung durfte der Scharfrichter den Verurteilten mit glühenden Zangen zwicken. Im Mittelalter wurden verurteilte Gesetzesbrecher entkleidet, zum Zeichen des Verlustes ihrer gesellschaftlichen Stellung und aller Rechte, soweit meine Nachforschung."

„Das Mittelalter war extrem grausam", fügt Mathilde hinzu.

Sophie mit dem satanischen Schmuck sagt: „Welches Thema haben wir im September?"

Hanna meint: „Ich wüsste ein Thema." „Was für eines?", rufen die Damen. „Wisst Ihr, welche Religion erklärt, wie man Frauen psychisch und körperlich bestrafen darf?" „Nein", klingt es wie aus einem Munde gesprochen. „Nur kurz. Ich habe gelesen, dass eine albanische Moschee in der Schweiz online ein Buch verkaufte, das beschreibt, dass Männer im Islam ihre Frauen körperlich und psychisch bestrafen dürfen." „Du meinst früher?", will Iris wissen. „Nein, heute im 21. Jahrhundert." „Krass", sagt Fränzi. „Es geht noch weiter. Das Buch heißt „ILMIHAL für FRAUEN – Islamisches Grundwissen für Frauen". Falls eine islamische Frau gegen den Willen ihres Mannes ihre religiösen Pflichten vernachlässigt oder in irgendeiner Weise Kontakt mit anderen Männern hat, kann der Mann sie bestrafen. Es wird beschrieben, dass „leichtes Schlagen seitens des Mannes erlaubt ist".

„Das müsste mein Mann mit mir nicht machen!", ruft Mathilde.

Ein Journalist einer Tageszeitung hat das Buch im Islamshop gekauft und gelesen. Hanna ist wieder bei einem ihrer Lieblingsthemen. „Es gibt eine Steigerung. Laut dem „Leitfaden" wird auf Deutsch die Todesdrohung erwähnt. Personen, die sich über den Islam kritisch oder negativ äußern, gibt der „Leitfaden" eine klare Antwort: „Beschimpft jemand den Propheten Mohammed, macht seine Religion schlecht, beleidigt ihn, dann muss derjenige getötet werden. Auch wenn er seine Aussage oder Tat bereut."

Leni sagt: „Und das steht in diesem Buch?" „Ja, und dies in deutscher Sprache."

Fränzi ruft: „Das ist doch der Hammer!"

Hanna meint: „Es ist zeitlich wieder so weit, jetzt habt Ihr das Thema für den Abend im September „Der Islam"." Die Damen verabschieden sich und freuen sich auf das nächste geistige Abenteuer.

Mit Liebe drapiert

Einige Wochen später erhielt die örtliche Polizei einen Anruf. Ein Jogger entdeckt eine Leiche, sofort benachrichtigt er die Polizei. Er ist aufgeregt und meldet: „Hier ist eine Leiche, sie ist tot." Als ob es lebende Leichen gibt! So ein Versprecher passiert, wenn man aufgelöst und total schockiert ist. „Wo genau liegt sie?" „In der Nähe der Aussichtskanzel „Seevogel" liegt die tote Frau."

„Wieso wissen Sie, dass es eine Frau ist?"

„Die Leiche liegt auf dem Rücken, halb im Wasser, im Schilf. Vom Gesicht her denke ich, dass es eine weibliche Person ist."

„Wie ist Ihr Name?" „Paul." „Ok Paul, beruhigen Sie sich, wir sind schnell bei Ihnen. Warten Sie, bis die Beamten kommen." „Ja, ich warte beim Straßenschild „Seevogel"." „Wir schicken einen Streifenwagen, der ist schon unterwegs."

Es dauert tatsächlich nicht lange, dann treffen zwei Beamten dort ein. Der Jogger zeigt ihnen den Weg zum Fundort, der etwa 400 Meter von der Aussichtskanzel entfernt liegt. Es ist bestialisch, was sie da sehen. Die noch junge Frau liegt nackt am Boden, Hände und Füße gespreizt wie ein großes X. Die Beine sind bis zum Oberkörper im Schilf. Ihr Körper ist von Kugeln durchsiebt, die Position der Leiche sieht nach Ritualmord aus. Ihr wurden die Kleider vom Leib gerissen, diese wurden schön in einem Halbkreis hingelegt. Mit Federn, kleinen Ästen und den zerrissenen Kleidern wurde der Leichnam geschmückt. Der eiskalte Mörder oder die Mörderin hat hier seine Trophäe hingelegt. Die Wasserleiche wurde nicht von Tieren angefressen, d. h. die Tote liegt noch nicht lange dort. Mit Phantasie kann man einen Traumfänger erkennen, in der Mitte liegt die tote Frau, liebevoll drapiert. Fast schon ein Kunstwerk, wenn es nicht makaber wäre.

Satanisch inspirierter Mordfall
Polizisten sind vieles gewohnt, aber hier bei diesem Verbrechen brauchen sie Unterstützung. Sie melden über Funk: „Wir haben hier einen Ritualmord, wir brauchen Kriminalisten und jemand von der Rechtsmedizin."

Der leitende Beamte erwidert: „Wir bieten die Mordkommission vom Polizeirevier Schwanbüll auf."

Der Polizist telefoniert mit Moon: „Ja, ist gut, ich bin mit Kommissar Light unterwegs, wir sind auf der B24, sind in 40 Minuten dort. Medi kommt von Rostock, via B20."

Norwin ruft Linda an, die auch unterwegs ist: „Linda, wir brauchen deinen Einsatz, Wasserleiche, vermutlich ein religiöser Mordfall."

Die Rechtsmedizinerin fährt los. Alle drei sind unterwegs Richtung Plau am See. Der Tatort ist dort in der Nähe an einem kleineren See. Die örtlichen Kriminalisten sperren vorerst den Tatort ab, damit keine Spuren verwischt werden. Linda trifft vor ihren Kollegen am Leichenfundort ein. Sie legt gleich los, spricht in ihr Aufnahmegerät: „Die tote Frau liegt auf dem Rücken im Wasser, sie ist nackt. Wir ziehen sie heraus, damit wir die Leichenschau von außen vornehmen können." Recorder aus.

Norwin und Nils treffen ein. „Ihr kommt zur rechten Zeit. Helft mir, die Tote aus dem Wasser zu ziehen." Norwins Gedanken müsste man lesen können: Muss das sein, gerade angekommen und schon muss ich helfen, eine Tote aus dem Wasser zu ziehen.

Linda zählt die Schusswunden und schaltet ihr Aufnahmegerät ein: „Die Tote weist 18 Schusswunden an Gesicht und Torso auf. 4 Schusswunden sind an den Extremitäten sichtbar." Gerät aus. Die Ermittler stellen auf ersten Blick fest, dass es keine weiteren erkennbaren äußeren Verletzungen gibt. Linda sagt: „Die Leiche ist nur kurz frei für Eure Ermittlungen. Die Tote muss schnell in die Rechtsmedizin wegen der Verwesung." Die Kriminalisten suchen die Umgebung nach abgefeuerten Patronenhülsen und anderen Beweismitteln ab.

Nils sagt: „Um 18 mal auf einen Menschen zu schießen, muss der Täter das Magazin leergeschossen, wieder nachgeladen und wieder leer gefeuert haben. Das sieht nach einem satanisch inspirierten Mordfall aus", sagt er zu Norwin. Die Leiche wird abtransportiert.

Es folgt eine erste Tatort-Einschätzung von Norwin: „Wir haben den Boden rund um den Leichenfundort abgesucht und haben keine Projektile und kein Blut gefunden. Die Kleider der Toten haben wir gefunden, es sind Einschusslöcher zu erkennen. So wie die Tote dagelegen hat, gehen wir davon aus, dass es sich um einen Ritualmord handelt. Tötung aufgrund eines religiösen Kultes."

Moon erklärt die Inszenierung des Tatortes: „Der Tatort wurde klar ersichtlich „in Szene gesetzt", es ist eine Inszenierung, ein „Staging". Durch diese Veränderung der Tathandlung, der Spurenlage, versucht der Täter oder die Täterin, uns Mordermittler zu täuschen, indem er ein anderes Motiv vortäuscht. Er will vom effektiven Verbrechen ablenken, das ihn antrieb."

Light fragt: „An welches Mordmotiv denkst du?"

Norwin erwidert: „Es könnte eine Person sein, die eine Beziehung zum Opfer hat. Nils meint: „Die Tote wurde nicht hier am Fundort erschossen. Sie wurde hierhergebracht und inszeniert. Der oder die Täter haben uns eine Botschaft hinterlassen. Der Mörder muss sein Opfer gekannt haben." Die Ermittler gehen und nehmen die gefundenen Kleider mit zur Laboruntersuchung. „Ich befrage den Jogger, der die Tote gefunden hat, und wir treffen uns später im Polizeirevier", gibt Norwin als Anweisung an seine Ermittler.

Cross-Jogging

„Norwin Moon mein Name, ich brauche ein paar Angaben. Wie heißen Sie? Haben Sie einen Ausweis dabei?" „Ja." „Sie sind Paul R.?", liest Norwin vom Ausweis. „Ja." „Weshalb sind Sie in dieser Gegend?" „Ich mache regelmäßig Lauftraining, mein Joggingweg führt hier entlang."

„Was haben Sie gesehen?" „Ich habe nur die Tote da liegen gesehen und habe sofort die Polizei angerufen." „Wo wohnen Sie?" „Ich bin aus der Stadt Krakow am See, von dort starte ich regelmäßig mit meinem Lauftraining."

„In dieser Gegend?" „Ist für mich normal. Ich trainiere zur Teilnahme an Cross-Marathons. Manchmal, wenn mir zu Hause die Decke auf den Kopf fällt, gehe ich Joggen. Da kann ich nachdenken, meine Gedanken ordnen, geistig entspannen und für die Meisterschaft trainieren."

Wie bei allen Kriminalisten, ist bei einem Tötungsdelikt derjenige verdächtigt, welcher die Leiche findet. Dies ist auch hier der Fall!

Norwin hakt nach: „Wie sind Sie zu dieser wässrigen und sumpfigen Stelle gelaufen? Hier führt ja kein richtiger Weg vorbei. Was war der wirkliche Grund, weshalb Sie diesen Pfad gewählt haben?".

„Irgendeine innere Kraft trieb mich in diese Gegend. Ich stand etwa an der Stelle dort, sah etwas am Boden liegen, ein Teil davon lag im Wasser mit Schilf. Ich lief dorthin, erschrak heftig", antwortete Paul. Der Kommissar hat seine Zweifel ob der inneren göttlichen Fügung, gerade dorthin zu gehen. Das klingt für ihn nicht plausibel, da ist etwas verdächtig. Wir nehmen Sie mit auf den Posten, damit wir Sie dort weiter befragen können." Auf dem Polizeirevier angekommen sagen sie ihm: „Wir behalten Sie solange hier, bis wir die Identität des Opfers geklärt haben." Sie führen Paul in eine Zelle.

Maria wird vermisst

Im Haus Wolfs herrscht mittlerweile große Sorge. Maria ist letzte Nacht nicht nach Hause gekommen, niemand hat etwas von ihr gehört. Sie geht auch nicht ans Handy. Das ist beängstigend. Erst am darauffolgenden Tag gegen Mittag geht Vater Reinhard auf die Polizeistation und meldet seine Tochter als vermisst. Es ist sehr untypisch für sie, dass sie nicht nach Hause gekommen ist und keine Handyverbindung hergestellt werden kann. Er gibt den Beamten ein Foto von Maria und Angaben zu ihrer Person. Die Polizisten beruhigen ihn. Alle verfügbaren Ermittler machen sich auf die Suche. Sie gehen in Geschäfte, Restaurants, Spitäler und Behörden. Sie befragen Tankstellen, die haben Überwachungskameras. Wieder zurück im Revier betrachten die Ermittler das Foto der vermissten Maria und vergleichen es mit dem Foto der gefundenen, drapierten Leiche. Gibt es da eine Verbindung?

Norwin meint: „Ich habe das Gefühl, dass die vermisste Frau die Tote im Sumpf ist. Wir besuchen Familie Wolf." Gegen Abend fahren die beiden Kommissare zum Hause der Familie Wolf. Reinhard öffnet die Türe: „Sie wünschen?" „Moon und Light, Mordkommission. Dürfen wir reinkommen." „Ja." „Wir haben Ihre Vermisstenanzeige von heute Nachmittag erhalten. Damit wir Ihre Tochter finden können, brauchen wir ein paar Angaben, deshalb sind wir hier. Was haben Sie seit dem Verschwinden Ihrer Tochter Maria gemacht?"

Reinhard antwortet: „Wir waren hier, Maria ist am Abend nicht nach Hause gekommen, seither vermissen wir sie." „Wissen Sie, wo sie am Nachmittag oder am Abend hingegangen ist?" „Mir ist bekannt, dass sie auf der Suche nach einem Auto war und deshalb in die Stadt ging. Sie sagte, dass sie sich ein Fahrzeug anschauen und eine Probefahrt machen will", murmelte er. „Und weiter?" „Wir waren verängstigt, weil sie nicht nach Hause gekommen ist und auch nicht angerufen hat." „Hat sie erzählt, zu welchem Autohaus sie geht?" „Nein."

Natürlich klingeln Handys immer im falschen Moment. Norwin nimmt den Anruf an, es ist Linda die Rechtsmedizinerin: „Ich wollte dir nur melden, dass die Leiche frei ist für eine Identifikation." „Gut, danke."

Norwin bittet Vater und Mutter Wolf ins Leichenschauhaus, um ihre tote Tochter zu identifizieren. Getrennt fahren die Ermittler und die Eltern von Maria in das Institut, welches in einer anderen Stadt liegt. Es gibt in der Rechtsmedizin extra einen Raum, in welchem Angehörigen Abschied nehmen können. Linda hebt das weiße Tuch. Hanna wird kreideweiß, sie weint, Reinhard verzieht das Gesicht und stottert zu der Toten hin: „Warum hast du uns verlassen, wer hat das getan?" Beide starren die Tote an, bestätigen, dass dies ihre Tochter ist. Nach einigen Minuten verlassen sie diesen scheußlichen Ort. Die Kommissare fahren zurück ins Polizeirevier, es gibt dort einen Verdächtigen, den Jogger Paul R. Ihn wollen sie in die „Zange" nehmen.

Norwin befragt ihn: „Als Sie die Tote gefunden haben, wo waren Sie in der Nacht davor?" „Ich war den ganzen Abend bei meinen Eltern." Der Kommissar lässt sich die Telefonnummer geben, geht in einen Nebenraum und telefoniert mit seinen Eltern. Sie bestätigen, dass ihr Sohn Paul bei ihnen übernachtet hat. Sein Alibi ist somit absolut wasserdicht. Jogger Paul R. wird entlassen und von der Liste der Verdächtigen gestrichen. Die Suche nach Beweismittel und dem Mörder geht weiter.

Spurensuche

Einige Tage später fahren die Kommissare gegen Abend ein zweites Mal zu Familie Wolf. „Entschuldigen Sie die Störung. Wir haben ein paar Fragen. Wir möchten gerne wissen, weshalb Sie so lange gewartet haben, bis Sie Ihre Tochter als vermisst meldeten?"

Reinhard blickt zu Boden, er versucht, den trauernden Vater zu spielen: „Wir dachten, Maria rebelliert einfach, wie es viele Teenager tun." „Ihre Tochter war kein Teenager mehr, sie war eine junge Frau von 22 Jahren." Da Reinhard keine brauchbare Antwort gibt, wendet Norwin sich an Hanna:

„Welche Beziehung hatte Maria zu Ihnen? Zu ihrem Vater oder Bruder?"

„Ich dachte, sie wollte einfach mal ohne elterliche Überwachung sein. Vielleicht hat sie sich mit dem geschassten Angestellten Dirk getroffen."

Norwin stellt die Frage an beide: „Was meinen Sie, wer Maria getötet hat? Wer könnte so einen unsagbaren Hass haben, dass er Ihre Tochter mit 18 Schüssen tötete?"

„Ich kann mir nur vorstellen, dass es etwas mit dem ehemaligen Liebhaber Dirk zu tun haben könnte. Mein Mann hat ihn gefeuert, weil er sich als Verheirateter an unsere Tochter rangemacht hat. Mein Mann akzeptiert als strenggläubiger Christ Fremdgehen nicht. Vielleicht hat sich Dirk gerächt, ich weiß das aber nicht, ist nur eine Vermutung."

Versucht hier Hanna, die Ermittler auf eine falsche Spur zu bringen? Die Kriminalisten verabschieden sich.

Sie besuchen die Familie Dirk und Sophie W. Während der Fahrt dorthin sagt er: „Du Norwin, was mich beschäftigt, Reinhard hat sich gar nicht geäußert!" „Das geht mir auch nicht aus dem Kopf."

Sie müssen nicht klingeln. Dirk hat das Fahrzeug gehört und öffnet die Türe. Die Mordermittler zeigen ihre Ausweise:

„Wir müssen mit Ihnen und Ihrer Frau reden." „Kommen Sie rein", Dirk spürt sofort, dass etwas nicht in Ordnung ist.

Moon sagt: „Wir sind hier, um das Verschwinden von Maria abzuklären. Wann haben Sie die Tochter von Hanna und Reinhard zum letzten Mal gesehen?"

Dirk erwidert: „Ich habe mich mit Maria getroffen, obwohl ihr Vater Reinhard das verboten hatte."

Norwin gibt Nils ein Zeichen, der aufsteht und zu Dirk geht: „Sie sind für uns ein Verdächtiger, drehen Sie sich um, wir legen Ihnen jetzt Handschellen an."

Er soll spüren, wie ernst die Situation ist.

„Ihr ehemaliger Arbeitgeber und Freund hat Ihnen den Job gekündigt. Er hat Ihnen auch gedroht, den letzten Lohn nicht zu bezahlen. Das muss Sie doch geärgert haben. Haben Sie einen Hass auf ihn?"

„Nein, auf keinen Fall. Ich habe eine neue und gut bezahlte Arbeitsstelle, heute habe ich frei. Und den Lohn hat Reinhard später doch noch bezahlt, so viel zu Ihrer Information."

„Hat Maria Ihnen gedroht, Ihrer Frau von der Affäre zu erzählen?"

„Nein, meine Frau und ich haben uns schon länger getrennt. Wir haben das Reinhard und Hanna nicht erzählt. Mit Maria habe ich erst danach eine Beziehung angefangen."

„Kann Ihre Frau das bezeugen?" „Ja."

„Kommen Sie morgen auf das Revier, wir brauchen noch ein paar Angaben."

„Ich kann nur sagen, schauen Sie die Familie Wolf genauer an. Hanna ist eine „Mad woman", sie beschäftigt sich mit Okkultismus, mit Zauberei und Magie. Sie kleidet sich wie eine Hexe. Reinhard hat versteckte bösartige Züge."

Die Ermittler glauben dem nicht ganz, für sie ist Dirk ein Verdächtiger. Sie nehmen ihm die Handschellen ab und verabschieden sich.

Norwin meint: „Hanna verdächtigt Dirk, der verdächtigt Hanna. Jetzt sind wir gefordert."

Das Haus wird eingenommen

Nachdem die Rechtsmedizin die Leiche untersucht und freigegeben hat, wird Maria beerdigt. Ein paar Tage danach besprechen die Ermittler, was der nächste Schritt ist, um die Ermittlungen voranzutreiben.

Norwin fragt: „Was ist mit Sohn Lukas?" „Er stand seiner Schwester Maria anscheinend näher als seinen Eltern.

„Fahren wir hin, schauen wir uns das Haus und die Familie genauer an. Ich besorge einen Durchsuchungsbefehl, dann stürmen wir die Bude", sagt Norwin in kämpferischem Ton.

Eine Séance mit der Toten wäre jetzt sehr hilfreich. Der Polizei würde es manchmal helfen, wenn sie Flüche aussprechen, Voodoo-Puppen durchstechen und Tote anrufen könnten oder Geister den Namen nennen würden, damit sie den Täter dingfest machen und der gerechten Strafe zuführen könnten. Im 18. Jahrhundert wurde die Anwendung „erfunden", in der heimischen Stube die Geister zu beschwören. Wenn ein Medium in Trance versetzt wurde, dann war das eine „spiritistische Séance", um mit den Geistern der Verstorbenen in Verbindung zu treten und mit ihnen zu kommunizieren.

Solche Settings waren beliebt, man saß im Dunkeln um einen Tisch herum, die Hände auf der Tischoberfläche, das Medium auf dem Tisch. Beliebt war damals die Kommunikation mit Verwandten.

Ob Maria mitgekriegt hat, wer sie so brutal mit Kugeln durchsiebt hatte? Wer war so eiskalt, wer hat 18 Mal abgedrückt? Das braucht viel Kraft, aber noch mehr Hass. Kann das ein Mensch gewesen sein, der ihr nahe stand? Der brutale Mord an seiner großen Schwester hat Lukas sehr mitgenommen. In seinem Leben hat sich einiges verändert. Kaum ist Marias Körper kalt und die Beerdigung vorüber, zieht Lukas in das große Zimmer seiner getöteten Schwester. Er übernimmt so quasi ihre Rolle. Im Betrieb muss er jetzt mehr mitarbeiten und viele Arbeiten ausführen, die vorher Maria erledigt hatte.

Moon bietet weitere Kriminalisten auf. Mit fünf Polizeiwagen, je mit zwei Kriminalisten besetzt, fahren sie los. Auf Befehl von Norwin und Nils stürmen sie das Haus. Reinhard und Hanna wird der Durchsuchungsbefehl gezeigt. „Durchsucht jeden Raum, jede noch so kleine Nische", ruft Norwin den Polizisten zu.

„Lukas, setzt dich, ich habe ein paar Fragen."

Sie spüren, dass der Junge ein Bedürfnis hat, mit jemandem zu reden. „Was kannst du uns zum Tode deiner Schwester sagen?"

„Mein Vater war wie besessen von ihr." „Was meinst du damit?"

„Er wollte, dass seine einzige Tochter unschuldig, keusch und rein ist."

Der Kommissar überlegt. Wenn ein 15-jähriger Junge so etwas sagt, dann hat es sicher einige Diskussionen zu diesem Thema gegeben oder sogar Streitigkeiten.

„Wie hat sich das bemerkbar gemacht?" „Zuhause oder im Geschäft hat er streng beobachtet, was sie genau macht. Mit wem sie redete. Er hat immer ein wachsames Auge auf sie gehabt. Mich hat er nicht so beachtet."

„Du meinst, sie konnte sich nicht frei bewegen, ohne dass er sie im Auge hatte." „Ja. Meine Schwester hat mir eines Tages gesagt, dass sie oft aufgewacht ist in der Nacht und mein Vater vor ihr in ihrem Zimmer stand. Sie hatte Angst." „Und sonst?" „Mehr weiß ich nicht."

Was meint Lukas mit dieser Aussage? Versucht er, von sich abzulenken, oder geht in diesem Hause etwas Merkwürdiges vor? Norwin geht zu Reinhard: „Ich habe gesehen, dass drei Fahrzeuge vor dem Haus parkieren. Können wir die Schlüssel haben? Wir werden diese nach Beweismittel durchsuchen."

„Die Schlüssel sind in der Schublade beim Eingang." Forensiker gehen zu den Fahrzeugen. Sie besprühen das Innere der Fahrzeuge mit Luminol. Luminol hat keine zerstörerischen Effekte auf die DNA. Sie suchen nach Indizien, aber sie finden kein Blut, nichts. Das ganze Haus, die Garage, die Fahrzeuge, alles haben sie durchsucht und nichts gefunden. Die Ermittler nehmen Reinhard mit, sie fahren zu seinem Betrieb, welchen sie jetzt durchsuchen werden. Reinhard öffnet alle Räume, die Beamten legen los.

Moon und Light laufen nach hinten zum Holzlager. Dort steht ein Quad mit einer Zulassung für Land- oder Forstwirtschaft und zum Straßenverkehr. Das Fahrzeug hat eine größere Ladefläche. Es ist ein All Terrain Vehicle, ideal für den Einsatz im schwierigen Gelände. Die Kommissare nehmen sich dieses Fahrzeugs an. Sie durchsuchen die Gepäckträgertasche und werden fündig. Eingewickelt in ein Tuch finden sie 18 Patronenhülsen, Kaliber 22. Maria wurde mit 18 Schüssen getötet. Das könnte passen. Das kann den Durchbruch bedeuten.

„Nils, ich glaube, wir haben die Lösung!"

Das Quad gehört Reinhard und wird nur von ihm benutzt. Er ruft einen Kriminalisten der Forensik: „Kannst du bitte dieses Fahrzeug auf Spuren untersuchen? Achte speziell auf Blutspuren. Lass untersuchen, ob der Dreck an den Reifen identisch ist mit dem vom Fundort der Leiche."

Norwin sagt: „Wir nehmen Reinhard fest, die Ermittler können hier alleine weiter machen."

Reinhard lässt sich widerstandslos festnehmen. Zu dritt fahren sie auf das Revier. „Wir lesen Ihnen Ihre Rechte vor, damit Sie wissen, weshalb Sie hier sind. Haben Sie das verstanden?" „Ja."

Sie erklären ihm seine Rechte, dann beginnt Norwin: „Können Sie uns sagen, weshalb Sie die Patronenhülsen in Ihrer Gepäcktasche vom Quad versteckt haben?"

„Wenn sie dort waren, habe ich sie wohl dorthin getan. Ich kann mich nicht erinnern", antwortet Reinhard irgendwie verwirrt, abwesend.

„Wo waren Sie am Abend, als Ihre Tochter nicht nach Hause kam?"

„Ich glaube zu Hause, meine Frau weiß das sicher."

„Haben Sie Ihre Tochter Maria ermordet?"

„Ich glaube nicht, weshalb fragen Sie mich das?"

Bei allen Fragen kommen immer abweisende monotone Antworten: „Ich kann mich nicht erinnern."

Irgendetwas stimmt mit Reinhard nicht. Sie fordern einen Psychologen an. Dieser befragt Reinhard mehrere Stunden bis weit nach Mitternacht.

Reinhard und seine Psyche

Der Staatsanwalt hat angeordnet, dass abgeklärt werden muss, welchen Einfluss die kranke Psyche von Reinhard hat. Die Religion ist ein ernsthafter Feind der empirisch orientierten Wissenschaft. Nach Sigmund Freud (Begründer der Psychoanalyse) ist das religiöse Bewusstsein, wie es Reinhard W. lebt, das falsche Idealbild einer erlogenen Erkenntnis. Er zelebrierte seine „Neurose", seine nervenleidende Verhaltensstörung, seinen Komplex, seine Verrücktheit. Reinhard hat sich auf einen starken Aberglauben fixiert – man geht keusch in die Ehe. Für ihn gelten die heiligen Mächte der katholischen Kirche: „Der Mensch kann denken, Gott wird lenken!"

Seine Tochter Maria hat das sechste Gebot gebrochen: „Du sollst nicht ehebrechen!"

Im sechsten Gebot wird der Geschlechtsverkehr zwischen einer Frau und einem verheirateten Mann scharf verurteilt. Im Alten Testament ist Ehebruch kein Kavaliersdelikt. Nach einer babylonischen Gesetzessammlung aus dem 18. Jahrhundert v. Chr. kann der betrogene Ehemann seiner Frau verzeihen, er kann Gnade vor

Recht gelten lassen. Hätte in der damaligen Zeit Reinhard seine Frau im Bett eines anderen Mannes erwischt, dann wären beide zusammengebunden worden. Man hätte sie laut Codex Hammurapi ins Wasser geworfen. Das Alte Testament hingegen bestand damals auf die Todesstrafe sowohl für den Ehebrecher als auch für die Ehebrecherin.

Das Sprichwort aus 6,32: „Wer Ehebruch treibt mit einer Frau, ist ohne Verstand, nur wer sich selbst vernichten will, tut das."

Es gibt heute noch viele Religionen, in welchen die Ehefrau als Besitz des Ehemanns verstanden und auch danach gehandelt wird. Seinen abgrundtiefen Hass begründet Reinhard damit, dass er etwas Gutes getan hat, weil die Ehe als ein zu schützendes Gut definiert ist und er den Bruch mit tödlicher Gewalt bestrafen muss. Dabei ist ihm nicht bewusst, dass sich dies nicht auf ein Besitzverhältnis bezieht. Von der psychologischen Seite betrachtet kann das Ich, das Unbewusste, nie völlig durchschaut werden. In Reinhard leben die inneren Mächte und er nicht einmal im eigenen – geistigen – Haus versteht, was unbewusst in seinem Seelenleben abläuft. Mit seinem Denken kann er die Macht über sich und die äußeren Realitäten nicht erreichen. Er wird von einer unbekannten, unbeherrschbaren Macht gesteuert. Er kann dieses Bewusstsein niemals erfassen. Er ist sich seiner Tat nicht bewusst, wird dies auch nie erlangen. Reinhards Trieb ist ein mythisches Wesen. Sein Unbewusstes ist zu stark, er könnte dadurch weitere Morde begehen. Das Unbewusste denkt und lebt in Reinhard auf eine Art, die er nie kontrollieren kann. Er sieht sich als frommer Mensch aus tiefster religiöser Überzeugung dazu legitimiert, den Konflikt mit der Waffe zu lösen. Seine Gewaltbereitschaft ist dem Zentrum seines Glaubens entsprungen.

Aus psychologischer Erkenntnis heraus zwingen uns solche abscheulichen und eiskalten Morde darüber nachzudenken, dass Religion als solche nicht gut ist. Es gibt fromme Menschen, die sich dazu befähigt sehen, mit Unterstützung ihrer Religion zu morden und zu brandschatzen und „heilige Kriege" zu führen, junge Mädchen und Frauen zu vergewaltigen, Kinder als Selbstmordattentäter auszubilden und in den Tod zu schicken. Junge

Krieger werden mit phallisch geformten Waffen für den Krieg begeistert. Sie landen in einem „himmlischen Rosenbeet", wo für sie „fantastische sexuelle Spielereien" auf sie warten. Die Aggressionen gehen bis zum Morden durch ein Selbstmordattentat. Ein religiös motivierter Mord, wie ihn Reinhard verübt hat, kann in vielen Religionskulturen beobachtet werden. Er wollte mit Gewalt seine Lebensrealität der göttlichen Ordnung angleichen. Seine Meinung ist, als frommer Mensch würde er Gottes Wille besser kennen als andere. Menschen wie er sind nichts anderes als fromme Religionsverbrecher, sie leben in ihrer Glaubenswelt, sind nicht in der Lage, selbstkritische Begrenzungen vorzunehmen.

Es schreit zum Himmel

Der Psychologe stellt die Diagnose einer multiplen Persönlichkeitsstörung. Wenn mindestens zwei Identitäten vorliegen, spricht man von einer multiplen Persönlichkeit, was bei Reinhard anscheinend der Fall sein soll. Bemerkenswert ist, dass sich die einzelnen Teile gegenseitig nicht kennen. Ausgangspunkt einer Abspaltung kann eine Erfahrung sein, die die Psyche überfordert. Dies war in der ersten Phase, als Reinhard vermutete, dass seine Tochter und sein Sohn keine Ähnlichkeit mit ihm haben, und in der zweiten Phase, als der Doktor ihm den Bericht vorlegte, dass er gar nicht zeugungsfähig sei, gut möglich.

Die Diagnose ist unheimlich und faszinierend: Eine multiple Persönlichkeit, die unterschiedliche Ichs hat, wird jeweils aus einer Not heraus geboren und die Persönlichkeiten haben keine Ahnung von der Existenz einer anderen. Fachsprachlich lautet die Diagnose dissoziative Identität. Kritiker sind der Meinung, dass Teilidentitäten nur eingebildet sind.

Die Ermittler sind paff: Soll das ein schlechter Witz sein? Reinhard soll unterschiedliche Persönlichkeiten in sich haben, keine wusste, was die andere tat. Reinhard war nicht ein Killer, es war sein zweites Ich, welches seine Tochter mit 18 Schüssen getötet hat. Zumindest erklärt diese Diagnose Reinhards Verhalten. Er ist einerseits extrem fromm, andererseits wollte er die totale Kontrolle über seine Tochter haben und rastete aus. Dies könnte einleuchtend sein, aber auf Reinhards Aussage kann man sich weder stützen noch diese ernst nehmen.

Norwin, Nils und die Mordermittler kommen nach dem Befund langsam dahinter, was sich in der Mordnacht abgespielt haben könnte. Es war der Teufel, Reinhards böses Ego wollte Marias ungeheuerlichem Verhalten für alle Zeiten ein Ende setzen. Er ist seinem moralischen Wahn gefolgt. Der Satan war stolz, Maria getötet zu haben. Sie bekam, was sie verdiente. Für Reinhard war sie eine Hure Babylons – das sind alle Menschen, die nicht an Jesus glauben.

Ein Lob der Justiz

Für die Staatsanwaltschaft werden die Beweismittel zusammengestellt und der Tatablauf wird wie folgt beschrieben: Der Vater ist mit dem Quad und seiner Tochter in die einsame Gegend des Obersees gefahren. Dort hat er irgendwo angehalten und sie mit einem Schuss getötet und die Patronenhülse eingepackt. Seine tote Tochter Maria hat er anschließend auf die Ladefläche des Quads gelegt und ist mit ihr in die sumpfige Gegend gefahren. Mit seiner Maschine konnte er bis kurz vor den Sumpf fahren. Die restlichen paar Meter zum Rand des Sumpfes hat er sie geschleift. Schleifspuren waren am Tatort zu sehen. In seiner Ekstase riss er ihr die Kleider vom Leibe, ordnete alles so, dass es nach einem Ritualmord aussieht. Die Einschusslöcher an den Kleidern hatten deshalb nicht viel Blut, weil Maria tot war, als er weitere 17 Schüsse auf sie abgab. Der hinterhältige, brutale Saukerl, der knallharte Mörder wollte den Verdacht auf seine Frau Hanna lenken und die Ermittler auf eine falsche Spur bringen. Nach dem Mord fuhr er seelenruhig mit dem Quad zurück in die Firma, von dort mit dem Privatwagen nach Hause. Seiner Frau und seinem Sohn erzählte er, dass er Maria gesucht habe, sie aber nicht finden konnte. Erst am anderen Tag gegen Mittag gab er die Vermisstenanzeige auf.

Die Kommissare stellen fest, dass Marias Affäre mit Dirk nichts mit dem Mord zu tun hat. Auch Hanna und Lukas sind davon ausgeschlossen. War es Reinhard oder der Teufel, welcher Maria umgebracht hat? Das wird das Gericht entscheiden.

Die Ankläger wollen beide lebenslänglich hinter Gitter sehen. Wer 18 Mal auf seine Tochter schießt, der ist nicht normal, sagt der Gerichtspräsident deutlich. Soll das eine Entschuldigung für Mord sein? Natürlich nein.

Reinhard wurde wegen Mordes zu einer lebenslangen Haftstrafe verurteilt. Um das Motiv dieses Verbrechen verstehen zu können, muss man sich zuerst einmal bewusstwerden, welchen Einfluss und Macht Religionen und Glauben haben. Oft sind Verbrechen und Konflikte nur der „Deckmantel", hinter dem sich andere Motive verstecken. Die Religionsfreiheit endet, wenn Grundrechte anderer Menschen eingeschränkt werden oder ein Mordfall dahintersteht.

Bei Reinhard war es nicht die Religion, sondern die Lust am Töten. Wenn jemand 18 Schüsse abgibt, dann muss er zweimal das Magazin nachladen, da muss eine geballte Ladung Hass und Gewalt vorliegen. Das war eine brutale Übertötung. Moon glaubt nicht, dass Reinhard den Satan als Teufel im religiösen Sinne meint. Er denkt, dass diese Persönlichkeit entstanden ist, weil er irgendein traumatisches Erlebnis hatte. Er war ein böser Kontrollfreak, der alle inklusive der Ermittler manipulierte,. Multiple Persönlichkeiten lügen nicht, sie springen füreinander ein, aber keiner weiß, was der andere tut. Es kann sein, dass der Psychologe mit seiner Diagnose recht hatte, vielleicht war Reinhard nicht Reinhard, sondern irgendwas Dämonisches war da. Sollte wirklich der Teufel diesen Mord ausgeführt haben, sitzt er im Knast, wo er hingehört. und er hat Reinhard mitgenommen.

Es ist krass, was ein frommer Vater seiner Lieblingstochter angetan hat. Der Auslöser war das Tagebuch von Maria. Die verrückte Hanna, ihre Mutter, liest verbotener Weise das Intimste von Maria. Statt mit Maria darüber zu reden, erzählt sie es ihrem Mann. Das war ein hinterhältiges Vorgehen, sie wusste, dass das nicht gut ausgehen konnte. Dann war noch die Ungewissheit, wer der Vater von Maria und Lukas ist. Der Arztbericht, dass er nicht zeugungsfähig ist, war ein Tiefschlag. Und das Verhältnis mit Dirk brachte das Fass zum Überlaufen. Für Reinhard war das alles zu viel, er wurde zum eiskalten Mörder. Hanna ist eine gefährliche Hexe, sie ist eine „Mad woman".

Im Dunkel der Gefühle

„Wie das Leben auch spielt, man soll nicht in der Dunkelheit gefangen sein. Es lohnt sich, zu kämpfen für jeden schönen Tag, für jeden schönen Moment – für die restlichen Tage, die wir noch leben. Wenn du denkst, du gehst durch die Hölle, bleibe nicht stehen, gehe weiter, schaue nach vorne."

Blut – Blutrot

(Moon, 5. Fall)

Jedem Menschen,
dem du dein Vertrauen schenkst,
drückst du ein Schwert in die Hand,
mit dem er dich verteidigen
oder vernichten kann.

Rot ist die Farbe des Blutes und des Feuers und gilt der Auferstehung des Heiligen Geistes. In China versinnbildlicht die Farbe Rot Glück und Reichtum. Rot ist die Farbe der Liebe.

In der Mode ist Rot lustanregend und verführend. Rot ist eine warme Farbe, sie gilt als Farbe des Blutes und ist mit dem Leben verknüpft.

Rotes Kleid: Beim ersten Auftritt nach der Geburt ihres jüngsten Sohnes präsentierte sich Kate Middleton in einem roten Kleid. Damit zollte die Frau von Prinz William der verstorbenen Prinzessin Diana Tribut. Das Kleid ist mit dem im Horrorfilm Rosemarys Baby identisch. In diesem Film bringt Rosemary ein Kind Satans zur Welt. Rot ist zugleich die Farbe des Teufels. Frauen mit roten Haaren galten lange Zeit als Hexen.

Rote Schuhe: Seit dem 15. Jahrhundert tragen Päpste die rötlichen Schuhe. Die rote Farbe soll an die Kreuzigung und das Blut Christi erinnern. Diese Tradition, diese blutige Symbolik der roten Schuhe geht bis zum Byzantinischen Reich zurück, als Könige dies als Martyrum trugen.

X-mas: Trotz all dieser Symbolik ist die beliebteste Weihnachtsfarbe Rot. Die Farbe bringt Energie in der dunklen Jahreszeit.

Rote Landesfahne: Die trägt die Blutfarbe Rot, einen weißen Halbmond und einen Stern.

Rote Lippen soll man küssen, rote Herzen und rote Rosen schenken.

Rote Rennfahrzeuge Ferrari: Die Farben Rot und Gelb gehören zur DNA des schwarzen, springenden Pferds der Marke Ferrari. Eine Leidenschaft in Maranello (Rosso Corsa) ist das berühmte Ferrari-Rot und in Modena das weltweit bekannte Ferrari-Gelb. Farben erzeugen Stimmungen und wecken Sympathien oder Antipathien. Sie haben einen unterschiedlichen Einfluss auf unsere Psyche und unseren Körper.

Die Farbe Rot steht für Blut, Macht, Herrschaft, für Glaube, Erfüllung, aber auch für Liebe, Leben und Tod.

In der Pflanzenwelt ist die Farbe oft giftig, z.B. der Fliegenpilz. In der Psychotherapie wird die Farbe Rot genutzt, um das Ausleben von Sexualität zu stärken. Rot ist die Farbe der Liebe, des Feuers, der Gefühle, der Lebensfreude und der Lebensenergie. Rot ist die stärkste aller Farben. Rot steht in Verbindung mit Energie, Wärme, Feuer, Hitze und Leidenschaft. Im religiösen Kontext wird Rot mit Blut, Schamgefühl und dem Sündenfall in Verbindung gebracht (Bsp. Rotlichtmilieu). Die Farbe Rot hat bei den Menschen schon immer tiefe Gefühle ausgelöst. Sie weckt Assoziationen mit Feuer, Wärme und Glut, sie steht für ein unerschöpfliches Kraftreservoir.

Rotes Licht ist Symbol für Prostitution. In Italien ist es das quartiere a luci rosse, in der englischen Sprache das red-light district und auf Deutsch Rotlichtviertel, Rotlichtbezirk. Wenn Bergsteiger einen roten Anorak tragen, frieren sie weniger. Rot ist die Farbe, die Menschen als warm empfinden. Farben verfügen über eine unglaubliche Kraft. In allen Kulturen wird Rot als Farbe wahrgenommen, die Stärke und Aggressivität hervorruft. Rot warnt uns vor Gefahr, dies wird uns als Kind schon eingetrichtert.

Roter Apfel: Der Rote Krieger ist ein alter Kulturapfel. Vermutlich ist die Sorte erstmals 1648 in Rostock erwähnt worden. In Norddeutschland gibt es noch einige sehr alte Bäume (werden bis 100 Jahre alt).

Roter Krieger: Samurai-Schwert Red Warrior Katano rot. Das Schwert hat eine Klinge mit Teilwellenschliff, die von einer roten Scheide geschützt wird. Der Griff des Katanas sowie die Scheide sind mit rotem Nylonband eingewickelt.

Bekim und Hasan

Für einen glänzenden Auftritt aller Fahrzeuge sorgt Hasan M. mit seiner modernen Spritztechnik-Anlage. Er ist beliebt bei Autofreaks. In seinem Meisterbetrieb werden sämtliche Lackierarbeiten durchgeführt – ob komplexe Glanzlackierungen oder smarte Kleinschadenreparaturen. Er beseitigt störende Schönheitsfehler, geht dem Rost an den Kragen oder erfüllt Designwünsche. Und das alles nach Herstellerrichtlinien mit umweltgerechten Materialien und immer auf dem aktuellsten Stand der Technik. Direkt an sein Gebäude angebaut, hat Bekim M., sein älterer Bruder, eine Karosserie-Werkstatt für edle und teure Fahrzeuge. Er wird seinem Namen gerecht. Für die Kunden ist es ein Glück, wie er schwierige Karosserien nach einem Unfall wieder hinkriegt. Sein Name bedeutet „der Segen".

Er nimmt sich mit großer Sorgfalt aller Fahrzeuge an und kümmert sich um alles vom kleinen Kratzer bis zum großen Blechschaden. Bei der fachgerechten Instandsetzung ist er ein qualifizierter Spezialist. Beide Brüder arbeiten Hand in Hand. Sie vermitteln sich gegenseitig Kunden. Hasan M. hat bei einem roten Ferrari die durch Kratzer verursachten Schäden ausgebessert und neu lackiert. Es ist sein Geheimnis, wie er es schafft, dass danach vom Schaden nichts mehr erkennbar ist. Es ist nicht einfach, einen perfekt farbübereinstimmenden Ausbesserungslack mit einer Farbgarantie hinzukriegen. Hasan kann das, sein Name bedeutet „Der Gute". Manchmal gibt es mit seinem älteren Bruder Differenzen. Hasan fährt gerade einen roten Ferrari aus der Werkstatt, schon kommt sein Bruder Bekim und will eine Probefahrt damit machen.

„Sieht gut aus, gib mal den Schlüssel her." „Mach keinen Stress." „Das Fahrzeug muss doch zur Nachkontrolle bewegt werden." „Du weißt, es ist ein Kundenfahrzeug, es darf kein „Stäubchen" haben. Zum x-ten Mal, ich dulde keine Spritzfahren." „Nur eine kleine Runde drehen." „Nein. Wir riskieren unser Geschäft. Wenn du mit diesem feuerroten Ferrari durch die Gegend kurvst, ist die Chance groß, dass der Kunde dich sieht oder jemand die Nummer vom Fahrzeug kennt. Dann gibt es Ärger."

Im „Land der 1000 Seen"

Das „Land der 1000 Seen" ist ein stiller Ort, der schon über 800 Jahre alt ist, etwas mystisch wirkt, gerade im Herbst, wenn es früh am Morgen kalt und feucht ist. Es gibt einen alten Baumbestand, ein altes Gemäuer, ein paar erhaltene Grabstätten und mitten drin die Kirchenruine. Es ist eine der ältesten Feldsteinkirchen im südöstlichen Mecklenburg, so steht es auf der Infotafel. Der Ort wirkt unheimlich, ist aber ideal für außergewöhnliche Fotomotive. Am Abend bei Sonnenuntergang können dort Fotoenthusiasten einmalige Bildwelten ablichten. Historische Gebäude haben viele Geheimnisse. Vielleicht wird dieser Ort eines seiner letzten Rätsel preisgeben. Viele Badegäste und Naturliebhaber finden den Weg an diesen wunderschönen Badesee.

Etienne ist ein Frühaufsteher, er schlürft seinen Kaffee – eine Angewohnheit, die seiner Frau gar nicht gefällt. Er murmelt: „Heute gehe ich an den See bis zum Badesteg, mache ein paar Fotoaufnahmen, so gegen Nachmittag bin ich wieder zurück."
„Dann bis später." Sein Fahrzeug parkt er in der Nähe des Steges. Er hat alles dabei: Badetuch, etwas zum Essen und Trinken, sein Fernglas, einen Fotoapparat, alles eingepackt in seinen Wanderrucksack.

Im Sommer und an warmen Tagen treffen sich hier viele Leute zum Campen, Schwimmen, Grillieren und Feiern. Heute ist es eher frostig und kalt, das liebt Etienne. Es sind dann keine Leute dort und er kann „sein" Naturgebiet für sich alleine nutzen. Das ist etwas Herrliches. Genüsslich zündet er sich eine kleine Cigaro Autentico an, nimmt seinen Fotoapparat, geht genießerisch gemächlichen Schrittes zum Steg. Der See ist klar und wäre ideal zum Schwimmen, wenn es nicht so gruselig frostig wäre. Der Steg ist bis etwa 20 Meter ins Wasser begehbar, von dort kann man schöne Herbstfotos und Schnappschüsse mit einem tollen Hintergrund, mit Baumbestand, Gebüsch und Schilf am Wasser machen. Er ist voll im Element, macht aus verschiedenen Perspektiven Fotos. Wieder an Land schaut er die geknipsten Bilder an. Auf einem Foto sieht er etwas, das irgendwie nicht dorthin gehört. Etienne vergrößert das Bild, kann aber nicht erkennen, was es ist. „Das muss ich näher betrachten", sagt er zu sich, steht auf, geht am Ufer entlang bis auf etwa 20 Meter. Mit dem Fotoapparat versucht er das Objekt im Wasser heran zu zoomen. Es fröstelt ihn, er ahnte es, dass es irgendetwas ist, was nicht gut ist. Es sieht so aus, als würde dort ein Mensch halb im Wasser, halb im Schilf auf dem Bauch liegen, man sieht nur den nackten Rücken. Er zoomt, schaut, zaudert, muss feststellen, dass dies nach einem menschlichen Torso aussieht. Er eilt zu seinem Platz zurück, ruft von dort mit seinem Handy die Polizei. „Gut, bleiben Sie, wir schicken eine Streife."

„Ja, ja, mache ich." Heute ist die Polizei gemütlich unterwegs. Nach über einer halben Stunde treffen sie endlich ein. „Muss denn die Polizei immer mit lauter Sirene vorfahren," denkt er. Es ist ein Streifenwagen vom nahegelegenen Polizeirevier. „Wo ist die Leiche?", fragt einer der beiden Beamten. „Dort, im Schilf."

„Warten Sie hier, wir haben ein paar Fragen." Die Polizisten sehen sofort, dass dies ein menschlicher Torso ist. Ein Beamter ruft die Zentrale an, verlangt nach den Kriminalisten der Mordkommission. Dann wird der Fundort mit Absperrband markiert.

Extremitäten fehlen

Kommissar Moon schreibt Rapporte, da klingelt das Telefon. Der Bürokram muss warten. Norwin schnappt sich die Schreibmappe, ruft Nils zu sich ins Büro und telefoniert kurz mit Medi von der Rechtsmedizin:

„Wir haben einen Anruf erhalten, gefunden wurde ein menschlicher Torso am Ufer des Sees, es muss zwischen der Ruine und dem Badesteg sein. Fragen?" Norwin wartet die Antwort nicht ab, sondern sagt: „Wir nehmen den Dienstwagen." Wie üblich, als wollten sie die Welt retten, rasen sie los und drücken auf die Tube. Sie fahren sehr nahe an den Steg. Man merkt sofort, dass diese Einsatztruppe schnell und professionell vorgeht. Die Kriminalisten verteilen sich, jeder kennt seine Aufgabe.

Linda geht voraus, da sie die Leiche zuerst begutachten muss. Norwin und Nils betrachten den Torso. So ein Anblick ist immer fürchterlich, der grausame Verdacht bestätigt sich. Es ist ein verstümmelter menschlicher Oberkörper, der halb im Wasser, halb im Schilf liegt. Wie gruselig das aussieht, als sei der Körper mit dem Wasserboden verwachsen. Schrecklich, gespenstisch.

Medi macht es kurz, sie mustert den Torso von allen vier Seiten und spricht ein paar Notizen in ihr Gerät. „Packt den Korso in den Leichensack und schnell in die Rechtsmedizin." Die im Auftrage der Polizei eingetroffenen Bestatter packen den Torso in einen Leichensack. Der schwarze Van transportiert diesen zum Institut für Gerichtliche Medizin des Bezirkes. Jetzt können die Kriminalisten den Tatort nach Spuren absuchen. Mordermittler denken nicht daran, dass dies gruselig ist, nein, das hier läuft nach einem Muster ab, welches Kriminalisten verinnerlicht haben. Die Spurensicherung sucht nach diesen stummen Zeugen im Wasser, um mögliche Spuren zu sichern, um Hinweise auf den Täter zu finden und um nachvollziehen zu können, wie dieser Mordfall abgelaufen sein könnte. Der Torso wurde an die Wasseroberfläche und ans Ufer getrieben, weil sich Gase in Bauch und Lunge gebildet hatten. Doch wo sind die restlichen Körperteile?

Norwin ruft im Polizeirevier an: „Wir brauchen zwei bis drei Taucher." Bis diese eintreffen, suchen die Kriminalisten das Ufer ab.

Norwin hat sich über die örtliche Lage vor Ort informiert. Als zwei Taucher eintreffen, instruierte er sie, speziell wegen einer möglichen Strömung: „Es gibt Wasserzuflüsse aus zwei Gräben in der näheren Umgebung. Das Wasser fließt dort in den See. Es betrifft Teile des Westufers und das Südufer, wo die Hauptstraße 198 verläuft." Er zeigt mit der Hand zu, Süd- und Westufer.

„Wichtig für unsere Suche ist, dass das Ostufer durch einen Wanderweg erschlossen wird, der an der engsten Stelle des Sees zu dieser Badestelle mit Holzsteg führt und 150 Meter weiter zur Ruine. Ein Radweg führt um das Nordostende des Sees. Wir suchen nach einem Kopf mit dem Hals und den Extremitäten. Viel Erfolg."

Während die Taucher den Seebereich absuchen, sind die anderen Kriminalisten weiterhin auf Spurensuche am Ufer.

Damit Norwin und sein Team in dieser Mordsache weiterkommen, muss die Rechtsmedizinerin Linda in der Klinik die DNA vom Torso nehmen. In der ganzen Zeit hat Etienne den Beamten zugeschaut. Er ist erstaunt, wie viele Menschen da im Einsatz sind, alles läuft automatisch und ruhig ab.

Nils befragt ihn: „Sie haben den Torso entdeckt?" „Ja." „Wie haben Sie den Torso gefunden?" „Von dort auf dem Steg. Habe ein paar Fotos gemacht. Beim Betrachten der Bilder habe ich gesehen, da ist etwas, das undefinierbar ist. Habe nachgeschaut und gesehen, dass es von der Form her ein Mensch sein könnte. Sofort informierte ich die Polizei." „Und sonst, nichts Auffälliges gesehen?" „Nein." „Ihre Adresse?" Nachdem er diese notiert hatte, bedankte er sich: „Sie können gehen."

Heute hat Etienne seiner Frau einiges zu erzählen. Der Torso wird ihn noch lange beschäftigen. Den Beamten ist klar, dass ihnen ohne die vollständige Leiche wichtige Informationen fehlen. Sie möchten Antworten finden: Wie ist dieser Mensch gestorben? Wer ist das überhaupt?

Moon und Light verlassen den Tatort. Sie fahren zur Gerichtsmedizin. Dort angekommen begrüßen sie Linda. „Ich brauche noch ein paar Minuten, dann beginnen wir."

Sie spricht ins Gerät: „Zur Obduktion gelangt hier ein Torso, Kopf, Hals und sämtliche Extremitäten fehlen. Wir entkleiden den Torso, untersuchen die Bekleidung, bestehend aus kurzer Hose, Unterhose und T-Shirt, auf vorhandene Beschädigungen. Beim Aufschneiden der Bekleidung achten wir auf einen sauberen Schnitt, damit verwertbare Spuren erhalten bleiben. Wir achten auf mögliche Beschädigungen an diesen Kleidungsstücken, überprüfen diese mit den Verletzungen am Körper. Widersprüche, Wäschezeichen und Firmenschilder halten wir mittels Fotodokumentation bildlich fest."

Sie wechselt die Seite am Seziertisch und spricht weiter: „An der Hautoberfläche sieht man einzelne schlammartige Anhaftungen. Am rechten Bauchbereich zeigt sich eine rundliche, kreisförmige Defektstelle, Durchmesser sieben Millimeter. Im Brustkorbbereich sind mehrere schnitt- oder stichartige Wunden zu erkennen." Linda unterbricht das Aufnahmegerät: „Norwin, das hier ist außergewöhnlich."

Dann fährt sie weiter: „Neben der Stichverletzung in der Brust und einem Einschuss im Bauch ist sehr auffällig, dass bis auf die Lunge die inneren Organe fehlen. Da wird es schwierig, entomologische Untersuchungen vorzunehmen, welche Hinweise auf die Todeszeitschätzung geben könnten. Das Opfer ist männlich, lag einige Tage im See. Genauer lässt sich dies nicht eingrenzen, obwohl das nicht sehr warme Wasser den Torso gut konserviert hat."

Die beiden Kommissare haben genug gesehen, sie verabschieden sich. Das Spannende in dieser Mordsache ist sicherlich am Anfang, man hat nur ein Körperteil, die Ermittler fragen sich: In welche Richtung geht das? Woran ist er gestorben? Vielleicht kriegen sie weitere Puzzleteile von diesem Torso.

SC-Venus
(Swinger-Club Venus – Göttin der Liebe)
Die Einsatzstelle meldet, dass die Suche nach den übrigen Leichenteilen andauert, jedoch ohne Erfolg. Morgen machen sie weiter. Auf seinem Schreibtisch findet Moon eine Mitteilung, dass ein Vermisstenfall eingetroffen ist. Der Gesuchte heißt Alkan T., wohnhaft in Röbel/Müritz und wird vermisst. Er ruft bei der Frau an, die ihren Mann als vermisst gemeldet hat. „Hatten Sie Streit innerhalb der Familie?" „Nein, er ist auch nicht einfach abgehauen." „Wann haben Sie ihn das letzte Mal gesehen?" „Am Montagmorgen hat er sich verabschiedet, er ist mit seinem dunkelroten Peugeot von zu Hause losgefahren, seitdem habe ich ihn nicht mehr gesehen."

Am Abend informierten das Polizeipräsidium und die Staatsanwaltschaft in einer gemeinsamen Presseerklärung, dass sie den Torso eines Mannes gefunden hätten. Sie informieren auch, dass die Mordkommission aus Schwanbüll ermittelt. Zurzeit läuft die Spurensicherung zur Beweiserhebung des Tatortes am See auf Hochtouren. Norwin ruft die Mordermittler zusammen, sie treffen sich im großen Raum, der Platz für ca. 20 Personen bietet und für Einsatzbesprechungen und Informationen benutzt wird: „Ihr habt sicher die Abendnachrichten gesehen. Das ist ein Verbrechen der üblen Sorte. Wir klären ab, ob der Torso der Vermisste ist. Der als vermisst Gemeldete heißt Alkan T. Kennt jemand von Euch diese Person?"

Ein Ermittler von der Polizeistation sagt: „Den Vermissten kenne ich, er betreibt einen Saunaclub in Waren (Müritz)."

„Weiß man etwas darüber?" „Ja, ein Kollege hat mitgeteilt, dass Alkan T. keinen guten Ruf hat, er hat sich Feinde gemacht, so viel ist uns bekannt."

Norwin fragt weiter: „Weiß man weshalb?" „Ja, er hat eine unbeliebte Geschäftsidee, wie er sein „Bordell" vermarktet." „Welche?"

„Früher war dort ein Swinger-Club und an den Wochenenden haben sich Ehepaare getroffen." „Heute?" „Alkan hat den Laden übernommen, jetzt heißt er SC-Venus. Das Kürzel steht für Swinger-Club Venus." „Ein schöner Name für ein Puff. Was ist da besonders?" „Wie der Name sagt, Venus ist die Göttin der Liebe, der Schönheiten und der tausend Liebesideen."

„Weißt du mehr darüber?" „Alkan T. bietet dort Flatrate-Sex, Puppen-Sex und Sex in „Game of Thrones"-Kostümen." „Das klingt nach Edel-Puff." „Beim Swinger-Club bezahlen die Gäste einen Pauschalpreis, darin enthalten sind Eintritt, Essen und Getränke.

Und die Besucher konnten den/die Partner/in wechseln und ihren sexuellen Bedürfnissen freien Lauf lassen. Das heißt: Alkan hat den Flatrate Sex für Freier eingeführt, sie können ficken nach Wunsch und so oft sie wollen. Sein Motto „fuck as desired" wurde von „all you can fuck" von der Konkurrenz übernommen. Bordell-Besucher bezahlen einen fixen Betrag, dafür können sie trinken und ficken, so oft sie können und mit wem sie es tun wollen."

Ein Ermittler will es genau wissen: „Was ist mit Puppen-Sex?"

„Die USA und Japan sind Vorreiter in der Herstellung von realistisch aussehenden Puppen. In Barcelona wurde das erste

Puppen-Bordell in Europa eröffnet. Die Zeitung „El Mundo" berichtete, dass sich Gäste des Restaurants „La Pepita" in der spanischen Metropole nicht wegen Corona alleine fühlen sollen. An den Tresen und Tischen wurden mehrere „Trinkkumpane" aus Plastik hingesetzt. Der Wirt hat 20 Puppen gekauft und diese mit Kleidern bestückt. Bei den Kunden ist dieser Gag gut angekommen.

„Im Puppen-Bordell können die Freier wählen, ob sie eine Puppe mit weichen oder festen Brüsten möchten. Sie können auch die Vagina bestimmen. Es gibt die festmontierten und die Vagina-Inserts. Das sind Vaginen, die herausgenommen werden können, dadurch können diese leicht gereinigt werden. Das Angebot geht noch weiter", spricht der Ermittler.

„Auf der Angebotsliste steht, dass sie Puppen mit quasi echter Haut mit Körpertemperatur anbieten. Die werden mit unterschiedlicher Nippelfarbe, Hautfarbe, Frisur und Nagellack angeboten. Die Tiefe von Vagina, Mund und Poloch sind Standard."

Die anderen Kommissare können sich ein Schmunzeln nicht verkneifen. So etwas hört man nicht alle Tage. „Auf der „Menu"-Dienstleistungskarte wird auch eine lebendige Luxusdame angeboten, die eine sehr „fette" Vagina haben soll. Ihre Vagina gleicht einem Kunstobjekt. Ihr Geschlechtsteil hat sie inspiriert, kreativ damit umzugehen." „Und wie läuft so was ab?", will einer wissen.

„Die Vagina erhält durch einen Schönheitschirurgen Injektionen. Diese Edel-Hure hat auch ihren Po und ihre Brüste gespritzt. Sie hat eine unterspritzte Futterluke und ist ein Hingucker, absolut im Beauty-Trend."

„Was läuft mit Sex im „Game of Thrones"-Kostüm?", wollen die Kriminalisten auch noch wissen. „Die Freier kleiden sich wie die Darsteller aus dem Film und treiben es bunt."

Ein Beamter, der in Waren wohnt, kann sich an eine Diskussion erinnern, welche damals in der Zeitung breitgetreten wurde: „Die Stadtvertreter haben sich mit dem Thema Prostitution beschäftigt. Es ging darum, den illegalen Huren in Waren entgegenzuwirken. Es gibt einen alten Beschluss der Stadtvertretung, dass dies in Müritz nicht gewünscht wird. Die Meinungen darüber gehen auseinander."

Norwin sagt ganz locker: „Ihr kennt die Situation für Bordelle, der Markt ist extrem hart umkämpft. Immer mehr Frauen machen den Etablissements Konkurrenz, bieten Sex auf eigene Rechnung. Das wird ein heißer Fall."

Der Ermittler, der den Laden kennt, sagt: „Mir ist bekannt, dass die Kunden ständig „Frischfleisch" wollen. Die Bordelldamen von Alkan T. erhalten wenig von den Einnahmen."

„Was ist der Grund?", fragt Nils.

„Bei Flatrate-Sex können die Freier, so oft und mit wem sie wollen. Da bleibt für die einzelne Dame nicht viel übrig, nur ein paar Euro pro Kunde und sie muss pro Nacht bis zu 15 „Ficker" erdulden! Und die Prostituierten werden nach ein paar Wochen ausgetauscht."

Moon meint: „Das ist krass. Anscheinend lief der Swinger-Club SC-Venus von Alkan T. sehr gut, seine Frau sagte, dass er noch weitere Clubs eröffnen wollte."

Wurde er deswegen aus dem Weg geräumt?

Norwin sagt zu den Anwesenden: „Wir suchen weiter." Der Kommissar verlangt bei der Staatsanwaltschaft eine Genehmigung für eine Handy-Ortung. Er beauftragt den Mordermittler K., welcher sich dort in der Szene auskennt, dass er mit ihm Informationen bei den Nutten einholen. Und sie wollen wissen, ob der Betreiber gegen Vorschriften verstößt.

Die strahlende Elin
Norwin und Ermittler K. gehen direkt in den Swinger-Club Venus. Dort begrüßen sie Elin, eine alte Bekannte: „Hallo Elin, wenn ich dich sehe, lächelst du immer." „Frag nicht, ob mir wirklich zum Lachen ist!" „Das klingt nicht gut." „Was führt dich zu uns?"

„Dein Chef Alkan T. wird vermisst. Uns wurde mitgeteilt, dass er Eure Damen nicht so gut behandelt. Ich möchte mit dir darüber reden."

„Wie meinst du das?"

„Erzähl einfach vom Leben der Damen im Swinger-Club Venus."

„Kann ich machen, aber nicht hier, treffen wir uns im Restaurant „Zu den Buchen". Dort können wir draußen sitzen und gut reden." „Gut dann treffen wir uns dort." Sie treffen sich gegen zehn Uhr morgens, da sind noch keine Gäste draußen. So können sie auf der Veranda eine ruhige Ecke auswählen.

Norwin fragt: „Wie bist du zu diesem Job gekommen?" „Mit 16 Jahren hatte ich zum ersten Mal Sex gegen Geld. Als junge Frau erhielt ich 50 Euro, das war für mich ein sehr großer Betrag."

„Wie ging es dann weiter?" „Ich bin jetzt über zehn Jahre in diesem Geschäft."

Der Ermittler zeigt sich beeindruckt: „Das ist eine lange Zeit. Wie hast du das ausgehalten?" „Das ist nur mit Drogen möglich." „Müssen es Drogen sein?"

„Leider ja. Ich habe es nicht ohne Drogen geschafft, Wenn du einen Freier vor dir hast, der dich wie ein Hund anschnauft, der vor Geilheit alles rund um sich herum vergisst, eben auch den Anstand. Ganz im Innersten lehnte ich dies ab. Diese Mentalität, für Geld kann ich sexuell alles machen. Da waren etliche Saukerle dabei."

„Hast du einen guten Draht zu den Frauen, die ja nur kurze Zeit hier sind?" „Ja, einige sagen „Mutti" zu mir, obwohl ich ja nicht die Chefin bin."

„Was haben die Liebesdienerinnen so gesagt?"

„Eine Rumänin erzählte: „Das finde ich gut, dass du alles aufschreibst"." Ermittler K.: „Machst du das?" „Ja. Wenn du wirklich verstehen willst, was Sache ist, dann musst du selber in so einem Bordell arbeiten. Es braucht viel Zeit, um Vertrauen zu gewinnen. Wenn keine Freier da waren, konnte ich mit einigen reden. Vivien aus Ungarn erzählte mir, ihr Vater hat sie jeden Tag geschlagen, er war Alkoholiker. Wenn er mit dem Gurt zuschlug, dann konnte sie keine Kleider mehr anziehen. Der ganze Körper schmerzte. Mit 17 Jahren ist sie von zu Hause weggelaufen. Sie konnte keine Familie gründen, das wäre sicher schön gewesen. Dann hätte sie dieses Scheißleben nicht ertragen müssen. Ficken, so oft und so lange die Schweine wollen."

„Das ist wirklich traurig", bestätigt Ermittler K. und will wissen: „Hast du diese Frauen von den Gefahren gewarnt?"

„Ja, ich habe gesagt: Ihr müsst in dieser Branche verdammt aufpassen, mit welchen Leuten Ihr Euch umgebt. Ihr dürft nicht alles glauben, was Euch die Freier oder die Damen erzählen."

Elin wirkt sehr traurig: „Die Rumänin hat mich nachdenklich gemacht. Sie sagte noch: „Vom wirklichen Leben entferne ich mich immer mehr. Dies ist meine Welt, das ist nicht gut. Kann ich in einem normalen Beruf Fuß fassen? Nein. Diese Angst frisst mich auf. In diesem Leben bin ich abgeschrieben. Die war psychisch tief am Boden, die ist kaputt."

„Eine Bulgarin erzählte mir: „Hier in diesem Bordell bin ich nur Fleisch zum Ficken nach Wunsch. Die Stinker nehmen Potenzmittel, bumsen zwanzig Minuten und länger. Dann kommt der Nächste. Meine Vagina schmerzt, das halte ich nur aus, wenn ich Drogen nehme", erzählte sie. Auch sie ist seelisch ruiniert.

„Haben die Frauen etwas erzählt über kriminellen Kunden?"

„Nein, nur über die gruseligen, unangenehmen und einen, der die Rumänin sexuell missbrauchen wollte."

Norwin fragt: „Wie gruselig?"

„Die Rumänin hat mir erzählt, dass ein Kunde vor ihr stand, er war betrunken, durchgeschwitzt, mit Erbrochenem auf dem T-Shirt, der verlangte nach einem Vollservice. Sie hat dann gesagt, das macht sie nicht."

„Was wollte sie nicht machen?"

„Der Stinker wollte, dass sie ihm in den Mund pisst. Er würde das gut bezahlen."

„Und der andere?", will Ermittler K. wissen.

„Sie war anschaffen im Club, sie spielte die leicht Betrunkene. Von den benebelten und rücksichtslosen Typen wollte einer sie mit Alkohol abfüllen. Vermutlich dachte er, dass sie dann eine leichte Beute sei. Sie ging mit ihm nach draußen und sie diskutierten über den Betrag. Da fing er an, an ihr rumzufingern, er griff ihr in den Spalt. Da explodierte sie, knallte ihm ihre Handtasche mitten ins Gesicht. Das Blut floss runter, der hatte einen Cut an der Stirne. Dann hat sie sich aus dem Staub gemacht."

Das ist auch für die beiden Beamten eine harte Sache. Ermittler K. sagt:

„Du bist sehr nachdenklich. Was macht dich so traurig?"

„Es ist der tägliche Konkurrenzkampf im Sexgeschäft. Wir, vor allem das junge Fleisch, gucken immer: Was hat die, was ich nicht habe? Hat die eine Schönheits-OP gemacht? Es ist keine gute Zusammenarbeit in diesem Puff. Die sind sehr aggressiv untereinander, wenn eine mehr Männer durchzieht pro Nacht. Dann kommt der interne Konkurrenzkampf."

„Hast du gehört, was die Ehemaligen machen?"

„Von ehemaligen Frauen wurde mir mitgeteilt, dass sich einige das Leben genommen haben."

„Das ist wirklich kaum zu ertragen, sehr tragisch."

Elin hat eine Botschaft zu vermitteln, eine die nachdenklich macht.

„Die Bulgarin Dana sage mir: „Ich kann nur, wenn ich pro Tag meine Flasche Wein trinke". Einige Monate später wurde mir gesagt, dass sie jetzt auf Heroin ist. Sie sieht katastrophal aus, eigentlich dürfte die gar nicht mehr anschaffen."

„Wie kommt so etwas?"

„Sie suchte immer nach Liebe, einfach jemanden, der sie gerne hat. Die Kollegin hat mir gesagt, dass sie es wegen des Drogenkonsums nicht mehr lange macht." „Wie hat Alkan T. das Etablissement geführt?"

„Er hat sie schlecht behandelt. Wenn sie zehn oder fünfzehn Freier pro Nacht ertragen müssen, dann grenzt das an körperliche und sexuelle Gewalt."

„Sind die Prostituierten gemeldet?", will der Ermittler wissen.

Elin sagt: „Die Jungen bleiben ein paar Wochen, brauchen dringend die Euros, die haben keine Bewilligung, die Älteren ja."

„Kurz gesagt, Alkan T. hat sich strafbar gemacht. Der Hurenpass soll die Prostituierten besser schützen. Und die Ausbeutung soll bekämpft werden."

„Vergiss das, das war bei Alkan nicht der Fall! Das, was er gemacht hat, ist Menschenhandel."

Norwin erwidert: „Jetzt wird es kriminell!"

„Ihm wurden regelmäßig Frauen angeboten. Und hinter jeder Frau steht ein Mann, der ihre Situation ausnützt."

„Hast du mit ihm darüber gesprochen?", will Moon wissen.

„Man konnte mit ihm nicht darüber reden. Er ist gleich wütend geworden." „Welche Rolle spielte seine Frau?"

„Gar keine, die haben wir fast nie gesehen. Sie hat mit uns auch nie gesprochen. Alkan T. hat sie vom Geschäft abgeschirmt."

„Elin, du hast uns geholfen, vielen Dank."

Im Polizeirevier angelangt erzählt Norwin den Ermittlern, was ihm Elin vom SC-Venus mitgeteilt hatte. Der Kommissar sucht das Gespräch, mit dem Polizeipsychologen für Milieudelikte.

„Ich habe da ein paar Fragen betreffend die Prostitution und den damit verknüpften Menschenhandel."

Polizeipsychologe Sven meint: „Es ist leider eine Tatsache, dass der Menschenhandel und die damit verknüpfte Prostitution ein großes Geschäft sind, viel größer als der Handel mit Waffen und Drogen."

„Ich dachte, die Drogen wären das größte Business."

„Nein. Den klassischen Zuhälter gibt es schon lange nicht mehr. Mafiöse Strukturen bedienen den Markt mit „Frischfleisch". Vater Staat verdient viel Geld damit, weil die Prostituierten Steuern bezahlen."

Norwin ist in der Mordkommission, er kennt nicht alle Feinheiten der Abteilung Milieudelikte, deshalb die Frage:

„Weshalb läuft das Geschäft mit der Prostitution immer noch so besonders gut?"

„Die Frauen werden aus Osteuropa oder Afrika eingeschleust. Ihnen werden die Pässe abgenommen, sie werden vergewaltigt, mit Schlägen oder Drogen gefügig gemacht und für die Prostitution „zugritten"."

„Das ist Horror für diese jungen Frauen, die dann den Freiern ausgeliefert sind", erwidert Sven.

Bewegungsprofil

„Ja bitte, die ganze Handy-Ortung „Celle of Origin". Danke."
Nils Light hat die Ortung der Handydaten bei der Betreiberfirma angefordert. So etwas dauert, erst nach zwei Wochen erhalten sie die gewünschten Daten, welche von der GSM-Handy-Ortung erfasst werden konnten. Bei der Ortungsmethode „Cell of Origin" erfolgt eine große Positionsbestimmung, bei der die Funkzellen ermittelt werden, mit denen das Handy in Kontakt gestanden hat.

Während die Ermittler die Daten zusammentragen, trifft die Meldung ein, dass eine Polizeistreife den dunkelroten Peugeot des Toten auf dem Parkplatz im Affenwald Malchow gefunden hat, der Wagen war verschlossen. Am selben Tag meldet die Rechtsmedizin, dass der Tote der vermisste Alkan T. ist. Seine DNA war von früheren Straftaten in der Datenbank der Polizei gespeichert. Die Mordermittler erstellen das Bewegungsprofil vom Handy des ermordeten Alkan T. Sie finden heraus, dass zwei Unternehmen in der Funkzelle westlich von Malchow liegen.

Norwin und Nils fahren nach Malchow. Dort befragen sie den Wirt. „Ja, Herr Alkan war am Montagabend hier, er hat ein Menu bestellt. Beim Verabschieden erwähnte er, dass er sich mit einem Bekim M. treffen muss. Ich habe mal gehört, dass der im Autogewerbe tätig ist."

„Das ist schon etwas", meint Norwin zu Nils. Sie fahren Richtung Karosseriebetrieb, welcher als Adresse auf der Liste der Funkzellen steht. Aber zuerst wollen sie noch ein paar Auskünfte von anderen Betrieben dort einholen. Ob sie nähere Informationen hätten betreffend ihrer Konkurrenz Bekim M. Alle sagen das Gleiche, sie kennen die Leute nicht, sie wissen nur, dass viel Betrieb ist, aber etwas Negatives ist nicht bekannt. Die beiden Ermittler betrachten den Betrieb aus Entfernung, sie können nichts unternehmen, da sie keinen Durchsuchungsbefehl haben. Zähneknirschend fahren sie retour und erstellen einen Durchsuchungsantrag. Die Daten der Handy-Ortung reichen als Verdachtsmomente für eine Razzia beider Betriebe und deren Wohnungen aus. Tags darauf fahren sie zu Bekim M. Sie nehmen ihn vorläufig zur Vernehmung auf dem Polizeirevier fest. Er konnte seinem Bruder Hasen den Auftrag erteilen, dass er auf beide Betriebe schauen soll, bis er wieder zurückkommt. Die Kriminalisten durchsuchen zuerst den Karosseriebetrieb von Bekim M. Dann gehen sie zum Autospritzwerk. Hasan M. ist dort, muss zusehen, wie die Beamten seinen Betrieb genau untersuchen. Forensiker suchen Spuren von menschlichem Blut. Der Boden und die Wände sind von vielen verschieden Farbmustern total verspritzt. Was auffällt, ist die rote Farbe am Boden und auf der Seite bei den Halterungen, dort, wo gespritzte Einzelteile aufgehängt werden.

„Was ist der Grund, dass überall so viel rote Farbe verspritzt ist?"

„Wir haben im Kundenauftrag einen Peugeot und einen roten Sportwagen dunkelrot spritzen müssen."

Moon ist mit der Antwort nicht zufrieden. Er gibt die Anweisung: „Sucht die rote Farbe genau nach Spuren ab."

Die Kriminaltechniker verfügen über einen Schnelltest, der auf menschliches Blut reagiert. Die Suche nach der DNA des Opfers zeigt so viele Spuren, dass die Ermittler oft den Raum verlassen müssen, um Beweismittel ins Labor mitzunehmen. Das kann problematisch werden, wenn sie dabei Spuren verfälschen oder verwischen. Auch die beiden Kommissare müssen sich an die Regeln halten. Alle müssen die „Pfade" beachten. Das sind spezielle Laufspuren, welche die Forensiker der Rechtsmedizin legen, damit sie nicht an den Stellen laufen, an welchen ein Täter den Tatort verlassen würde. Bei dieser Mordermittlung heißt das, nicht auf direktem Weg, sondern am Rand durch die Türen gehen. Denn in der Mitte könnten sie „mechanisch" Spuren zerstören. Die Forensiker suchen die ganze Bodenfläche ab.

Langeweile in der Arrestzelle
Bekim M. wird in eine Arrestzelle im Keller der Polizeistation eingeschlossen. Die Arrestzelle zwingt den Insassen zur Untätigkeit. Das Ziel dieser Maßnahme ist mit der Hoffnung verbunden, dass der Arrestant diese Langeweile zur Besinnung nutzt, sein unrechtmäßiges Tun einsieht und dadurch leichter zu einem Geständnis bewegt werden kann. Es soll auch verhindern, dass er

die laufende Objektuntersuchung stören und Beweismittel wegbringen oder vernichten kann.

Am Abend ist Norwin noch in seinem Büro, sieht sich die TV-Nachrichten an: „Guten Abend, die Polizei meldet einen Fahndungserfolg. Im Mordfall des gefundenen Torsos wurde der mutmaßliche Täter festgenommen. Es ist ein Unternehmer aus der Region."

Der Morgen ist noch jung, Bekim M. konnte vor Aufregung nicht schlafen, schon gar nicht in einer Zelle. Ein Beamter holt ihn ab und bringt ihn in den Befragungsraum. „Setzen Sie sich hierhin, es kommt gleich jemand." Einige Minuten später kommen Moon und Light in den Raum. Sie beginnen mit der sanften Gesprächsführungstechnik:

„Wissen Sie, wie eine Befragung abläuft?"

„Nein, ich weiß auch nicht, weshalb ich hier festgehalten werde."

Norwin informiert Bekim M. über seine Rechte. Dann beginnen sie: „Es geht um Alkan T. Wir haben Beweise, dass er bei Ihnen war. Ist das so?"

„Ja, wir hatten geschäftliche Kontakte." „Wann haben Sie ihn das letzte Mal gesehen?" „Das muss vor ein paar Tagen gewesen sein."

„Haben Sie ihn am Montag des Verschwindens gesehen?"

„Ja." Äußerlich wirkte er ruhig, an seinem Blick merkte man aber, dass es in ihm innerlich kocht. „Moment, ich bin gleich zurück." Norwin verlässt den Raum, geht in das Büro nebenan zu seinen Kollegen. Die konnten alles mithören und durch das verdunkelte Fenster mitverfolgen. Ein Ermittler sagt: „Die Befragung war wie die einer Maus, die vor der Katze sitzt und nach Auswegen sucht. Als er die einzelnen Punkte der Ermittlung, die Indizien und die Beweislage Bekim M. vorlegte, da merkten die Polizisten, wie es in seinem Kopf raschelte. Er versuchte, Ausreden zu finden und Dinge zu erklären, die wir aus unserer Sicht anders sehen und belegen können."

Moon geht wieder in den Interview Room: „Jetzt nochmals von vorne, wir haben feste Beweise. War Alkan T. an diesem

Montagabend bei Ihnen?" „Ja, Alkan T. war in der Tatnacht bei mir im Geschäft. Es hat Streit um geschäftliche Angelegenheiten gegeben, dann ist ein Schuss gefallen. Mehr kann ich dazu nicht sagen." Das ist doch schon mal ein Teilerfolg.

„Sind Sie einverstanden, wenn wir mit Ihnen zum Tatort gehen?"

„Nicht gerne, Kunden könnten mich sehen, wenn Sie mich in Ihrem Polizeiwagen abführen."

„Wir müssen." Die Kriminalisten fahren zur polizeilich stillgelegten Auto-Spritzwerkstatt zu seinem Bruder Hasan M.

Norwin konfrontiert Bekim M.: „Wir haben im Spritzwerk am Boden, an einem Gestell und am Türrahmen Blutspuren von Alkan T. feststellen können. Ist das der Tatort?"

Bekim M. erwidert: „Ja, hier beim Durchgang zum Büro bei der Toilette. Hier an diesem Vorplatz hatten wir Streit."

Der Kommissar sagt ungeduldig: „Die Forensiker haben eine Einbuchtung im Türrahmen festgestellt und weiter hinten das Projektil. Wie ist das Ganze abgelaufen?"

„Alkan T. ist hier am Boden im roten Bereich zusammengebrochen." „Und wo ist die Leiche?"

„Als Alkan T. tot am Boden lag, habe ich ihn zersäbelt, ihn in Stücke gehauen."

„Wie bitte?" „Ich habe ihm mit dem japanischen Langschwert Katano den Kopf und beide Beine und Arme abgetrennt."

„Was war der Grund?"

„Der Bordellbesitzer Alkan T. hat mich betrogen. Ich habe ihn an diesem Abend zur Rede gestellt." „Um was ging es da?"

Die Ermittler müssen sich im Zaum halten, dass sie ihm nicht eine Tracht Prügel verabreichen. Das ist der helle Wahnsinn, wie locker der das erzählt, als hätte er damit nichts zu tun.

Norwin macht Druck: „Erzählen Sie weiter."

„Ich habe Alkan T. 150.000 Euro für Anteile an seinem Bordell bezahlt. Er sagte mir, dass er dieses Geld weiter ausgeliehen hätte. An einen Freund, der würde ihm 170.000 Euro zurückzahlen."

„Haben Sie Beweise dafür?"

„Nein, das war ja das Problem, das war der Auslöser. Er hat mir nie Anteilspapiere oder sonst eine Bestätigung gegeben. Und als ich hörte, dass er das Geld einem anderen geliehen hatte, da gab es Streit."

„Und dann?" „Der Streit eskalierte, ich habe in Notwehr eine Pistole gezogen und abgedrückt. Er wurde unter der Rippe getroffen."

„Sie wollten aus Angst vor der Familie des Opfers alles schnell vertuschen."

„Ja, wegen der Kanun (Blutrache der Albaner)." Bis hierhin deckt sich die Spurenlage mit dem Ergebnis der Forensiker. „Wie ging es dann weiter?"

Bekim M. erzählt, wie er weiter vorgegangen ist: „Um von mir abzulenken, fuhr ich den Peugeot von Alkan T. nach Malchow. Dort parkierte ich den Wagen auf dem Parkplatz beim Affenwald."

„Was dann?" „Per Anhalter fuhr ich zurück in unseren Betrieb." „Können Sie sich an das Fahrzeug erinnern?" „Es könnte ein Skoda gewesen sein, an das Kennzeichen kann ich mich nicht mehr erinnern."

„Was haben Sie mit der Leiche gemacht?"

„Den Toten habe ich zerteilt, um ihn unbemerkt entsorgen zu können." „Tatwaffe?" „Ich habe mein Samurai-Schwert Red Warrior Katano mit dem scharfen Teilwellenschliff aus dem Büro geholt."

„Wieso haben Sie ein Schwert im Büro?"

„Zur Selbstverteidigung, ich mag Samurai-Schwerter."

„Wie haben Sie das gemacht?"

„Alkan T. lag tot am Boden. Zuerst habe ich ihn geköpft. Dann hakte ich ihm beide Beine ab, das ging auch schnell. Bei den Armen musste ich mehrmals zuschlagen."

Norwin sagt: „Sie haben ihn abgeschlachtet wie ein Schwein. Dazu braucht es viel Hass. Den Torso haben wir gefunden, wo sind die anderen Körperteile?"

„Die müssen im See liegen."

Beide Ermittler wissen, dass er lügt. Von der Tatortbesichtigung wird Bekim M. im Polizeiwagen wieder in seine Zelle gebracht. Die beiden Mordermittler besprechen die nächsten Schritte: „Zwei Polizisten sollen jetzt seinen Bruder Hasan M. zur Befragung holen."

Nach drei Stunden wird Hasan M. in den Verhörraum geführt. Norwin informiert Hasan M. über seine Rechte. Dann beginnen sie: „Ihr Bruder sitzt hier in einer Zelle, wir brauchen von Ihnen ein paar Angaben." „Weshalb ist er in Haft?" „Wir erklären Ihnen das später. Wir wollen von Ihnen wissen, wo Sie in der Nacht am Montagabend, als Alkan T. verschwand, waren?"

Rotzfrech gibt er zur Antwort: „Ich war im Swinger-Club Venus." „Kann das jemand bezeugen?" „Ja, sicher." „Wir überprüfen das, sind gleich retour."

Nils ruft im Bordell an. Eine Dame und der Türsteher bestätigen, dass Hasan M. bei ihnen war. Beide müssen dies auf dem Polizeirevier bestätigen. „Wir behalten Sie solange hier, bis die beiden ihre Aussagen schriftlich bestätigt haben." Hasan M. wird in die Arrestzelle gebracht. Am nächsten Morgen wird er gegen Mittag entlassen: „Wir haben die Aussagen unterschrieben erhalten. Sie können gehen." Er ist verärgert, weil er die Nacht in einer Zelle verbringen musste. Die Kommissare überprüfen, ob Bekim den Mord alleine verübt haben könnte. Er musste die Leiche zerlegen, beseitigen und mit dem Wagen des Opfers wegfahren. Viel Zeit blieb ihm nicht, denn am frühen Morgen muss der Garagenbetrieb aufgeräumt wirken. Jederzeit kann ein Kunde vorbeikommen. Mit Hilfe des Bewegungsprofils und der Positionsauswertung der Ortungsmethode „Cell of Origin" konnte ermittelt werden, dass für die Ausübung des Mordes und die Beseitigung des Opfers nur fünf bis sechs Stunden zur Verfügung standen. Rein rechnerisch wäre dies ganz knapp möglich.

Norwin hatte bei der Befragung von Bekim M. mehrfach nachgehakt, wo er den Torso in den See versenkt hatte und wo die Leichteile sind. Die Ermittler erhielten keine klare Antwort, daher wussten sie auch nicht, an welchem Ort die Taucher gezielt suchen sollten. Sie fanden keine menschlichen Teile. Die Suchaktion wurde nach dem dritten Tag abgebrochen.

Ruine

Das Team trifft sich vor Ort und bespricht das weitere Vorgehen. Norwin sagt: „Auf der Karte sehen wir den Fundort des Torsos direkt am Ufer des Sees. In welchem Umkreis wurde alles abgesucht?"

Der Leiter der Spurensuchtruppe antwortet: „Beim Steg, nähe Parkplatz und Fundort, im Umkreis von 200 Metern."

„Wir müssen diesen Suchkreis erhöhen, das heißt, wir müssen nochmals das ganze Ufer absuchen, in beiden Richtungen mindestens 600 Meter. Acht Polizeibeamte verteilen sich. Sie durchkämmen in einer Reihe das Ufer. Meter um Meter wird abgesucht. Am Oberen Seeufer angelangt überqueren sie eine Wiese, durchsuchen dort den kleinen angrenzenden Wald. Ein Beamter meldet einen Fund. Ein Müllsack liegt am Boden, von außen sieht es aus, als könnte darin etwas Sperriges eingepackt sein. Von der Wiese her konnte der Müllsack nicht gesehen werden. Der Beutel wird von einem Forensiker geöffnet. Er ahnt Schlimmes, er schaut hinein, schließt den Beutel sofort wieder. Da sind Extremitäten drin, er kann nicht sagen, ob Arm oder Bein. Die anderen Beamten finden weitere Müllsäcke, insgesamt sind es fünf. Alle werden von der Spurensicherung nummeriert und fotografiert. Ein Fahrzeug nimmt die Müllsäcke mit den Leichenteilen, fährt mit diesen zum Institut für Gerichtliche Medizin des Bezirkes. Es ist unglaublich, eine beliebte Badestelle, ein Weg, der an der Ruine vorbeiführt, viele Besucher besichtigen den Ort und niemand hat diese Müllsäcke gesehen. Zwei Tage später fahren Norwin und Nils zu Linda in die Rechtsmedizin. Ihr Ziel ist zu erfahren, wie Alkan T. wirklich gestorben ist und ob sich das Ergebnis mit den Aussagen von Bekim M. deckt. Die Rechtsmedizinerin begrüßt ihre Kollegen und legt los:

„In diesen zwei Tagen haben wir die fehlenden Extremitäten untersucht. Speziell die Stich- und Schnittverletzungen mussten wir hier kritisch betrachten. Das Opfer hatte auch eine Schussverletzung."

Moon ist wie immer ungeduldig: „Was ist das Resultat?"

„Der Tote wurde in der Autowerkstatt getötet. Es war keine Hilfe vor Ort, die das Blut hätte stoppen können. Es wurde auch kein Arzt avisiert. Alkan T. starb nicht durch den Schuss, sondern er lebte noch. Er wurde mit dem Schwert geköpft. Die Extremitäten wurden regelrecht abgehakt. Die verschiedenen Schläge bei der Abtrennung der Beine sind zu erkennen. Man konnte die Wucht des Langschwerts erkennen, den Versuch, die Beinknochen zu durchtrennen. Das sieht man aufgrund der Einschläge im Knochenbereich. Das war kein Profi, sondern ein regelrechtes Abschlachten. Mehr kann ich momentan dazu nicht sagen."

Norwin sagt: „Danke für die Informationen."

Im Büro angekommen benachrichtigt er Nils. Der gibt zur Antwort: „Extrem brutal. Das ist wie in Wien in der Frühneuzeit."

„Was war da?"

„Da wurden Mörder durch Köpfen, Hängen und Vierteilen zu Tode gebracht."

Weiter konnten sie nicht reden, ein Beamter meldet sich: „Die Verbindungsdaten vom Handy des Unternehmers Bekim M. sind eingetroffen. In der Zeit, die Bekim M. angibt, in der er den Peugeot des Toten wegbrachte, war er in seiner Werkstatt. Er hat um 21:50 Uhr telefoniert, vier Minuten und 36 Sekunden lang, mit einem gewissen Mehmet G." Es ergibt sich eine neue Spur.

Norwin meint: „Schauen wir die Daten vom Bewegungsprofil an. Bis um 21.30 Uhr war Alkan T. im Restaurant. Dann fuhr er zu Bekim M. Das heißt, so gegen 22.00 Uhr müsste er in der Garage gewesen sein. Dann gab es Streit und Alkan T. wurde exekutiert, hingerichtet. Die Leichenteile verpackte er in sechs Müllsäcke und entsorgte diese."

Norwin stellt die Fragen in den Raum:

„Wer kann das sein? Was wurde da besprochen? War es ein Mordkomplott oder ein Auftragsmord? Wollte dieser unbekannte Mehmet G. den Bordellbesitzer Alkan T. aus dem Weg räumen lassen?"

Moon beantwortet seine Fragen selber: „Alkan T. hatte einige Feinde. Bekim M. hasste ihn, weil er ihn um 150.000 Euro betrogen hat. Das ist ein handfestestes Mordmotiv." Ein Ermittler konnte eine wichtige Information herausfinden: „Es muss einen oder mehrere Mittäter gegeben haben."

Nils fragt: „Wie kommst du darauf?"

„Bekim M. hat ein Handicap. Vor einigen Wochen hatte er eine Rückenoperation. Er war überhaupt nicht in der Lage, schwere Gewichte zu tragen oder zu schleppen. Alleine konnte er die schweren Leichenteile und den Torso nicht tragen, das war nicht möglich."

Die Ermittler sind am Nachdenken: Wer tötete Alkan T.?

Nils wiederholt: „Sein Bruder Hasan M. könnte der Komplize sein. Der hat aber ein bestätigtes Alibi. Da bleibt uns die Spur des Mehmet G. und die Frage nach Hintermännern. Wir kommen in dieser Sache nicht weiter."

Bekim wird angeklagt

Die Mordermittler sind nicht zufrieden, weil die Anklage nur für Bekim M. reicht. Der behauptet vor Gericht, in Notwehr gehandelt zu haben. Vor Prozessbeginn erhält er Morddrohungen von der Familie des Opfers. Dieser Mordfall ist in das Rotlichtmilieu einzuordnen, deshalb wurden strenge Sicherheitsvorkehrungen getroffen. Kein Prozessbeteiligter darf gefilmt werden. Während der Prozesstage wird das Gebäude vom Spezialeinsatz-Kommando (SEK) bewacht. Der Oberstaatsanwalt (Abteilungsleiter der Generalstaatsanwaltschaft) informiert Norwin: „Vor der Hauptverhandlung haben wir erfahren, dass Blutrache geschworen wurde. Wir hatten unsere Befürchtungen wegen der Familie des Ermordeten, aber es war während der Verhandlung angespannt ruhig." Das Urteil wird verkündet, Bekim M. wird zu lebenslänglicher Haft verurteilt.

Die Ermittler sind aufgebracht, weil Hasan M. nicht gegen seinen Bruder ausgesagt hat. Die Anklage wegen Mord reichte nur für Bekim M. Mit einer großangelegten Telefonüberwachung starten die Kriminalisten. Im Zentrum sind die Familie des getöteten Alkan T. und der jüngere Bruder Hasan M. Sie wollen herausfinden, welche Personen waren wirklich beteiligt waren. Das konnte nicht geklärt werden, weil Bekim M. die Schuld auf sich nahm.

Der Staatsanwalt ist auf den Einwand nicht eingegangen, dass Bekim M. überhaupt nicht in der Lage war, solche Gewichte zu tragen. Also muss noch jemand mitbeteiligt sein. Da Bekim M. den Mord zugegeben hat und auch genau beschreiben konnte, wie er Alkan T. ermordet hat, reichte das für die Richter, um ihn zu verurteilen. Langsam kristallisieren sich Schritt für Schritt die kriminellen Strukturen heraus. Sie erhalten Daten und Informationen über die Unterstützer, die Geldgeber und deren Helfershelfer. Geklärt werden konnte auch die Rolle des Mehmet G. Er ist ein Freund des Opfers, mit dem Mord hat er nichts zu tun. Bekim M. hat ihn nur angerufen, um ihm mitzuteilen, dass Alkan T. nicht zur Verabredung erschienen ist. Mit diesem Anruf wollte er von seiner Person ablenken. Die Überwachung dauerte ein halbes Jahr. Vermutlich ahnten die Beteiligten, dass die Polizei sie im Visier hatten. Sie haben die Blutrache nicht in die Tat umgesetzt. Es blieben ein paar Fragen unbeantwortet.

Moon ist gerade damit beschäftigt, den Mordfall abzuschließen, als das Telefon klingelt: „Was haben Sie gehört? Gut, wo können wir uns treffen? Ja, ich kenne das Restaurant, bin in einer Stunde dort."

„Nils, komm mit, ich habe eine neue Spur."

Sie treffen sich mit dem Türsteher vom Swinger-Club Venus. „Ich bin Salih, ich bewache den Eingang beim ehemaligen SC Venus."

„Was können Sie uns sagen?"

„Versprechen Sie es, das muss absolut vertraulich sein. Mein Name darf nicht nach außen gehen, sonst bin ich erledigt."

„Klar, ist versprochen."

„Ich trage das Geheimnis seit einigen Wochen mit mir herum. Der jüngere Bruder Hasan M. hat eine Lieblingsfrau. Wenn er ins Bordell kommt, dann ist er die ganze Nacht mit dieser Dame zusammen."

„Also kein ‚Ficken nach Wunsch'?"

„Nein, da muss mehr sein, vielleicht Liebe."

„Wirklich?"

„Vor etwa fünf Wochen, es war gegen Mitternacht, da hatten wir offiziell geschlossen. Ich lasse dann nur noch Leute hinein, die Mitglied sind oder die wir kennen. An der Bar war Hasan M. mit seiner Liebesdame. Ich saß hinten in der verdunkelten Ecke direkt neben der Türe. Da hörte ich, wie Hasan erwähnte, dass sein Bruder Bekim M. bei einer Notwehraktion jemanden getötet hätte. Bekim hätte ihn angerufen, um ihm zu helfen. Als ich das hörte, wurde mir bewusst, dass ich eine Falschaussage gemacht habe, dies muss ich der Polizei melden."

Norwin beruhigt Salih: „Ich werde schauen, dass wir Sie da raushalten. Sie müssen uns Ihre Aussage unterschreiben. Kommen Sie morgen auf das Polizeirevier."

Hasan wird verhaftet

Mit zwei zivilen Polizeiwagen fahren sie los zur Wohnung des jüngeren Bruders. Moon zeigt Hasan M. den Durchsuchungsbefehl, dann legen die Beamten los. Sie finden bei ihm das gesuchte rote Samurai-Schwert Red Warrior Katano mit einem Teilwellenschliff von 69 Zentimeter an der Wand aufgehängt wie ein Bild. Als sein Bruder angeklagt wurde, konnten die Ermittler bei der Durchsuchung das Schwert nirgends finden.

Nils hat etwas gefunden: „Norwin, schau, hier habe ich Quittungen mit einer Aufstellung, an wen Alkan T. das Geld weitergegeben hat. Die kriminelle Organisation wollte, dass Bekim M. und Hasan M. pleite gehen und ihre Geschäftsformel „fuck as desired" nach außen nicht funktioniert. Sie hätten dann den Betrieb übernommen. Aber der Preis mit dem Mord war zu hoch."

Sie verhaften den mutmaßlichen Täter Hasan M. wegen Mordes. Staatsanwalt und Richter sind sehr erbost, dass Salih eine Falschaussage gemacht hat. Er ist mitschuldig, dass Hasan M. damals nicht angeklagt werden konnte. Die Prostituierte, welche auch eine Falschaussage gemacht hat, konnte nicht gefunden werden, da sie anscheinend wieder in Rumänien lebt. Sie hatte eine falsche Adresse angegeben. Normalerweise sind Aussagen und Einschätzungen von Zeugen für Richter nicht relevant. Der Richter zieht selber seine Schlüsse oder er verlangt einen Gutachter. Der Strafverteidiger meldete sich mit „Einspruch", weil nicht genau festgestellt werden konnte, wer was gemacht hat. Das Gericht verurteilte Hasan zu einer lebenslangen Haftstrafe. Die Begründung lieg darin, dass er beim Mord dabei war. Da beide lügen, konnte der genaue Tatablauf nicht festgestellt werden. Mit den vorliegenden Beweismitteln rekonstruiert der Staatsanwalt folgenden Tathergang:

„Bekim hat geschossen, durch den Schuss ist Alkan aber nicht gestorben. Die geliehenen 150.000 Euro sind ein handfestes Mordmotiv. Dazu gibt es den Rapport der Gerichtsmedizinerin. Und Moon Norwin hat vor Gericht die Aussage gemacht und aufgezeigt, dass Alkan durch den Schuss nicht getötet wurde. Am Schwert konnten die Forensiker Dann vom geschlachteten Alkan T. nachweisen und am roten Handgriff die von Hasan M. Er hat Alkan mit dem Schwert geköpft, in fünf Teile zerhackt, auf abscheuliche Art getötet, so zerlegt, wie man ein Tier abschlachtet. Das war eine völlig überzogene Wildheit – eine Übertötung, ein Overkill. Hasan M. ist ein eiskalter, emotionsloser, knallharter Killer, er darf nie mehr in Freiheit sein. Er tötete „mit absolutem Vernichtungswillen". Deshalb wurde er zu einer lebenslangen Haftstrafe verurteilt. Beim islamisch-osmanischen Samurai-Schwert Red Warrior Katano, welches von Hasan als Mordinstrument benutzt wurde, liegt die enorme Tötungskraft in der Krümmung des Säbels."

Der Türsteher erhielt 2,5 Jahre Gefängnis auf Bewährung wegen Falschaussage. Es wird ihm angerechnet, dass er mit den Ermittlern zusammengearbeitet hat.

Bullenpeitsche – Angstlust

(Moon, 6. Fall)

Amigo

Aufgewachsen ist Vera auf einem kleinen Bauernhof. Als sie 17 Jahre alt war, schenkte der Vater ihr ein Reitpferd, einen Hengst und einen handgenähten Pferdesattel. Von diesem Moment an verbrachte sie jede freie Minute mit ihrem Pferd. Sie nannte ihn Amigo. Ihr Vater erzählte, dass einige bereits versucht hätten, ihn einzureiten. Aber Amigo hatte das gar nicht gefallen, alle landeten innert Sekunden mit ihren Hintern wieder auf dem Boden. Die junge Vera versucht mit ihrer Begeisterung, Amigo anzureiten. Das war wirklich ein wilder Satan. Ihr Vater gab ihr den Rat: „Kaufe eine Peitsche, da wird er schon gehorchen." Für ein paar Euro Erspartes hat es gereicht. Vera kauft eine dünne, sehr biegsame Reitgerte. Damit will sie einen erzieherischen Einfluss auf Amigo haben. Mit der Zeit konnte Vera immer besser reiten, sogar ohne Sattel. Sie übte mit der Peitsche. Beim Bewegen des Pferdes setzte sie diese behutsam und gezielt ein. Sie lernte, falsche Reflexe in den Griff zu bekommen und zum Beispiel, wenn Amigo erschreckt, nicht sofort am Zügel zu ziehen oder mit den Beinen fest zu klammern.

Als Vera 17 Jahre alt war, haben ihre Eltern den Hof verkauft und sind nach Sachsen in die Gegend von Neukirch/Lausitz gezogen. Sie hatte Glück, sie durfte Amigo mitnehmen und in einem Pferdehof außerhalb des Dorfes unterbringen. Ein ehemaliger Bauernhof wurde in eine Pension für Pferde umgebaut und verfügt seither als Pferdehof über 14 Pferdeboxen. Vera wurde die hinterste Box für ihren Amigo zugeteilt. Sie musste keine Miete bezahlen.

Dafür war sie verantwortlich für die Pferde. Das war ihre Welt: Füttern der Pferde mit Heu und Kraftfutter, Boxenservice und Weidegang in Absprache. Ab und zu erhielt sie Unterstützung von Alex, dem Sohn der Besitzerfamilie. Die Pferdebesitzer kamen nur kurz zum Ausreiten und zum Pferdestreicheln, den Rest der Arbeit musste Vera alleine verrichten.

Rodeo

Wenn sie zum leichten Trab übergeht, dann wippen ihre prallen Brüste auf und nieder. Alex sieht, wie Vera Amigo reitet, sie hat enorme Fähigkeiten. Er kann ihr dabei stundenlang zusehen, wie sie mit Amigo arbeitet. Seine Augen sind mehr auf Vera gerichtet als auf das Pferd.

Die Eltern von Alex haben auch schon bemerkt, dass ihr Sohn Alex große Augen für Vera hat. Sie warnen ihn, weil sie angeblich noch im Schutzalter ist. Sie merken nicht, dass sein Dingsda zwischen den Beinen sich ab und zu meldet. Wie soll oder wie kann er Vera näherkommen? Diese Frage quält ihn fortan. Eines Tages bietet sich eine Gelegenheit. Vera kehrt nach einem Ausritt in den Stall zurück.

Dort begrüßt Alex sie: „Ich sehe, du reitest Amigo sehr gut. Deine Zügelführung ist ansprechend. Hast du Lust, auf eine Rodeo-Veranstaltung mitzukommen?" „Rodeo kenne ich nicht." „Ist schnell erklärt", sagt er. „Rodeo kommt aus Nordamerika, ursprünglich ging es darum, Wildpferde schnell einzureiten und den gekonnten Umgang mit dem Lasso zu trainieren." „Klingt nach Wildwest."

Alex klärt sie auf: „Nein. Das sind keine Wildpferde, das ist eine reine Schauveranstaltung." „Woher kommen die Pferde?", hakt sie nach. „Diese Tiere hier gelten als „nicht reitbar", daher werden sie für wenig Geld gekauft."

Vera erwidert: „Aber auf den Fotos und im TV sieht das nach hartem Training aus. Und der Reiter muss die ungezähmten wilden Pferde bodigen." „Nein, die Realität ist, dass Rodeos gesteuerte Veranstaltungen sind. Das hat nichts mit Cowboys von früher zu tun. Heute ist das eine reine Zirkus-Show."

„Was genau zeigen die?" „Eine Disziplin ist das Einfangen von Kälbern mit dem Lasso."

Vera meint: „So wie früher?" „Ja, dabei wird die Zeit gemessen, die der Cowboy braucht, um das Kalb einzufangen, es auf den Rücken zu legen und mit dem Seil die Füße festzubinden." „Klingt interessant." „Ist es auch. Es gibt da noch die Vorführungen Reiten auf Pferd und Bulle ohne Sattel. Mit dem Pferd bist du ja spitze." „Ja, das geht mit Amigo inzwischen sehr gut", gibt sie zur Antwort. Aber sagt er: „Gefährlich und spannend ist das Bullenreiten ohne Sattel."

Was Alex ihr nicht erzählt, ist, dass die Rodeo-Veranstaltungen in Deutschland in der Nähe ehemaliger US-Army-Standorte stattfinden. Er verschweigt auch, dass dies zahme Tiere sind, die bei Pferdezüchter gehalten werden. Die Pferde sind nicht „frisch" von der Prärie, sondern es sind Tiere, die physisch geplagt werden, damit die Feierabend-Cowboys als „furchtlose Typen" erscheinen.

„Was meinst du, sollen wir so eine Veranstaltung besuchen?" „Ich gebe dir Bescheid."

Vera telefoniert mit einer Kollegin, die sie aufklärt. „Du weißt schon, dass die Sporen einsetzen und Flankengurte verwenden." „Nein, wusste ich nicht." „Den Pferden werden Schmerzen zugefügt. Inzwischen haben die Gerichte diese Art von Rodeos untersagt." „Danke für die Hinweise." Vera stellt Alex zur Rede: „Du, mir wurde gesagt, dass das ein schrecklicher Pferdesport ist." „Nein, dort wo wir hingehen, befolgen sie die Vorschriften und Empfehlungen des Tierschutzes. Und die Veranstalter müssen eine Genehmigung nach § 11 des Tierschutzgesetztes vorweisen."

Sie lässt sich damit überreden und fährt mit Alex zu einer Veranstaltung nach Hessen. Auf dem Veranstaltungsgelände stehen die angeblich „wilden" Pferde friedlich zusammen, sie lassen sich streicheln. Aber diese Pferde werden eben wild gemacht, damit sie bei einer Show „wild" buckeln und den Reiter abwerfen. Vera beobachtet, wie in der Startbox den Pferden die „Chute" fest angezogen wird. Das Pferd wird gereizt und zeigt so das gewollte Buckeln. Sie sieht, dass dies eine Abwehrreaktion ist und nichts mit Wildheit zu tun hat.

„Alex, das gefällt mir gar nicht", moniert sie. „Hab dich nicht so. In den USA ist dies eine Art Folklore." „Trotzdem, wer sein

Pferd liebt, plagt es nicht." „Es ist eine Huldigung an die Siedler. Sie mussten diese wildlebenden Pferde als Nutztiere einfangen und diese wurden für die Erschließung des Landes eingesetzt. Die Bedingungen damals waren fürchterlich." „Wir leben in der heutigen Zeit, ich denke da eher an Lasso werfen, Lagerfeuerromantik und Westernreiten", entgegnet Vera.

Viele Marktfahrer haben ihre Stände aufgebaut, präsentieren Waren rund um den Pferdesport.

„Laufen wir noch durch den Markt." „Gut." Bei den Peitschen bliebt Vera fasziniert stehen: „Ich kaufe mir eine Bullenpeitsche." „Reicht dir die Reitgerte nicht?" „Nein, ich will eine, wie sie Indiana Jones im Film benutzte."

Sie kauft eine Peitsche mit schönem Finish und angenehmen Handling. Diese Bullenpeitsche ist ultralaut, mit geflochtenem Leder und hat eine praktische Handschlaufe. Es wird empfohlen, einen Gehörschutz, Hut und Schutzbrille zu tragen. Der Verkäufer gibt ihr den Rat:

„Diese Bullenpeitsche ist nicht ohne Risiko. Für Anwendungen mit Tricks sind Sie selber verantwortlich. Bitte denken Sie an meine Worte."

Beim Verlassen des Veranstaltungsgeländes erhalten Sie eine kleine Information in Form einer Broschüre. Mit viel Herzblut kümmert sich der Organisator um die artgerechten Transporte der Pferde und die „sauberen" Vorführungen. Inzwischen wird der Tierschutz vorbildlich erfüllt. Dadurch wächst die Fangemeinde des Rodeo-Sports. Seit diesem Besuch der Rodeo-Veranstaltung übt Vera täglich mit ihrer ledernen Bullenpeitsche, natürlich ohne Pferd. Was sie mit dieser Peitsche alles anstellen kann, beflügelt die sexuellen Fantasien mancher Männer. Neben dem Reiten ist Vera sehr geschickt im Umgang mit der Bullenpeitsche. Ihre Tricks sind beeindruckend. Sie konnte weit über hundert Mal in einer Minute die Peitsche knallen lassen. Hinter dem Stall hat sie einen Pfahl aufgestellt und daran befestigt sie Zigaretten. Im Abstand von drei bis vier Meter knallt sie mit der Peitsche und trifft. Sie stellt leere Dosen auf den Pfahl und schlägt auch diese gezielt hinunter.

Es war Sommer, an einem sonnigen Tag

Alex ist in guter Laune: „Ich helfe dir, die Pferdeboxen auszumisten und die Tiere zu füttern". „Das ist lieb."

Heute ist ein schöner Sommertag. Einer der letzten im August. Vielleicht hat Vera gewusst, dass etwas in der Luft liegt. Alex hilft fleißig, die Boxen ausmisten, Vera holt das Pferde-Stroh, welches als Futter und Einstreu zugleich dient. Nach der Stallarbeit setzen sie sich auf Strohballen. Sie sprechen über die Peitsche, das Rodeo und über die Gastpferde. Dabei sehen sie sich in die Augen. Alex hatte das Gefühl, als würden ihre Augen ihm sagen „Komm, nimm mich". Vor einigen Monaten hatten seine Eltern ihn vor Vera gewarnt. Inzwischen ist ihm klar, sie ist 18 geworden, er 23.

Alex hat keine Erfahrung im Umgang mit jungen Frauen, er weiß nicht viel über die Liebe, woher auch? Wenn im TV Sex-Szenen zu sehen sind, dann sagen seine konservativen Eltern immer: „Es sollte verboten sein, so etwas öffentlich zu zeigen." Da ist es nicht verwunderlich, dass Alex unbeholfen ist, wenn es darum geht, eine junge Frau anzusprechen. Vera ist eine natürliche Schönheit, trägt langes schwarze Haar. Ihr Blick macht ihn verlegen, er weiß nicht, was tun. Langsam näherte er sich ihr, den Augenkontakt haltend, dann küsst er sie. Wau, sie hat so zarte Lippen. Das Gefühl ging bei ihm bis in den Genitalbereich. Er streichelt ihre Wangen, sie küssen sich weiter und wilder. Alex nimmt sie bei der Hand und steigt mit ihr über ein paar Strohballen hinweg, dahinter können sie sich ungestört lieben. Er massierte sie zärtlich, sein Penis wird ganz hart. Während er sie massiert, zieht er ihr langsam die Kleider aus. Ihr Rock rutsche alleine hoch, so kann er mit der einen Hand das feine Höschen runterziehen. Mit der anderen Hand streichelte er sie als Ablenkung.

In seinem Kopf will die Geilheit explodieren. Er kann sich nicht mehr zurückhalten, bumst ihre Muschi, entjungfert Vera so richtig ritterlich hart. Er verpasst ihr in seinem Drang mit seinem dicken Schwanz einen denkwürdigen ersten kräftigen Fick.

Vera ist mit 18 Jahren nicht bereit für ihr erstes Mal. Trotzdem hat sie das mit Alex erduldet. Sie kann keine sexuelle Zustimmung abgeben, als sie durch seine Granate entjungfert wird. Sie verliert mehr Gedanken darüber, weil sie noch nie gebumst hat, also ließ sie sich dazu verleiten und es über sich ergehen. Sie will das erste Mal hinter sich bringen. Es ist keine Vergewaltigung, Sie hat nicht Nein gesagt. Alex hat auch nicht gefragt, ob sie es will. Vera ist eine hübsche sexy Frau, aber dies hatte sie sich anders vorgestellt.

Ausritt mit Folgen

Wie so oft, unternimmt Vera mit Amigo einen Ausritt in den nahen Wald. Irgendein Tier oder Geräusch verängstigt Amigo. Der Hengst bäumt sich auf, Vera stürzt vom Pferd. Sie schlägt mit den Beinen und dem Kopf auf dem steinigen Boden auf. Sie schreit fürchterlich vor Schmerzen, realisiert, dass sie nicht aufstehen kann. Was sie nicht weiß, ist, dass sie Glück bei diesem Unfall hatte, sie hätte im Steigbügel hängen bleiben können. Aufgeschreckt galoppiert Amigo ohne Reiterin zu seinem Stall zurück. Alex erkennt sofort, dass Amigo ohne Vera angetrabt kommt. Er weiß, da ist was passiert. Er beruhigt Amigo, bringt ihn in den Stall, dann macht er sich auf die Suche.

Mit seiner alten Karre fährt er Richtung Wald, den Waldweg entlang. Es dauert nicht lange, da sieht er, wie sie verletzt, halb ohnmächtig am Boden liegt. Sie kann ihr rechtes Bein nicht bewegen. Das Knie und die Hüfte schmerzen fürchterlich. Alex versucht, sie anzufassen und hochzuziehen, aber sie schreit furchteinflößend. Er stellt sich auf die andere Seite, dann sieht er die blutende Wunde: „Ich verbinde das Bein." Mit einem T-Shirt, das er im Auto hat, verbindet er die Wunde. Eine Notapotheke hat er nicht. „Leg deinen Arm um meine Schulter, damit ich dich langsam hochziehen kann." Er nimmt Vera vorsichtig hoch, hilft ihr, auf den Rücksitz halb liegend Platz zu nehmen. Dann fährt er mit ihr in das 20 Kilometer entfernte Spital.

Die Ärzte in der Notfallaufnahme geben ihr eine Infusion mit schmerzstillenden Mitteln. Dann werden Röntgenaufnahmen gemacht. Nach langer Zeit kommt ein Oberarzt. Er erklärt ihr die Bilder, zeigt ihr, welche Operation erforderlich ist. „Die

Schwestern werden Sie für die OP vorbereiten", sagt er und geht weiter. Am nächsten Morgen wird sie operiert. Nach zwei Wochen wird sie entlassen mit Krücken und schmerzstillenden Tabletten. Die nächsten acht Wochen darf sie das Bein nicht belasten. Es ist eine schwierige Zeit. Ihr wird bewusst, dass dieser fürchterliche Reitunfall leicht hätte tödlich ausgehen können, alleine schon wegen der spitzen Steine am Boden. Vielleicht hätte Vera ein Horse Agility Anti-Schreck-Training absolvieren sollen. Dieses Training stärkt das Vertrauen des Pferdes in den Menschen und sich selbst. Seit diesem Reitunfall hinkt Vera mit dem rechten Bein.

Ein paar Monate später geht sie mit Amigo wieder reiten. Aber es ist nicht mehr so wie zuvor. Hat sie vielleicht Amigo zu kräftig mit der Reitgerte traktiert? In Reiterkreisen spricht man davon, dass ein Pferd, wenn es heftig geschlagen wird oder der Sattel nicht richtig sitzt, versucht, seinen Reiter abzuwerfen. Amigo hat ja ganz am Anfang alle Reiter abgeworfen. Vera sprach nie darüber, wie sie Amigo behandelt hat. Sie hat sich seit dem Reitunfall verändert. Ihre dunklen Gesichtszüge verheißen nichts Gutes. Wenn sie die Reiterstiefel und Reithosen angezogen hat, im Eingang zum Reiterhof steht, in der einen Hand ihre Bullenpeitsche oder Gerte, ist sie das Ebenbild einer grausamen Gefängniswärterin, die ihre Insassen quält. Ein furchteinflößendes Bild, schreckliche Gedanken.

„Ich will dich nicht verführen"

Trotz ihres Handicaps, des leichten Hinkens, sieht Vera bildhübsch aus. Dies ist den verschiedenen „Rösseler" nicht entgangen. Alle sehen, dass sie eine gute Reiterin ist, die Bullenpeitsche perfekt beherrscht und sexy aussieht. Von den Männern, die ihre Reitpferde im Pferdehof untergebracht haben, wird sie genau beobachtet. Einer hat ihre spezielle Begabung erkannt. Mit den Tieren ist sie wie eine Pferdeflüsterin. Sie kann mit allen Pferden sehr gut umgehen, das verschafft ihr Achtung. Eines Tages wird sie von Marc, einem attraktiven Pferdebesitzer angesprochen: „Vera, falls du möchtest, kann ich dich in unseren Landhaus Club mitnehmen. Wir suchen immer jüngere Damen." „Was ist das für ein Club?"

„Es ist ein reiner Swinger Club, der an vier Tagen die Woche geöffnet ist. Wir suchen eine attraktive Frau für den Empfang der Mitglieder und deren Gäste." „Was heißt Swinger?" „Die meisten Clubmitglieder sind Pferdebesitzer, deshalb heißt unsere Vereinigung „HS Club". Das ist die Abkürzung für „Horse Swinger Club". Wir bieten den Gästen die Möglichkeit, sich für ein lustvolles Leben auszutauschen. Zutritt haben nur Mitglieder. Diese dürfen eine Person mitnehmen."

„Was versteht Ihr unter Swinger, ist das ein Puff?" Marc erklärt ihr mit Geduld: „Swinger ist vom Englischen „to swing" abgeleitet und bedeutet sich frei bewegen, hin und her pendeln, eben schwingen. Die Clubmitglieder können ohne Einschränkung ihre Sexualität mit verschiedenen Personen ausleben. Hier begeben sie sich in absolute Demut, erleben diese hautnah. Sie können ihre sexuellen Fantasien mit Gruppensex und Partnertausch ausleben. Bei uns können Sex-Wünsche ausgesprochen werden."

„Sind das einfach Zimmer oder wie kann ich das verstehen?" „Die Räume sind Doppelzimmer, verfügen alle wie in einem Hotel über ein Bad mit DU/WC. Die Zimmer können am Empfang, per E-Mail oder Telefon reserviert werden."

„Welche Räume gibt es? Was ist BDSM?", fragt Vera neugierig nach. Marc erklärt ihr die Bereiche und deren Bedeutung.

„BDSM beinhaltet drei Teilbereiche des SM."

„Also Sadomasochismus." „Ja."

„Kann man da Schmerzen zufügen, so stark, wie man will?"

„Nein, wo denkst du hin? Es gibt die Notbremse, ein „Safeword", welches bei Sexbeginn vereinbart wird."

„Beispiel?" „Mayday" wird weltweit angewandt", erklärt Marc.

„Das Programm in der Folterkammer möchte ich gerne sehen."

„Kannst du, ich will dich nicht verführen, möchte dir sagen, wir suchen eine Empfangsdame, die den Zutritt der Gäste managt. Diese Person ist verantwortlich für Reservation, Kasse, Zutrittsticket, den gesitteten Ablauf und die Ordnung in den Räumlichkeiten."

„Heißt das, die Empfangsdame muss auch noch putzen?"
„Nein, natürlich nicht, die Empfangsdame muss nach jedem Gebrauch dem Hausmeister Edy melden, dass der gebuchte Raum jetzt frei ist. Er reinigt und desinfiziert die Räume nach jeder Vermietung. Die Meldung erfolgt meistens über die „Dominas". Edy ist auch verantwortlich für die Technik in allen Zimmern."
„Ich bin gespannt auf diese „Torture Chambers"."
Marc lächelt: „Ich hole dich hier am Samstag gegen 18.00 Uhr ab." „Nein, dort, wo ich wohne, bei meinen Eltern."
Sie gibt ihm ihre Privatadresse, dann verabschieden sie sich. Marc überlegt, wieso Vera die Folterkammer so gezielt anspricht. Was steckt dahinter? Pünktlich wird Vera zu Hause abgeholt, dann geht die Fahrt Richtung „H. S. Club". Von der Straße aus sieht man nur Umrisse eines schönen großen Hauses, welches 30 Minuten Autofahrt von ihrem Wohnort entfernt liegt. Die ganze Umgebung ist verwachsen mit einem großen Baumbestand und mit viel Gebüsch, das Grundstück ist ca. 1 Hektar (10.000 m²) groß. Sie fahren bis zum Eingang des noblen Hauses. Der Vorplatz ist mit Kies belegt, alles gepflegt. Dort können viele Fahrzeuge diskret parkieren, man sieht sie von der Straße aus nicht. Das Entrée präsentiert sich feudal. Rechts und links sind alte Bauerngeräte aufgestellt. Früher wurde die Feldbearbeitung mit Ackergäulen erledigt. Die Geräte beim Eingang erinnern an diese Zeit. Schon beim Eintreten spürt Vera den Pferde-Duft. Da müssen Menschen ein- und ausgehen, die mit Pferden zu tun haben. Wenn man Pferde pflegt und reitet, dann riecht man nach Pferd und Stall.
„Das mit dem Pferdeduft, ist das gewollt?"
„Haha, ja klar, der Clubname beginnt ja mit „Horse"."
„Ich bin gespannt."
„Du wirst alle Räume sehen." „Cool."
„Unser ‚Club' ist in Zone A und Zone FKK aufgeteilt."
„Weshalb?" „Es geht um Sicherheit und Hygiene."
Zone A – Kleidervorschrift, leger, sportlich, nicht nackt.
Eingangsbereich: Zutritt für Mitglieder.
Privatpersonen in Begleitung mit Clubmitglied.

Aufgaben beim Welcome-Desk:
Ein-/Auschecken der Gäste, Zimmer buchen, an der Kasse bezahlen, Bar oder mit Karte.
Zutritt in die Räume nur mit Ticket.
Auf Abruf mobile Masseurin.
An der Bar: Erstkontakt mit Gastdomina.
Bestellungen wie Champagner usw. über den Room-Service.
Zone FKK: Zutritt nur mit Ticket.
Einweg-Pantoffeln, Badetuch.
Garderobe mit abschließbaren Kleiderschrank (Umziehen im Zimmer möglich).

Obergeschoss: 9 Doppelzimmer für individuelle Massage, Spanking, alkoholfreie Getränke sind im Kühlschrank. Es gibt verschiedene Energydrinks.

Wellness im Anbau: Sauna für 6 bis 8 Personen, Whirlpool 6 Personen, Swimmingpool bis 10 Personen.

Spezial-Buchung: Folterkammer für BDSM im Erdgeschoss: Großer Saal mit Schloss-Kamin.

„Wie gesagt, der Gast reserviert ein Zimmer am Welcome-Desk. Er bestimmt Raum und Zeit, z. Bsp. zwei oder drei Stunden. Dann bezahlt er die Miete und erhält ein Zutritts-Ticket für sein Zimmer. Mit diesem Ticket hat er nur Zutritt in das gebuchte Zimmer und für diese Zeit. Falls er im Voraus eine „Domina" bestellt hat oder eine dabei ist, dann muss er sie im Zimmer bezahlen. Wir haben damit nichts zu tun. Bei vielen Clubmitgliedern ist die Partnerin oder die Frau dabei."

„Wie sind die Zimmer ausgerüstet?"

„Alle haben einen Porno-TV-Kanal."

Vera fragt sofort: „Weshalb das denn?"

„Um sich anzutörnen und in Stimmung zu versetzen. Oder sie holen sich gegenseitig einen runter." „Jedem das Seine".

„Für Gruppensex kann jeder Paar-Raum genutzt werden. Es gibt viele Sitzkissen und Liegemöglichkeiten. Alle Zimmer haben ein King-Size-Bett mit Himmel. Es sind Mettallbetten in Schmideisen-Optik (180 x 200 cm). Und es gibt eine spezielle Liege für Spanking und andere Spielereien."

„Ist das ein Bedürfnis?"

„Ja und wie. Das Spanking ist mehr als nur „Schlagen auf den Hintern", es peppt das Sexleben auf. Das Liebesspiel wird erotisch aufgebaut. Ideal für ein Vorspiel." „Wird da einfach wild auf den Arsch getrommelt?" „Natürlich nicht, die Intensität wird im Voraus festgelegt, auch die Dauer und Häufigkeit des Hauens."

Sie gehen in das angebaute Gebäude und werfen einen Blick in den Massage-Raum: „Du siehst zwei Massagetische, hier werden professionelle Massagen durchgeführt."

„Sex-Massagen?"

„Nein. Hier werden Körper- und Entspannungsmassagen von einem zertifizierten Wellness Therapeuten durchgeführt. Die Schilder an den Türen „Nicht stören" oder „Besetzt" sind unbedingt zu beachten."

„Das funktioniert?"

„Sehr gut sogar. Wir gehen jetzt in den großen Saal, in die Torture Chamber."

„Klingt nach Folterkammer."

„Ja, ist es auch. Die Folterkammer wurde umgebaut. Im ehemaligen Herrenhaus im 80 Quadratmeter großen Salon wurde der alte offene Kamin renoviert. Ein neuer Holzbalken wurde oberhalb der großen Feuerstelle eingesetzt."

„So etwas mag ich". Obwohl das Schild an der Türe auf „Besetzt" hinweist, öffnet Marc die Türe zur Folterkammer: „Hier sind wir in der Domina Luxus-Suite."

Vera ist sprachlos. Der Raum ist an den Wänden mit rotbraunem, leicht pigmentiertem Büffelleder ausgestattet. Dieser edle Raum versprüht eine erhabene Disziplin. Es riecht hier förmlich nach Gehorsam. Neben dem Kamin stehen ein Zweisitzer Chesterfield Ledersofa, zwei Ledersessel und seitlich davon zwei Folterliegetische. Langsam findet sie die Sprache wieder.

„Für was sind die vielen Geräte?"

„Dieser einmalige Raum ist für den BDSM-Bereich reserviert. Das hier ist die Torture Chamber."

„Wird die oft gebucht?" „Von Mittwoch bis Samstag pro Tag mehrmals. Dazwischen ist jedes Mal die Reinigung. Es muss extrem auf Sauberkeit geachtet werden. Dir gefällt dieser Raum?" „Ja. Da möchte ich dabei sein und zusehen, wie so etwas abläuft."

„Hier werden die devoten Subjekte in eine Fantasiewelt entführt."

„Das zieht mich an, das ist wie Magie."

„Wir haben noch Zeit, ab 21.00 Uhr ist der Raum belegt, ich kenne die Personen, du kannst dabei sein."

„Bin gespannt."

„Freut mich. Die weiteren Räume wie Sauna, Whirlpool und Swimmingpool sind selbsterklärend." „Ja." „Komm, wir trinken etwas an der Bar, dann gehen wir in die Höhle der „Lady in Red"."

„Bin aufgeregt, was mich erwartet, wie das abläuft."

Schnell geht eine halbe Stunde an der Bar vorbei: „Ich frage die Domina, ob wir als stille Voyeure zuschauen dürfen."

Marc kommt raschen Schrittes retour: „Wir können reingehen."

Leise betreten sie den abgedunkelten Raum, in einer Ecke ist eine Pferdebox nachgebildet, eine Art Käfig. Daneben befinden sich vier rechteckige Strohballen und ein übergroßes Bild, das den Blick aus der Pferdebox auf eine hügelige Landschaft darstellt. Ein wunderbares Bild, so als wenn man in die Freiheit springen möchte. Dies hat Vera bei der kurzen Besichtigung nicht wahrgenommen. An einer Wand sieht sie ein eisernes schwarzes Gitter mit verschiedenen Möglichkeiten zum Festbinden. Schräg in der Mitte des Raumes steht ein schönes Bondagebett aus Edelstahl. Dort liegen Bondage-Fesseln für Sex mit Handfessel und Fußfessel, um den Sklaven am Bett festzuzurren. Es gibt auch eine Holzstreckbank, einen Sklavenstuhl und einen Zahnarztstuhl.

Auf der anderen Seite ist der repräsentative französische Schloss-Kamin, erbaut aus Kalksteinen aus dem 19. Jahrhundert. Hier kann ein Meter langes Brennholz verbrannt werden. Der Kamin ist offen vom Steinboden und hat eine Feuerhöhe von ca. 120 Zentimetern. Beeindruckend, wie die Gutsbesitzer früher gelebt hatten. Marc und Vera setzen sich auf einen Strohballen, schauen dem Sexspiel zu.

Vera ist entflammt, hier wird ein willenloser „Sklave" von einer strengen Herrin in roter Latex Straps-Corsage und rot-schwarzen Kontraststreifen gezüchtigt. Sie erniedrigt den „Sklaven", er wird mit spielerischen Instrumenten geplagt. Es wird gespankt, es wird mit den Händen recht hart auf den Arsch geschlagen, er wird mit der Peitsche gepeinigt. Ursprünglich war eine Domina die Vorsteherin eines Klosters, sie war die „Herrin des Hauses". Die Domina heute bietet gegen Entgelt sadistische sexuelle Praktiken, sie spielt die Herrin. Diese Tätigkeit gilt als Sexarbeit laut Prostitutionsgesetz. Marc kennt alle diese Spiele, für ihn und die Damen ist es ein gutes Geschäft. Er beobachtet Vera genau, stellt fest, dass sie jede Bewegung in sich „aufsaugt", ihre Augen sind faszinierend. Die Herrin hält einen älteren nackten „Hengst" an einem Halsband, führt ihn so, als wäre er ein Pferd. Angetrieben und dirigiert wird er von ihrer Peitsche. Sie schlägt auf seinen Rücken: „Los, küsse mir meine Füße." Er soll ihr ein Zeichen von Respekt geben. Die Füße werden in Indien als schmutziger Körperteil angesehen. Durch eine Verbeugung oder das Küssen der Füße zeigt man, dass man auch diese Stelle zu würdigen weiß.

„So ist es gut. Ich zäume dich jetzt und laufe mit dir umher. Denke daran, wenn ich anhalte, küsse mir die Füße, sonst spürst du meine Gerte."

Er nickt mit dem Kopf wie ein Pferd. Sie schwingt die Gerte: „Steh auf, Beine breit, Hände auf den Kopf."

Jetzt hält sie ein Zaumzeug in der Hand ohne. „Die Hände auf den Rücken, ich lege dir jetzt ein abgeändertes Kopfteil an."

In strengen Befehlston ruft sie: „Die Trense brauche ich, um dich mit dem Reithalfter steuern zu können." Vielleicht ist der ältere „Hengst" hörgeschädigt. Sie gibt ihm einen Schlag mit der Peitsche:

„Jetzt auf alle Viere. Für deine Eier lege ich dir einen Sackhalter an."

Bei dieser Prozedur nahm die Herrin seine Hoden in die Hand, drückt herum und zieht ihm eine spezielle Halterung mit Riemen um die Lenden an. Vera sieht, wie es dem „Hengst" heiß wird, sein Penis schwillt an. Es sieht unwirklich aus, der Hodensack eingepackt, der Schwanz guckt steif nach vorne. Sie klatsche ihm auf den Hintern: „Das Pferdchen ist gut verschnürt, bleib still, bin gleich wieder da."

Sie verschwindet hinter einem schwarzen Raumteiler. Die Herrin kommt aus dem Dunkeln heraus. Dem „Pferd" stockte der Atem. Sie steht in Reithose aus Latex, Stiefel und Bluse vor ihm. Die Hose ist um ihre Muschi herum ausgeschnitten, so dass er ihre rasierte Vagina sehen kann. Ihre leicht rötlich gefärbten Haare und die roten Lederhandschuhe zeigen eine strenge Domina. Sie schwingt die Gerte, zeigt, wer hier Chefin ist. Langsam geht sie auf ihn zu, er realisiert das, bückt sich schnell, küsst ihre Schuhe. Anscheinend bereiten die Schläge mit der Gerte Schmerzen. Dann nimmt sie die Zügel, führt ihn im Zimmer um das Bondagebett herum. „Brrr, halt." Sie bückt sich, sieht in seine glänzenden Augen, hoffentlich „explodiert" seine Geilheit nicht. Eisern im Befehlston sagt sie: „Jetzt wird nicht „gespritzt", wir drehen noch eine Runde, los."

Und wieder läuft er auf allen Vieren um das Folterbett herum, sie steuert ihn mit der Leine. Zwischendurch schlägt sie ihn auf den Po. „Stopp, jetzt nehmen wir das Zaumzeug ab, dann wirst du auf dem Bett angebunden."

Nackt wie er ist, mit seinem Steifen, steigt er auf das Bett.

„Auf den Rücken liegen, Hände nach oben", eilig werden seine Hände am Kopfteil des Bettes festgebunden. Da liegt der Kerl, man sieht, dass er einen inneren Kampf hat und enormen Druck aufbaut. Wie von Geisterhand verschwindet die Herrin, nach ein paar Minuten erscheint sie wieder in ihrem rassigen Latex Straps Outfit. Sie gibt ihm die Peitsche auf die Schenkel: „Bleib ruhig."

Dann steigt sie auf das Bondagebett, setzt sich auf seine Brust und hält ihm ihre ganze Venus ins Gesicht. Ihre Venus hat sie mit einem Intimduft, einem Geruchs-Gourmets, welches eine luststeigernde Wirkung verspricht, eingesprüht: „Los, saugen, schlecken, besorg es mir."

Für die Domina ist das Facesitting ein geiles Gefühl. Er kriegt die Peitsche als Ansporn, es ihr oral noch kräftiger zu besorgen, wieder zu spüren. Sie wippt, als ob sie auf einem Pferd reiten würde. Plötzlich ist sie blockiert.

„Das hat gutgetan", flüstert sie und geht dabei rückwärts nach unten. Sein Schwanz steht immer noch und wartet, dass er erlöst wird. Sie setzt sich auf ihn. So kann er sehen, wie er in sie eindringt. „Los, fick mich."

Der „Hengst" ist immer noch mit den Händen am Bett angebunden. Er kann nur Beine und Unterkörper ein wenig bewegen. „Ja, so ist gut", muntert sie ihn auf. Ein Schrei, sein Körper zuckt ein paar Mal, dann wird er schlaff. Die Herrin beugt sich zu ihm: „Wunderschön, hast du gut gemacht. Bist ein braves Pferd."

Dann steigt sie runter vom Bett und befreit ihn von der Fesselung. Marc und Vera gehen leise nach draußen, bestellen einen Drink. Sie nippen am Longdrink. Eine längere Zeit hängt jeder seinen Gedanken nach, dann:

„Ist deine Frage beantwortet?"

„Beachtung, das war eine supergeile Vorführung."

„Freut mich. Ich fahre dich nach Hause." Auf der Fahrt diskutieren sie die Dienstleistungen vom „H. S. Club" und sprechen darüber, wie viele Mitglieder im Durchschnitt den Club besuchen.

„Kommen täglich Kunden?"

„Ja, täglich von mittwochs bis samstags. Am Mittwoch treffen sich einige Gastdominas zum Austausch der Sexspiele. Sie besprechen die ausgefallen Sex-Wünsche ihrer Klientel. Sie diskutieren auch abartige Wünsche und sprechen darüber, wie weit sie gehen dürfen."

„Habe von SM gehört oder von BDSM gelesen, was bedeutet die Abkürzung genau?", will Vera genauer wissen. Sie möchte bei den Damen nicht als blutige Anfängerin dastehen. Marc erklärt ihr behutsam: „BDSM ist die Abkürzung für: „Bondage & Discipline, Dominance & Submission, Sadism & Masochism". Der Begriff steht für Sexualpraktiken, die oft als Sadomasochismus bezeichnet werden. Dazu gehören sexuelle Unterwerfung, Dominanz- und Fesselspiele."

Zuhause bei Vera angekommen: „Hier ist meine Karte, du weißt, wie ich erreichbar bin."

„Vielen Dank, ich melde mich", sie gibt ihm ein Küsschen auf die Wange. Dann entschwindet der Wagen in der Dunkelheit. Vera liegt im Bett, kann nicht einschlafen. Ihre Gedanken sind beim „H. S. Club". Sie denkt daran, dass sie dort arbeiten könnte. Dann würde sie die Männer so richtig mit der Peitsche züchtigen und sie blutig schlagen.

„Lady in Black"

Vera versorgt die Pferde und mistet die Boxen aus, aber ihre Gedanken kreisen um das Angebot von Marc, im „H. S. Club" arbeiten zu dürfen. Wie kann sie das bewältigen, tagsüber die Pferde betreuen und abends bis weit in die Nacht hinein als Empfangsdame zu dienen? Wie würde Alex reagieren? Nur Empfangsdame zu spielen, das reicht ihr nicht. Sie hat Großes vor. Sie will nicht undankbar sein, aber diese Chance will sie nutzen. Die Eltern von Alex haben es ihr ermöglicht, dass sie für Amigo einen Stall gefunden hat. Sie verdienen mit ihrer Arbeit aber viel Geld, so ohne Eigennutzen haben sie es nicht getan. Was ist, wenn Alex sie mit Amigo nicht mehr sehen will? Diese Gedanken beschäftigen Vera. Sie wählt die Nummer von Marc: „Hallo Marc."

„Hi Vera, hast du dich verwählt?"

„Nein, dein Angebot beschäftigt mich. Ich möchte diese Aufgabe übernehmen."

„Freut mich, sehr gut."

„Aber ich habe ein paar Fragen auch wegen meines Pferds Amigo." „Kein Problem, ich hole dich heute Abend bei deinen Eltern ab, so gegen 18:00 Uhr. Ist das ok.?" „Ja, sehr gut. Bis dann."

Er holt Vera mit seiner noblen Karosse ab, sie fahren zum Club-Haus und gehen direkt in das Büro von Marc.

„Du hast angerufen, erzähle mir deine Vorstellung."

„Du hast gesagt, der Run ist an vier Tagen in der Woche?"

„Richtig. Aus Erfahrung wäre es gut, wenn du alle vier Tagen arbeiten könntest."

„Ich habe eine Idee."

„Die wäre?"

„Die „Show" der „Lady in Red" hat mich so etwas von begeistert, dass möchte ich auch tun, allerdings als „Lady in Black"."
Jetzt ist es raus. Wie wird Marc reagieren? Er kneift die Lippen zusammen, überlegt, dann legt er los:

„Tolle Idee, als Pendent zur „Lady in Red"."

„Und, wenn ich das tue, dann möchte ich als Herrin mit der Bullenpeitsche meine Dienste anbieten."

„Jetzt gehst du aber aufs Ganze!"

„Du hast ja gesehen, wie ich mit der Peitsche zielgenau knallen und treffen kann."

„Und wie! Das ist mir bewusst, auch deine Reitkünste sind beachtenswert."

„Das heißt, ich darf diese Rolle übernehmen?"

„Ja, du kannst dies tun, du musst aber in der Zeit, wenn du keinen Einsatz hast, beim Empfang arbeiten."

„Bin voll dabei. Wie sieht es mit der Entlohnung aus?"

„Du kriegst die Stunden bezahlt. Wie schon erwähnt, werden die Räume fest gebucht für eine vereinbarte Zeit. Danach werden diese gereinigt und stehen wieder zur Verfügung. Die Preise richten sich nach der Dauer der Session. Beachte, dass das Vorgespräch für die Wünsche nicht berechnet wird."

„Du meinst die Bezahlung der Domina?"

„Ja genau. Sie wird im Voraus im Zimmer bezahlt."

„Bin dabei. Habe noch eine Frage. Ich muss die Arbeit im Pferdehof reduzieren, das könnte Probleme geben mit Alex. Wie soll ich da reagieren?"

„Mach dir darüber keine Sorge, ich kenne die Eltern von Alex, sein Vater ist Clubmitglied. Die Frau darf aber nichts davon erfahren." „Selbstverständlich."

Marc gibt ihr eine Aufgabe: „Damit ich dich als „Lady in Black" anbieten kann, musst du mir eine Aufstellung über deine Costumes, deine Rollenspiele, Fetische, deine Dominanz mit der Peitsche schreiben. Geht das?"

„Ja, bis Ende Woche, dann hast du diese Auflistung."

„Sehr gut, ich fahre dich wieder nach Hause."

Auftritt in Schwarz

Vera schreibt an ihrer neuen Lebensrolle, notiert alles in der Ich-Form auf ein Blatt für Marc, damit er ihre Dienstleistung anbieten kann.

Mein „Künstlername". Ich bin die Herrin Tatjana, man nennt mich „Lady in Black". Meine weibliche Dominanz, meine Macht, verkörpere ich mit der Bullenpeitsche für dich, für außergewöhnliche Sklavenerziehung bei mir, der Herrin Tatjana. Unsere besondere Verbindung bringt dich soweit, dass du nicht genug von deiner Gebieterin bekommen kannst. Du bist angetan von einer selbstbewussten starken Frau, die gut reiten kann, die deine Fantasie beflügelt, die fast keine Grenzen setzt. Suchst du eine strenge Chefin, eine resolute Herrin, eine Fetischlady für fantastische Rollenspiele, eine Femme fatale, dann wirst du meine magisch-dämonischen Züge spüren, ich werde dich erotisch an mich binden und steuern. Als deine Krankenschwester in High Heels werde ich dich verführen. Meine Vorlieben sind, dich zu fesseln, dich mit dem Strapon zu vergnügen, dich mit der Bullenpeitsche und der Gerte zu bestrafen, dich als „Pferd" züchtigen. Die Bullenpeitsche wird in der Folterkammer eingesetzt.
Wie möchtest du mich sehen?
In Strings, hinreißenden Panties, Corsagen für einen verführerischen Auftritt in Schwarz. Bodys Stylish Eyecatcher. Ich bin 178 Zentimeter groß, wiege 69 Kilogramm, die Masse sind 94 – 72 – 95, Kleidungsgröße 36, Schuhgröße 38. Dein Drang wird immer größer, wenn du freiwillig vor mir auf die Knie gehst, weil ich dann dein Verhalten getriggert habe. Ich züchtige dich über deine Grenzen hinaus. Denke daran, in meiner Art bin ich mit der Bullenpeitsche absolut unerreicht und authentisch. Melde dich, ruf an, erzähle mir deine Wünsche. Ich bin deine Herrin Tatjana.

Als Vera dies niedergeschrieben hat, fragt sie ihren Vater, ob sie sein Auto haben kann. Bevor sie losfährt, ruft sie Marc an: „Hi, bist du im Club?" „Ja, weshalb?" „Ich habe meine Rolle geschrieben, möchte sie mit dir besprechen." „Komm vorbei."

Flott fährt sie zum „Horse Swinger Club". An der Bar wird sie von Marc empfangen. Er nutzt den Moment, stellt sie den anwesenden Gästedamen und Clubmitgliedern vor. Sie gehen nach oben in sein Büro. Er liest den Text, ist begeistert: „Sehr gut, das ist eine hervorragende Variante und Ergänzung zu unseren Dienstleistungen."

„Was meinst du genau?"

„Schau, du hast ja gesehen, dass die Leute, die ein Pferd in der Pension haben, diese Rösseler, alle Chefs von größeren Unternehmungen sind." „Aus dieser Sicht habe ich das gar nicht betrachtet."

Marc erklärt ihr: „Die sexuelle Lust an der Unterwerfung ist immer noch ein Thema, über das man nicht spricht. Als Ausgleich zum Alltag suchen viele sadomasochistische Praktiken in allen Varianten. Sie lassen sich vom Stress einfach fallen. So eine Art Kurzurlaub für die Seele." „Wirklich?"

„Ja, als du die „Lady in Red" sehen konntest, habe ich dein Leuchten, dein Feuer in deinen Augen gesehen, du hast dich glücklich gefühlt. Und so geht es auch unseren Gästen. Du musst dir vorstellen, in unserer Gesellschaft ist Unterwerfung unmöglich, eine Erniedrigung wäre katastrophal. Alle wollen Sieger sein und ja keine Schwäche zeigen. Ich kenne einige hochrangige Unternehmer, die am Abend in eine andere Rolle schlüpfen und gerne zum gefügigen Knecht werden. Du wirst erleben, was sich alles in der „Torture Chamber" abspielt. Es zeigt dir knallhart, wie die Wünsche der „Bottoms" oder der „Subs" sind."

Marc beschreibt ihr etwas zur Psychologie: „Wir haben festgestellt, dass Menschen, die selbstsicher und dominant sind, es genießen, beim Sex in die unterwürfige, passive Rolle zu schlüpfen."

„Da wartet anscheinend eine Menge Arbeit auf mich", fügt Vera hinzu. „Und wie, vergiss nicht, es sind fast nur Männer, die sich nach Peitsche, Bock, Gerte und Rohrstock sehnen. Es gibt wenige Frauen, die Lustfreude am Schmerz haben."

„Wann kann ich mit der Arbeit beginnen?"

„In zwei Wochen am Mittwochnachmittag. Du kannst dich persönlich den Gastdominas vorstellen, mit diesen über die sexuellen Möglichkeiten und Erfahrungen diskutieren."

Vera verabschiedet sich, fährt nach Hause. Sie wird in den nächsten Tagen einige Utensilien für ihre neue Tätigkeit als Tatjana, der „Lady in Black", einkaufen.

Angstlust

Das Nachmittagsgespräch mit den Gastdominas verlief sehr freundlich. Gegen Abend übernimmt Tatjana mit vollem Schwung die Begrüßung und Registration beim Welcome-Desk. Ungeduldig wartet sie, bis jemand anruft, sie auswählt und bucht.

Na endlich: „Tatjana, „Horse Club", ruft sie übereifrig in den Hörer.

„Ja, ich bin es. Ich möchte zwei Stunden mit dir die Folterkammer buchen".

„Wunderbar, wann?"

„Donnerstag, 20.00 Uhr."

„Ich freue mich auf dich, wie erkenne ich dich?"

„Ich bin Fred, Marc kennt mich."

„Ich reserviere den Raum. Fred, bitte zwanzig Minuten vorher eintreffen an der Bar, damit ich deine Wünsche vorbereiten kann."

„Ja, dann bis Donnerstag."

Vera geht weiterhin morgens die Pferde ausmisten und versorgen. Alex vom Pferdehof muss jetzt vermehrt für sie einspringen. Sie hat ihm nicht gesagt, wo sie nebenbei noch arbeiten wird. Und ihren Eltern hat sie gesagt, dass sie in einem Dienstleistungsbetrieb arbeite. Endlich ist es Donnerstag. Vera alias Tatjana wartet an der Bar auf Fred.

Marc läuft vorbei, flüstert ihr ins Ohr: „Den kenne ich, der liebt es auf die harte Tour."

Ob das ein guter Tipp war? Sie lächelt, zieht ihre Lippen mit dunklem Lippenstift nach und wartet auf Fred. Ihr erster Kunde Fred hat keine Verspätung, sie ist viel zu früh an der Bar. Beim dritten Glas Sekt hat sie feuchte Gedanken. Falls sie noch lange warten muss, dann muss sie neue Höschen anziehen. Die Türe geht auf, ein sympathischer stämmiger Mann tritt ein: „Hi Tatjana, ich bin Fred."

„Möchtest du gerne vorab einen Drink?"

„Bitte auch einen Sekt, Rosé."

Sie stoßen an, dann übernimmt Tatjana das Gespräch: „Ich möchte deine Fantasien sprengen, mit viel Tiefgang und Leidenschaft. Was sind deine Wünsche? Liebst du die Romantik?" „Schön, klingt vielversprechend. Ich möchte dein Sklave sein, der ungehorsam ist und die Peitsche verdient. Ich habe eine Vorliebe für Latex, Strap-on und Krankenschwesterspiele." „Ich werde dir eine intensive Sklavenerziehung geben. Du musst mir beweisen, dass du bereit bist, diesen Weg zu gehen. Ich teste deine Stärke und will, dass du einzig und allein nur mir dienen willst. Du wirst mein Sklave sein, mein Eigentum, das von Tatjana, der „Lady in Black". Ich mache mich frisch, der Folterraum ist ganz hinten, bis in zehn Minuten."

Fred zieht die Augenbauen hoch, staunt nur noch, so eine klare Ansprache im Befehlston hat er noch nie erlebt. Er als Chef einer mittelgroßen Firma ist es gewohnt, dass er den Ton angibt. Die letzte Ansprache, die er in dieser Schärfe erhalten hat, war im Militärdienst. Tatjana hat ihn so verstanden, dass er mit der Reitgerte geschlagen werden will, auch wenn dann blutrote Striemen auf dem Rücken und dem Gesäß zurückbleiben. „Bitte noch ein Glas." Fred muss sich Mut antrinken. Er kippt das Glas schnell runter. Langsam kommt er in eine erregte Stimmung. Seine sexuellen Fantasien machen ihn rasend. Fred ist jetzt bereit, um sich in die heilenden Hände von Tatjana zu begeben, der „Lady in Black". Zaghaft öffnet er die Türe der Folterkammer, es ist alles abgedunkelt. Aus dem Dunkeln heraus tönt eine Stimme: „Komm rein in mein Sklavenreich, du wirst geführt und gefordert. Du wirst jeden Bereich deiner Devotion ausleben können. Ich will, dass meine Macht über dich immer größer wird. Ich ziehe dich an mich, zeige dir, was es heißt, Sklave der „Lady in Black" zu sein."

Sein Herz pocht, er denkt, er sei in einem Horrorfilm gelandet, sag bitte, dass das Ganze nicht wahr ist. Hilfe, der Tonfall, das kann gefährlich werden. Es ist ein Rätsel in dieser Nacht, was Tatjana mit der Bullenpeitsche anrichtet. Sie erscheint als Zorro in Latexkleider, beide Arme verschränkt. In der einen Hand eine Bullenpeitsche, in der anderen eine Gerte. Sie sieht fantastisch aus, angsteinflößend, fast unwirklich, wie im Film, ein prächtiges Vollblutweib. Mensch, woher kommt die? Die ist galaktisch, von einem anderen Stern. In ihren Stiefeln steht sie da wie ein Kommandant vor seiner Truppe oder ein Wrestling Schaukämpfer. Sie streckt beide Arme aus wie ein Prediger in der Kirche. Fred ist völlig irritiert, weil sie ihn dabei nicht anschaut. Das ist Psychologie in Vollendung. Ihr Blick richtet sich an die Decke wie ein Hohenpriester, der etwas Übersinnliches verkünden will. Tatjana sagt in gedrückter Sprechweise: „Ich bin deine „Domina", seid ruhig, ich züchtige Euch doch". Irgendwie hat dies eine übersinnliche Bedeutung. Sie dreht sich um und knallt ohrendbetäubend mit der Peitsche. Fred zuckt zusammen. Er hat Angst. Was ist denn das? Dieses Vorspiel hatten wir gar nicht besprochen. Dieser Knall war sicher über 100 dB. Hat Tatjana vergessen, als der Verkäufer sagt, dass diese Bullenpeitsche ultralaut und gefährlich ist? Und dass bei einer Verwendung unbedingt ein Gehörschutz mit Hut und Schutzbrille getragen werden sollte? Diese Bullenpeitsche birgt ein großes Gefahrenpotenzial. Sie wurde gebaut, um Raubtiere vertreiben zu können.

Mit ihrer Maske sieht sie aus wie Zorro „der Rächer" mit dem schwarzen Gaucho Hut mit breiter flacher Krempe, ihrem schwarzen Latex-Body, den schwarzen (zertifizierten) Latexhandschuhen und ihren schwarzen High Heels-Stiefeln, das ist so etwas von supersexyturbogeil, dieser Blickfang, alles in Schwarz in einem abgedunkelten Raum namens Folterkammer.

Verdammt, wo sind wir hier? Ist das ein Film?

Fred spürt seine Angstlust, sein Puls rast. Sie streckt cool den rechten Arm Richtung der eisernen Vorrichtung an der Wand: „Dort an dieser Streckwand, werde ich dich züchtigen, als Femme fatale peinigen, als Krankenschwester pflegen. Die Bullenpeitsche ist dabei mein Begleiter."

Fred kriegt eine nasse Stirne, er ist unsicher. Was hat er da gebucht? Was wird auf ihn zukommen? Hilfe, Fred, der Firmenchef, hat Angst, richtig Angst! Was hat Marc da angeschafft, ein Monster? Die ist von einer anderen Welt.

„Los." Langsam geht er zum Eisengitter an der Wand. „Ich fessle dich jetzt an den Händen und Füßen, spreize Beine und Arme wie ein X."

Tatjana nimmt die Bullenpeitsche, geht ein paar Meter zurück:

„Du warst unartig! Ist es so?" „Ja", schnaubt Fred zaghaft, als wolle er sich entschuldigen.

Sie hebt die Bullenpeitsche, lässt diese knapp an seinem Körper vorbeisauen. Dann ertönt wieder ein fürchterlicher Knall. Draußen im Flur und in einigen Zimmer hört man den Knall auch. Es klingt, als sei ein Schuss gefallen. Ein paar Gäste fragen: „Marc, hast du gehört, was ist das?"

„Ihr könnt Euch beruhigen, das ist der Knall der Bullenpeitsche von Tatjana." „Wer ist das?", wollen einige wissen.

„Das ist Tatjana, unsere neue „Lady in Black". Sie ist eine Herrin, wirklich einmalig, sie lässt es knallen."

In der Folterkammer hören Fred und Tatjana nichts davon. Sie ahnen nicht, dass die Gäste die Knallerei mitgekriegt haben und besorgt sind. Sie lässt wieder die Bullenpeitsche krachen und wieder haarscharf an einem ausgestreckten Arm von Fred vorbei. Er spürt den Luftzug, ist zutiefst erschrocken ob des Lärms, total verängstigt.

Was ist, wenn die mich aus Versehen trifft? Nein, nein, das kann nicht sein, seine Lustangst spielt mit ihm verrückt. Und jetzt dazu die laute Stimme im Befehlston von Tatjana:

„Das heißt: Ja, meine Herrin", sagt sie und lässt es nochmals knallen.

„Laut und deutlich!" Sie schwingt den Arm, als wolle sie schon wieder zuschlagen. Fred ganz laut, er schreit fast: „Jaaa, meine Herrin".

„Gut so, ich lege die Bullenpeitsche jetzt weg." Tatjana massiert Fred von Fuß bis Kopf, er kann sich nicht wehren. Und immer wieder greift sie sanft nach seinem Penis, bearbeitet ihn gefühlvoll. Dazwischen nimmt sie ihn kurz in den Mund, als ob sie einen Blowjob machen würde.

„Ich binde dich jetzt los", sagt sie und ergreift die Gerte. „Ja, meine Herrin", spricht er. Er hat Angst. Was kommt jetzt als Nächstes? Mit der Gerte in der Hand lenkt sie Fred:

„Los hopp, geh auf das Bondagebett auf die Knie. Du kriegst jetzt einen Strap-on."

Ein leichter Gertenschlag, Fred hüpft wie ein junger „Hirsch" auf das Bett. Sie ölt seinen Schwanz wieder ein, wichst solange, bis er wieder einen Steifen kriegt, dann lässt sie los. Aus seiner Sicht war das etwa so, als wenn sie eine Kuh melken würde, so stark zog sie an seinem Riemen. Fred erhält einen Mundknebel, damit er nicht schreien kann. Tatjana legt sich den Umschnall-dildo mit Vibrator an. Sie bumst ihn von hinten. Die Stoßbewegungen und der Vibrator versetzen ihn in ein wahnsinniges Lustgefühl. Ein leichtes Streicheln mit der Gerte und schon reagiert er: „Ja, das tut gut, bitte stärker." Er ist in Ekstase, sie gibt ihm einen Schlag mit der Gerte. Er schreit: „Nein, fester von hinten."

Mit dem Mundknebel kann er gar nicht richtig reden, aber sie versteht, was er meint. Ein weiterer Schlag und während die „Lady in Black" ihn mit dem Dildo bearbeitet, massiert sie mit der einen Hand seinen dicken Riemen. „Nicht spritzen", befiehlt sie und zeigt ihm die Gerte. Fred muss den Samenerguss unterdrücken. Tatjana löst den Dildogurt. „Gut so, ich befreie dich vom Mundknebel". Dann nimmt sie die Bullenpeitsche in die Hand:

„Siehst du dort auf dem Salontisch beim Ledersofa die brennende Kerze?"

„Ja, meine Herrin."

„Schau genau hin", sagt sie und holt sie zu einem leichten Probeschlag aus und dann wieder ein Knall. In einem geschlossenen Raum geht das durch den ganzen Körper. Mit der Spitze der Bullenpeitsche hat sie die Kerze ausgelöscht und das in einer Entfernung von ca. vier Metern. Fred zittert leicht, hat große Augen. Er blickt fassungslos auf den Salontisch.

„Wau, genial, das ist eine zirkusreife Vorführung".

Ohne auf seine Anerkennung einzugehen: „Ich behandle dich jetzt als Krankenschwester. Leg dich auf den Rücken. Jetzt kommt meine Pflege." Schwups und schon liegt er auf dem Rücken.

Kostümwechsel, Tatjana zieht sich um. Sie trägt jetzt einen Push-Up BH mit Bügel, Strumpfhalter und einen String, alles in Schwarz. Die Cups sind aus feiner Blütenspitze. In der Mitte sind sie geschmückt mit einem Mäschlein. Die Strumpfhalter sind verstellbar, erleichtern das Eindringen eines ungeduldigen Penis. Von hinten sieht es aus, als ob sie kein Höschen trägt. Dann nimmt sie eine Krankenschwesterhaube und hängt sich ein Stethoskop um den Hals als Diagnosewerkzeug, um seinen Herzschlag abzuhorchen.

Ein Bild für Götter. Fred liegt auf dem Rücken, sein Pimmel steht steif wie eine Spargel. Er liegt entspannt, harrt der Dinge, die ihn erwarten. Sein sehnlichster Wunsch war schon immer, dass er so richtig verwöhnt wird und es lustvoll genießen kann.

„Ich binde dich jetzt ans Bett."

Seine Hände und Füße werden am Bettgestell festgebunden.

„Du bekommst noch eine Augenbinde, damit du nur noch fühlen und hören kannst."

Bei Fred kommt wieder die Angst hoch, er ist verunsichert, er weiß jetzt nicht, was ihn erwartet. Fürsorglich sagt sie zu ihm: „Ich werde jetzt deinen Puls und deine Atmung abhorchen."

Tatjana holt eine Schüssel lauwarmes Wasser im Nebenraum, nimmt Intimlotion auf einen Waschlappen. Fred hört nur ihre leichten Schritte, was läuft da, was macht die? Dann ergreift sie sein Glied:

„Ich ziehe die Vorhaut zurück und wasche dein liebstes Stück." Ist die wahnsinnig, kreist es in seinem Kopf.

„Ich bin jetzt deine Krankenschwester. Die machen das auch bei Patienten, die sich selber nicht waschen können. Du bist jetzt mein Sklave."

Sie bringt die Waschutensilien wieder zurück. Dann greift sie nochmals zur Bullenpeitsche und lässt es krachen. Das ist eine Wildsau, aus welchem Urwald kommt die, sind seine Gedanken. Was passiert jetzt? Mit ihren warmen Händen gleitet sie über seinen Körper, dabei horcht sie an verschiedenen Stellen seine Atmung. Langsam wird es ihm wohl, er spürt ihre Wärme. Sie legt das Gerät ab.

„Welchen Duft liebst du? Tropische Mango, sinnliche Vanille, Kokosnuss, Ananas, wilde Beeren?"

„Kokosnuss."

Tatjana nutzt ein Massageöl-Set von Kamasutra mit natürlichen aufregenden Duftrichtungen. Sie lässt ihre Hände mit Kokosnussöl über seinen Körper gleiten. Es riecht sehr sinnlich, ihre Hände gleiten wie von selbst über seine erogenen Zonen. Sie massiert seinen Schritt, seinen Po, seine Eier, dann den Oberkörper bis hinunter zu den Füßen. Fred, der „Sub", bewegt sich hin und her. An seinen Gesichtszügen sieht Tatjana, wie er innerlich kämpft. Sein Kampf ist mit Lust und Angst verbunden. Sie nimmt seinen Schwanz, stimuliert ihn, als ob sie ihm einen blasen würde, ihn mit dem Mund verwöhnen würde. Sie kennt die Punkte, die beim Blowjob unerwünscht sind: keine Zähne beim Blasen, vorsichtig beginnen, die erogenen Zonen miteinbeziehen. Achtung beim Deep Throat wegen des Würgereflexes, sobald der Höhepunkt kommt, abbremsen, dann geht es weiter.

Sie tätschelt ihn von unten nach oben: „Ich nehme dir jetzt die Augenbinde ab."

Mach endlich, denkt Fred.

Tatjana steigt auf ihn. Sie bückt sich leicht nach vorne. Sein steifes Glied tropft, will penetrieren, dringt in ihre Scheide. Dann will der geile Bock explodieren. Sie bremst ihn schon wieder und steuert gekonnt seine Bewegungen mit ihren Oberschenkeln. Die Gedanken von Fred sind: Wenn ich jetzt nicht gefesselt wäre, so würde ich die so richtig durchvögeln.

„Schön langsam, genieße es."

Durch ihre besänftigenden Worte kann sie erreichen, dass er sie lange spüren kann. Sie praktiziert Tantra, das heißt, an den Orgasmus dicht herangehen, ihn aber nicht zulassen. Das kann von einer bis drei Stunden dauern. Da wird jede Körperzelle bis in die Fußspitzen aufgeladen, dabei spürt man die prickelnde und belebende Energie. Das muss geübt sein und kostet Beherrschung.

„Jetzt", schreit Fred. Tatjana lockert ihren Druck. Er legte einen wilden gebändigten Ritt hin. Dann folgt ein Samenerguss wie ein Wasserfall. Sie spürt, wie Fred erleichtert wird. Sein Riesendings wird zum kleinen Mann. „Ich löse dich von der Fessel, dann massiere ich deinen Rücken." Gekonnt wischt sie ihm mit weichen Kosmetiktüchern das Sperma weg. Er dreht sich auf den Bauch, dann sieht Tatjana seine Striemen am Rücken. Ihre Schläge mit der Bullenpeitsche und der Gerte zeigen Spuren der Qual. Sie wundert sich, dass Fred nicht laut geschrien hat! Die „Lady in Black", jetzt im Krankenschwesterkostüm, holt eine spezielle Massagecreme. „Fred, du hast ein paar rote Striemen, ich werde ich jetzt vorsichtig eincremen."

„Oh ja, deine Schläge spüre ich immer noch."

Sie massiert den ganzen Rücken, den Halsbereich, bis zu den Füssen hinunter. „Ich hätte jetzt Lust auf ein kurzes Schläfchen, eine Ruhephase."

Es ist Tatjana bekannt, dass das normal ist, weil nach dem Orgasmus das Gehirn den Körper mit Glückshormone wie Oxytozin und Serotonin durchflutet ist. Männer brauchen dann eine kleine Erholung, Frauen schweben dadurch auf einem Hoch. Die ganze Session dauerte zwei Stunden. Fred zieht sich an, dann verabschiedet er sich:

„Tatjana, das war hart, schmerzhaft, ich hatte am Anfang eine große Angst und eine sensationelle Lust. So etwas Hartes, Einmaliges habe ich noch nie erleben können."

„Lieben Dank, Fred, auch für dein Vertrauen, es war sehr schön mit dir. Ich freue mich, wenn ich dich wieder begrüßen darf."

Klar sind es Kunden, die für ihre gemeinsame Zeit bezahlen. Als professionelle Domina sagt sie ihm nach der Session, dass es mit ihm sehr liebevoll und intim war. Nachdem er gegangen ist, ruft sie Edy den Hausmeister an: „Edy, du kannst das Folterzimmer jetzt reinigen. Kannst du mir bitte, wenn du in der Stadt bist, Reinigungs- und Desinfektionsmittel für Leder besorgen? Aber ein starkes Mittel."

„Bring ich dir."

Als Tatjana wieder an der Bartheke ist, kommt Marc vorbei, er will wissen, wie es mit Fred funktioniert hat.

„Wie war mein Tipp?"

„Aus meiner Sicht war er auf der Suche nach einem Stimulus, nach einem Reiz. Nach dem Knallen mit der Bullenpeitsche war er verängstigt, danach war es für ihn immer wieder stimulierend. Er war in seiner Angstlust gefangen."

„Du erklärst das sehr gut. Fred ist tatsächlich ein sogenannter „Sensation Seeker". Für ihn ist diese Form der Angstlust ein positives Gefühl." „Danke, Marc, für dein Feedback. Kannst du dich an den Mittwochnachmittag erinnern, als ich mich mit den Gastdominas getroffen haben?"

„Ja, was ist damit?"

„Eine Gastdomina ist inzwischen meine Freundin, sie heißt Lene, hat Psychologie studiert. Wir telefonieren und treffen uns regelmäßig, um unsere Erfahrungen im SM-Bereich auszutauschen."

„Ich habe mir so etwas gedacht."

„Sie hat mir erklärt, dass Angstlust ein mehrdeutiger Begriff ist. Angst und Lust sind zwei gegensätzliche Betrachtungen. Es können damit negative oder positive Gefühle verbunden sein."

„Was hat das mit Fred zu tun?"

„Also, die Psyche von Fred nimmt die Signale unterschiedlich auf. Er hatte Herzklopfen, er war aufgeregt, dies zeigte bei ihm Erregtheit und Angst. Er hat mir an der Bar erzählt, wie er vor unserer ersten Session neugierig war. Er war gespannt, wie das sexuelle Erlebnis verlaufen wird. Seine Gedanken waren spannend und zugleich beunruhigend. Hier beginnt die Angstlust."

Marc anerkennend: „Tatjana, ich sehe, du bist gut informiert. Das freut mich, mach weiter so."

„Danke."

„Ah, ich habe da noch etwas, ein Clubmitglied hat eine Manufaktur, sie produzieren handgefertigte Peitschen nach Maß. Er hat mir zugeflüstert, dass wir, er meinte dich damit, die Sicherheitsregeln beachten sollten." „Konkret?"

„Das sogenannte Whipcracking, Peitschenknallen, ist eine gefährliche Sache. Damit kann man bei Personen und an sich selbst bleibende Schäden anrichten."

„Welche Schäden?"

„Gehörschäden. Verwende Ohrenschutz. Die Augen sollten von allen Seiten geschützt sein, trage deshalb eine (Labor-) Brille. Es kann sein, dass die dünne Spitze einmal zu dir zurückschlägt, wie du es nicht geplant hast, das kann ein Auge kosten. Das Tragen von Handschuhen ist auch zu empfehlen."

„Handschuhe trage ich immer, bei der Zorro-Augenbinde könnte ich eine Brille darunter tragen", sagt sie.

„Denk daran, auch Indiana Jones musste üben. Eine gute Übung ist das gezielte Schlagen auf einen Licht-Kippschalter. Da siehst du sofort, ob du getroffen hast." „Gute Idee, ich werde im alten Schuppen hinter dem Gebäude weiter üben."

„Ja. Er hat gesagt und betont, dass der Hals- und Kopfbereich nicht getroffen werden darf. Das kann zur Bewusstlosigkeit und bis zum Tod führen!" „Ich werde diese Sicherheitsregeln beachten."

Seit Tatjana als „Lady in Black" ihre gefährliche Bullenpeitsche knallen lässt, kommt Bewegung in den „H. S. Club". Fred hat sein Erlebnis einigen Mitgliedern erzählt, so ganz nach dem Motto: „Sag es ja niemanden." Und schon läuft die Werbemaschinerie. Nach drei Monaten haben sich über 25 % neue Mitglieder angemeldet. Und wegen Tatjana bleiben viele Mitglieder länger an der Club-Bar hängen, sie trinken, reden, das bringt Umsatz in die Kasse. Sie möchten das Knallen der Bullenpeitsche hören. Aber wie eine Session mit Tatjana abläuft, das wissen nur Insider.

„Seid ruhig, ich züchtige Euch doch"

Es gibt „Subs", die sich darüber beschweren, dass Tatjana viel zu stark zuschlägt. Sie können das mit ihren blutigen Striemen auf Rücken und Gesäß bezeugen. Die Narben sieht man noch heute. Das ist ja reine Folter. Bei einigen gab es zuhause Probleme mit der Ehefrau, die wissen wollten, woher die blutunterlaufenen Striemen kommen. Uff, da ist vermutlich das „Pferd" bei Tatjana durchgebrannt. Marc weiß nicht, dass Vera, die heutige Tatjana, seit ihrem Sturz von Amigo eine schwere Kopf- und Beinverletzung hat. Es ist ein Geheimnis, das Alex vom Pferdehof aufgefallen ist. Ihr Charakter hat sich beängstigend verändert. Seit dieser Zeit und dem Besuch der Rodeo-Veranstaltung übt sie täglich mit der Bullenpeitsche. Anscheinend macht es ihr Spaß, damit Gewalt und Macht ausüben zu können. Sie hat einen verbissenen Ehrgeiz in dieser Sache und einen Gesichtsausdruck, den sie vorher so nicht hatte. Ein Jahr ist vergangen, Marc und Tatjana kommen sich einander immer näher. Es wird gemunkelt, dass die beiden ein Paar sind. Eines Tages erhält Marc einen Anruf von Curd, einem Mitglied. „Ja, ist gut, dann komm vorbei, wir besprechen das in meinem Büro.“

„Vor ein paar Wochen hatte ich die „Lady in Black“ gebucht.“

„Du meinst Tatjana.“ „Ja.“

„Was war dann?“

„Ich hatte einen Penisbruch?“

„Was hattest du? Was habt Ihr getan?“

„Wir waren in der Missionarsstellung, da kann ich die Kraft von vorne so richtig spüren. Sie lag mit geöffneten Beinen auf dem Rücken und ich konnte so schnell und heftig in ihre Möse eindringen.“

„Und dann?“

„Ich verspürte einen starken Schmerz.“

„Wie einen starken Schmerz?“

„Wir versuchten dann den ‚Coitus a tergo‘. Da habe ich gesehen, wie sich mein Penis blau verfärbte und anschwillt. Er hat sich auch verbogen.“

„Hast du Tatjana etwas gesagt?“

„Konkret nicht, ich habe nur gesagt, dass ich Schmerzen habe. Sie hat die Session sofort unterbrochen und mir geraten, zum Arzt zu gehen.“

„Wie ist die Sache ausgegangen?“

„Mein Penis hat ausgesehen wie eine Blutwurst“, beschreibt Curd sein Ding. „Ich bin danach am nächsten Morgen so quasi notfallmäßig zum Urologen gefahren.“

„Was hat der gesagt?“

„Er hat mich beruhigt, weil das ein einfacher Bluterguss war, der dramatisch aussah. Er hat dies genau untersucht und gesagt, dass das vermutlich verheilen wird und kein langfristiger Schaden zurückbleibt. Er fragte, ob ich mich erinnern könne, wie das passiert sei? Ich weiß nur, dass ich wild getrieben war, ein paar Mal abrutschte und mein Penis das Ziel verfehlte."

„War es ein Penisbruch?"

„Nein, er meinte, dass die den Schwellköper umgebende Bindegewebekapsel angerissen sei. Er verschrieb mir Tabletten und Salbe. Er sagte auch, dass man in dieser Stellung den Penis langsam einführen sollte."

„Ist alles wieder okay?", will Marc wissen.

„Ja, ich hatte einfach einen Schock, dass ich dann auch Erektionsprobleme haben könnte. Es ist alles wieder gut."

„Danke für die Info, ich werde mit Tatjana darüber reden."

„Ist okay, ich werde sie wieder buchen. Sie ist einmalig, ihre Art, Liebe zu machen."

Dann verabschieden sie sich. Marc ist der Meinung, dass Curd zu heftig und zu stürmisch zugestoßen hat. Später unten an der Bar trifft Marc Tatjana: „Hast du noch einen Gast?" „Nein."
„Komm, wir gehen ins Büro." „Ja!"

„Curd war bei mir, hast du vermutlich gesehen. Er hat mir mitgeteilt, dass er einen Penisbruch hatte. Er musste zum Arzt. Es ist alles in Ordnung. Er wird dich gerne wieder anrufen."

„Ich glaube, der Kerl hat Viagra genommen?"

„Wie kommst du auf diese Idee?"

„Er hatte von Anfang an eine starke Erektion. Nach dem Samenerguss probierten wir die Hündchen-Stellungen, da hatte er immer noch eine Dauererektion, dann war plötzlich Schluss."

„Das könnte stimmen, diese seltene Nebenwirkung gibt es."

Tatjana kann eiskalt sein, das Missgeschick interessierte sie nicht. Marc hakt nach: „Hast du mit Curd ein „Safeword" vereinbart?"

„Nein, wieso?" „Musst du aber, das ist im SM-Bereich ein absolutes Muss. Bitte mach das."

Ein uraltes spirituelles Heilmittel
Für Menschen wie Tatjana und ihre Kunden ist normaler Sex langweilig. Sie bespricht mit Marc, dass sie ihre Dienstleistung, ihre

Session mit der Bullenpeitsche, auf ein A3-Blatt drucken lässt. Die Clubgästen dürfen wissen, dass dies ein uraltes spirituelles Heilmittel ist. Sie will den Clubbesuchern den Ursprung des Peitschens dahinter näherbringt. Der Text ist in einem goldenen Bilderrahmen gerahmt, es soll edel aussehen, etwas Gutes vermitteln. In den Klöstern wurde die Geißelung über Jahrhunderte praktiziert. Sie diente als mittelalterliche und neuzeitliche Übung am eigenen Körper. Sie dient auch als spirituelles Heilmittel zur Erregung der erlahmten Gefühle und zur Stärkung wurde Weingenuss zugelassen. Durch den herbeigeführten Schmerz wird ein tranceartiger Bewusstseinszustand, ein Erregungszustand herbeigeführt. Dieser Vorgang bewirkt in den ermatteten Gefühlen eine wollüstige Erregung. Die Lust wird mit einem unvergleichlichen heftigen Erguss entflammt. Es belebt die Geister, indem das Blut in schnelle Zirkulation versetzt wird. Es erzeugt in den Geschlechtsorganen eine außerordentliche Hitze. Es bietet den Lustsuchenden die Möglichkeit, die Befreiung durch diesen Akt zu vollziehen, wenn die Natur nicht mehr kann, nicht mehr will. Die Freuden und Vorteile der Unzucht, des menschlichen Sexualverhalten können dadurch weit über die Natur hinweggesetzt werden („Juliette", Marquis de Sade, Folgeroman mit dem Titel Justine).

Die geilen Mönche und die kopulierenden willigen Nonnen waren Meister sexueller Technik. Sie kleideten die eigenen unsittlichen Handlungen in mystische Gewänder, um ihre sexuellen Gelüste befriedigen zu können.

Die Medizin bestätigt, dass Peitschen auf Rücken, Gesäß und Lenden mit sexueller Erregung einhergeht. Zu erkennen ist die künstlerische Performance, welche in bildlichen Zeichnungen oder Wandmalereien dargestellt ist. Die Inszenierung solcher (Selbst-) Geißelung zwingt den Betrachter, die Tortur, die wirklichen Schmerzen anzusehen. Sie erinnert an frühere Zeiten, an ein ekstatisches Übersteigen des Sexuellen. Heute wird dies in einschlägigen Etablissements als Dienstleistung angeboten, als Aphrodisiakum bei einem ermatteten Geschlechtstrieb.

Die Vorliebe für sexuelle Flagellation wird Flagellantismus genannt und zählt zur sexuellen Spielart des Bondage. Zu dieser

Sex-Praktik gehört die Fesselung oder die Einschränkung der Bewegungsfreiheit.

Diese Sexualpraktik bezeichnet man auch als „Flagellanten". Das kann zu Verwechslungen mit den religiösen Geißlern führen. Es gibt eine abgeschwächte Form des Flagellantismus, das ist das „erotische Spanking". Auf das bekleidete oder entblößte Gesäß, Rücken oder Geschlechtsorgane werden Peitschenschläge mit der flachen Hand, dem Teppichklopfer, der Rute, der Peitsche oder ähnlichem ausgeführt.

Ich bin die Herrin: „Seid ruhig, ich züchtige Euch doch". Das ist meine Vision, mein Therapeutikum. Ich bin Tatjana, die „Lady in Black".

Psychologen erklären, dass sich in Partnerschaften der normale Sex nicht bewährt, er ist langweilig. Auch Frauen möchten gerne mal als lederpeitschende, kriegerische Frau dem Mann Lackschuhe auf den Nacken setzen. Das hat nichts mit „Perversion" zu tun oder einem moralischen Sittenzerfall. Es ist nur ein Spiel mit schmucken Sachen, die auf dem sexuellen Markt zu allen Tageszeiten durch Werbung im TV angeboten werden. Die Menschen suchen Lustgewinn und erleben dabei oft Lustangst. Auch im supergeilen Latexanzug ist oft eine brave Seele mit ihren Sehnsüchten nach einer glücklichen Liebe zu finden.

Shibari – „Japanisches Bondage"

„Tatjana, hier ist Lene, die Psychologin."

„Hallo. Schön, dass du dich wieder mal meldest."

„Ich will dir mitteilen, dass wir beim nächsten Treffen mit den Dominas eine Freundin dabei haben. Sie heißt Tina und berichtet über ihre Erfahrung mit Shibari."

„Was ist das?" „Die „japanische" Version von Bondage."

„Bist du dabei?"

„Ja, gerne, danke für die Info, dann bis Mittwoch."

Am Mittwochnachmittag treffen sich sechs Damen im „H. S. Club", das ist fast so eine Art Geheimtreffen. Lene, die Psychologin und Freundin von Tatjana, erklärt, weshalb sie Tina eingeladen hat.

„Ich kenne Tina schon länger, sie ist in einem anderen Etablissement tätig. Wir sprachen über den SM-Bereich und sie erzählte mir von Shibari. Sie erwähnte auch, wie außergewöhnlich und gefährlich diese „Japanische Bondage"-Anwendungen sein können. Kennt jemand von Euch Shibari?"

Alle: „Nein, keine Ahnung."

„Mir ging es genauso. Tina, du kannst loslegen."

„Ich erkläre Euch drei Punkte: erstens woher diese Technik kommt, zweitens wie man sie anwendet und drittens wie ein Brite in einem Hotel eine Deutsche mit der japanischen Todesfessel tötete."

Absolutes Stillschweigen, mit so etwas hatten die Damen nicht gerechnet. Jetzt wird es interessant.

„Zu Punkt eins: Shibari heißt auf Deutsch „Festbinden, Fesseln", ist auch als Japan-Bondage bekannt. Diese erotische Fessel-Kunst hat sich aus der alten militärischen und polizeilichen Fesseltechnik entwickelt." „Ist das wahr?", kommt die Frage aus der Runde.

„Ja, es ist eine jahrhundertalte Form des BDSM. Versetzt Euch in die Lage, wie vor fünfhundert Jahren die damaligen „Polizisten" Verbrecher gefangen genommen haben. Wie damals überall in der Alten Welt mussten „Polizisten" die festgenommenen Leute fesseln. Damals gab es keine Handschellen, die „Klick" machten, oder Kabelbinder. Die Beamten hatten nur Seile zur Verfügung, sie lernten, die Festgenomm mit komplizierten Knoten an der Flucht zu hindern. Diese japanische Fessel-Kunst fand dann später den Weg ins Schlafzimmer."

„Wir müssen nicht weit gehen, es gibt viele maritime Museen, dort sind die wichtigsten Seemannsknoten auf einer Knotentafel dargestellt. Bei der Prüfung zum Sportbootführerschein werden viele Knotenarten abgefragt: Kreuzknoten, Doppelter Schotstek und wie sie alle heißen."

„Das wusste ich gar nicht, mein Mann hat den Sportbootführerschein", meldet sich eine aus der Runde.

„Eines sollten alle Knoten gemeinsam haben: Sie sollten in der Anwendung leicht zu knüpfen sein, festen Halt bieten und nach einer Belastung leicht zu lösen sein. Und genau hier liegt das Gefährliche."

Tina nimmt einen Schluck Kaffee:

„Wir sind jetzt bei Punkt zwei. Ich praktiziere seit Jahren BDSM und war interessiert, ob es noch eine stärkere, andere oder bessere Variante gibt. Bei uns im Club lernte ich eine Frau kennen, sie erzählte mir von Japan-Bondage. Ich habe sofort „Feuer" gefangen ob dieser Fessel-Kunst", kommt Tina ins Bewundern. Die Gastdominas spüren, dass sie von Shibari genauso besessen ist wie Tatjana von ihrer Bullenpeitsche.

„Die Frau hat mich zu einer Shibari Bondage-Session eingeladen. Sie hat mich gewarnt, dass es bei Fesselspielereien eine Vielzahl von Verletzten gibt."

„Im Film „Fifty Shades of Grey" wird das anders dargestellt", sagt eine Dame.

„Wie denn?", will eine andere wissen.

Tina erwidert: „Die Bondage-Szenen werden weich dargestellt. Da wird einer gefesselt, hängt an einer Decke, als wäre das alles ganz einfach. Die Leute sind scharf darauf, sie haben falsche Bilder im Kopf, versuchen, sich gegenseitig zu fesseln, und merken dann, dass das sehr schwierig ist." „Fesselspiele sind nicht so mein Metier", sagte eine Gastdomina.

„Wir sind immer noch bei Punkt zwei. Mir wurde gezeigt, wie wichtig die Sicherheit bei diesem Spiel ist. Es darf kein Körperteil abgeklemmt werden. Wenn die Fesselung ein Körperteil abklemmt, beginnt dieser Teil einzuschlafen, da können ernsthafte Verletzung der Nerven die Folge sein."

Sie holt tief Luft und erzählt weiter: „Ich fragte, ob sich das angenehm anfühlt, gefesselt an der Decke aufgehängt zu werden?"

Sie lachte: „Auf keinen Fall, Fesselspiele mit Aufhängen verursachen Schmerzen. Nicht durch die Seile, sondern die Art, wie der Körper aufgehängt wird. Trotz Schmerzen muss sich der Aufgehängte „durchbeißen" und weiter atmen. Es kann ein Trancezustand mit morphinähnlicher Wirkung erreicht werden. Wenn Ihr Schokolade esst, dann werden auch Glücksgefühle ausgelöst. Ich betone, es ist sehr gefährlich, manchmal ist Sex „kinky" (pervers)."

Es gibt nochmals Kaffee, dann geht es weiter.

„Jetzt kommt der traurige Punkt drei. Ein Brite hat die Todesfessel angewandt, aus der es kein Entkommen gibt. Die Arme sind verschränkt, straff auf den Rücken gebunden. Um die Brust und um den Hals herum wird das Seil enganliegend gebunden. Dabei schneidet das Seil ins „Fleisch" und schnürt die Kehle langsam zu. Der Brite hat Shibari angewendet und das endete tödlich für die Frau. Er hat angeblich gestanden, die verrufene japanische Todesfessel Shibari beim Liebesspiel angewandt zu haben. Die Verletzungen auf dem geschundenen Körper der Frau wurden bei der Obduktion als Todesursache angegeben. Die Millionärin machte Ferien und in der Nacht tauchte sie in eine gefährliche Welt ein. Hotelgäste hörten die Frau im Todeskampf schreien."

Die Damen sind fassungslos, konsterniert, stellt eine die Frage: „Was sagt die Polizei dazu?"

„Die Notsanitäter fanden die Frau im Badezimmer, sie war bereits tot. Der Mann wurde festgenommen, gegenüber den Ermittlern beteuerte er immer wieder, dass es ein Unfall beim Liebes-Würgespiel war. Sie sei aus Versehen erstickt."

„Wollte sie das Fesselspiel?", fragt eine.

„Er beteuert, dass sie mit dem japanischen Fesselspiel einverstanden war. Ich will Euch mit diesem Beispiel vor Shibari warnen. Falls ein Kunde so etwas von euch wünscht, lasst die Finger davon."

Lene bedankt sich bei Tina für die Sensibilisierung für Shibari, das japanische Fesselspiel, dann verabschiedet sie sich:

„Und habt eine gute Zeit, bis zum nächsten Treffen".

Nachdenklich löst sich die Runde auf, sie verabschieden sich in Gedanken versunken.

Nur ein Landstreicher

Draußen tobt der Wind. Es ist ein sehr kalter Wintertag mit Minustemperaturen. Gegen Abend wurde Blitzeis gemeldet. An der Eingangstüre hören Tatjana und Marc ein Klopfen. Es ist ein Obdachloser. Marc ist unten im Eingangsbereich und öffnet die Haustüre:

„Sie wünschen?"

„Ich wollte Sie nur höflich fragen, ob Sie etwas zum Essen haben für mich?"

„Dein Name?" „Justus, ich habe Hunger."

„Ich schaue, was wir machen können. Wir erwarten Gäste, lauf um das Haus herum, an der Hintertüre öffne ich dir."

Der Obdachlose Justus läuft um das Haus, dort winkt Marc ihn heran. Tatjana ist auch hinzugekommen. Beim Hintereingang ist ein Wirtschafts- und Abstellraum, direkt neben der Küche. Und etwa 30 Meter vom Haus entfernt gibt es ein kleines Gebäude, welches früher als Gerätelager diente. Tatjana meint: „Der erfriert doch draußen. Wo könnte er übernachten? Hast du eine Idee?"

„Für den Moment kommt mir nur das Holzhaus in den Sinn."

„Das wäre was."

„Komm, schauen wir, ob du im alten Holzhaus schlafen kannst."

Marc zeigt Justus den alten Geräteschuppen: „Hier kannst du schlafen, auf dem Holzpodest. Ich bringe dir Decken und warmes Essen. Hinter der Hütte gibt es ein Plumpsklo von früher."

Tatjana erwartet Marc in der Küche: „Wir haben das Essen von Edy, er hatte keinen Hunger." „Du kannst ihm das bringen und Mineralwasser." „Mache ich."

Marc bringt Justus die Sachen, er zeigt ihm noch, wo der Schalter für das Licht ist. „Du kannst bis morgen bleiben, dann sehen wir weiter." Tatjana hat keinen weiteren Kunden und so konnten sie darüber reden, wie sie dem Kerl da draußen helfen können.

„Er könnte den Vorplatz sauber halten, den Garten, das gesamte Grundstück pflegen. Es gibt immer was zu tun. Laub auflesen, Holz spalten. Was meinst du dazu?", sagt Marc zu Tatjana.

„Aber wir können ihn nicht zu unseren Gästen lassen. Das geht nicht, das ist ein Problem."

„Ich rede mit ihm, wenn er in der Holzhütte den Winter verbringen kann, ist ihm vielleicht geholfen."

„Er hat aber hier drinnen nichts verloren, er darf keinen Gästekontakt haben", betont Tatjana noch einmal. Beim Frühstück am nächsten Morgen sagt Marc: „Tatjana, ich habe eine Idee."

„So früh am Morgen!" „Ja. Wir haben hinter dem Haus einen Treppeneingang in den Keller. Dort ist der Wäsche- und Trockenraum, wie es früher einmal war. Daneben gibt es eine einfache Toilette und einen Waschraum, wo man früher die Schweine und Wildtiere beim Schlachten gewaschen hat. Wir könnten ihm dort eine Schlafstätte anbieten?"

„Wie lösen wir, dass er nicht in unseren Betrieb reinkommt?"

„Wir befestigen an der alten Türe eine Kette mit Verschluss. Unten bei der Treppe ist eine Türe, die muss von innen verschlossen sein, damit nur wir öffnen können. Er kann den Treppenausgang benutzen." „Wenn das machbar ist."

Nach dem Frühstückskaffee geht Marc rüber in den alten Holzschuppen. „Justus, falls du möchtest, kannst du bleiben, unter folgenden Bedingungen: Du kannst im Kellerraum schlafen. Verpflegung geben wir dir durch die Treppentüre von der Küche aus. Es ist dir verboten, die Club-Räume zu betreten. Als Gegenleistung musst du Arbeiten rum um das Haus erledigen. Wir geben dir klare Anweisungen, die musst du einhalten. Wir kaufen dir Kleider für den Garten und einige Geräte, damit du arbeiten kannst. Hast du das verstanden?" „Ja."

Danach zeigte Marc ihm die Räumlichkeiten im Keller. Dank der modernen Waschmaschinen und Tumbler hat man diese Geräte auf einer Etage und nicht mehr im Kellerbereich.

„Du kannst schon anfangen, die Kellertreppe vom Laub zu befreien. Ich werde unserem Hausmeister Edy Bescheid sagen und dich ihm vorstellen. Edy zeigt dir dann, wo alle Arbeitsgeräte sind."

Als Marc nach oben geht, sieht er Tatjana am Tisch weinen. „Warum weinst du?"

„Alex hat angerufen und gesagt, dass Amigo verstorben ist. Er hat den Tierarzt gerufen."

„Das tut mir leid. Komm, wir fahren zum Pferdehof. Nimm den Equidenpass mit." Marc informiert Edy, dass sie wegen des Pferdes wegfahren.

Trauriger Moment

Alex ist erstaunt, dass Vera mit Marc zusammen auf dem Hof vorfährt. Von ihrem Namen Tatjana weiß er nichts. Amigo wurde mit einer luftdurchlässigen Plane abgedeckt. Vera kann jetzt noch Abschied nehmen. Sie hat den Pferdepass dabei, Amigo hat einen Mikrochip. Vera gibt dem Tierarzt den Equidenpass, worin auch die tierärztlichen Behandlungen notiert sind. Im Pass steht, dass Amigo als Schlachttier deklariert ist. Als ihr das der Tierarzt mitteilt, weint sie bitterlich, sie streichelt Amigo, nimmt Abschied. Es ist ein herzzerreißender Anblick. Es ist ein lieber Freund, Vera hat Amigo jeden Tag betreut. Trotz des Abwurfes war er ihr einziger wahrer Freund. Der Tod von Amigo wird bei der LKV gemeldet. Nachdem der Arzt die Begutachtung bestätigt hat, gibt er Alex den Pferdepass, damit er diesen dem Fahrer mitgeben kann, welcher das tote Tier abholt. Sie bedankt sich bei Alex für alles. Mit Tränen in den Augen verlässt sie den Reiterhof. Sie fährt mit Marc retour in ihren Club. Die Pferdebox ist so gebaut, dass ein Traktor mit Frontlader die Box anfahren kann. Es gibt pro Pferdestall zwei Türflügel, die ganz geöffnet werden können. Alex fährt mit dem Traktor bis zum toten Amigo heran und nimmt ihn auf den Frontlader.

Das tote Pferd legt er vor dem Hof an eine Stelle, wo der LKW gut anhalten und aufladen kann. Der Abholort wurde der Tierkörperverwertungsanstalt gemeldet. Die LKWs sind mit einem Kran und einem Greifer ausgerüstet, damit kann der Pferdekörper aufgeladen werden. Der Pferdebesitzer muss bei der Abholung nicht dabei sein. Veras Vater hat die jährlichen Beiträge in die Tierseuchenkasse einbezahlt, somit muss Vera nicht die ganzen Transport- und Beseitigungskosten übernehmen. Nachdem der Kadaver abgeholt wurde, muss Alex die Pferdebox, den Hof und die Abholstelle reinigen und desinfizieren.

Der Fahrer von der Beseitigungsanstalt darf den Stall aus Seuchenschutzgründen nicht betreten. Falls ein Pferdekörper nicht aus der Box zu bekommen ist, kann das Tier im Notfall zerteilt werden. Auf der Rückfahrt möchte Tatjana wissen:

„Du, Marc, was passiert jetzt mit Amigo?"

„Willst du das wirklich wissen?"

„Ja, ich bin sehr traurig, er war über die vielen Jahre immer mein Freund."

„Eben deswegen! Ich kann dir das erzählen, weil ich einmal in einer Tierkörperbeseitigungsanstalt dabei war, als sie die toten Tiere verarbeiteten."

Marc ist erstaunt ob er Gefühlsänderung von Tatjana. „Die toten Pferde werden dort verarbeitet." „Ja."

Sie lässt nicht locker, sie will es unbedingt erfahren, denkt Marc. „Auf einem Förderband wird der Kadaver zu einem Zerkleinerungsbehälter befördert. Dann landen sie im Grobbrecher."

„Was ist das?"

„Der zerkleinert die toten Tiere in kleine Stücke in einer Größe von rund sechs Zentimeter. Dann gelangen diese Tierstücke in einen großen Behälter. Darin werden sie bei über 130 Grad Celsius sterilisiert. Das ist über dem Siedepunkt. Die Stücke bleiben rund 30 Minuten im Behälter, welcher sich ständig dreht. Während dieses Vorganges sind Trockner eingeschaltet, damit das Wasser in diesem Fleischbrei verdampfen kann. Nach der Prozedur sind noch etwa sechs Prozent Wasser vorhanden."

Marc zündet sich eine Zigarette an.

„Der ganze Verarbeitungsprozess dauert zweieinhalb Stunden. Aus diesem Fleischbrei wird „tierisches Protein" für die Heimtiernahrung verarbeitet. Das Tierfett wird dem Biodiesel beigemischt. So läuft der Kreislauf ab."

Tatjana ist sehr nachdenklich. Dann sagt sie plötzlich:

„Marc, wenn du das nächste Mal zum Reiterhof fährst, möchte ich mitfahren. Ich muss mich bei Alex und seinen Eltern bedanken."

Marc hat sein Pferd weiterhin bei Alex im Reiterhof, das ist die einzige Verbindung, die Tatjana noch hat. Auf der Rückfahrt quält sie eine Frage:

„Wird das bei allen Tieren so gemacht?" „Welche meinst du?" „Kühe, Schafe!"

Marc erzählt ihr: „Ich weiß nur, dass in vielen Schlacht- und Fleischzentren die Tiere nicht den Vorschriften entsprechend geschlachtet werden."

„Was heißt das?"

„Kühe werden bei vollem Bewusstsein an einem Bein aufgehängt. Das Rind zappelt in der Tötungsbox, es versucht, sich zu befreien. Dann folgt ein Schnitt durch die Kehle. Die letzten Schreie erklingen, dann röchelt das Tier nur noch. Es ist ein mehrere Minuten langer Todeskampf, bei dem die Kuh ausblutet und stirbt. Ich weiß, auch Schafe werden nicht fixiert oder betäubt."

„Muss da nicht das Veterinäramt einschreiten?"

„Müssen! Auch das ist ein Totalversagen des Staates wie auch in anderen Bereichen."

„Schlimm, man sollte diese Beamten ..."

„Die winden sich heraus. Als Ausrede sagen die einfach, Schlachtungen müssen angemeldet werden, was bei Betrieb X nicht der Fall war. Und bei Kontrollen ist uns nichts aufgefallen. So läuft das." „Gibt es da Beweise?"

„Klar. Die SOKO Tierschutz hat in vielen Schlachthöfen in Deutschland aufgedeckt, dass diese sich nicht an das geltende Tierrecht halten. Übrigens es gibt Videoaufnahmen, die sind bei der Staatsanwaltschaft."

„Weshalb machen die das?"

„Es ist bekannt, dass in Deutschland in Hinterhöfen illegal geschächtet wird. Es gibt Religionen, die solches Fleisch wollen."

„Welche?"

„Juden und Moslems wollen ihr Fleisch „halal" (Arabisch) und „koscher" (Hebräisch) essen, im religiösen Sinn „rein".

„Und wie geht das?"

„Das Tier wird ohne Betäubung ausgeblutet. Für diese Art von Tötung ist dies Pflicht. Und die Schlachthöfe müssen eine Ausnahmegenehmigung haben. Es gibt Schlachtbetriebe, die machen das artgerecht. Die Linie der Schlachtung wird Richtung Mekka ausgerichtet. Diese Tiere werden ganz normal betäubt und es wird ein arabischer Spruch Richtung Himmel gerufen, das war's."

„Da vergeht mir die Lust nach Fleisch."

Gefährliche Vermutung

Die ganze Anlage rund um das Gutshaus des „H. S. Clubs" strahlt, wenn die vielen Frühlingsblumen bei der Einfahrt blühen. Die Clubmitglieder sehen, dass das Anwesen sehr gut gepflegt wird. Es macht Freude, bei diesem Club Mitglied zu sein.

Sie sehen auch, dass Justus, der Gärtner, immer am Werken ist. Eines Tages ist Justus nicht mehr da. Einfach weg, verschwunden, auf Nimmerwiedersehen. Eine Gastdomina vermisst ihn, weil ihr die blühenden Blumen gefallen und sie Justus schon lange nicht mehr gesehen hat. Sie spricht Marc direkt an:

„Wo ist Euer Gärtner? Habe ihn schon lange nicht mehr gesehen."

„Justus hat uns verlassen, er ist zurück nach Polen gegangen, in sein Heimatland."

„Schade. Wer pflegt jetzt die Gartenanlage?"

„Wir haben eine Garten-Service-Firma engagiert, die kommt wöchentlich vorbei, immer morgens." Für den Moment war sie mit dieser Antwort zufrieden.

Es gibt keine Zufälle!

Einige Monate später beim Einkaufen im Müritzer Bauernmarkt in Klink: „Hallo Sina, du beim Einkaufen, hier?"

„Ja, grüß dich. Ich bin wegen der Auswahl der vielen Sanddornprodukte hier", antwortet Ute K, die Frau von Edy, dem Hausmeister, überrascht. Die angesprochene Sina ist die Frau eines Clubmitgliedes. „Hast du Zeit für Kaffee und Kuchen. Die Auswahl ist riesig und lecker."

„Gerne." Sie bestellen Kaffee und Kuchen, bezahlen an der Kasse. Dann setzten sie sich in die Nähe des brennenden Kaminofens, welcher eine gemütliche Wärme ausstrahlt.

„Ja, wie …" Sie schnacken, bis das Gerät blickt und vibriert, das ist das Signal, um Getränke und Speisen abzuholen.

„Ich hole den Kuchen und den Kaffee", sagt Ute. Irgendwann kommt das Gespräch auf die schöne Gartenanlage vom Clubhaus. „Weißt du, wo der Gärtner ist? Ich war ein paar Mal im Clubhaus, habe ihn aber nicht mehr gesehen."

Edys Frau meint: „Soviel ich weiß, ist er einfach abgehauen, ohne zu sagen, wohin."

Hoppla, da stimmt was nicht. Sina sagt nichts dazu. Beide Frauen verabschieden sich. Am Abend erzählt sie ihrem Mann, wen sie beim Einkaufen im Müritzer Bauernmarkt angetroffen hat. „Du, mir ist da was aufgefallen." „Ja, was denn?", fragt er genervt.

„Als wir das letzte Mal im Club waren, da sagte uns Marc, dass der Gärtner zurück in sein Heimatland Polen verreist sei. Edys Frau hat mir heute gesagt, dass er einfach abgehauen ist." „Meine Liebe, das ist nur ein Gerücht, eine Vermutung." Mit einer Handbewegung winkt er dieses Gemunkel ab. Die Gedanken lassen Sina nicht mehr los. Ist der Gärtner Justus einem Verbrechen zum Opfer gefallen oder ist er einfach davongelaufen?

Es vergehen weitere Monate, Sina kommt von diesen Gedanken nicht mehr los. Sie hat das Bedürfnis, mit einem Polizisten darüber zu reden. Es kostet sie viel Überwindung. Sie fährt trotzdem zur nächsten Polizeistation in M. Der diensthabende Polizeibeamte war nicht begeistert, um nicht zu sagen, es interessierte ihn nicht besonders. Sie erklärte dem Beamten, dass sie eine Frage hätte und anonym bleiben möchte. Der Polizist hörte nicht richtig zu, maulte sie an, mit dem Hinweis: „Je älter ein Fall ist, desto unwahrscheinlicher wird die Aufklärung."

Sina erzählt, dass sie den schlimmen Verdacht hat, dass der Gärtner vom „H. S. Clubhaus" einfach verschwunden ist. Sie vermutet, dass irgendetwas vorgefallen ist, vielleicht ein Verbrechen. Der Beamte sagt zu Sina: „Es liegt keine Vermisstenanzeige vor über einen Justus. Da sie den Familiennamen nicht kennen, erinnere ich Sie daran, dass falsche Vermisstenanzeigen strafbar sind. Ich gehe dieser Sache nach, geben Sie mir Ihre Personalien. Sobald wir was wissen, werden wir Sie benachrichtigen."

Wieder vergehen Monate und die Polizei meldet sich nicht. Das Gewissen plagt Sina weiterhin, obwohl sie nur vom Hören und Sagen etwas weiß. Sie geht zum zweiten Mal in dieser Angelegenheit auf eine Polizeistation, diesmal aber in R. Sie verlangt den Polizeihauptmeister. Der Empfang ist wesentlich freundlicher als auf der ersten Polizeistation. Sie erklärt, weshalb sie mit ihm das Gespräch sucht:

„Ich möchte eine Anzeige machen, obwohl es keine Beweise gibt und alles nur vom Hören und Sagen herrührt. Es gibt widersprüchliche Aussagen der „H. S. Club" Verantwortlichen."

„Können Sie nähere Angaben zu dieser Vermisstengeschichte machen?"

Sina beschreibt die Situation:

„Justus war die letzten drei Jahre immer da und plötzlich ist er weg. Dazu gibt es zwei Aussagen, das hat mich stutzig gemacht. Die eine ist, dass er freiwillig in sein Heimatland zurückgereist ist, und eine andere, dass er einfach abgehauen ist. Da stimmt doch etwas nicht."

„Können Sie mir wenigstens den Namen aufschreiben?"

„Sie nannten ihn Justus, Ghiuthin oder ähnlich. Den Familiennamen kann ich nur vom Hören her buchstabieren."

„Größe ungefähr?"

„Schlanke Statur, ca. 64 Jahre alt, 168 groß."

Für den Polizeibeamten hat Sina jetzt den Status einer Zeugin. „Kaffee?" „Ja, gerne."

Der Beamte holt ihr einen Kaffee. Er will ein gutes Klima schaffen, damit sie alles erzählt, was sie weiß, was die Leute vermuten und untereinander erzählen.

„Mein Mann und ich sind Mitglied vom „H. S. Club". Wir sind pro Monat einmal dort und genießen die Freiheiten."

„Sie meinen Sex in allen Variationen?"

„Nicht ganz, wir sind meistens zwei Paare und tauschen uns aus. Wir lieben die Freikörper-Kultur. Dabei reden und hören wir auch andere Clubteilnehmer. Es wird gemunkelt, dass Justus auf ungeklärte Weise verschwunden ist. Vielleicht ist ihm etwas passiert, ein Unglück oder ein Verbrechen. Die Frau des Hausmeisters Edy hat ihre Version erzählt und wir haben aus einer anderen Quelle etwas anderes gehört. Und das beschäftigt, nein, es verfolgt mich."

„Es ist nicht Aufgabe der Polizei, Aufenthaltsermittlungen durchzuführen, wenn keine Gefahr für Leib oder Leben vorliegt. Das Ganze klingt eher nach einer Räubergeschichte, es klingt unglaubwürdig. Da Sie auf eine Vermisstenanzeige beharren, werden wir uns offiziell der Sache annehmen müssen."

„Da bin ich beruhigt."

„Wie gesagt, wir werden der Sache nachgehen. Vielen Dank." Sina ist zufrieden, dass sie diese Meldung gemacht hat.

Richtige Argumente

Der Senior Officer vom Polizeirevier wendet sich an die interne Mord-Abteilung, die sich mit Untersuchungen zu Straftaten gegen das Leben (z. Bsp. Mord, Totschlag) befasst. Für die Ermittler im Polizeirevier ist das einfach ein weiterer Mordfall und es gilt, dieser Sache oder diesem möglichen Verbrechen nachzugehen. Die Beamten besprechen diesen Vermisstenfall.

„Das muss zwei Jahre zurückliegen, dazu brauchen wir weitere Spezialisten. Wir sind am Anschlag, wir haben keine freien Kapazitäten für eine Soko. Ich telefoniere mit Schwanbüll, Norwin und sein Team sind auf solche Fälle spezialisiert. Was meint Ihr dazu?", fragt der örtliche Kriminalhauptkommissar sein Team. Natürlich sind alle einverstanden, sie sind überlastet, leisten viele Überstunden wegen Spezialeinsätze und jetzt steht noch ein angeblicher Mordfall an.

Dann der Anruf: „Schwanbüll, Moon Norwin."

„Wir könnten Euren Einsatz brauchen."

„Worum geht es?"

„Es ist eine ältere Sache, Vermisstenfall vermutlich mit einem Mord oder Unfall gemäß Zeugenaussage."

„Gut, Nils und ich kommen. Linda, die Rechtsmedizinerin, bieten wir auf, wenn wir mehr Informationen haben."

„In Ordnung."

„Morgen sind wir bei Euch auf dem Revier." „Danke."

Nach länger Fahrt treffen die beiden Kommissare bei der Mordabteilung ein. Sie begrüßen sich: „Da sind die Vermisstenanzeige und ein paar Informationen. Die Akte ist auf dem Bildschirm zugänglich."

„Ok, wir lesen diese durch und besprechen unser Vorgehen."

„Ihr könnte das Büro hinten links benutzen. Es ist alles eingerichtet."

Sie lesen die Akte, Norwin dämpft die Erwartungen:

„Es wird schwierig, Ermittlungen nur aufgrund von Gerüchten einzuleiten. Die Ereignisse liegen doch etwa zwei bis drei Jahre zurück. Auch nicht ganz einfach wird es sein, den Staatsanwalt davon zu überzeugen, dass wir Ermittlungen auf dem Gelände vornehmen dürfen und eine Hausdurchsuchung genehmigt bekommen. Was meinst du, Nils?" Der Staatsanwalt gehört nicht zur Mordkommission, ist aber eng beteiligt. „Bin deiner Meinung, ruf ihn an."

Sie können ihren Fall am späten Nachmittag dem Staatsanwalt vorbringen. Der äußert sich nicht gerade erfreut:

„Was Ihr mir da vorlegt, ist sehr dünn. Ich kann mir einen Flop oder Fehlschlag als Staatsanwalt nicht erlauben. Nächstes Jahr sind Wahlen."

„Herr Staatsanwalt, es wurde eine Vermisstenanzeige gestartet. Wenn wir hier nicht nachgehen, dann ist der Reputationsschaden für Sie enorm. Da müssen sich nur die örtlichen Zeitungen „Müritzportal", die „OZ" (Ostsee-Zeitung) oder der „Nordkurier" damit befassen, das wäre dann das Allerletzte."

„Da haben Sie recht. Sie erhalten die Bewilligung mit der Auflage, dass ich täglich über den aktuellen Stand der Ermittlungen informiert werde." „Machen wir."

Anscheinend hat Norwin die richtige Argumentation gefunden. Sie erhalten die Bewilligung zur Untersuchung auf dem Gelände, im „Horse Swinger Club", der Wohnung von Marc und dem angrenzenden Holzgebäude. Nachdem der Staatsanwalt seine Zusage schriftlich erteilt hat, können die Ermittler loslegen. Die Vorbereitungen laufen, Moon beordert für die Durchsuchung vier weitere Ermittler.

„Wir treffen uns morgen um 05.30 Uhr hier in der Polizeistation zum Einsatz-Briefing."

Early Bird

Norwin beginnt: „Ich begrüße Euch zur Einsatz- und Lagebesprechung. Uns ist klar, dass die Erfolgsaussichten nach dieser langen Zeit eher schwierig sind. Wir suchen einen als vermisst gemeldeten Mann. Der Gesuchte heißt Justus Ghitu oder Ghiuthin. Die weiteren Angaben seht Ihr auf dem Blatt, das vor Euch liegt." Norwin sagt: „Der Inhaber ist polizeilich nicht aktenkundig, es liegen keine Beschwerden vor. Ich zeige Euch eine Bildaufnahme der Örtlichkeit, die wir vor Ort antreffen werden. Wir sind nur sechs Personen, wir gehen zu zweit vor, fahren mit drei Fahrzeuge ohne Sirene und Blaulicht. Alle Beweismittel werden wir hierherbringen. Wir nehmen Marc G., den Eigentümer, und seine Partnerin Vera W. alias Tatjana zur Befragung in Gewahrsam. Beide werden dann in getrennte Zellen auf das Polizeirevier gebracht. Ich informiere anschließend den Staatsanwalt und den Ermittlungsrichter. Wir haben 24 Stunden Zeit, um die Sachlage und die genaue Identität der beiden zu prüfen. Ihr wisst, wenn wir keinen Anfangsverdacht haben, können wir die beiden nicht in Untersuchungshaft nehmen und müssen sie auf freien Fuß setzen. In zehn Minuten fahren wir in Kolonne los."

Sie stehen unter Druck, brauchen Beweise, sonst müssen sie die Verdächtigen frei lassen. Die Frühaufsteher – Early Birds – sind 06:15 Uhr vor Ort und klopfen kräftig an die Haustüre. Ein verschlafener Mann öffnet: „Polizei, wir haben hier einen Durchsuchungsbeschluss, sind Sie Marc G.?" „Ja, um was geht es?" „Wir suchen einen Mann namens Justus. Wir nehmen Sie mit aufs Polizeirevier, es gibt ein paar Fragen. Ist Tatjana W. da?" „Die schläft." „Wir legen Ihnen Handschellen an. Sie warten solange im Polizeiwagen."

Alles ging so schnell, Marc konnte gar nichts sagen. Und schon saß er in einem Polizeifahrzeug. Richtig wach ist er nicht, dazu braucht er Kaffee. Zwei Ermittler nehmen Tatjana fest, auch ihr werden Handschellen angelegt und sie muss im Polizeifahrzeug warten. Falls Justus wirklich ermordet wurde, so muss es doch Spuren geben. Die Ermittler fotografieren wichtige Ermittlungsstellen.

Es ist ein heikler Moment. Seit dem frühen Morgen durchsuchen die Forensiker das ganze Anwesen und finden nichts, keine Beweismittel. Es sieht so aus, als könnte der Fall nur durch ein Geständnis geklärt werden. Um das zu erreichen, müssen die Mordermittler sehr geschickt vorgehen. Die Wissenschaftler der Polizei durchsuchen alle Räume mit Luminol. Sie finden jedoch kein menschliches oder tierisches Blut, somit keine DNA und keine Beweismittel. Sie sammeln Informationen, prüfen Fakten und sortieren diese. Die Höchstdauer für eine Inhaftierung beträgt 48 Stunden. In Ausnahmefällen darf durch eine richterliche Entscheidung die Dauer bis zu 4 Tagen betragen. Das Moderermittlerteam findet keine Beweise und muss die in Gewahrsam genommenen Personen Marc und Tatjana wieder frei lassen. Für die Kommissare ist dies nicht erfreulich. Norwin hat eine Clubliste der Mitglieder im Büro von Marc gesehen. Diese Liste hat er mitgenommen, damit er diese Leute kontaktieren und sie in dieser Angelegenheit befragen kann. Er ruft mindestens 20 Personen an. Unisono erhält er die Antwort:

„Ja da war einmal ein Gärtner namens Justus, aber der ist ja in sein Heimatland zurückgefahren." Wieder nichts.

Moon und Light starten eine große Personenfahndung. Gesucht wird ein Mann mit dem Familiennamen Ghiuthin. Sie weiten die Nachforschungen Richtung Polen und Tschechien aus. Auch in Deutschland bei Sozialversicherungen und Krankenkassen wird nachgefragt. Hier lautet die Rückmeldung jeweils: Ohne Geburtsdatum und Geburtsort können viele Behörden keine Nachforschung betreiben und somit keine Auskunft geben. Es gibt keine erkennbare Spur.

Polizeiliche Ermittlungsarbeit ist harte Arbeit und braucht Ausdauer. Nach einigen Wochen zäher, zermürbender Ermittlerarbeit muss die Mordkommission zähneknirschend erkennen, dass die polizeilichen Nachforschungen im „H. S. Club" zu keinem Ergebnis geführt haben. Das Ermittlungsteam um Kommissar Norwin und Nils kann weiter ermitteln. Sie kämpfen darum, dass dies kein Cold Case („Kalter Fall") wird. Nach einer bestimmten und erfolglosen Ermittlungszeit werden diese ungelösten Fälle auf die Seite gelegt. Diese Fälle rutschen in der Ermittlungsarbeit immer weiter nach hinten, weil neue Mordfälle hinzukommen. Deshalb müssen neue Fälle sofort untersucht werden, bevor auch diese erkalten und zu Cold Cases werden. Eine genaue zeitliche Grenze, wann ein Verbrechen zum Cold Case wird, gibt es nicht. Sollte es nach Jahren wieder Hinweise geben, so werden diese Cold Cases durch neue Ermittler bearbeitet. Die US-Bundespolizei FBI ist Wegbereiter dieser Ermittlungsform.

Dritte Spur

Werden die Ermittler für ihre Arbeit endlich belohnt? Nach über eineinhalb Jahren erhält Moon Post von einer Krankenkasse. In der Akte taucht der Name Ghitu auf und ist somit nicht ganz identisch mit Ghiuthin.

„Guten Tag, Moon von der Mordkommission. Ich rufe Sie wegen der Akte mit dem Namen Ghitu an." „Ja."

„Haben Sie ein Lichtbild von Herrn Ghitu?" „Haben wir."

„Könnten Sie mir das per E-Mail zusenden, gleiche Adresse wie die Akte." „Mache ich."

Er erhält ein Foto von einem Mann. Das ist eventuell ein kleiner erfolgreicher Schritt und könnte der Durchbruch sein! Der Kommissar ruft Sina M. an, die Frau, welche den Vermissten kennt und eine Anzeige gestartet hat. Auf dem Revier muss Sina Kommissar Norwin Moon enttäuschen, dieser Mann ist nicht der Gesuchte. Die Spur verläuft im Sand, die Ermittler beginnen wieder von vorne. Und es vergehen wieder weitere zermürbende Monate ohne irgendeinen neuen Hinweis oder Informationen.

Eines Tages landet ein Schreiben aus einer größeren Stadt auf dem Schreibtisch von Moon. Die Behörde teilt mit, dass sie zwei Namen gefunden hätten, welche ähnlich klingen wie Ghiuthin. Der eine Name lautet Eric Ghitu, der andere Justus Ghitu. Die beiden Kommissare recherchieren, finden heraus, dass Eric Ghitu in einem Vorort von Hamburg lebt, verheiratet ist und drei Kinder hat. Diese Person kommt nicht infrage. Es ist zum Verzweifeln, sie gehen der dritten Spur nach. Sie hoffen auf den zweiten Namen, auf Justus Ghitu. Endlich ein Lichtblick, eine Spur, der Norwin nachgeht. Da sie nun das Geburtsdatum kennen, können sie die Suche verfeinern.

Jetzt wird es dramatisch, auf den Namen Justus Ghitu haben sich in über 40 Lebensjahren bei den Behörden einige Informationen angesammelt. Der Mann ist in mehreren größeren Städten aufgefallen. Wegen seines alkoholisierten Zustandes erfolgte eine Zwangseinweisung, vermutlich in eine Fachklinik. Das ist schon einige Jahrzehnte her und es gibt keinen Protokollvermerk, weil er total besoffen in der Öffentlichkeit herumlag. Aus einer Stadt wurde gemeldet, dass er, nachdem er sich in einem Park öffentlich entblößt hat, wegen Exhibitionismus verurteilt wurde. Von damals gibt es kein Foto, auch keine Fingerabdrücke. Die Ermittler finden einen weiteren Hinweis über eine Barzahlung, die ein Justus Ghitu gemacht hat. Ein Kleinbetrag wurde auf einer Bank einbezahlt. Die Ermittler erstellen anhand der vorliegenden Anhaltspunkte ein Profil: Justus Ghitu, 64 Jahre alt, hat keinen festen Wohnsitz, stammt aus bescheidenen Verhältnissen. Es ist unklar, ob der Mann noch lebt oder tot ist. Dies festzustellen, ist für das Ermittlerteam eine zeitraubende Aufgabe. Sie finden heraus, dass es einen Bruder gibt, der vor vielen Jahren den letzten Kontakt mit Justus hatte. Über das Leben seines Bruders kann dieser keine Angaben machen. Justus Ghitu ist eines von drei Kindern. Er wurde von keinem Amt für tot erklärt. Kommissar Moon findet heraus, dass der Gesuchte Anspruch auf eine Rente gehabt hätte, die aber nie beantragt wurde. Dies kann ein Hinweis sein, dass Justus Ghitu tatsächlich tot ist. Sein Ableben wurde nirgends vermerkt. Was könnte der Grund dafür sein?

Inzwischen laufen die Ermittlungen mit Unterbrüchen mehr als zwei Jahre. In mühsamer Kleinarbeit konnten sie herausfinden, dass es eine Akte von einem Krankenhaus gibt. Justus Ghitu wurde dort eingeliefert, ein Vermerk fehlt. Der Eintrag wurde vor über drei Jahren gemacht, sein Aufenthaltsort sei der „Horse Swinger Club" an der Adresse, an welcher Marc und Tatjana ihr Geschäft betreiben. Sie haben nun genügend Beweismittel, dass Justus Ghitu dort gelebt hat. Dies bestätigen und dokumentieren die Zeugenaussage von Sina, die Strafanzeige erstattet hat, und auch die Unterlagen, welche die Behörden gefunden haben.

Wo ist Justus Ghitu jetzt oder weshalb musste er sterben? Diese Fragen wollen die Mordermittler klären.

Dünne Beweislage

Endlich gibt es nach so langer Zeit Beweismittel. Norwin beantragt beim Staatsanwalt die zweite Bewilligung zur Vernehmung der Tatverdächtigen. Diese liegt nun schriftlich vor. Sie holen in zwei Fahrzeugen Marc und Vera alias Tatjana zum Verhör. Sie werden einzeln in einem Wagen zur Polizeistation gefahren, damit sie miteinander nicht reden können. Auf dem Revier werden sie getrennt in eine geschlossene Zelle geführt, wo sie bis zur Befragung bleiben.

Zweite Vernehmung Vera – Vermisstenfall Justus Ghitu

„Ich bin Moon, das ist Light, wir haben ein paar Fragen. Sie haben das Recht, zu schweigen. Alles, was Sie sagen, kann und wird vor Gericht gegen Sie verwendet werden. Wissen Sie, weshalb Sie hier sind?"

Vera (Tatjana) sagt: „Nein, mein Kommissar", rollt ihr großen Augen und schaut ihn dabei laszive, anstößig an. Vera versprüht eine sexuelle Anziehungskraft auch bei dieser Vernehmung. Sie ist wie eine Spinne in der Tierwelt. Bei manchen Spinnenarten gehört das Männchen im doppelten Sinne zur begehrten Beute: Die Weibchen fressen nach dem Liebesspiel die Männchen. Sind diese unvorsichtig, werden sie schon vor dem Liebesakt gefressen. Verliebte Spinnenmännchen sind sensibel, sanft und unvorsichtig. Spinnen gehören zu den Nützlingen, sie vertilgen Jahr für Jahr Millionen von Insekten und Käfern.

Die Ermittler müssen sich stark auf ihre Befragung konzentrieren. Es ist unbestritten, dass erotische Reize auch bei Beamten wirken, Vera weiß genau, wie sie ihren Sex-Appeal einsetzen kann.

Norwin gibt sich einen Ruck, fährt mit der Befragung fort, ohne auf ihre Provokation einzugehen:

„Justus Ghitu wird vermisst, was wissen Sie darüber?"

„Davon weiß ich nichts, er ist einfach abgehauen, auf und davon. Was erwarten Sie von einem Landstreicher?"

„Wissen Sie noch, wann das war?"

„Nein, ich kann mich nicht mehr erinnern, ist schon lange her."

„Das glauben wir Ihnen nicht."

„Es ist so, ich kann mich nicht erinnern." Sie streicht durch ihre schwarzen Haare, den Kopf nach hinten geneigt. Sie spielt ihre Rolle, es interessiert sie nicht im Geringsten, was mit Justus passiert ist. Die beiden Kriminalisten verlassen den Verhörraum und besprechen, wie es weiter geht. Da es keine Beweise gibt, nur Gerüchte, müssen sie Vera laufen lassen.

Zweite Vernehmung Marc G. – Vermisstenfall Justus Ghitu
Nils führt jetzt die Befragung: „Wir haben ein paar Fragen. Sie haben das Recht, zu schweigen." Nils ist verärgert, die Befragung von Vera hat ihn in Rage gebracht.

„Bei der ersten Befragung hatten Sie uns angelogen."

„Nein."

„Doch. Ihre Partnerin hat uns gesagt, was Sie über das Verschwinden von Justus Ghitu wissen!"

„Ich weiß nur, dass Justus eines Tages kam und an die Türe klopfte. Er bat um Essen. Sie bot ihm Kost und Logis gegen Arbeit. Am Anfang lief alles in geordneten Bahnen, dann verschlechterte sich die Situation gewaltig. Justus geriet unter ihre Fuchtel. Vera züchtigte ihn, sie war für ihn die Herrscherin. Wenn er nicht gehorchte, wurde er von ihr richtig mit der Bullenpeitsche verprügelt. Sie hielt ihn wie einen Knecht im Keller. Sie schlug ihn mit Gegenständen, ließ ihn erniedrigende Arbeiten ausführen. Justus war „Sklave" für alles, er durfte sich nur im Außenbereich und im Kellerraum aufhalten. Er wurde von Vera immer wieder gedemütigt."

Marc G. stoppt einen Moment, er wirkt sehr traurig, als er dies erzählt. „Für Vera war er kein menschliches Wesen, er hat darunter sehr gelitten. Er wurde von ihr geschlagen, weil er angeblich gewisse Arbeiten nicht sauber genug erledigt hatte."

„Wissen Sie, wann das war und wo er jetzt sein könnte?"

„Nein, keine Ahnung, habe nie mehr etwas von ihm gehört."
„Wir besprechen uns, wir kommen wieder retour."
Die Ermittler besprechen die Lage: „Marc und Vera hielten Justus wie ein Tier gefangen. Sie schlossen ihn in einem kleinen Kellerraum ein. Mehrmals versuchte Justus zu fliehen, aber Vera zwang Justus zu bleiben. Anscheinend hat sie ihn oft geschlagen. Das Leiden von Justus konnte so nachvollzogen werden. Verdammt, wieder ist die Beweislage dünn. Beide haben keine brauchbare Aussage zu Tod oder Verschwinden von Justus gemacht. Die Ermittler haben kein Geständnis erhalten. Sie müssen Marc G. laufen lassen. Die Sachlage bestätigt nur, dass er eines Tages verschwunden ist und wegen der Misshandlungen gibt es keine Beweise"

Verdammt noch mal
Norwin ist ratlos und geht zur Pinntafel, auf welcher alle polizeilichen Ermittlungen mit allen Verbindungen mit Nadeln und Notizen befestigt sind. Und wieder stürzt er sich in die Unterlagen, welche er schon x-Mal angeschaut hat. Doch dann ruft er Nils vom Nebenzimmer:
„Du, ich glaube, ich habe eine neue Spur."
„Wirklich, welche?"
„Edy, den Hausmeister, haben wir nicht befragt."
Und wieder heißt es, eine Bewilligung einzuholen, diesmal nur in einem Polizeiwagen vorzufahren und Edy zur Befragung auf das Revier mitzunehmen.

Erste Vernehmung von Edy – Vermisstenfall Justus Ghitu
„Ich bin Moon, das ist Light, wir haben ein paar Fragen. Sie haben das Recht, zu schweigen."
Norwin eröffnet das Gespräch: „Wir haben Marc G. und Vera W. über den Vermisstenfall Justus Ghitu befragt. Wir möchten von Ihnen hören, was Sie darüber wissen?"
Es dauert, bis er endlich was sagt. „Ich kann nur sagen, dass Vera zu Justus nicht anständig war. Und dass er anscheinend abgehauen ist, ohne jemanden zu sagen wohin."

Norwin sagt: „Mehr wissen Sie nicht?"

„Nein".

„Verdammt." Hört man den Kommissar leise fluchen.

„Denken Sie daran, es geht um Mord. Wenn Sie nicht die Wahrheit sagen, dann gehen wir davon aus, dass Sie in den Mordfall verwickelt sind, dann sind Sie mitschuldig."

„Ich brauche einen Kaffee."

Nils besorgt ihm einen Automatenkaffee. Dann beginnt der Hausmeister zu reden:

„Es war im Frühling, ich weiß nur, dass es am Vorabend, nachdem alle Clubmitglieder gegangen waren, es einen schlimmen Streit gegeben hat. Ich wurde am nächsten Nachmittag von Vera gebeten, Müllsäcke zu entsorgen."

„Haben Sie das getan?" „Ja."

„Wussten Sie, was darin war?"

„Nein. Das wurde mir erst viel später gesagt. Vera sagte zu mir: Du bist jetzt auch mitbeteiligt."

„An was, fragte ich?"

„In den Müllsäcken waren die Überreste von Justus. Da wurde mir schlecht, ich musste mich hinsetzen."

„Wie ist das passiert?"

„Anscheinend waren sie im großen Salon, das Kaminfeuer brannte. Marc und Vera saßen davor, dann kam Justus der Landstreicher herein, stockbetrunken. Niemand wusste, wie er in Teufelsnamen die Türe vom Kellerraum öffnen konnte. Er hat vermutlich Alkohol aus dem Wirtschaftsraum getrunken. Anscheinend hörte er Stimmen und ging in den Saal."

„Und dann?"

„Ich denke, Justus wollte mittrinken, einfach nur dabei sein, ein bisschen Wärme spüren, mit Menschen sein. Vera ging wie eine Furie auf ihn los und haute mit der Gerte heftig auf ihn ein. Er fiel zu Boden, schlug mit dem Kopf am eckigen Kaminrand den Kopf an."

„Woher wissen Sie das, wenn Sie nicht mit dabei gewesen sind?"

„Marc und Vera haben mir das erzählt. Jeder hat mir seine Version stückweise mitgeteilt."

„Hat Justus zu diesem Zeitpunkt noch gelebt?"

„Ja. Marc erzählte mir, dass Justus mit schmerzverzerrtem Gesicht wieder aufstehen konnte. Trotz dieser Verletzung forderte Vera ihn auf, zu gehen. Er blieb hartnäckig, ging nicht. Dann mischte sich Marc ein. Ein Wort ergab das nächste. Marc hat ihm einen Faustschlag mitten in das Gesicht verabreicht, das war dann wie ein KO-Schlag. So viel weiß ich darüber."

„Wie ging es dann weiter?"

Ich war nicht vor Ort, ich wurde erst damit konfrontiert, als ich die Müllsäcke entsorgte."

„Wir erstellen ein Protokoll, bitte unterschreiben Sie das, dann können Sie gehen."

Für die Ermittler war das ein brutaler Mord. Justus Ghitu starb vermutlich an Misshandlungen, die er erlitten hatte, und an den tödlichen Schlägen. Für Vera und Marc war Justus unwichtig, er lag mehrere Stunden am Boden vor dem Kamin. Keiner der beiden wählte damals den Notruf oder alarmierte die Polizei. Justus hat vermutlich auch nach dem zweiten Mal, als er zu Boden ging, noch gelebt. Die Ermittler der Mordkommission stehen erneut versammelt vor der Pinnwand. Ihnen fehlen Beweise und Spuren, die für eine Anklage reichen würden. Sie haben ein Geständnis, aber nicht von den beiden Hauptverdächtigen.

Moon sagt: „Ich möchte mit dem Geständnis von Hausmeister Edy, den Besitzer vom Club zur Rede stellen. Vielleicht hilft das für eine Aussage, dass es so gelaufen ist."

850 °C
Dritte Vernehmung Marc – Mordfall Justus Ghitu

„Wissen Sie, weshalb wir Sie nochmals befragen müssen?"

Marc erwidert: „Nein, ich dachte, das sei für mich erledigt."

Für Norwin reicht es jetzt, er erhöht den Takt: „Es geht um Mord. Sie haben uns angelogen. Wenn Sie jetzt nicht die Wahrheit sagen, dann klagen wir Sie wegen Beihilfe zum Totschlag oder Mord an. Ist Ihnen das bewusst? Wir haben Informationen, dass Sie mehr wissen, als Sie uns erzählt haben. Wir wissen auch, wie der Mord passiert ist. Wir möchten aber Ihre Version hören."

Marc ist erschrocken, er hört nur noch Beihilfe und Totschlag. Dann beginnt er zu erzählen:

„Als alle Gäste gegangen waren, das war so gegen 02.30 Uhr, sassen Vera und ich beim Kaminfeuer, dann kam Justus rein. Er war betrunken. Wir forderten ihn auf, den Raum zu verlassen und in seine Bude im Keller zu gehen. Er ging nicht, sondern ein Wort ergab das nächste. Es gab ein Handgemenge und er stürzte unglücklich, er starb vor dem offenen Kamin."

„Und wo ist der Tote jetzt?"

„Das weiß ich nicht."

„Lügen Sie nicht, wir haben Beweise, dass Sie ihn getötet haben."

„Aber es ist so abgelaufen!"

„Wie ist es abgelaufen? Welche Rolle spielte Vera? Los, geben Sie der Gerechtigkeit eine Chance. Es ist besser, wenn Sie reden."

Marc musste ein paar Mal durchschnaufen.

„Ich wollte den Notdienst rufen. Vera sagte noch: „Spinnst du, die glauben uns eh nichts. Es gibt eine gute Lösung. Ich fragte Sie: Welche?"

„Wir verbrennen den Toten und die Asche entsorgen wir."

„Ich sagt dann „Nein, lass den Scheiß". Sie legte vier große Holzprügel nach. Als das Feuer loderte und genügend Glut da war, forderte sie mich auf: „Hilf mir, ihn ins Feuer zu legen. Halte ihn am Oberarm und am Hosenbund, so können wir ihn gut hineinlegen."

„Und Sie haben das Spiel mitgemacht?"

„Ich weiß auch nicht, die Frau hat eine Macht über mich, das war nicht ich, so etwas würde ich normalerweise gar nicht tun", sagt der total eingeschüchterte Marc. Die Augen der Kommissare werden immer größer ob diesem abscheulichen Verbrechen. Was sind das für barbarische Menschen? Sie machte Marc abhängig, tyrannisierte Justus und mordet dann emotionslos.

„Gab es nicht Probleme mit dem Feuer, wenn so ein großer Körper einfach in den Feuerraum gelegt wird?"

„Nein", sagt Marc. „Der Feuerraum war bodeneben, gut zum Befeuern, d. h. Vera konnte mit wenig Kraftaufwand den Leichnam wie bei einer Kremation in das Feuer schieben."

„Und was machten Sie dann?"

„Ich verließ den Ort des Schreckens und sah noch, wie Vera den Körper weiter hineinstieß. Ich konnte das nicht ertragen und ging hinauf in unser Schlafzimmer."

„Wissen Sie, wie lange es dauert, bis ein Mensch verbrennt?"

„Nein. Keine Ahnung."

„In einem Krematorium, wenn die Temperatur in der Hauptbrennkammer über 1100 Grad Celsius erreicht, dann dauert die Einäscherung etwa 90 Minuten. Nach einer Verbrennung bleiben etwa „drei Kilo" übrig, je nach Körpergröße. Das sind dann Knochen und Asche. Die Asche wird anschließend zur Sicherung in eine Aschekapsel gefüllt."

„Ich habe das so nicht mitbekommen. Ich war ja oben im Schlafzimmer und am Morgen, als ich aufwachte, war Vera auch da."

„Sind Sie dann nochmals zum Kamin gegangen?"

„Ja, mit Vera. Zusammen haben wir die nicht verbrannten Knochen und die Asche in Müllsäcke abgepackt."

„Haben Sie die Säcke entsorgt?"

„Nein. Als Edy, unser Hausmeister am späteren Nachmittag kam, hat sie ihn beauftragt, die Säcke irgendwo in einem Container zu entsorgen." „Wusste er, was in den Müllsäcken war?"

„Nein. Sie hat ihm einfach den Auftrag erteilt, diese zu entsorgen. Als er zurückkam, hatte sie ihm gesagt, dass er jetzt zum Mitwisser geworden sei und niemandem etwas darüber erzählen darf."

„Wir beenden hier die Befragung und erstellen ein Protokoll. Unterschreiben Sie es, dann können Sie gehen. Wir werden uns nochmals bei Ihnen melden."

Wie kann man so herzlos sein? Die Ermittler sind sonst abgebrühte Hunde, aber dieser Fall macht sie traurig und sprachlos. Marc wirkte aufrichtig, die Beamten merkten, dass er beim Erzählen alles noch einmal durchlebte und die Bilder in ihm wieder auftauchten. Die Kriminalisten hatten keine Zweifel daran, dass er nicht die Wahrheit sagte.

Norwin hat eine Idee, vielleicht kann der Kaminfeger zur Feuerstelle im Raum der Folterkammer etwas sagen.

„Nils, rufst du den Kaminfegermeister oder den Hausmeister wegen des Protokolls an?" Der Hausmeister hat die Bescheinigung über das Ergebnis und die Kontrolle der offenen Feuerstelle den Mordermittlern per E-Mail zugesandt.

Norwin ruft den Kaminfegermeister Theo L. an: „Sie können sicher anhand der Rußrückstände feststellen, was verbrannt wurde?" „Normalerweise ja."

„Was heißt normalerweise?"

„Bei der letzten Kontrolle musste ich den Kamin säubern. Die ganze Feuerstelle wurde mit neuen Schamottsteinen ausgelegt."

„Weshalb?"

„Es wurde ein neues Edelstahl Kaminrohr eingesetzt."

„Wissen Sie, weshalb?"

„Sie wollten es, damit der Rauch besser abziehen kann. Und der alte Schornstein entsprach nicht mehr den Vorschriften."

„Wenn ich Sie richtig verstehe, gibt es auch keine alten Aschenrückstände?"

„Richtig, es wurde in der Zwischenzeit oft Feuer gemacht, dies hat mir der Hausmeister mitgeteilt. Er war vor Ort, als ich die zweite jährliche Kontrolle machte. Und wenn dieser Kamin eingeheizt wird, dann ist die Glut bis 1000 °C heiß, da bleibt nichts mehr übrig."

„Vielen Dank für Ihre Informationen." Er informiert Nils, dass sie dort keine brauchbare Spur finden werden.

Keine Beweise, keine Anklage

Die Kriminalisten holen Vera W. nochmals zur Befragung.

Dritte Vernehmung Vera W. – Mordfall Justus Ghitu

Norwin beginnt: „Sie werden nochmals befragt, weil Sie uns nicht die volle Wahrheit gesagt haben. Sie müssen mit einer Anklage wegen Mord rechnen. Sagen Sie uns die Wahrheit."

„Was soll ich noch sagen?", mault Vera die Kommissare an.

„Wir haben Beweise und schriftliche Protokolle, die belegen, dass Sie die Mörderin sind!"

Diese Aussage saß, Vera wird gesprächig. Aber sagt sie auch die Wahrheit? Eine Befragung ist noch keine Gerichtsverhandlung, das weiß Vera. Sie hält an ihrer Strategie fest, ja nicht zu viel sagen. „Alle Aussagen gegen mich sind falsch. Ich habe Justus nicht umgebracht."

Vera beharrt darauf: „Wie ich Ihnen mehrfach sagte, hat uns Justus Ghitu freiwillig verlassen. Was Sie mir vorwerfen, ist ein Konstrukt der Polizei, eine Verschwörung gegen uns, wir sind die Opfer."

Das ist eine harte Nuss. Wieder können die Ermittler nichts unternehmen. „Sie können gehen, für uns sind Sie immer noch eine Verdächtige", sagt Moon mit bösem Ausdruck im Gesicht.

Er spricht zu seinen Kollegen: „Die haben sich abgesprochen, sie lügen und wissen angeblich von nichts. Wir haben uns von der Befragung erhofft, dass einer von beiden eine klare Aussage macht und den Mord zugibt. Sie schieben einander die Schuld zu." Resigniert müssen die Ermittler erkennen, dass sie viel Aufwand hatten. Der Mordfall eine schreckliche Tat ist, es gibt keine Leiche, keine Beweise, nur Anschuldigungen. Wir suchen weiter. Marc, Vera und Edy können nicht angeklagt werden, es fehlen konkrete Beweismittel. Was können die Kriminalisten noch tun?

Norwin: „Weißt du was, Nils, wir bieten den Kriminaltechnischen Einsatzdienst (LKA) auf."

Diese Tatortgruppe verfügt über Einsatzmittel, welche der Grundstein für eine erfolgreich Tataufklärung sind. Sie durchsuchen nochmals das Landhaus, vor allem den Raum, in welchem Justus eingesperrt war. Sie finden Blutspuren. Es waren alte Blutspuren, zum größten Teil abgewaschene und beschädigte, damit konnte keine DNA bestimmt werden. Auf dem Kellerboden gab es ebenfalls Blutspuren, auch diese waren nicht eindeutig. Es war nicht festzustellen, ob das Blut von Justus Ghitu stammte oder von einem Tier. Die beiden Kommissare ermitteln in der Vergangenheit von Vera. Marc hat ihnen den Tipp gegeben, dass er sie im Pferdehof kennengelernt habe und dass dort der Sohn Alex gut über ihren Charakter Bescheid geben kann.

Sie fahren zum Reiterhof, befragen Alex:

„Wir haben ein paar Fragen an Sie. Wie war Ihr Verhältnis zu Vera, als sie hier arbeitete?"

„Sie war eine sehr fleißige Person, sie hat alle Pferde gefüttert, die Boxen gereinigt und die Pferde draußen bewegt. Sie ist auch eine sehr gute Reiterin, beherrscht die Bullenpeitsche."

„Ist da mal was gewesen oder ist Ihnen was aufgefallen?"

„Nein, doch, sie hatte damals einen fürchterlicheren Reitunfall. Was mir danach aufgefallen ist, ist ihr Wesen, ihr Verhalten hat sich total verändert. Ich hatte sie notfallmäßig zum Spital gefahren. Als ich Vera im Spital besuchte, haben mir die Ärzte mitgeteilt, dass bei ihr wegen der Kopfverletzung vermutlich eine Wesensänderung stattfinden würde."

„Was meinen Sie damit?"

„Sie ist eiskalt, aggressiv und auffällig geworden. Jeden Tag übte sie mit der Bullenpeitsche, die Knallerei war kaum zum Aushalten. Sie hatte ein starkes Schädel-Hirn-Trauma erlitten."

„Habe ich Sie richtig verstanden, dass sich seither ihr Charakter verändert hat?" „Ja."

Sie bedanken sich für die Informationen und fahren retour. Monate vergehen ohne weiteren Hinweis auf ein mögliches Beweismittel. Eines Tages landet ein Schreiben bei den Ermittlern, Absender ist eine Sozialversicherung. Moon hält das Schreiben in der Hand, springt auf, ruft: „Nils, es geht weiter. Die Sozialversicherung meldet sich mit diesem Brief, dass sie eine monatliche Rente an Justus Ghitu auszahlen und jetzt hör gut zu, an die Adresse vom „Horse Swinger Club"."

„Steht da sonst noch was?"

„Ja, davor wurde eine kurze Zeit eine Invalidenrente ausbezahlt an die gleiche Adresse."

Norwin hält sich die Hand an den Kopf: „Jetzt dämmert es mir, wir haben nicht alle Bankkonti gesichtet. Und die beiden haben immer erzählt, dass Justus einfach abgehauen ist. Die haben uns mächtig an der Nase herumgeführt."

Der Staatsanwalt erhebt Anklage

„Dieses Beweismittel bringt beide hinter Gitter", sagt Moon und nickt dabei. Wieder fahren die Kriminalisten zum Clubhaus und nehmen Marc und Vera in Untersuchungshaft. Im Polizeirevier werden die zwei über den erhobenen Tatvorwurf aufgeklärt. Damit die Staatsanwaltschaft Anklage erheben kann, muss der Tatverdacht hinreichend sein. Mord ist in Deutschland ein vom Strafgesetzbuch erfasster Tatbestand des materiellen Strafrechts, der mit dem Strafmaß der lebenslangen Freiheitsstrafe belegt ist. Marc wird dem Ermittlungsrichter vorgeführt. Dieser konfrontiert ihn mit dem juristischen Tatbestand:

„Ich will wissen, wie es sein kann, dass Sie die Rente von Justus Ghitu kassiert haben, wenn er noch am Leben war und nicht mehr bei Ihnen wohnte?"

Norwin und Nils stehen hinter ihm, an seiner Körpersprache können sie erkennen, dass er nun einknickt und reden wird. Die Fakten liegen auf dem Tisch.

„Ja, Justus Ghitu ist im Clubhaus geblieben, bis er dort gestorben ist. Wir haben die Rente von Justus kassiert."

„Wissen Sie, ab welchem Lebensjahr das war?", will der Ermittlungsrichter wissen.

„Ab dem 60."

Justus Ghitu ist tatsächlich tot. Marc bestätigt, was die Mordermittler noch nicht beweisen konnten:

„Ich bestehe darauf, nichts mit seinem Tod zu tun zu haben. Ich bestätige Ihnen, dass er im Clubhaus verstorben ist, aber ich habe ihn nicht geschlagen."

„Wie ist es dann passiert?", will der Ermittlungsrichter wissen.

„Er war so betrunken, dass er gestolpert ist und sich dabei das Genick gebrochen hat."

„Gemäß den vorliegenden Unterlagen stimmt Ihre Aussage mit den anderen nicht überein", sagt der Richter.

„Was ist dann mit der Leiche passiert?", will er von Marc wissen.

„Vera hat entschieden, den Toten zu verbrennen."

„War Justus wirklich tot oder einfach nur bewusstlos?"

„Das weiß ich nicht."

„Warum haben Sie den Notruf nicht angerufen?"

„Das hätte uns doch niemand geglaubt."

Dem Ermittlungsrichter platzt der Kragen: „Sie lügen wieder, ich habe jetzt genug gehört. Wir nehmen Sie beide in Untersuchungshaft, erheben Anklage wegen Mord und Beihilfe zu Mord." Vera und Marc sind wahnsinnige Monster. Vor dem Ermittlungsrichter sagte Vera, dass sie bei dieser Tragödie nur dabei gewesen sei und nichts getan habe. Was machte da Vera mit dieser Aussage!

Sie belastete ihren Partner, er hat alles Böse und Schlimme getan. Die Ermittler konnten nicht herausfinden, wie Justus gestorben ist. Das ist für die Anklage ein Problem. Beide behaupten, dass sie unschuldig sind und dass der andere Justus getötet hat. Der Ermittlungsrichter ist der Ansicht, dass Vera die Verantwortung trägt. Sie ist es gewohnt, den professionellen eindrucksvollen „Forward Crack" mit der Bullenpeitsche anzuwenden. Dabei wird der Griff gerade in der Luft geschwungen, so dass eine kleine Schlaufe entsteht, die dann schnell entlang des Lederriemens bis zu seinem Ende gleitet. Mit dieser Variante konnte Vera es richtig knallen lassen. Für so eine Fertigkeit ist viel Übung gefragt und die hatte Vera alias Tatjana. Wenn man etwas Unvernünftiges damit tut, dann hat man ein Tötungsinstrument in der Hand. Die Staatsanwaltschaft erhebt beim zuständigen Gericht die Anklage. Sie hat mit der Bullenpeitsche vermutlich zuerst zugeschlagen. Es gibt ja auch die Zeugenaussage vom Hausmeister. So wie sie dieses Folterinstrument bei ihren Sessions benutzte, so hat sie auch in dieser verhängnisvollen Nacht zugeschlagen. Ein Schlag mit dieser Bullenpeitsche kann tödlich sein.

Die Ladung

Die Angeklagten erhalten eine Vorladung zur gerichtlichen Hauptverhandlung. Die Einladung zum Verfahren zur mündlichen Verhandlung und Beweisaufnahme ist auf den Oktober festgelegt. Die Anordnung des persönlichen Erscheinens erfolgt zur Aufklärung des Sachverhaltes. Bestandteil des gerichtlichen Strafverfahrens ist die Gerichtsverhandlung. Die endgültige Schuld- und

Straffrage soll dort geklärt werden. Das Gericht hat den Termin festgesetzt. Die Beteiligten werden aufgefordert, zur Gerichtsverhandlung für das Verfahren zu erscheinen: Vera, Marc, Edy und Kommissar Moon. Die Justiz muss nun entscheiden, ob Justus Ghitu ermordet wurde oder ob es ein Unfall war. Und wer von den beiden Angeklagten hat Justus ermordet?

Sie verweigern jede Auskunft
Die beiden Angeklagten haben sich mit ihren Verteidigern abgesprochen. Marc und Vesna verweigern jede weitere Auskunft. Sie schieben einander die Schuld am Tode von Justus zu.
Ob diese Verteidigungsstrategie Erfolg verspricht?
Vor Gericht zeigen sie keine Reue, kein Mitgefühl, sie sitzen eiskalt, knallhart und ohne Regung im Gerichtssaal. Es gibt protokollierte Geständnisse.
Mordermittler Norwin berichtet als Zeuge vor Gericht, dass die Angeklagten nach ihrer Festnahme angegeben haben, dass sie von Justus tätlich angegriffen wurden und aus Notwehr heraus gehandelt hätten. Da waren der Faustschlag von Marc und die Peitschenhiebe von Vera. Marc hat immer betont, dass er nur geholfen habe, den toten Körper im offenen Kamin zu verbrennen. Er wies vehement darauf hin, dass Vera Justus Ghitu mit der Bullenpeitsche getötet habe und nicht er. Sie ihrerseits sagte aus, dass Marc Justus einen Schlag versetzt habe, woraufhin dieser auf den Kopf gefallen und regungslos am Boden liegen geblieben sei.
Aus ihrer Sicht war er tot. Vera räumt ein, geholfen zu haben, den Körper zu verbrennen, mehr war da nicht. Sie sagt auch, dass Justus stark betrunken war und sie angegriffen habe. Diese Aussage kam beim Staatsanwalt gar nicht gut an. Das klingt, als suche sie nach einer Entschuldigung für den Mord. Marc räumt ein, dass er im Auftrage von Vera geholfen hat, den Toten zu verbrennen. Er war angeblich schon in seinem Zimmer.

Der Strafverteidiger von Vera:
„Bitte berücksichtigen Sie bei der Angeklagten, dass sie einen schweren Reitunfall erlitten hat. Sie ist vom Pferd kopfüber auf

den Steinboden gefallen, hatte eine offene Fraktur am rechten Bein. Seither hinkt sie mit diesem Bein. Es könnte sein, dass sie eine rechtshemisphärische Verletzung erlitten hat. Bei Verletzungen auf der rechten Kopfseite ist häufig die Wahrnehmung gestört. Nach so einem schweren Sturz vom Pferd kann es zu einer schweren Hirnschädigung mit psychischen Veränderungen jeden Grades kommen. Sie hat ein starkes Schädel-Hirn-Trauma erlitten. Die Angeklagte hat erwähnt, dass sie von Justus Ghitu angegriffen wurde. Sie musste sich verteidigen und beim Sturz ist er unglücklich hingefallen und vor Ort verstorben. Es war somit reine Notwehr. Da es sich um Notwehr handelte, bitte ich das Gericht um Freispruch."

Der Strafverteidiger von Marc zerpflückt die Argumentation des Staatsanwaltes, dass alle Befragungen der Ermittler unter Druck stattgefunden haben.

„Es wurde ihnen mit der Drohung Angst gemacht, dass sie lebenslänglich kriegen, wenn sie nicht reden. Deshalb fordere ich einen Freispruch."

Schlussplädoyer

Der Staatsanwalt kommt zum Schlusswort:

„Die Angeklagte Vera ist eiskalt, aggressiv und brutal. Sie übte täglich mit der Bullenpeitsche, um so ihre Gewaltbereitschaft zu zeigen und ihre Macht auszuüben. Sie nutzte diese Herrschaft bei ihren „Subs". Dieses abnorme Verhalten hat sie als Tatjana, der „Lady in Black", im „HS Club" angewandt. Sie hat die Rente des Toten einbehalten und regelmäßig Geld abgehoben. Die persönliche Bankkarte von Justus wurde in ihrer Geldbörse gefunden. Keiner von beiden hat den Notruf gewählt oder die Polizei anvisiert. Sie haben es hingenommen, dass der am Boden liegende Justus stirbt. Man kann nicht mehr feststellen, ob der Tote vor dem Verbrennen noch gelebt hat. Vielleicht war er bewusstlos und hätte gerettet werden können. Man weiß lediglich, dass beide den Körper von Justus mit dem Kopf voran ins Feuer gelegt haben. Das verschont beide nicht vor einer Strafe. Sie hätten die Polizei rufen können. Da wäre es noch nicht zu spät gewesen. Justus wurde zu Tode geschlagen. Sie verbrannten seine Leiche im offenen Kamin. Das ist ein abscheuliches Verbrechen. Es gibt genügend Indizien als Beweismittel und gegenseitige Beschuldigungen. Zudem gibt es die Aussagen der Zeugen, des Hausmeisters Edy K. und des Mordermittlers Norwin Moon. Ich fordere für beide eine lebenslange Haftstrafe. Die Angeklagten sind des Totschlages und des Mordes zu verurteilen, sie erfüllen den Tatbestand §212 und §211 StGB.“

Beide werden verurteilt

Der Richter erwähnt, dass die genaue Motivlage unklar bleibe. Es wird angenommen, das es verschiedene Motive für diesen brutalen Mord gibt und teilweise mit einer Persönlichkeitsstörung der Angeklagten zu tun haben. Das psychiatrische Gutachten attestiert Vera, dass sie aus narzisstischer Kränkung heraus gehandelt hat. Ihre Emotionen waren immer Ich-bezogen. Vera und Marc sind uneingeschränkt schuldfähig.

Das Gericht verurteilt Vera zu 16 Jahren Haft, sie war die treibende Kraft. Vera wird als „Bullenpeitschen-Mörderin“ in die Geschichte eingehen.

Marc wird zu 9 Jahren Haft verurteilt.

Hausmeister Edy wird freigesprochen.

Die Strafverteidiger von Marc und Vera gehen in Berufung.

Zwei Jahre später wird Vera zu 18 Jahren und Marc zu 11 Jahren Haft verurteilt.

Der „Horse Swinger Club“ wurde zur Weiterführung an Lene übergeben, der Freundin von Vera. Viele Clubmitglieder kündigten ihre Clubmitgliedschaft. Das Etablissement wurde geschlossen und das Anwesen verkauft.

Kommissar Moon erinnert sich an eine Aussage von Vera: „Ich kann mich nicht entschuldigen, weil ich es nicht war, es tut mir auch nicht leid!“

Da ist selbst er als erfahrener Kriminalbeamter an Grenzen des menschlich Erträglichen gestoßen und weit darüber hinaus. Es gibt wirklich nichts, was Menschen sich untereinander nicht antun können.

Horror mit „Glöckchen"

(Moon, 7. Fall)

Dunkler Ort

In der Parkanlage gibt es einige hundert Laub- und Nadelholzarten. Teiche und Wasserläufe bestimmen das Aussehen des Geländes. Es ist eine Landschaft, die sich durch historische Gartendenkmäler und moderne Grabstätten auszeichnet. Das von Pflanzen gesäumte Straßensystem wird durch einen Kreisel unterbrochen. Es ist ein monumentales Bauwerk, welches an charakteristische Strukturen der USA erinnert. Schnurgerade, genaue Ost-West- und Nord-Süd-Richtungen verlaufen in gleichmäßigen, sanft gebogenen Wegen und Straßen. Die Parzellen sind schachbrettartig angelegt. Hier finden die Toten ihre letzte Ruhestätte. Diese vielfältige und bunte Oase mitten in der Stadt wirkt fast schon verschwenderisch. Es wird geflüstert, dass der Ohlsdorfer Friedhof von Hamburg für den weiteren Ausbau des Stettiner Friedhofs als Planungsvorbild genommen wurde. Es gibt die letzte Ruhe unter Bäumen, Themengrabstätten, Gemeinschaftsgarten für Mensch und Tier, Krypta, die letzte Ruhe zu zweit, das Hamburger Grab, Grabstätten zur freien Gestaltung, Grabstätten der Nationen und Religionen und einen anonymen Urnenhain. Dies ist einmalig in Europa und mitten in Hamburg. Die Schmetterlingsgräber der Sternenkinder oder die Kolumbarium-Bestattungen werden von vielen Touristen besucht. So ein Kolumbarium hat eine optische Ähnlichkeit mit altrömischen Grabkammern. Heute werden die oberirdischen Bauwerke, die Kolumbarien, das sind teils kleine Grabeskirchen, für die Aufbewahrung von Särgen und Urnen gebaut.

Der Hauptfriedhof von Stettin ist ein riesiger Park im Zentrum der Stadt. Vom Hügel aus offenbart sich ein Blick auf die Hauptkapelle. Die immergrünen Koniferensträucher wurden zu Figuren geschnitten. Es ist nachts ein dunkler Ort, der botanische

Friedhof. Aber zur Rhododendrenblütezeit ist dies ein wunderschöner Platz, um sich mit den Seelenverwandten in Verbindung zu bringen. Der Friedhof stellt eine malerische Parkanlage dar. Im westlichen Teil des Gottesackers verlaufen die Wege gerade und parallel zu zwei Bächen, die durch die gesamte Landschaft führen. Eine himmlische Lage für Verstorbene.

Berufskrankheit

„Italiener oder Chinese", ruft Kommissar Norwin Moon, der gut gelaunt und freudestrahlend nach Hause kommt – viel früher als geplant. Seine Frau meldet sich aus dem Wohnzimmer: „Italiener, Spagetti Carbonara an feiner Schinken-Rahm-Sauce."

„Ich ruf an für heute Abend, es soll ja ruhig sein", fügt er noch an. Sie hört aus dem Nebenzimmer: „Si, molto bene, grazie."

„Ist reserviert."

Zwei Stunden später sitzen sie in ihrem Lieblingslokal. „Ein Flasche Barolo, eine Flasche stilles Wasser", bestellt Norwin. Der klassische Barolo bringt die typische Aromatik der Nebbiolo-Traube perfekt zum Ausdruck. Im Piemont wächst die Nebbiolo-Traube und wenn es feucht und kalt wird und der Nebel „la nebbia" da ist, dann entsteht ein hochwertiger Wein. Die Beeren reifen sehr langsam. Wenn diese ihre volle Reife erlangt haben, dann bildet sich auf den Trauben ein weisser, nebelartiger Belag. Der Barolo ist ein intensiver und schwerer Wein. Der Barolo ist der „König der Weine."

Moon will den Abend mit diesem feinen Wein schön abrunden und bei seiner Frau wieder mal „punkten". Nach dem Getränke-Service bestellen sie ihre Menus. Was dann folgt, ist so typisch im Leben eines Mordermittlers, der ständig im Einsatz ist. Kaum haben sie die Vorspeise genossen, klingelt das Handy. „Muss das sein?", spricht er laut ins Handy. Er weiß, er hat Bereitschaftsdienst, es ist dringend, wie immer.

„Schatz, nach dem Essen muss ich weg, es ist etwas Schreckliches passiert." Die Gesichtsmuskeln verziehen sich nach unten. Ohne zu fragen, sieht man, dass beide verärgert sind. Sie verzerren ihr Essen wie ein gefräßiger Labrador. Seine Frau reagiert sauer:

„Wenn du vom Einsatz zurück bist, müssen wir darüber reden, so geht das nicht weiter."

Norwin kennt solche Diskussionen, das ist einer der Gründe, weshalb er regelmäßig wieder alleine ist. Meistens kommt es anders als gedacht. Er bezahlt und fährt seine Frau nach Hause. Die Stimmung ist an einem Tiefpunkt angelangt. Während der Fahrt sprechen sie kein Wort, nur ein lausiges „Tschüss, bis später." So sollte man sich nie verabschieden. Es kann der letzte Abschied sein.

Mit düsterer Mine lässt er den Motor aufheulen, bis zum Einsatzort wird es eine längere Fahrt. Seine Gedanken sind beim letzten Satz:

„Dann müssen wir darüber reden."

So ein Abgang, so eine Aussage belastet Kommissar Norwin Moon psychisch stark. Das wäre dann seine vierte Beziehung, die nach ein paar Jahren in die Brüche gehen könnte. Seiner Erfahrung nach bringen solche Gespräche nichts. Deshalb ist es besser, wenn man sich dafür entscheidet, dass jeder seinen Weg geht. Das ist Shit, aber es ist so:

„Ich werde in einer Single-Partnervermittlung wieder meine Daten eingeben", spricht er in seinem inneren Dialog.

Über Funk meldet sich die Stimme vom Einsatzleiter:

„Ihr müsst bis zum Hauptfriedhof fahren."

„Muss das sein?"

„Ja, es muss, organisiert noch einen Leichentransportwagen. Ihr müsst drei Tote abholen."

„Gut, machen wir, aber Nils und ich sind erst in ein paar Stunden dort. Und Linda werde ich auch noch abholen."

Der Einsatzleiter: „Kein Problem, die Toten warten."

Über Funk organisiert Norwin zwei Fahrer vom Bestattungsunternehmen: „Habt Ihr Platz für drei Leichen?"

„Ja, wir packen die in Leichensäcke."

„Gut, wir treffen uns vor dem Tor bei der Friedhofskapelle."

Gespenstische Nacht

Was für eine wunderbare Nacht, es ist eine Stunde vor Mitternacht. Der Friedhof ist 24 Stunden geöffnet. Sie fahren durch das große Eingangstor beim Parkplatz, den Weg geradeaus bis zur Abzweigung zur Gedenkstätte. Dort halten sie an. „Seht mal!", ruft Norwin. Der Friedhof präsentiert sich in einer atemberaubenden Stimmung. Es ist ein Lichtermeer von brennenden Kerzen, die zum Gedenken an die Verstorbenen angezündet wurden. Es sind Tausende, die leuchten, die Gräber sind alle mit Blumen geschmückt. Es ist eine irre gespenstische Nacht.

„Wo sind die Toten?", will Linda wissen. Sie muss ja als erste die Leichenbeschauung vornehmen. Dann die Mordermittler, dann die Bestatter.

„Wir müssen suchen, bei diesen vielen Gräbern", sagt Nils.

„Norwin, komm, schau", ruft Nils. Er geht auf eine Grabstätte hinzu und zeigt auf eine Stelle, bei welcher eine Unmenge von Metallschmuck liegt. Grabschalen, Vasen, Grablichter, Weihwassergefäße und andere metallene Bruchstücke werden hier gelagert. Alles Gegenstände sind aus Kupfer, Messing und Bronze. Hier waren Grabschänder am Werk. Es ist ja alles abgedunkelt, nur die tausend Grablichter brennen und verbreiten eine gespenstische Szenerie.

Ein paar Gräber weiter vorne ruft Linda: „Hey, hier ist was!"

Die Leichenbestatter und die Kommissare gehen schnellen Schrittes zu Linda. Jetzt wird es gefährlich, irgendjemand hat hier Leichen ausgebuddelt. Sind noch andere Leute hier?

„Und da", Linda zeigt auf einen Männerkopf, der gepfählt wurde. Der tote Mann hat große Froschaugen, graue Haare. Ein paar Gräber weiter sehen sie ein Grab geöffnet. Ein toter Frauenkörper liegt darin. Weiter hinten, wo keine Lichter brennen und nur schattenhafte Umrisse erkennbar sind, finden sie vor einem geöffneten Grab eine verbrannte Leiche. Es riecht nicht, d. h. die muss schon länger da liegen. Ein paar Gräber weiter liegt ein toter Mann. Das Grab ist auch geöffnet.

„Das sind drei Leichen und ein Kopf. Packt die Toten in die Leichensäcke, wir machen die Obduktion im Institut", gibt Linda den Befehl.

Norwin meint: „Diese Gräber wurden geschändet und ausgeraubt. Waren da Satanisten am Werk?"

„Es gibt einige satanistische Sekten in Deutschland", weiß Nils zu berichten. Dann erzählt er weiter: „Diese Zirkel sind bekannt für ihre okkulte Rituale und physische, sexuelle und psychische Übergriffe. Diese gehen über Jahre hinweg, Tag für Tag. Die Außenwelt erfährt nicht viel davon."

Moon gibt den Bestattern die Anweisung, dass sie die Leichen zum Bestattungsunternehmen fahren. Dort sollen sie zur späteren Einäscherung in einen Sarg gelegt werden.

Nils meint: „Linda hat doch gesagt in die Klinik."

Der Kommissar erwidert energisch: „Wegen der Covid-19-Krankheit will ich aus Sicherheitsgründen, dass die Leichen in einen Sarg gelegt werden."

„Ok, verstanden."

Morbides Unternehmen
Das Fahrzeug der Bestatter hat vor dem Eingang geparkt. Norwin rätselt, wo die ihn überholt haben könnten. Darüber ärgert er sich, dass er nicht vor ihnen eingetroffen ist. Die Ermittler und Linda steigen aus und laufen zur Eingangstüre. Norwin bleibt stehen, er liest das Begrüßungsschild. In großen Lettern steht geschrieben:

„Willkommen im Reich der Toten".

Hm, so einen Shit hat er schon lange nicht mehr gelesen. Er denkt kurz nach: Aber irgendwie hat es schon etwas mit dem Geschäft zu tun. Die Kommissare treten ein, sie befinden sich mitten im Ausstellungsraum von diesem morbiden Bestattungsunternehmen. Rund 30 aufgestellte Särge „begrüßen" die Lebendigen.

Beachtlich, in welchen Variationen die Leute ins Jenseits begleitet werden. Zur Auswahl liegen Särge am Kopfende erhöht angelehnt an einer Wand. Sie präsentieren sich so, dass ein Kunde auswählen kann, in welcher Variante der Verstorbene beerdigt oder verbrannt werden soll. Die Lebenden können zu Lebzeiten vom einfachen Tannensarg bis zum Modell „Himmelspforte, mit Stangenbeschlag und Sargkreuz aus Messing" aus verschiedenen Hölzern auswählen. Eine Stimme ertönt wie aus dem Jenseits:

„Sie wünschen?"

Norwin kann niemanden sehen, trotzdem antwortet er:
„Wir suchen drei Särge für unsere Toten, die wir dabeihaben."
„Wie dabeihaben?"
„In drei Leichensäcke eingepackt. Und wegen Covid-19 wollen wir diese in Holzsärge legen."
Dann ertönt wieder diese Computer-Stimme:
„Wir haben Holzsärge aus Pappeln, Fichte, Tanne, Föhre, Sie können wählen ..." „Schon gut", ruft Moon:
„Wir wollen den günstigsten Holzsarg aus Pappel MPX."
Eigentlich sollte das ein besinnlicher Ort sein. Norwin hat das Gefühl, dass er sich in einem Gruselkabinett befindet. Es ist unheimlich, er fühlt sich beobachtet, aber woher? Welche Himmelspforte ist das? Diese morbide Tristesse. An der Wand hängt ein Plakat, darauf steht in großen Lettern, gut lesbar: Das Bestattungsunternehmen nimmt Sargwünsche von Lebenden entgegen. Gegen Bezahlung der Hälfte des Kaufpreises werden die ausgewählten Särge für zehn Jahre gelagert.

Keine schlechte Idee. Es ist auch möglich, den Bestattungsort im Voraus zu bestimmen. Der Kommissar läuft nach hinten, öffnet eine Türe und blickt in den Versorgungsraum. Dort werden die Toten gewaschen, frisiert und eingekleidet. Es sieht aus wie in der Pathologie eines Spitals oder in der Klinik für Rechtsmedizin.
„Hallo, wo seid Ihr?", ruft Norwin. Niemand antwortet.
„Hey Moon, steig in einen der Särge", ruft eine Stimme von weit her. „Verdammt, wo seid Ihr?", der Kommissar versteht solche Späße nicht. „Hinten im Raum geht eine Treppe runter", ruft Nils. Eine alte Steintreppe führt hinunter in zwei große Kellergewölbe. Die Wände sind in dunklem Grau bemalt, das wirkt trotz des Lichtes beängstigend. Auf dem Plattenboden sind im hinteren Gewölberaum etwa zwanzig Särge gelagert, schön gestapelt, alle beschriftet mit „Reserviert für XXX".
Hat da ein Kommissar Angst?
Norwin sagt: „Nils, wo sind unsere Bestatter mit den Leichen?"
„Irgendwo", sagt Linda und nimmt bei einem Sarg den Deckel ab, sie sieht darin eine tote Frau liegen. Der Sarg ist mit cremefarbigem Stoff ausgeschlagen und mit einer Sargmatratze, einer

Sterbedecke und einem Kissen ausgestattet. Alles mit Blut bespritzt. Hier hat ein Blutbad stattgefunden. Auch Nils sieht die Tote, er ruft laut: „Wer ist das?"

Linda sagt: „Das ist die tote Frau vom Friedhof."

„Aber der Kopf ist am Körper."

„Ist nur hingelegt."

Norwin entdeckt weitere Särge, an welchen die Sargschrauben nicht zugedreht sind. Sie öffnen zwei Särge, sehen in diesen eine Leiche. In einem liegt eine verbrannte Leiche, im anderen ein toter Mann. Etwas stimmt hier nicht. Hier muss ein Gemetzel stattgefunden haben, dieselbe grässliche Blutorgie.

„Sauerei, so viel Blut wie in einer Metzgerei, wenn Tiere abgestochen und ausgeblutet werden. Der ganze Boden und die Särge sind mit Blut verschmiert", ruft Nils entsetzt.

„Seht Ihr, die Gesichter sehen aus wie aus einem Zombie-Movie, total verrunzelt, mit Blut verschmiert, fürchterlich", spricht Linda voller Schaudern, sie ist vieles gewohnt, das hier übersteigt aber alles.

„So viel Rot habe ich nur in der Tomatenschlacht gesehen. In der Region Valencia ist das Tomatina Fest ein bekanntes, bei Touristen und Einheimischen beliebtes Fest. Die Einwohner des kleinen Dörfchen Buñol liefern sich jährlich einmal eine feuchtfröhliche Tomatenschlacht."

Nils schaut im anderen Raum nach, ob es weitere Tote gibt. Vielleicht finden sie den Besitzer dieser Geisterbude. Der Kommissar ruft nach den zwei Bestattern. Diese kommen die Treppe runter.

„Verdammt, wo wart Ihr die ganze Zeit?", ruft der Kommissar verärgert. „Wir haben auf Euch gewartet."

„Nehmt die drei Leichen, legt diese in die Särge und transportiert sie zur Rechtsmedizin. Wir treffen Euch dort."

Die Ermittler und Linda haben genug gesehen, sie gehen hoch und verlassen das morbide Bestattungsunternehmen.

„Die Gesichter der Chauffeure kommen mir so gräulich vor wie helle Asche. Nichts wie weg, wir treffen uns im Institut", flüstert Nils Norwin und Linda zu.

„Die alle wurden brutal ermordet", sagt Linda beim Hinauslaufen. Als Norwin das Auto startet, sieht er eine Tafel, die er bei der Ankunft gar nicht gesehen hat: „The last ride" (Die letzte Fahrt).

„Was ist das denn für ein Schild?"

„Sieht aus wie bei einem Burger Drive Thru, wenn man schnell und kontaktlos etwas bestellen möchte", antwortet Nils.

Linda sagt von der Rückbank: „Da kannst du durchfahren und den Verstorbenen vom Auto aus durch ein Fenster sehen und so ein letztes Mal Abschied nehmen."

Norwin glaubt das nicht: „Für wen soll das gut sein?"

„Für Leute, die nicht gut zu Fuß sind, oder solche, die nicht zur Beerdigung eingeladen wurden."

„Ein Abschied aus dem Fahrzeug", meint Nils und schüttelt ungläubig den Kopf. Nichts wie weg. Moon gibt Gas. Im Eiltempo fahren sie Richtung Klinik. Während der Fahrt bemerken sie, wie es dunkel geworden ist, es ist grau und schwarz, so unheimlich. Ein starker Wind weht, es beginnt zu regnen, so richtig nordisches Wetter.

Nach längerer Fahrt kommen sie endlich in der Rechtsmedizin an. Norwin wartet beim Eingang, damit er die Bestatter nach unten führen kann. Als der Leichenwagen eintrifft, steigen die beiden sehr langsam aus dem Fahrzeug. Das ist ihm irgendwie suspekt. Ihre Bewegungsabläufe sind wie im Zeitraffer eines Filmes. Die Bestatter heben die Särge auf einen Rollwagen.

„Ihr wisst, wohin" Keine Antwort. Sie stoßen den Rollwagen Richtung Eingang.

„Kommt mir nach, in die unteren Katakomben."

Er geht ein paar Schritte, dann stolpert Norwin fast über eine Katze. Diese faucht ihn aggressiv an, zeigt ihre großen langen Eckzähne.

„Aus dem Weg, hau ab", sagt Norwin. Unbeeindruckt schaut das Viech die Beamten mit einem bösen Blick an, als würde sie zum Sprung ansetzen.

„Hast du das gesehen?", fragt Linda.

„Nein, nicht wirklich."

Er ist verwirrt, so verhält sich nur ein Puma in freier Wildbahn, wenn er sich angegriffen fühlt, aber nicht eine schwarze Hauskatze. Beim Haupteingang führen sie die beiden Bestatter zum seitlichen Warenlift. Er denkt: Das sind doch keine Menschen, das sind eher lebende Untote. Da gibt es kein Zurück. Beide Beamte vom Polizeirevier Schwanbüll müssen bei der Obduktion dabei sein. Sie wurden auch zu dieser Mission aufgeboten.

Singlebörse mit Empfehlung

Wir alle haben generell ein Bedürfnis nach Nähe. Das wird uns allen bewusst, wenn niemand mehr da ist, den wir in den Arm nehmen können. Oberflächliche Dates und schnelle Abenteuer mit kurzen Affären sind nicht erwünscht? Bei uns finden Sie Klasse, anstelle irgendwelcher Masse an Partnervorschläge. Wir legen Wert auf gepflegte Umgangsformen und anständige Bilder, es gibt keine geschmacklose Anmache. Wir begrüßen Damen und Herren, herzlich willkommen. Genau so etwas sucht Norwin. Das Angebot ist groß. Er kann auswählen, eine hervorragende Singlebörse verspricht mit einer Video-Date-Funktion Erfolgsgarantie für kultivierte Singles. Dank eines kostenlosen Persönlichkeitstests mit handgeprüften Profilen ist sicher eine passende verständnisvolle Frau mit dabei. Das Anmeldeprozedere ist ihm bekannt, es wird nicht lange dauern, dann rattert die E-Mail. Schnell hat er die Anmeldung hinter sich, ein älteres Foto ist hochgeladen. Und in einigen Minuten erhält er den Zugangscode. Der Kommissar will einfach nur glücklich sein, zumindest in seinem privaten Leben. Die Paarbefragung dieser Singlebörse ergab, dass von zehn vermittelten Paaren acht zusammenbleiben.

„Ich bin ja ein gefragter Typ", sagt er zu sich: „Über 15 Damen haben ein ähnliches Profil". Die Auswahl ist schwierig, er meldet sich bei einer Petra. Seine Anfrage ist eher beamtenmäßig geschrieben, so in Richtung „Kommen wir zur Sache, Schätzchen".

So richtig nordisch wortkarg: „Moin Petra, habe Ihre Annonce gelesen, fühle mich angesprochen, würde ich mich freuen, von Ihnen zu hören."

Nach einigen Stunden meldet sich Petra: „Norwin, ich würde mich auch freuen, wir könnten uns auf ein Date mit Kaffee treffen."

„Ja, bin auf deinen Beruf gespannt."

„Ich bin Beamter mit Spezialaufgaben"."

„Ich bin auch Beamtin."

„Welcher Beruf?"

„Erzähle ich dir gerne persönlich."

Er macht ihr einen Vorschlag: „Treffen wir uns im Rondo."

„Ja, gerne, freue mich, ich trage eine rote Bluse, bis dann", schreibt Petra.

Ein Mordermittler kann auch in sportlicher Kleidung daherkommen. Die Partnervermittlung sucht passende Profile nach Postleitzahlen, damit sich die Dating-Partner in ihrer Umgebung treffen können. Endlich ist es so weit, der Tag des Dates ist gekommen. Als Norwin auf dem Parkplatz vorfährt, kommt ihm ein Fahrzeug irgendwie bekannt vor. Er ist kein Casanova, hat keine Blume dabei, gar nichts. Irgendwie ist ihm das peinlich, weil er mit seiner Lebenspartnerin ja noch gar nicht Schluss gemacht hat. Sie hat ja nur angekündigt, dass sie mit ihm reden will. Dynamischen Schrittes geht er in das Restaurant und sieht eine Frau mit roter Bluse an einem Zweiertisch sitzen.

„Linda, du. Ja, was zum Teufel machst du denn da?", fragt Norwin fast vorwurfsvoll.

„Hast du unter dem Namen Paul ein Date angefragt?"

„Ja, das habe ich."

„Ich wusste gar nicht, dass du eine neue Partnerin suchst?"

„Lass es dir erklären", sagt er so ganz in freundschaftlichem Ton. Er beschreibt ihr die Situation. Linda alias Petra meint: „Dann genehmigen wir uns wenigstens einen Drink." Beide wissen, mehr darf nicht sein, sonst gibt es Ärger mit dem Arbeitgeber, wenn sie als Paar bei einer Mordermittlung tätig werden. „Das ist sehr schade", sagt Norwin, er wirkte dabei traurig, melancholisch.

Schwarze Katze

Im Untergeschoss angekommen, sehen sie den grossen Kühlraum, in welchem die Leichen gelagert werde. Im Sezierraum befinden sich vier Tische, auf welchen Sektionen durchgeführt werden. Dahinter ist ein Büro mit vier Arbeitsplätzen, PC-Stationen, vielen Utensilien und Unterlagen.

Linda ruft den Bestattern zu: „Legt die Frau, die verbrannte Leiche und den Toten auf die Tische."

An Norwin gerichtet sagt sie: „Dir ist bekannt, ich beginne mit der Autopsie, es müsste noch ein zweiter Arzt anwesend sein", sagt Linda.

„Und es gibt keinen Totenschein, auch keine gerichtlich angeordnete Sektion!"

„Leg los, ich befehle es dir", sagt Moon.

„Auf deine Verantwortung." „Ja."

„Ihr kennt das, jede Leiche, die hier auf dem Tisch landet, hat ein Geheimnis. Einige verbergen es besser als andere. Die Tote hier heißt Emma. Dieser Name steht auf dem Shirt."

Na und, denkt Norwin. Er hat keine Ahnung, dass es besser gewesen wäre, wenn das Geheimnis nie gelüftet worden wäre. Aber das weiß man erst nach einer Autopsie. Man sieht es den drei Toten an, das sind doch keine Menschen, das sind Zombies mit gräulicher, fauliger Haut, sogenannte willenlose Wesen, die herumgeistern.

Linda beginnt mit der äußeren Leichenschau. „Ich beginne mit der toten Frau, sie heißt Emma, das ist auf ihrer Bluse eingenäht. Bei der äußeren Betrachtung sehe ich nichts, keine Kratzer, keine Verletzungen, keine besonderen Merkmale", sagt sie mehr zu sich. „Diese Tote verbirgt etwas. Schau mal die Augenfarbe. Die Augen sind grau und getrübt." „Was ist damit?", will Norwin wissen.

„Wegen den Augen. Normalerweise tritt so etwas erst nach mehreren Tagen nach dem Ableben ein. Emma ist aber ohne jeden Leichenfleck, keine Totenstarre. Die Tote verbirgt das sehr gut."

Die Ermittler schauen Linda fragend an. Sie hebt eine Hand von Emma hoch: „Siehst du hier, Hand- und Fußgelenke sind ohne äußere Spuren." Moon: „Du meinst, es fehlen Leichenflecken und man sieht keine Gewaltanwendung von außen?"

„Ja, ich sehe Sand unter den Finger- und Zehennägeln und in den Haaren. Nur, in unserer Gegend gibt es wenig sandigen Boden, außer an der Ost- und Nordsee und auf den Inseln."

„In der Tat seltsam."

Die Rechtsmedizinerin schaut das Gesicht an:

„Ich sehe keine Einwirkungen. Die Frau ist an Gift gestorben."

„Hat sie etwas Giftiges gegessen oder wurde sie vergiftet?", fragt Norwin.

„Wie ist so etwas möglich?", möchte Nils erfahren.

Linda: „Das muss ich bei der inneren Leichenschau ansehen."

Irgendwo schlägt Metall auf Metall.

„Hörst Ihr das?", fragt Norwin.

„Ja, unheimlich", meint Linda. Moon blickt zu Nils und flüstert: „Ich gehe nachsehen."

Vom Sezierraum aus geht eine Türe zum Gang hinaus. Das Licht ist gespenstisch abgedunkelt, es ist wie in einem unterirdischen Bunker, unheimlich und feucht. Er läuft den Gang weiter, jetzt hört er ein starkes Donnergrollen. Da draußen tobt der Sturm wie wild. Der Gang macht eine kleine Biegung bis zu einem Lüftungsschacht. Die Metalltüre des Schachtes ist nicht richtig verschlossen. Der Wind bläst bis hierhin, deshalb schlägt die Türe an den Metallrahmen. Zwei grüne funkelnde Augen schauen ihn an. Es ist sehr dunkel, er sieht nicht richtig, was das ist. Norwin wagt es, macht einen Schritt auf die funkelnden Augen zu. Es ist die schwarze Katze, die ihn und Nils vor dem Haus angefaucht hat. Die funkelnden Augen werden größer, die Katze miaut fürchterlich, es ist mehr ein lautes Schreien. Furchtbar, sie muss schwer verletzt sein, vielleicht ist sie den Schacht hinuntergefallen. Irgendetwas ist mit ihr passiert, es ist elendiglich, sie liegt im Sterben. Moon war bis anhin der Meinung, dass er ein lässiger Typ und ein Tierfreund sei. Aber beim Anblick dieser Katze hat er wegen der weit aufgerissen Katzenaugen und des furchterregenden Schreiens Angst. Blitzschnell schnappt er die Katze beim Hals und dreht am Kopf so lange, bis ein starkes Knackgeräusch ertönt – das Zeichen, dass er ihr das Genick gebrochen hat. Er lässt das tote Tier dort beim Schachtfenster liegen. Später wird es im Krematorium in der Feuerhalle verbrannt. Er überlegt sich beim Zurücklaufen, was das denn für eine verdammte Botschaft ist. Als er das Gebäude betreten hat, wurden sie von diesem Viech angeknurrt, jetzt hat der Kommissar die Katze getötet. Den beiden wird er davon nichts erzählen. Die Räume hier unten erinnern an einen Bunker aus Hitlers Zeit, aber nicht an eine moderne Institution wie die einer Rechtsmedizin.

Horror mit „Glöckchen"

Zurück im Sezierraum sieht er, wie Linda eine Rippenschere in die Hand nimmt. Sie beginnt mit der inneren Leichenschau. Vorwurfsvoll schnauzt Norwin Linda an: „Was machst du da?"

„Bei einer inneren Leichenschau muss ich Brust- und die Bauchhöhle öffnen, dann den Schädel. Die Organe von Emma werden freigelegt, die brauchen wir. Ich schneide jetzt einen T-förmigen Schnitt."

„Weshalb eine T-förmigen?", will Nils unbedingt wissen.

„Den T-Schnitt führe ich bogenförmig von Schulter zu Schulter quer durch. Der zweite Schnitt läuft zentral abwärts bis zum Schambein. Das Brustbein und die angrenzenden Rippen muss ich entfernen, damit ich an alle Organe des Brust- und Bauchraumes gelange."

Im Hintergrund sendet das Radio Musik mit Interferenzen – schlechter Empfang. Jimi Hendrix spielt Hey Joe, ein Wahnsinnshit zum Mitsummen. Musik ist hier normalerweise verboten. Das Deckenlicht flackert, was nicht sein darf. Anscheinend tobt draußen wirklich ein gewaltiger Sturm. „Das ist ganz schlecht."

„Was ist ganz schlecht", fragt Norwin.

„Die Organe können wir so nicht mehr gebrauchen. „Heißt das, Ihr braucht sonst so etwas?"

„Ja, als Organspende, aber die hier taugen nichts. Da hätten wir noch Kohle machen können."

„Sag nur, Ihr verdient damit noch Geld?"

„Vergiss es. Ich zeige dir etwas. Zum Vorschein kommt eine stark geschwärzte Lunge."

„Ist das jetzt eine Raucherlunge?"

„Kann sein. Schwarze Pigmentablagerungen befinden sich in fast jeder Lunge. Ob das die Ursache ist und Emma viel geraucht hat, das werden wir jetzt anamnestisch, d.h. durch die gesundheitliche Vorgeschichte, feststellen."

„Das habe ich noch nie so gesehen."

„Du rauchst doch?" „Ja." „Dann zünde eine Zigarette an, nimmt einen Zug, blase den Rauch durch ein Papiertaschentuch, dann siehst du die Teerstoffe, die dort hängen bleiben."

„Bei Emma hier ist es etwas anderes."

„Was ist da anders?"

„Schau, bei so einer schweren Schädigung dieser Lunge erwarte ich eine Verbrennung dritten Grades am ganzen Körper. Die Lunge sieht ähnlich aus wie bei einem Brandopfer."

„Wir von der Mordermittlung wollen einfach wissen, wie Emma verstorben ist und was die Todesursache war."

„Das wollen wir Mediziner auch. Schau das Herz an, es ist voller Kerben, als hätte man es zerschnitten. Der Leichnam ist außen absolut makellos bis auf die Einstiche im Intimbereich. Aber bei diesen inneren Verletzungen müsste Emma äußerlich total zerstört aussehen."

Norwin fragt: „Wie erklärst du das?"

„Es ist beängstigend, als würde man ein Projektil im Gehirn finden, aber keine Schussverletzung. Da stimmt etwas nicht."

Auch die beiden Kommissare können sich keinen Reim auf das alles machen, das sind seltsame Phänomene.

„Das hier ist kein normales Verbrechen", sagt Nils, der bis anhin ruhig dem ganzen Vorgehen zugeschaut hat.

„Hört Ihr die Glöckchen, wie sie klingeln?", fragt Norwin.

„Ja, was ist das, woher kommt das? Ich schau im Kühlraum nach", sagt Linda und läuft in den Nebenraum.

„Da ist was ausgelaufen!", ruft sie.

„Was?" Die Kommissare gehen in den Raum. In einem offenen Kühlschrank sind gelagerte Blutproben ausgelaufen. Eine riesige blutige Sauerei ist das.

Die „Glöckchen" klingen immer noch, es sind mehrere. Sie verlassen den Kühlraum, gehen zu Emma zurück. Norwin erwähnt: „Das Schachtfenster ganz hinten war nicht richtig zugemacht." Etwas ist passiert, Linda und Nils reagieren nicht, sie sind wie versteinert. „Emma, die Leiche, bewegt sich, als wolle sie aufstehen", ruft Norwin. „Sie bewegt sich."

„Das ist ein Zombie", ruft Linda.

Moon klärt sie auf: „Das ist ein Totengeist. Ein Mensch, der hier tot auf dem Schragen liegt und wieder zum Leben erweckt wird. Emma kann als willenloses Wesen herumgeistern."

Nils antwortet leichenblass: „Das wusste ich nicht, ich habe das Gefühl, als würde die Tote sagen: „Wer spricht da zu mir?"."

Emma hebt ihren Oberkörper, setzt sich auf, lässt die Beine hängen, dann steht sie ganz auf den Boden. Ihr Gesichtsausdruck ist der einer Fratze, die Mundwinkel sind zusammengepresst. So eine kann nur vom Jenseits auferstanden sein. Die ausgemergelten Augen bewegen sich in ihren dunklen Augenhöhlen. Sie schauen die drei an, als wollte sie sagen: Helft mir doch. Emma streckt die Arme aus, kommt zu mir.

Sie lächelt wie aus einer Totenmaske – ein Ebenbild einer Verstorbenen. So bewegen sich als Untote. Im Pathologieraum spielt immer noch das Radio. Die Beleuchtung flattert wie wild. Das grüne Licht flimmert, als würde es sofort ausgehen. Das ist für Norwin zu viel, er sieht dem Teufel in die Augen, seine Atmung stockt. Er gestikuliert wild, schreit Emma an: „Neeeein, bleib weg von mir."

Norwin streckt seine Hände abwehrend von sich: „Bleib, bleib, fass mich nicht an." Die Tote wirkt klein, sie läuft auf die drei zu, dabei wird sie immer größer. Die Kriminalisten und Linda befinden sich in einem extrem stressigen Zustand von intensiver Angst. Sie sehen eine Bedrohung auf sich zukommen.

Moon ruft: „Ich will nicht sterben, ich muss noch einiges erledigen".

Die drei flüchten in den Andachtsraum, wo die Toten aufgebahrt werden, damit Angehörige vor der Verbrennung noch Abschied nehmen können. Die Türe knallt zu, sie setzen sich auf Besucherstühle. Dort bleiben sie eine längere Zeit, bis sich ihr Puls normalisiert hat.

Norwin dreht durch

Nils geht zur Türe, öffnet diese einen Spalt breit. Was er sieht, glaubt er nicht. Die tote Emma liegt wieder auf dem Seziertisch. Ihr Körper ist mit einem grünen Tuch abgedeckt, so als wäre sie gar nie aufgestanden. Ohne ein Wort zu sagen, geht Linda an die Arbeit: „Ich beginne jetzt mit dem Magen-Darm-Bereich."

Oh, was ist das: „Hier im Magen ist eine giftige Substanz, das könnte Arsen sein. Das wird der Forensische Biologe näher untersuchen."

Linda untersucht den Schambereich: „Da muss Gift per vaginam eingeführt worden sein."

„Was? Das habe ich noch nie gehört", sagt Norwin entsetzt.

„Vermutlich wurde das Arsenik durch Einbringen in die Vagina beim Coitus vollzogen, d. h. Emma wurde ermordet."

„Ist das ein schneller Tod?"

„Nein. Der Tod tritt erst in zwei bis drei Tagen ein, nicht sofort. Symptome sind unter anderen Übelkeit und schmerzhafte Koliken. Ein qualvoller Tod. Das Halbmetall ist im Körper nachweisbar. An den Haaren und in den Nägeln. Das Gift wird vom Körper nicht abgebaut. Eine kleine Menge kann tödlich wirken. Arsen ist ein geruchsloses, süßlich schmeckendes Pulver, das aussieht wie Zucker."

Nils zeigt das Shirt: „Das Shirt trägt den Namen Emma und eine Zahl 1836. Keine Ahnung, was die bedeutet?"

„Ich werden auch die beiden toten Männer anschauen", sagt die Rechtsmedizinerin. Sie schließt die geöffnete Bauchdecke, legt ein Tuch über Emma und schaut auf die beiden anderen Tische.

„Was ist da vorgefallen? Die Leichen sind nicht mehr da!", ruft Linda. Wie von Geisterhand geführt, geht das Licht aus, es flackern nur die kleinen Lichter, welchen den Weg zum Notausgang zeigen.

Norwin, Nils und Linda nehmen diesen Weg zum Vorplatz, wo der Warenlift nach oben fährt. Norwin drückt kräftig auf die Lifttaste, aber es bewegt sich nichts. Kann es sein, dass bei Stromausfall die Lifte nicht gehen? Ist man einmal in Not, dann funktioniert nichts. Neben dem Lift hängt an der Wand ein Telefon. Von dort aus ruft Nils die Polizeizentrale an und bittet um Unterstützung. „Momentan sind alle Polizisten im Einsatz, es kann niemand kommen."

Norwin sieht selber aus wie eine Leiche: „Wir verbrennen diese Untoten in der Feuerhalle."

„Ja, lass uns dorthin gehen und den Ofen einschalten."

Auf leisen Sohlen laufen sie dorthin, mit der Angst im Nacken, dass die Zombies irgendwo auftauchen und sie verfolgen würden. Die Türe in den Brennraum lässt sich nicht öffnen. Jetzt sind sie gefangen, können nicht mehr weiter.

Linda kennt sich im Gebäude aus: „Lass uns durch die Hintertür bis zum Lift gehen, dort befindet sich die Treppe nach oben." Kaum dort angelangt, geht das Licht wieder an, sie hören den Sturm und weit, ganz weit weg, leise wieder „Glöckchen" klingeln. Norwin geht voran Richtung Sezierraum: „Ich schau mal nach, ob die Untoten drin sind". Vorsichtig öffnet er die Türe, alle drei gehen hinein.

Schock! Norwin sieht einen Mann auf Emma in eindeutiger Pose. Völlig außer Kontrolle nimmt er seine Pistole aus dem Halfter und erschießt beide. Dabei leert er das ganze Magazin. Projektile fliegen umher, ein Querschläger tötet auch den dritten Untoten. Nein, es ist nicht Emma, es ist seine Frau. Norwin ist ob der bitteren Wahrheit erschüttert: „Ich habe meine Frau erschossen." Das ist nicht Norwin, den wir kennen, das war eine Furie. Linda will mit den Toten Ordnung schaffen. Sie will die Identität der Toten herausfinden. Was ist mit Emma? Was mit den beiden anderen? Eine unwirkliche Erscheinung?

Die Rechtsmedizinerin fährt mit ihrer Untersuchung fort, sie öffnet die Schädeldecke: „Seht mal, da hier, das sind Gehirnzellen, die noch funktionieren. Die sind nicht abgestorben, eine unbekannte Energie hält Emma am Leben."

Sie beendet die Autopsie. Alle drei gehen in den Nebenraum an den Computer. Sie wollen durch Nachforschung herausfinden, was die Zahl 1836 für eine Bewandtnis hat. Nils hat es herausgefunden und liest vor: „Ein James Marsh (1794–1846) konnte im Jahre 1836 bei Toten den Nachweis von Arsen erbringen. Mit seiner Analysemethode konnten die Kriminalisten Giftmorde mit Arsenik nachweisen."

Einige Stunden sind vergangen, von weit her hören sie, wie jemand nach ihnen ruft. Die Rettung naht. Die gerufene Polizei ist eingetroffen, sie sehen die drei Toten auf den Seziertischen. Alle Leichen werden zur Autopsie in einen anderen Bezirk überführt, dort werden die Untersuchungen durchgeführt.

Tilidin
Ein lauter Knall, Norwin erwacht tropfnass, greift automatisch zu seiner Dienstwaffe auf seinem Nachttisch. Die Waffe müsste eigentlich im Polizeirevier im Waffenschrank sein.

Hat sich ein Schuss gelöst? Hat jemand geschossen? Er schaut nach, ob alle Patronen im Magazin sind und kontrolliert seinen Schulterholster.

Als „Rechtshänder" muss er die Pistole links tragen, um sie im Notfall schnell ziehen zu können.

Das Telefon klingelt, langsam merkt er, dass er geistig abwesend war, einen fürchterlichen Alptraum hatte. Norwin bekämpft seit Monaten seine Schmerzen mit der Droge Tilidin. Vermutlich war die Dosis zu hoch und hatte eine fatale Wirkung. Seine Schmerzen sind weg, aber der Albtraum hat ihm grausam zugesetzt.

Tilidin ist ein schmerzstillend wirksamer Arzneistoff aus der Gruppe der Opioide. Die synthetisch hergestellte Substanz wird für die Behandlung starker bis sehr starker Schmerzen eingesetzt. Die letzten Wochen und Monate waren für Norwin einfach zu viel. Er möchte mit Linda über das Date und seinen Aussetzer mit diesem Albtraum reden. Er will mit ihr über die Dinge reden, die er im Sezierraum in seinem Horrortraum erlebt hatte.

Norwin telefoniert mit Linda:

„Linda, ich wäre froh, wenn du mir da helfen kannst, ich suche nach einer Erklärung, ich hatte einen gnadenlosen Aussetzer, einen mehrstündigen Albtraum."

„Gerne, leg los."

„Was ist mit „Glöckchen", die leise klingeln?"

Sie beruhigt ihn: „Der Klingelton: Es gab eine historische Zeit, in der es schwierig war, eine komatöse Person im Zustand tiefer Bewusstlosigkeit von einer toten Person zu unterscheiden. Wenn es leise „klingelte", dann wussten die damaligen Ärzte, dass da jemand noch nicht bereit war zu gehen. Deshalb wurden damals kleine „Glöckchen" an den Füssen angebunden."

„Das wusste ich nicht", gibt er zu.

Norwin Moon hatte Angst, als Scheintoter lebendig begraben zu werden. Ihn verfolgten Bilder, dass er nach seiner Beisetzung wieder ans Tageslicht gelangt. Die sich zersetzenden Leichen auf dem Friedhof, die vergossenen blutähnliche Flüssigkeiten, das Zähneknirschen und Schmatzen und die Haare, die bei diesen Toten weiterwuchsen. Das konnte Norwin nicht verarbeiten.

Linda erklärte ihm, dass die Toten beim Verwesungsprozess ein „Nachleben" haben. Dieses sogenannte „Nachzehren" entsteht infolge von Faulgasen, dadurch bewegen sich Körperteile.

Mehdi versucht, ihn zu beruhigen, und erklärt ihm: „Die Angst hat historische Gründe. Als grausame Hinrichtungsmethode wurden Menschen im Mittelalter und in der Antike lebendig begraben. Im 18. und 19. Jahrhundert wurde mehrfach festgestellt, dass infolge von Fehldiagnosen Menschen lebendig beerdigt wurden. Die damaligen Mediziner diagnostizierten da und dort den Tod, aber der Patient war z.B. nur ohnmächtig."

„Aber woher kommen die Glöckchen?"

„Anscheinend wurde im Leichenhaus von Weimar 1792 an den Fingern und Zehen Glöckchen mit Fäden angebunden, welche mit einem Wächter verbunden waren. Die Aufsichtsperson saß auf einem Platz, von wo aus die Verstorbenen gut beobachtet werden konnten. Du kannst dich trösten, die unbewusste Angst lebendig begraben zu werden, gibt es heute noch."

„Was ist mit den Lichtern, die ausgegangen sind, und den Leichen, die plötzlich fehlten? Die Stromversorgung ist unterbrochen und die toten Körper versuchen, durch das Treppenhaus in Freiheit zu gelangen. Was ist damit? Draußen tobten Sturm und Regen, den Wind konnte man unten in den Gängen noch hören."

Linda sagt ernsthaft besorgt: „Norwin, das Ganze war Teil einer großen Illusion, es gab gar keinen Sturm mit Regen. Zu deiner Beruhigung, die Lichter im Leichenschauhaus brennen wie immer."

Der Kommissar beschließt gedanklich, die Autopsie abzuschließen, so kann er seinen fiktiven Albtraum beenden. Linda hatte es da einfacher, das Sezieren von Leichen gehört zu ihrem Beruf. Und das ist ein Teil, um die verstörenden Geheimisse des toten Lebens zu lüften. Für Mordermittler Moon war diese Autopsie eine der schrecklichsten Erfahrungen in seinem Leben.

Das Lazarus-Phänomen

Die Wahrheit ist bitter. Ein paar Tage später telefoniert Norwin wieder mit Linda. Er bittet sie um ein persönliches Gespräch bei ihm im Büro in Schwanbüll. Er möchte mit ihr noch einmal über seinen „Absturz", seinen Albtraum, reden. Er hat diesen nicht verarbeitet.

„Linda, ich habe einen Konflikt", beginnt er die Unterredung. „In meinem Kopf stimmt etwas nicht. Ich kriege einiges nicht mehr auf die Reihe, deshalb habe ich dich angerufen und hierhergebeten."

„Um was geht es genau?"

„Es muss unter uns bleiben", betont er.

„Klar, versprochen."

„Es ist so, ich komme nicht mehr klar mit den Toten in meinen Albträumen, den sezierten Leichen und diesen abscheulichen Verbrechen."

„Was genau verfolgt dich?"

„Ich habe Leichen gesehen, die leben und die mich in meinen schlimmsten Albträumen verfolgen."

„Du meinst das Lazarus-Phänomen?"

„Verstehe ich nicht."

„Kann ich dir erklären, weil ich weiß, dass dir die Bibel fremd ist."

„Was hat jetzt das mit meinen Albträumen zu tun?"

Linda: „In der Bibel steht, dass Jesus Lazarus von den Toten erweckt hat. Und in der heutigen Zeit gibt es Beobachtungen von vermeintlicher Auferstehung."

„Klingt nach Science Fiction."

„Wir Ärzte verwenden diesen Begriff bei hirntoten Patienten, wenn der Leichnam angebliche Lebenszeichen von sich gegeben hat. Die können durch eine Berührung ausgelöst werden, das sind dann reflektorische Bewegungen."

„Ist das so?"

„Ja. Wobei dies bei uns in der Gerichtsmedizin eher nicht der Fall ist. Auf einer Intensivstation kann dieses typische Phänomen in Erscheinung treten, zum Beispiel bei einem Hirntod. Wir hatten Mitarbeiter auf der Station, die diese Lebenszeichen falsch interpretierten. Und es waren auch schon Angehörige dabei, das war dann eine heikle Sache zur Aufklärung. Dies führte meistens zu einer psychischen Belastung."

Norwin hört Linda andächtig zu: „Diese Sachlage hilft mir, meinen Albtraum besser zu verstehen."

„Wir wissen, dass bei für tot gehaltenen Patienten die Kreislauffunktion spontan wiedereingesetzt hat. Die mir bekannten Fälle beziehen sich immer auf Reanimationen (Herz-Lunge-Wiederbelebung), die erfolglos abgebrochen wurden."

„Der Arzt stellt doch einen Totenschein aus!"

„Das ist ein heikler Punkt. Die Ursache liegt bei den Fehlinterpretationen."

„Was ist damit?"

„Da gibt es die fehlerhafte Registrierung der aufgezeichneten elektrischen Aktivitäten der Herzmuskelfasern (EKG/Elektrokardiogramm). Gute Ärzte können anhand der aufgezeichneten

Kurven schnell erkennen, ob das Herz störungsfrei funktioniert oder nicht."

Norwin ist sprachlos, obwohl er davon schon gehört hat.

„Bestimmte Erscheinungen zeigen sich auch bei Menschen mit einem Herzschrittmacher", erklärt Linda weiter. „Wir hatten einen Fall eines 78-jährigen Mannes, der nach einem Hirnschlag für tot erklärt wurde. Er landete bei uns im Aufbewahrungsraum, welcher 10 °C kalt ist. Er zeigte Lebenszeichen und kam auf die Intensivstation. Dort verstarb er dann."

„Solche Meldungen habe ich auch schon gehört. Dies sorgt in der Bevölkerung für große Aufregung. Die Leute haben dann Angst, dass sie eines Tages lebendig begraben werden", fügt er hinzu.

„Es gibt die Vermutung, dass bei Rettungen mehr fehlerhafte Todesfeststellungen stattfinden als angenommen."

„Wie kommst du darauf? Das wäre ja schrecklich!"

„In der Zeitschrift Der Anästhesist wurde über einige fehlerhafte Todesbescheinigungen berichtet, die nicht veröffentlicht wurden, deshalb diese Vermutung."

„Was kann man dagegen tun?"

Die Rechtsmedizinerin erklärt: „Nach Beendigung der Reanimationsmaßnahmen sollte man das Aussetzen der mechanischen und elektrischen Herzaktionen bis 12 Minuten länger überwachen. Aufgrund der Zeitnot ist es für Sanitäter und Ärzte sehr schwierig, dies zu tun. Natürlich wäre es notwendig, damit der Tod zweifelsfrei festgestellt werden kann."

„Überall Personalmangel."

„Es geht noch weiter", lenkt sie ein. „Es wird vermutet, dass die Dunkelziffer für Lazarus-Phänomene bedeutend höher liegt als angenommen."

„Und weshalb?"

„Hat ein Arzt einen Menschen für Tod erklärt und der lebt dann doch irgendwie, dann wird dies nicht gemeldet."

„Weiß man den Grund, weshalb nicht?"

„Weil viele die rechtlichen Konsequenzen befürchten und es deshalb nicht melden!"

„Wenn ich das alles richtig verstehe, habe ich einen fürchterlichen Albtraum erleben müssen, welcher dem Lazarus-Phänomen zuzuschreiben ist, und meine überdosierte Einnahme des Schmerzmittels Tilidin führte diese fürchterlichen Todesängste herbei."

„Ja, sicher. Du musstest durch diesen Albtraum deine vielen schrecklichen, brutalen menschenverachtenden Mordfälle irgendwie verarbeiten. Hinzu kam, dass du wirklich dumm gewesen bist, dieses verfluchte Schmerzmittel zu nehmen."

Sie trinken einen Kaffee, dann bedankt sich Norwin für die Seelenunterstützung und verabschiedet sich von Linda.

Auszeit

Kommissar Norwin Moon sitzt in seinem Büro, da klingelt das Telefon: „Moin Linda." „Moin Norwin. Ich rufe dich wegen unseres letzten Gesprächs an. Hast du morgen Zeit für ein Gespräch bei dir im Revier?"

„Ja, klar, dann bis morgen."

Linda ist nicht die Vorgesetzte von Norwin, aber als Ärztin und Kollegin macht sie sich um seinen Gesundheitszustand Sorgen. Sie hat sich im Personalbüro der Polizei erkundigt.

„Du hast in den letzten Monaten so viele brutale Mordfälle bearbeitet, das kann eine Person alleine nicht verarbeiten."

„Ja, es war heftig."

„Als Ärztin empfehle ich dir, eine Auszeit von mindestens vier Wochen zu nehmen. Ich hoffe, das kommt bei dir an?"

„Du hast recht, ich muss Erholung einplanen und mich von den Albträumen befreien."

„Versprochen?" „Ja, mache ich, ich gebe dir mein Wort."

Sie bearbeiten noch zwei Rapporte, dann verabschiedet sich Linda. Kommissar Moon erstellt einen Antrag für eine Auszeit, welche recht schnell bewilligt wird. Er ruft seinen Kollegen Light im Büro nebenan: „Nils, hast du einen Moment Zeit." „Ja."

„Setz dich. Ich muss dir sagen, dass ich eine Auszeit verlangte und bekommen habe."

„Habe mir fast so etwas gedacht, du hast ein paar Mal angeschlagen ausgesehen. Ab wann hast du das geplant?"

„Ab morgen schon?"

„Ja, ich muss, wegen meiner Gesundheit."

„Gut, wie organisieren wir das?"

„Die wichtigen Fälle werde ich dir abgeben, mit einem Vermerk, was, wann und wo."

„Sehr gut, bring die Akten einfach in mein Büro."

Nach ein paar Stunden hat er seinen Bürotisch aufgeräumt und übergibt Nils die noch zu bearbeitenden Dossiers.

„Mach es gut, melde dich mal."

„Mache ich, Tschüss."

Sehr erleichtert steigt Moon in seinen Wagen und fährt los. Er schiebt eine CD von Jimi Hendrix mit dem Song Hey Joe rein. Sein Lieblingslied. In Gedanken singt er mit: „Hey Joe, I'm goin down to shoot my old lady (Ich gehe runter, um meine alte Dame zu erschießen)".

Zuhause angekommen, wird er von seiner Frau stürmisch begrüßt. Sie freut sich, dass er ein paar Wochen zu Hause sein wird.

„Italiener oder Chinese?" „Italiener".

Sie sagt voller Freude: „Ich nehme Ossobuco."

„Nein, auf keinen Fall."

„Weshalb nicht?" „Hat nichts mit dir zu tun."

„Erzähl!"

Norwin spricht normalerweise zu Hause nicht von seinen Mordfällen. „Wir hatten einen scheußlichen Mord aufzuklären. Dem Opfer wurde ein Arm abgetrennt. Der Schnitt war so gerade, so etwas konnte nur ein Profi vollbringen. Es hat ausgesehen wie ein durchgesägtes Markbein. Es erinnerte mich an das Buch von Fegus Hendersons „From Nose to Tail". Darin beschreibt er ein Rezept für ein Handselected Beef Markbein und es soll eine kulinarische Wucht sein. Natürlich ist das Markbein von einem Rind und nicht von einem Menschen."

„Lass uns aufbrechen, ich habe trotzdem Lust auf Ossobuco", sagt seine Frau. Zwei Stunden später sitzen sie in ihrem Lieblingslokal.

„Eine Flasche Barolo und Mineralwasser". Nach der Vorspeise serviert der Kellner das Ossobuco alla milanese, diesmal Kalbshaxen für beide. „Lass es dir schmecken. Sag nichts, Spitzenköche lieben die Hinterhaxe des Kalbes. Das Fleisch, das am „osso" gebraten wird, schmeckt sehr gut. Das zarte Mark im „buco" des Knochens ist für Genießer. Ich streiche das auf Toastbrot. Einfach köstlich." Es wird ein sehr gemütlicher und intimer Abend.

Polizeirevier Schwanbüll
Kriminaltechnik

Kommissar Norwin Moon und Kriminal-Assistent Nils Light sind in einem fiktiven Ort in Norddeutschland im Polizeirevier Schwanbüll als Mordermittler im Einsatz. Statistisch gesehen werden die beiden Kommissare Norwin Moon und Nils Light im Durchschnitt einmal pro Monat von einer Staatsanwaltschaft für eine Mordermittlung angefragt und aufgeboten. Dazwischen leisten sie alltägliche Polizeiarbeit und bearbeiten bestehende Fälle. Mit verschiedenen Ländern besteht ein Abkommen über die grenzüberschreitende polizeiliche Zusammenarbeit.

Institut für Rechtsmedizin

Rechtsmedizinerin Linda Medi ist unterstützend im Einsatz (Forensische Medizin, sie ist keine Kriminalistin). Bei einem Verdacht oder Indizien auf eine nicht natürliche Todesart wird Medi von der Rechtsmedizin, im Auftrag der Staatsanwaltschaft oder eines Gerichtes tätig. Sie arbeitet mit modernsten Hightech-Geräten des Instituts der Rechtsmedizin (Forensische Medizin) zusammen. Als Fachärztin der Rechtsmedizin beschäftigt sich Linda Medi mit Fragen aus der straf-, zivil- und versicherungsrechtlichen Praxis. Es sind polizeiliche Ermittlungsfragen und Abklärungen, die nur mit wissenschaftlichen Methoden der Medizin, Chemie und Biologie beantwortet werden können. Während einer Obduktion bespricht sie den Fall laufend in ihr Aufnahmegerät. Während der Untersuchung bespricht sie dies mit ihren Fachkollegen. Danach werden die Befunde zu einem Bericht zusammengetragen und erste Vermutungen über die Todesursache angestellt. Bei dieser Arbeit am Obduktionstisch ist manuelles Geschick, Teamfähigkeit und kriminalistischer Spürsinn gefragt, wenn Todesfälle aufgeklärt werden sollen. Sie führt auch Aktengutachten durch bei Ärztefehlern. Vor Gericht tritt sie als Expertin auf.

Verhörraum

Wenn eine Befragung/Vernehmung auf dem Polizeiposten stattfindet, sind immer zwei Beamte anwesend. Dies dient der Sicherheit und ist eine Dienstvorschrift. Es geht auch darum, um den Beweis der gemachten Aussagen. Dies ist eine Vorbeugung, damit nicht Aussage gegen Aussage steht. In fast allen Polizeistationen werden Befragungen in herkömmlichen Diensträumen eines Beamten durchgeführt. Minderjährig, Kinder oder Vergewaltigungsopfer werden in einem separaten Vernehmungsraum befragt. In Deutschland gibt es nur ein paar Polizeistationen, die über einen einseitig durchsehbaren venezianischen Spiegel verfügen. Das Polizeirevier Schwanbüll hat so einen Spiegel.

Lesen Sie hier als Vorschau, wie es mit Norwin Moon und Nils Light im nächsten Fall weitergeht.

Was Mörder nicht wissen …
(Moon, 8. Fall)

Mysteriöse Mordfälle werden in Norddeutschland und in einigen nordischen Staaten gemeldet. Polizeirevier Schwanbüll wurde von der Polizeidirektion beauftrag, diese Verbrechen aufzuklären. Auf den Polizisten lastet ein schwerer Druck. Der oberste Polizeidirektor erwartet Resultate. Er will Erfolge verbuchen in der internationalen grenzüberschreitenden Verbrechensbekämpfung. Diese Erwartungshaltung treibt die Mordermittler Moon und Light zu einer gefährlichen Höchstform. Als sie in ihrem Übereifer losfuhren, konnten sie nicht ahnen, welches Desaster sie auslösten. In ihren Köpfen geistert die verhängnisvolle Idee, diese Verbrechen im Drogenmilieu anzusiedeln. Sie fuhren los, um in einem bekannten Problembezirk, Polizeikontrollen durchzuführen.

Norwin Moon und Nils Light wurden von Polizeikollegen gewarnt: Geht nicht alleine in diese Problemviertel. Die kriminellen Großfamilien haben keine Angst vor dem Rechtsstaat. Nein, die beiden Idioten, anders kann man das nicht beschreiben, die können es nicht lassen. Eine reine Routinekontrolle eskaliert. Die Kommissare erleben einen ihrer ganz schwarzen Tage. Sie hatten ein Unbehagen, aber jetzt ist es zu spät. Ihnen gegenüber steht eine große Anzahl von Verbrechern, es kommen immer mehr hinzu. Es fällt ein Schuss, die Lage eskaliert. Norwin duckt sich und fällt zu Boden. Er kann sich nur daran erinnern, an die saublöde, idiotische Aussage eines Richters: „Das muss unser Rechtsstaat aushalten." Die Polizisten werden von mordgeilen finsteren Gestalten gestoppt. Werden die Kriminalisten zu Gejagten? Das Blatt hat sich gewendet. Ihnen gegenüber stehen muskulöse Killermaschinen. Die kennen keinen Grenzen, sie töten, unerbittlich, rücksichtslos – gnadenlos.

Nils ruft um Verstärkung: „Hier 2151, Light, wir brauchen Unterstützung, wir sind eingekreist, wir werden beschossen.

Moon liegt am Boden." „Verstanden. Eine große Einheit wird aufgeboten. Was ist mit Norwin?" „Kann ich nicht sagen, er bewegt sich nicht." „Bleiben Sie in Deckung." „Leicht gesagt", stottert er und unterbricht die Funkverbindung. Nils hat Angst. Dieser Büroheini kann gut reden. „Bleibt in Deckung". „Was soll ich tun?" Er wirkt hilflos, denkt an die Meldung kürzlich, als mehrere hundert Menschen einen Südländer jagten. Sie haben den Mann mit Steinen und Stöcken zu Tode geprügelt. Sie übten Selbstjustiz, weil sie dachten, dass der Verstorbene anscheinend am Tod eines Nachbarn schuldig sei. So fühlt sich Nils in dieser ausweglosen Situation. Er hat gelesen, dass die Polizei die Menge nicht stoppen konnte. Nils hat die Pistole in der Hand, er kann sich nur noch erinnern, dass er laut gerufen hat: „Stopp. Keinen Schritt weiter." Was will der junge Kommissar gegen diese Meute ausrichten? Nils darf keinen Fehler machen. Er läuft zum Heck des Polizeiwagens, sieht Norwin immer noch regungslos am Boden liegen. Soll er jetzt einen Schuss abfeuern? Er tritt zur Seite, richtet die Pistole gegen diese finsteren Typen. Dann wird die Lage ernst. Zwei Rädelsführer mit Kampfhunden lösen sich aus der Menge heraus und laufen auf Nils zu. Möchte Nils den Helden spielen, so wie er es in der Polizeischule gelernt hat? Er trifft eine übermenschliche Entscheidung.

HERZ FÜR AUTOREN A HEART FOR AUTHORS À L'ÉCOUTE DES AUTEURS MIA ΚΑΡΔΙΑ ΓΙΑ ΣΥΓΓΡ
...RTA FÖR FÖRFATTARE UN CORAZÓN POR LOS AUTORES YAZARLARIMIZA GÖNÜL VERELIM SZÍ
...ORE PER AUTORI ET HJERTE FOR FORFATTERE EEN HART VOOR SCHRIJVERS TEMOS OS AUTOI
...ZÖINKÉRT SERCE DLA AUTORÓW EIN HERZ FÜR AUTOREN A HEART FOR AUTHORS À L'ÉCOU
...RAÇÃO ВСЕЙ ДУШОЙ К АВТОРАМ ETT HJÄRTA FÖR FÖRFATTARE Á LA ESCUCHA DE LOS AUTOR
...TEURS MIA ΚΑΡΔΙΑ ΓΙΑ ΣΥΓΓΡΑΦΕΙΣ UN CUORE PER AUTORI ET HJERTE FOR FORFATTERE EEN I
...ARIMIZ... ...ZERZŐINKÉRT SERCE DLA AUTORÓW EIN HERZ FÜR
... SCHRIJ... ...OS OS A... ...ORAÇÃO ВСЕЙ ДУШОЙ К АВТОРАМ ETT HJÄRTA FÖF

Der Autor

Aufgewachsen in Baden in der Schweiz lebt Lori Moore mit seiner Lebensgefährtin immer noch in dieser Region und in seiner Wahlresidenz an der Nordsee. Als Ausbildung- und Schulungsleiter einer Schweizer Fluggesellschaft war er verantwortlich für das gesamte Human Development Training. Er schrieb alle Trainings-Unterlagen und trainierte das gesamte Flugpersonal bis zum obersten Kader. Daneben widmete er sich der Psychologie und absolvierte eine Ausbildung bei Mercuri International. Anschließend wurde er Ausbildungs- und Verkaufsleiter Gesamtbank bei einer großen Kantonalbank. Seit mehreren Jahren befasst er sich mit der Justiz, der Rechtsprechung bei der Verurteilung bei Mordfällen und der sogenannten Schwerkriminalität.

Mit „Was Mörder nicht wissen …" legt Lori Moore seinen ersten Krimi vor. In sieben Mordfällen nimmt er die Leser mit auf die Mörderjagd, bei der die Kommissare Norwin Moon und Nils Light die Hauptprotagonisten sind.

novum VERLAG FÜR NEUAUTOREN

Der Verlag

*Wer aufhört
besser zu werden,
hat aufgehört
gut zu sein!*

Basierend auf diesem Motto ist es dem novum Verlag
ein Anliegen neue Manuskripte aufzuspüren, zu ver-
öffentlichen und deren Autoren langfristig zu fördern.
Mittlerweile gilt der 1997 gegründete und mehrfach
prämierte Verlag als Spezialist für Neuautoren in
Deutschland, Österreich und der Schweiz.

**Für jedes neue Manuskript wird innerhalb
weniger Wochen eine kostenfreie, unverbind-
liche Lektorats-Prüfung erstellt.**

Weitere Informationen zum Verlag und
seinen Büchern finden Sie im Internet unter:

www.novumverlag.com

novum 🖥 VERLAG FÜR NEUAUTOREN

Bewerten
Sie dieses Buch
auf unserer
Homepage!

w w w . n o v u m v e r l a g . c o m